当当文库·中国古典小说

聊斋志异（白话选译）

〔清〕蒲松龄 著

高崖子 译注

民主与建设出版社

图书在版编目（CIP）数据

聊斋志异 /（清）蒲松龄著；高崖子译注 . —北京：
民主与建设出版社，2015.7 （2018.6重印）
ISBN 978-7-5139-0741-5

Ⅰ.①聊… Ⅱ.①蒲…②高… Ⅲ.①笔记小说—中
国—清代 Ⅳ.① I242.1

中国版本图书馆 CIP 数据核字（2015）第 206059 号

出 版 人：许久文
责任编辑：李保华
整体设计：三形三色
出版发行：民主与建设出版社有限责任公司
电 话：（010）59417747 59419778
社 址：北京市海淀区西三环中路 10 号望海楼 E 座 7 层
邮 编：100142
印 刷：北京兴湘印务有限公司
版 次：2015 年 10 月第 1 版 2018 年 6 月第 11 次印刷
开 本：710mm×1000mm 1/16
印 张：16.5
书 号：ISBN 978-7-5139-0741-5
定 价：28.00 元

注：如有印、装质量问题，请与出版社联系。

目 录

/ 聊 斋 志 异 /

［ 考城隍 ］

　　我姐夫的祖父宋先生，名焘，原是本城的一位秀才。有一天，他生病躺在床上，忽然来了一位衙门的公差，手里拿着一张通知单，牵着一匹头上有白毛的马，对他说："请你去参加考试！"宋先生说："主考的学台老爷没有到，怎么能突然进行考试呢？"差人也不回答，只是不断地催促他。宋先生只好勉强骑上马，跟着他去了。

　　走在路上时，他觉得所走的路都非常陌生。不久，他们便来到一座城市，如同帝王所居住的京城一样。不多时，他们进入一座官府。但见宫殿巍峨华丽，堂上坐着十多位官员，这些人宋先生都不认识，只有关帝是他认识的。官府的殿廊下摆着桌、凳各两把。已经有一位秀才坐在那里的下位上。宋先生便与他肩并肩坐下。每张桌子上都有笔和纸。过了一会儿，殿堂上便送下有题目的卷纸来，宋先生一看，上面写着八个字："一人二人，有心无心。"

　　他们俩把文章做成后，便把考卷呈交上去。宋先生的文章里有一句话是这样说的："有的人故意去做好事，虽然是做了好事，但不应给他奖励；有的人不是故意做坏事，虽然做了坏事，也可以不处罚他。"各位官员在传阅中不住地称赞。他们便把宋先生召唤到殿堂上去，对他说："河南那个地方，缺一位城隍，你去担任这个职务很合适。"宋先生一听，这时才开始明白过来，连忙跪下去，一边叩头一边哭着说："我能得到这样荣耀的任命，怎么敢再三推辞呢？但我的七十多岁的老母，身边无人奉养。请你们允许在她去世之后，我再听从你们的任用。"堂上一位好像是帝王样的人，立即命令查看他母亲的寿禄。有一位留着胡子的官吏，捧着记载人寿禄的册子看了一遍，说道："她还有阳寿九年。"他们听后正在犹豫不决，想不出办法时，关帝说："没关系，可以让这位姓张的秀才先去代理九年，到了期限，再让他去。"于是，堂上人便对宋先生说："本应该让你立即到任的，今看在你仁爱孝敬之心的分上，给你九年的假期，到时再让你赴任。"说完，又对那位秀才勉励了几句。二位先生叩头后走下殿来。那位姓张的秀才拉着宋先生的手，一直送到郊外，并自我介绍说："我是长山地方人，姓张。"还将自己作的诗赠给宋先生留作纪念。但宋先生把诗中的大部分词句都忘记了，只记得其中有"有花有酒春常在，无烛无灯夜自明"两句。宋先生骑上马后，就告辞而去。

当他回到家时，就好像是从梦中醒过来一样。可是到这时，他已经是死去三天了。宋先生的母亲听到棺材里有呻吟声，便赶快把他从里面扶出来。过了好半天，宋先生才能说出话来。他又派人到长山那个地方去打听，果然有一位姓张的人，也在那天去世了。

过了九年，宋先生的母亲果然去世了。料理完母亲的丧事之后，宋先生洗完了澡，走进屋子里也死了。宋先生的岳父家住在城中西门里。这天，他忽然看见宋先生穿着一身新的官服，身后跟随着许多车马，走到厅堂中拜了一拜，然后起身便走。岳父家里人都非常惊奇，不知宋先生已经成了神，做了城隍。于是，岳父急忙派人到宋先生家里去打听消息，才知道宋先生已经死去了。

宋先生自己曾记有小传，可惜经过战乱后没有保存下来，这里记述的只是一个大概而已。

［灵　官］

朝天观的道士某人，喜欢呼吸这种养生法。当时，有个老人借住在观中。恰好也同样喜欢呼吸这种养生法术，二人于是成了好朋友，并一起住了八年。

每到郊祭时，那老人就先一句离去，郊祭后再返回观中。道士不明白这样做的缘故，便问他。老人说："我们两人是莫逆之交，可以实话告诉你，我是狐狸。郊祭的日子一到，各路神仙都要来清扫，我无处容身，所以就自行逃走了。"

又一年，到郊祭的日子时，他便走了，很久很久也没有返回观中来。道士对此非常疑惑。一天，老人忽然来到了，道士问他这是为什么。老人回答说："我差点就见不到先生了！今年郊祭时，我本想远远躲藏起来，但感到很倦怠，由于看到阴沟里很隐蔽，于是，我就潜伏在一个缸子下面。没想到灵官打扫到那里时，一眼就被他看见，他刚要鞭打我，我就慌忙地逃走了。灵官马上追赶，而且追得很急。我跑到黄河边上，百般无奈，窜到茅厕里面，神仙嫌这地方太脏，才反身回去。我从那里出来，身上便沾染了恶臭味，不能在人世间出现。于是投水自洗，洗后又隐居洞中，过了几百天才将污垢除尽，今天来到贵观，是和你告别的。同时告诉你几句话，先生也应该离开这里到其他地方去，因为大的劫难即将来到了。这里将不再是福地。"说完，告别而去。

道士听从了老人的话，迁到别的地方去了。没过多久，便发生了甲申之变，兵火围困了北京城，明朝皇帝在煤山吊死，大明江山也垮台了。

［ 耳中人 ］

谭晋玄，是淄川县秀才。非常信奉方士所传的吐纳导引之术，每日练习，寒暑不断。日子一久，似乎大有收获。

一天，他正盘膝静坐，忽然听到耳中有细小的声音，像苍蝇嗡嗡似的说："可以见到了。"谭晋玄一睁眼，却没有声。等到把双目闭上，屏住呼吸，又能听到。便想一定是"丹"已炼成了，于是心里暗暗高兴。从此，每逢静坐，就能听到这种声音。于是他便准备等再次听到时就做出反应。一日，当他又听说同样的话时，便小声应道："可以见了。"

过了一会儿，他觉得耳中有东西出来，眯眼看去，见是一个小人，长不过三寸，形状狰狞，有如夜叉，在地上绕着圈子走。他心里感到奇怪，姑且全神贯注地看他如何变化。这时，忽有邻居来借东西，敲门大叫，那个小人听到后，慌慌张张在屋里乱撞，活像老鼠找不到洞穴一样。而谭晋玄也像丢魂失魄一样，也不去理会小人到哪里去了。从此，他得了癫疯症，每日哭叫，医治半年，才慢慢好转起来。

［ 尸 变 ］

阳信县有个老翁，是县郊蔡店人。村子离城五六里，父子二人临路开设客店，方便过往商人投宿。有车夫数人，贩运货物，常寄宿他家。

一日黄昏，车夫四人同来投宿。但住客已满，四人无奈，只得央求收留。老翁沉思片刻，想到一个地方，但只怕客人不愿意。客人说："只求安身，不敢挑剔。"原来老翁的儿媳刚死去不久，停尸在室，儿子正外出购买棺材。老翁因想灵所冷寂，于是带领客人穿过一道巷子前往。进了屋，只见桌上灯光昏暗，桌后悬挂灵帐，用纸衾覆盖着死者。再看卧处，是仅隔着一个门的房间，设有连铺。那四个客人因劳苦奔波，倒在枕上就鼾声大作。其中一人蒙蒙眬眬，忽听得床上嚓嚓声响，急忙睁眼瞧去，只见灵前灯光照得清清楚楚，女尸已揭开纸衾起来，并下床步入卧室，面色金黄，生绢裹额。女尸走近卧榻，俯身向睡着的客人一一吹气。客人顿时大惊，深怕她向自己吹气，偷偷地扯被子盖着头部，不敢出气。

过了一会儿，女尸果然走近他，照样吹气。然后，他觉得她已出房去了，又听到纸衾嚓嚓嚓，才略略探出头来窥看，见女尸僵卧如初。那位客人非常害怕，但又不敢发出声，便暗暗用脚踢那几个同伴。但几个同伴都一动不动。他觉得无计可施，于是想不如穿衣逃走。但他刚把衣披上，就听到嚓嚓之声又起，只好再次把头埋进被子。感觉到女尸又来了，连续向他吹了多次才去。过了一会儿，他听到灵床上有响声，知道女尸又躺下了。于是慢慢从被底伸出手去拿衣裤，匆匆穿上，赤着脚往外没命地跑。这时，女尸也起来追逐，等她离开灵帐，那位客人已开门逃出。但那个女尸仍然紧追不舍。客人吓得边跑边叫，村里却无人惊醒。想去敲主人的门，又怕来不及，于是只好朝县城方向竭力逃跑。

到达东郊时，忽然看见一座寺庙，还听到木鱼声，于是急忙敲门。庙中和尚非常惊讶，又不肯立即放他进去。转眼间女尸已赶到，相距只有一尺多。客人窘急无路，见庙前有白杨树，树围粗约四五尺，只得借树遮身。女尸从左边来，就侧身向右边；女尸从右边来，就侧身向左边。相持很久，女尸越发大怒。然而，两人都已经精疲力竭，女尸一动不动地站立着；那位客人则气喘吁吁，汗流不止地靠着树干护身。突然，女尸暴起，伸着两只胳膊隔着树干向他扑来。那客人吓倒在地。女尸没有抓住他，只是僵硬地抱着树干。

和尚偷听了许久，直到没有声息，才开门出来，见客人躺在地上。用烛一照，已经死了，但胸口仍有一丝气息，便把他背进庙中，夜尽才苏醒。让他喝了茶水，然后问他是怎么一回事。客人便把经过一一讲述。这时，晨钟响过，天已蒙蒙发亮。和尚见树上果然有女尸，立即报告县官。县官亲自验看，令人拨开女尸的手，却牢不可开。仔细观察，发现左右手四个指头并卷如钩，插入树干，不见指甲。后又增加几个人，合力拔出来。看看指穴，好像凿了八个孔。县官派遣差役到店家打听，店里正因女尸不见、客人死去，纷纷喧嚷。差役告诉其中缘故，老翁便跟差役去把女尸抬回。幸存的那位客人流着泪对县官说："我们四人同出门，如今我一人独归，这事如何能使乡人相信呢？"县官于是替他出具证明，并送给衣食等物而去。

［ 画 皮 ］

　　太原有一位姓王的书生，清晨走在路上，遇见一个女子，抱着个包袱，独自奔波，走得很吃力。于是他加快脚步，赶到跟前一看，是个十六七岁的美貌女子。王生心里很喜欢她，就问道："你有什么事情，大清早孤单单的一个人赶路？"女子说："你是过路的人，不能解除我的忧愁，又何必劳神相问？"王生说："你有什么忧愁呢？如果我能为你效力，决不推辞。"女子显得很沮丧，愁眉苦脸地说："我父母贪图钱财，把我卖给富贵人家。大老婆很嫉妒，早晨咒骂，晚上毒打，我实在受不了，想远远地逃走。"王生问她："你要逃到什么地方去呢？"女子说："我一个正在奔逃的人，哪有什么确定的地方。"王生说："我家离这儿不远，请你受点委屈，就到我家里去吧。"女子很高兴，便答应了。

　　王生替女子拿着包袱，领那女子一起回到自己家里。女子看看屋里没有人，就问道："你家没有别的人吗？"王生回答说："这是书房。"女子说："这个房子很好。你如果可怜我，要救我，就得保守秘密，不要泄露出去。"王生点头答应。于是，二人就同居了。

　　王生把女子藏在密室里，过了好多天，也无人知道。他向妻子稍稍透露了一点儿。妻子陈氏怀疑那女子是富家大户的小老婆，就劝他赶快把她打发回去，但王生不听。

　　一天，王生偶然来到市上，遇见一位道士，道士打量着他，表现出惊疑的神色。问他道："你碰到什么啦？"王生说："没有。"道士说："你身上被邪气缠绕着，怎么还说没有呢？"王生极力为自己辩白，说自己确实没有碰到什么东西。道士这才离开他走了，并说："鬼迷心窍啊！世上还真有死到临头而不省悟的人！"王生听他说得很奇怪，便有些怀疑那个女子。但转而一想，明明是个美人，哪能是妖怪，便认为道士不过是以画符念咒、驱神捉鬼来混饭吃的。

　　不一会儿，王生回到家，到了书斋门前，门从里边插上了，进不去。他心里有些疑惑，大白天的插着大门干什么？于是就越过墙豁子。到门口一看，书房的门也从里边插上了。王生便蹑手蹑脚地走过去，趴在窗上往里看，只见一个狰狞的恶鬼，脸是翠绿色，牙齿尖尖的像锯子。把人皮铺在床上，拿着彩笔在上面画。等画完了，便扔掉彩笔，提起人皮，像抖搂衣服似的抖了抖，往身上一披，就变成了一个美女。王生看到这个情景时，害怕极了，就趴在地上爬了出来。急忙去追寻那个道士，但道士已不知到哪里去了。王生便到处寻踪追迹，最终在野外碰到了道士，并直挺挺地跪在地上，请求援救。道士说："我替你把它赶走。这个家伙也费尽了苦心，好容易找到一个替身。我也不忍心伤害它的性命。"说着就给王生一把蝇拂，叫他挂在卧室的房门上。临别的时候，还约定下次在青帝庙会面。

王生回到家里，不敢再进书斋，就睡在卧室里，把蝇拂挂在房门上。大约一更左右，就听到门外有"戢戢"的声音。王生不敢趴门缝看，就让妻子看。只见那女子来了，望着那蝇拂，不敢进屋；站在那里咬牙切齿，老半天才离开。过了一会儿，又回来了，骂道："道士吓唬我，难道要我把吃到嘴里的东西吐出来不成？"于是就把蝇拂摘下来扯碎，然后破门而入，径直上了王生的卧床，扯开王生的肚子，掏出王生的心就走。王生的妻子大喊大叫。侍女进来拿灯一照，发现王生已经死了，腔血溅得四处都是。陈氏一看，顿时吓得不敢哭出声。第二天，便打发弟弟二郎快去告诉那位道士。那道士气愤地说："我本来可怜它，那鬼东西竟敢这样！"于是就跟着王生的弟弟来了。

这时，那女子已经不知到哪里去了。道士抬头向四周望了望，说："好在逃得不远。"就问二郎："南院是谁家？"二郎说："那是我的住所。"道士说："那妖怪现在就在你家。"二郎吃了一惊，认为他家不可能有那个妖怪。道士问他："有没有一个不认识的人到你家里来？"二郎回答说："我一早就到青帝庙，家里的情况确实不知道。我先回去问问。"二郎去了不一会儿，返回来说："果然有。早晨来了一个老太太，要雇给我家干活，我妻子把她留下来，现在还在我家呢。"道士说："就是那个鬼东西了。"于是就和二郎一起来到了南院。道士手里拿着桃木剑，站在院当心，大喝道："妖孽，快偿还我的蝇拂！"老太太在屋里吓得张皇失措，面无人色，出门就想逃跑。道士追上去就是一剑。老太太倒下了，披在身上的人皮，哗啦一声脱了下来，变成了恶鬼，像一头蠢猪，趴在地上号叫。道士用桃木剑砍下它的脑袋；它的身子变成一团浓烟，在地上盘旋成一小堆。道士拿出一个葫芦，拔下塞子，搁在浓烟里，只听见嗖嗖地像是用嘴吸气，一眨眼的工夫，浓烟全被吸进去了。道士塞上葫芦嘴，装进口袋。大家再看看那张人皮，有眉有眼，有手有脚，人身上有的东西，应有尽有。道士把它卷起来，像卷轴画一样，发出哗啦哗啦的响声，也装进口袋里。当道士就要告别而去时，陈氏跪在门口，哭哭啼啼地向他哀求让王生起死回生的方法。道士推辞，说他也没有办法。陈氏更加悲痛，拜伏在地不肯起来。道士沉思了一会儿说："我的法术浅薄，实在不能起死回生。我说一个人，也许能有办法，你去向他哀求，他一定会帮你的忙。"陈氏问："你说的是谁？"道士说："市上有个疯疯癫癫的人，时常躺在粪土中。你试着去给他叩头，并向他哀求。倘若他狂辱夫人，夫人不要恼他。"

二郎也熟悉那个人，就告别道士，和嫂子一道去寻找。找了一会儿，看见有个要饭的叫花子在大道上疯疯癫癫地唱着，鼻涕流下三尺多长，脏得让人无法靠近。陈氏赶紧跪下，用膝盖走到他的跟前。要饭的叫花子笑着说："佳人，你爱我吗？"陈氏把刚发生的事情告诉了他。他又大笑着说："每个人都可以是丈夫，何必把他救活呢？"陈氏一再向他哀求。他就说："怪呀！人死了却要我来救，我是阎王吗？"便很生气地用棍子敲打陈氏。陈氏忍痛挨着打，看热闹的人越集越多，围得像堵墙。那要饭的叫花子吐出一大连痰带唾沫，送到陈氏嘴巴跟前，说："吃下它！"陈氏脸涨得通红，很是为难；但是想起道士的嘱咐，就硬着头皮吃下去了。觉得进了喉咙以后，硬得好像一团棉絮，勉强咽下，结果停积在胸膛里。要饭的叫花子一看，哈哈大笑，说："佳人真是爱我哟！"说完就走，好像事情都办完了，也不回头看看。陈氏在后面跟着，看他进了一座大庙。急忙跟进庙里去哀求，却不知他在什么地方。庙前庙后都搜遍了，竟然毫无那叫花子的踪影，于是只好怀着惭愧和恼恨的心情回到家里，既哀悼丈夫惨死，又悔恨吃痰所受的耻辱，哭得前俯后仰，只求立即死去。

开始给王生擦血殓尸时，家人都站得远远地观望，没有人敢到跟前去。陈氏抱着尸体，收着肠子，一边整理一边痛哭。越哭越伤心，不禁嘶号，突然要呕吐。感到停积在胸膛里的疙瘩，要冲突出来，等不及回头，已经掉在王生的腔里。她吃惊地一看，原来是一颗人心，而且还在腔里突突地跳动着，蒸腾的热气好像冒着烟雾。陈氏觉得很奇怪，忙用两只手合起王生的肚皮，使劲儿地抱挤到一起。过了一会儿，热气就从王生尸体的裂缝中腾腾地往外冒。陈氏于是撕下一块绸子，急急忙忙地系紧了。当用手抚摸着王生的尸体时，竟觉得丈夫的尸体开始了温度。于是又给他盖上一床绸被。等到半夜再掀起被子来看时，发现丈夫的鼻子里已有一些气息。等到天亮时，居然活过来了。他说："恍恍惚惚地好像做了一场梦，只是觉得肚子好像有些痛。"再看看身体破裂的地方，发现结着一个铜钱大的痂。但没过多久，便痊愈了。

异史氏说："愚蠢哪，世上的人！明明是个妖怪，却看成是美人。糊涂呀，愚蠢的人！明明是忠厚真诚，却以为是虚妄。不过，喜爱别人的老婆，而千方百计地勾搭上的人，他的老婆也会把吃别人的痰唾当作甜美的事。天理应该这样循环报应，只是愚蠢而又糊涂的人不醒悟罢了。可悲呀！"

［ 瞳仁语 ］

长安有一个叫方栋的读书人，颇有才名，但行为轻佻，不守礼节。每逢在路上看见出游的女郎，便经常在后面跟随着。

清明前一日，他偶然到郊外散步。见有一辆小车，挂着雕绘满目的帘幕，还有几名丫鬟随车缓缓而行。其中一个最小的骑着匹小马，容貌极美。稍稍近前一看，见帘幕掀开，里面坐着一个十五六岁的女郎，妆饰华丽，美貌为平生从所未见。方栋顿时目眩魂飞，迷恋不舍，或前或后，尾随大约数里之遥。忽然，听到车内的女郎把小丫鬟叫到车旁说："替我把车帘放下。不知哪里来的浑小子，时时偷看我。"小丫鬟放下车帘，然后愤怒地看着方栋说："这是芙蓉城七郎的新娘子回娘家，不像乡下娘子，可以由你乱瞧！"说完，便顺手抓起一把车轮下的尘土向他撒去。

方栋眯着眼睛，无法睁开，待拭目一视，车马都不见了，心下又惊又疑。回到家时，觉得眼睛很难受，便请人扒开眼睑检查一下，只见眼球上有一小翳。过了一晚，眼痛得更厉害，泪流不止，眼翳也渐渐扩大，几天后厚如铜钱，且右眼眼球起了螺旋。试了无数的药都无效，使得方栋懊恼万分，深感忏悔。后来，他听人说诵《光明经》能解除灾难。于是找来一册请人教诵。开始还有些烦躁，久而久之，安下心来，早晚盘膝静坐，手持念珠，默诵经文。如此坚持一年，万念俱消。

一日，忽闻左眼中有如苍蝇嗡嗡般的细小声音，说："黑漆漆的真教人难受。"右眼中回答说："可以同出一游，透透闷气。"渐觉鼻孔中有小虫蠕动而作痒，好像有东西出来。过了许久，又从鼻孔回到眼眶里。又听到说："很久不照看园亭了，珍珠兰都枯萎死去。"原来，方栋喜爱兰花，园中种植甚多，常常亲手浇灌，但自从失明后，这事便搁下很长时间了。听了这话，便问妻子："为什么让兰花枯死？"妻子问他怎么知道，方栋便告诉她缘由，妻子来到园中，果见兰花尽枯而死。心里不禁觉得有些奇怪，于是坐在房中，不声不响地等待。一会儿，就看见有小人从丈夫鼻孔中出来，大不过一粒黄豆，慢慢出门去。不久，又手牵手回来，飞到方栋脸上，就像蚂蚁入穴一样，从鼻孔钻进去。

这样，过了两三天，听左边的说："隧道弯弯曲曲，往来很不方便，不如自己开一门户。"右边的说："我这边墙壁太厚，不容易。"左边的说："待我试试辟开看，好与你在一起。"于是左眼眶像抓裂一条缝，睁开看时，能见桌几什物了，他欢喜极了，连忙去告诉妻子。妻子检查时，发现眼膜上凿出一小孔，黑眼珠荧荧发光，有胡椒籽大。过了一晚，内障尽消。仔细一看，两瞳竟聚在一起，而右眼螺旋如故，才知两瞳仁合在一眶了。方栋虽瞎了一只眼睛，但视力却比以往双眼更好。从此以后，他的行为更加检点，并受到乡邻的好评。

异史氏说：曾闻乡间有一读书人，与两位朋友同行，远远望见有一少妇骑驴从前面经过，放声吟道："有美人兮！"并招呼友人"快追！"三人嬉笑着追赶，一会儿追上了，发现是他儿媳，心里很惭愧。低下头，作不得声。同行假装不知，故意评头品足，语近下流。这先生只好结结巴巴地说："这是我的大儿媳。"同行于是停止亵渎。凡是轻薄之徒，想侮辱他人，往往侮辱了自己。多么可笑啊！至于眇目失明，那是鬼神给以惨痛的报应。但不知道芙蓉城主是什么神？难道是菩萨现身吗？然而，小郎君能辟开门户，足见鬼神虽凶恶，却也允许人悔过自新。

［ 陆判官 ］

陵阳有个朱尔旦，字小明，他性格豪放，但是天性迟钝，学习虽然很用功，还是没有出名。一天，文社里的人在一起喝酒。有人跟他开玩笑说："你有豪放的名声，若能在深夜到十王殿里把左廊的判官背来，我们大家就凑钱请你喝酒。"

原来陵阳有个十王殿，殿里的神像和鬼像都是用木头雕塑的，装饰得栩栩如生。东厢有个站立着的判官，青绿的面容，赤红的胡须，相貌尤其狰狞可怕。有时晚上会听到东西两厢有拷打刑讯的声音。进到庙里的人，毛发都吓得一根一根地竖立起来。所以大家故意用这个难为朱尔旦。朱尔旦听后笑呵呵地站起来，径自走了。等了不一会儿，门外大声呼喊："我把大胡子宗师请来了！"大家都站了起来。顷刻之间，朱尔旦把判官背进屋里，放在几上，拿起酒杯，向他浇奠了三次。大家看着面目狰狞的判官，吓得哆哆嗦嗦，坐不安稳又请他背回去。朱尔旦又把白酒浇在地上，祷告说："学生狂妄轻率，很不文雅，大宗师谅必不会见怪。我家不远，你应该趁着高兴的时候，来找我喝酒，希望你不要因为阴阳关系而有所隔阂。"说完，还把它背了回去。

第二天，大家果然凑钱请他喝酒。到晚上，他喝得半醉回家，因为还没有尽兴，又点起灯自酌自饮起来。忽然有人撩起门帘走了进来，抬头一看，原来是判官。朱站起来，说："啊，我大概将要死了！前天晚上冒犯了你，现在要来杀我吗？"判官掀开浓密的胡子，微笑着说："不是，昨夜承蒙你盛情相约，今晚偶然得空，就来履行旷达人的约请。"朱尔旦很高兴，拉着他的衣服，催他坐下，亲自起来洗涤酒具，点火烫酒。判官说："天道暖和，不必烫酒，可以冷饮。"朱尔旦遵从他的意见，把酒瓶放在桌子上，跑去告诉家人备办酒菜。妻子听说来了一个判官，大吃一惊，告诫丈夫不要出去。朱尔旦不听，立等做好了下酒菜，才出来陪客。两个人推杯换盏，互相敬了酒，才询问姓名。判官说："我姓陆，没有名字。"和他谈论古典，他回答得很敏捷。问他："懂不懂八股文？"他说："好坏也略微能够辨别出来。阴间读书，和阳间大致相同。"

陆判官的酒量很大，一下子就干了十大杯。朱尔旦因为整整喝了一天的酒，竟然不知不觉醉倒了，趴在桌子上，醉醺醺地睡着了。等他睡醒的时候，屋子里残灯昏黄，鬼客已经走了。从这以后，陆判官三天两天就来一趟，两人感情越来越融洽，时常睡在一起。朱尔旦把手稿给他看，他常常是用红笔抹刷掉，说是写得都不好。

一天晚上，朱尔旦喝醉先睡了，陆判官还在自酌自饮。在睡梦中，朱尔旦忽然觉得脏腑有些痛；醒过来一看，只见陆判官端坐在床前，剖开自己的腹腔，掏出自己的胃肠，正在一根一根地整理着。朱尔旦吃了一惊，说："我们从来没有仇怨，你为什么把我杀了？"陆判官笑着说："你不要害怕，我给你换一颗聪明的心呀。"说着，便不慌不忙地把肠胃装进腹腔，又把伤口合起来，最后用裹脚布束在朱的腰上。做完了手术，看看床上，也没有血迹，只是觉得肚子里稍微有些麻木。只见陆判官把一块肉放在桌子上，朱尔旦问他是什么东西。陆判官说："这是你的心。你写文章的才思不敏捷，知道你的心窍被堵塞了，刚才我在阴间，从千万颗心里挑出一颗好的，给你换上，留下这颗好补上缺的数。"说完就起身带上门走了。天亮以后，朱尔旦解开裹脚布一看，刀口已经愈合，肚皮上只留下一道红线。

从此以后，朱尔旦的文思大有进步，不管什么文章，看一眼就忘不掉。过了几天，又写出一篇文章给陆判官看。陆判官说："可以了。只是你的福分浅薄，不能做大官，只能中乡试、科试而已。"朱尔旦问他："什么时候？"陆判说："今年一定能够中第一名。"不久，朱尔旦果然在科试中考第一名，在乡试中考中了第二名。

同社的秀才从来都嘲笑朱尔旦的文章拙劣，这次看见他的考卷，都你看看我，我看看你，感到很惊讶，详细追问，才知他非同寻常的经历。他们都求朱先去疏通一下，愿和陆判官交朋友。朱尔旦跟陆判官一说，陆判官也答应了。大家摆下丰盛的酒宴等待着。刚到一更，陆判官就到了，一副红胡子上下颤动，目光炯炯，好像两道闪电。大家吓得脸色惨白，牙齿都要互相撞击，于是一个一个都吓得悄悄溜走了。

朱尔旦就把陆判官领到自己家里喝酒。喝到微醉时，朱尔旦说："你给我洗肠刮胃，给我的好处已经很多了。还有一件事情，想要麻烦你，不知行不行？"陆判官就请他提出来。朱尔旦说："心肠可以换，想来面目也是可以更换的。我的妻子，是我的结发夫人，身段也还不错，只是面目不怎么漂亮。还想请你动动刀子，怎么样？"陆判官笑笑说："行，得让我慢慢想办法。"

过了几天，半夜的时候，陆判官来敲门。朱尔旦急忙爬起来，把他请进屋里，点灯一照，看他用衣襟裹着一个东西。便问里面裹着什么东西，陆判官说："你前几天嘱托我的，我回去就苦苦地寻找，很难找到。刚才恰好得到一个美人头，以满足你的愿望和要求。"朱尔旦扒开衣襟一看，脖子上的鲜血还是湿的呢。陆判官催他快进卧房，不要惊动鸡犬，朱尔旦担心深夜房门被插上了。陆判来到门前，用手一推，房门自己就开了。朱尔旦把陆判官领进卧室，看见夫人侧着身子睡着了。陆判官把人头交给朱尔旦抱着，自己从靴筒里抽出一把匕首似的短刀，按在夫人的脖子上，往下一用劲，像切豆腐似的，人头就落到枕头旁边去了；又急忙从朱尔旦怀里拿过美人头，合到夫人的脖子上，仔细地看了看，对得端端正正的，然后按了按就接上了。接好以后，把枕头挪过来，塞到她的肩膀底下，叫朱尔旦把割下来的人头埋到僻静的地方，才回去。

朱尔旦的妻子醒来，觉得脖子有点发麻，胸上也有皱皱的感觉；用手一搓，便搓下来一些干巴的血片，顿时感觉十分惊讶，就招呼侍女打水洗脸。侍女看她脸上被血污涂得乱七八糟，非常吃惊。洗脸时，一盆子水全被染红了。洗完抬头一看，面目完全不同，更是惊讶极了。夫人拿起镜子一照，猛然一惊，自己也不明白这是怎么一回事情。朱尔旦进来告诉她。接着反复端详，只见细长的眉毛伸向鬓角，笑眯眯的酒窝承托着颧骨，真是画上的美人。解开领子一看，脖子上有一圈儿红线，上边和下边的皮肤颜色，截然不同。

在这以前，吴御史有个长得很漂亮的姑娘，没出嫁就死了两个未婚夫，所以十九岁还没结婚。元宵节她去游览十王殿，当时游人很杂，其中有个无赖，看见了她，认为她太漂亮了，就偷偷打听到她的住处，趁着夜里爬墙进了院子，又挖洞进了姑娘的寝室，在床前杀死一个丫鬟，要强奸姑娘。姑娘极力抗拒，大声喊叫。贼子一怒之下，把她也杀了。吴夫人略微听到一些喧闹声，招呼侍女去看看，侍女看见了尸体，大吃一惊。全家都起来了，把尸体停在堂上，把脑袋搁在脖子旁边，满门哭哭啼啼，乱纷纷地折腾了一夜。天亮掀开被子一看，尸身还躺在灵床上，脑袋却无影无踪了。拷打遍了所有的侍女，说她们守灵不谨慎，以致葬进了狗肚子。

御史到陵阳府告状，知府发出拘票，严限追捕，追了三个月，也没抓到杀人凶手。后来，朱尔旦给老婆换头的怪事，慢慢传到吴御史耳里。吴御史心里很疑惑，就打发一个老太太到朱尔旦家里探听情况。老太太来到朱尔旦家里，进屋看见夫人，很惊讶地跑回去告诉吴御史。御史看看女儿的尸体依然在那里，又惊又疑，自己无法判断。猜想是朱尔旦用邪术杀了女儿，就去盘问朱尔旦。朱说："我老婆在梦里换了脑袋，我实在不知道这是什么缘故。说是我杀人，实在是冤枉。"吴御史不相信，又去陵阳府控告朱尔旦。知府把朱尔旦的家人抓去审问，供词和朱尔旦说的一样。知府也没有办法判决。朱尔旦回到家里，向陆判官请求办法。陆判官说："这个不难，就让叫他女儿自己回去说明情况好了。"

这天晚上，吴御史梦见女儿告诉他说："女儿是被苏溪的杨大年杀害的，和朱孝廉没有关系。朱孝廉认为妻子的容貌不漂亮，陆判官拿女儿的脑袋给她换上了，这是女儿的身体已经死亡了，脑袋还活在世上的原因。希望不要和他结仇。"醒来告诉夫人，夫人也做了同样一个梦。他们把这个情况对知府说了。知府派人查问，苏溪果然有个杨大年，抓来一拷问，杨大年就认罪了。

吴御史这才到了朱尔旦家里，请求见见夫人，从此二人就以岳父和女婿相称。两家就把朱尔旦妻子的脑袋，合到吴御史女儿的尸体上，然后给埋葬了。

朱尔旦曾经三次进京参加会试，但都因为犯了考场的规矩，被取消了考试资格。他因此灰心丧气，不再谋求做官。这样过了三十年，一天晚上，陆判官告诉他说："你的寿命不长了。"于是便询问死去的时间，陆判官说是五天。朱尔旦问他："你能救我吗？"陆判官说："寿命是由老天定下来的，一般人怎能随便更改呢？而且在达观的人看来，生死都是一样的，何必认为活着是快乐，死了就是悲哀的呢？"朱尔旦认为陆判官说得对。马上准备寿衣寿被和棺椁，都准备好了之后，便穿上华丽的寿装，然后就停止了呼吸。第二天，夫人正扶着灵柩在痛哭，朱尔旦忽然从外边慢腾腾地走进来，夫人见了很害怕。朱尔旦说："我的确是鬼，但和活着的时候没有什么两样。忧虑你们孤儿寡母的，心里很留恋呀。"夫人很悲痛地大哭起来，眼泪鼻涕一直流到胸脯上。朱尔旦恋恋不舍地劝解她，安慰她。夫人说："古来有还魂的说法，你既然有灵，为什么不复活呢？"朱尔旦说："天数是不可违背的呀。"夫人又问他："你在阴间做什么事情呢？"朱尔旦说："陆判官推荐我督察案务，授给官爵，也没有什么苦累。"夫人还想说下去，朱尔旦说："陆判官和我同来，安排酒菜吧。"说完就跑出去了。夫人依照他的吩咐，备下酒菜送进客厅。只听客厅里饮酒欢笑，高谈阔论，和生前一样。半夜偷着往里一看，只有空荡荡的客厅，鬼客已经消逝了。

从这以后，朱尔旦三两天就回来一趟，还时常留下过宿，显出缠绵不舍的情意，家里的事情，也顺便照管照管。儿子朱玮，才五岁，朱尔旦回来就抱在怀里，儿子长到七八岁时，就在灯下教他读书。儿子也很聪明，九岁的时候就能写文章，十五岁就考中了秀才，竟然不知没有父亲。从此以后，朱尔旦来家的次数就逐渐减少了，个把月才回来一次而已。又一天晚上回来，对夫人说："今夜和你永别了！"夫人问他："你要上哪儿去？"朱尔旦说："我受玉帝的命令，前去管理华山，就要远去。因为事多路远，就不能回来了。"母子拉着他哭泣，他说："不要这样子！儿子已经成人，家业还可以保证你们的生活，哪有百岁不拆散的夫妻呢！"又看着儿子说："你要好好做人，力求上进，不要败坏父亲的家声。十年以后，再跟你见一面。"说完，径自出了大门，从此就绝迹了。

后来，朱玮在二十五岁时考中了进士，被任命为"行人"官。奉命前去祭祀西岳华山，路过华阴时，忽然遇上一个官员，坐着华丽的车子，侍从人员前呼后拥，直冲仪仗队。

朱玮感到很惊奇。仔细看看车子里的人，原来是父亲。他急忙下了马，痛哭流涕地跪在道旁。父亲停下车子说："你做官有个好名声，我就瞑目了。"朱玮跪在地上不起来。朱尔旦催促车马启行，火速地往前奔驰，不再理会自己的儿子。可是走了几步，又回头望望，解下身上佩刀，派人拿去送给儿子。在老远的地方对儿子说："佩带这把刀子能得富贵。"朱玮想要追从父亲，只见车马和随从人员，飘飘忽忽的，好像一阵风，眨眼就看不见了。他痛哭懊恨了很长时间。抽出佩刀看看，见造得非常精细。刀上还刻着一行字："胆欲大而心欲小，智欲圆而行欲方。"

后来，朱玮的官位做到兵部尚书。生了五个儿子，分别叫作朱沉、朱潜、朱沕、朱浑、朱深。一天晚上，梦见父亲对他说："佩刀应该赠给朱浑。"儿子听从父亲的嘱咐，把佩刀给了朱浑。后来朱浑做了都察院左都御史，在朝廷上很有声誉。

异史氏说："把鹤的长腿砍去，把野鸭子的短腿接上，矫正的人被认为是荒谬的；移花接木，首创的人也被看成是离奇的；何况开膛换心，抹脖子换头呢？陆判官这位神仙，可以说是丑在外表，美在骨子里了。明代到现在，年代不远，陵阳的陆判官还存在吗？还灵验吗？给他执鞭驾车，也是我所羡慕的。"

［ 丁前溪 ］

诸城丁前溪，家中富有，疏财仗义，为人以西汉郭解为榜样。御史行台要调查他，他就逃走了。当他来到安丘县时，正好遇上雨天，他便进入一家旅店避雨，但雨一直不停。这时，来了一位少年，对丁前溪很有礼貌。到傍晚时，便将这位客人留了下来，还割草喂丁前溪所骑的马，招呼十分周到。丁前溪其姓名，少年说："主人姓杨，我是他的内侄。主人好交游，有事外出，家中只有娘子。由于家里比较穷，无力供客，请多包涵。"丁前溪又问主人从事什么职业，少年答说："无业，开设赌场，谋一口饭而已。"第二天，仍然下雨。少年对客人还是很殷勤，傍晚又铡草，草湿淋淋的，长短不齐，丁前溪感到很奇怪。少年说："实话相告，因为家里太穷，没有东西喂牲口，刚才娘子把屋上盖的茅草取下来了。"丁前溪听后，觉得过意不去，又想："可能是希望得到报酬吧。"等到天亮时，便给少年付钱，但少年拒不接受。于是强拿进内室，但没过一会儿又把钱送还回来。少年说："娘子说了，我们并不是靠这吃饭的。主人经常在外，往往不带一文钱，客人来我家，为何还要付钱呢？"丁前溪听了，十分赞叹。临行时对少年说："我是诸城的丁某，等主人回来，可以告诉他，有空请他到诸城玩玩。"一去多年，并无消息。

恰值饥荒，杨家生活更苦了。夫妻相对，一筹莫展。妻子随便说了一句："何不到诸城找找老丁？"杨一听，便答应了。找到诸城丁家，向守门人报了姓名，丁前溪已经忘记了。于是细说了往年避雨经过，丁前溪这才记起来，于是匆匆忙忙，拖着一双鞋出门去迎接。见杨身穿破衣，鞋后跟也烂了，立刻请进暖室，设酒款待，十分尊宠。第二天，又为杨制新衣，杨认为丁前溪的确很讲义气。不过，想到家里没有饭吃，反而忧虑重重，一心只盼望多得点馈赠。住了几天，还不见赠送，心里越发着急。对丁说："不敢隐瞒，我动身时，家里米不满升。我在这里，承蒙错爱，固然快乐，却不能不挂念妻子。"丁前溪听了，便说："不要忧虑，我已经代办好了。请放心在这里多住几天，我会帮助你弄一点盘缠。"于是，派人邀来一些赌徒，使杨抽头。一夜之间，就得了上百两银子。

杨回到家后，见妻子穿着整整齐齐，身边还有小丫头侍奉。便问妻子是怎么回事，妻子说："你去后第二天就有人推车送来米和布，堆满一屋，说是老丁所送，还有个婢女。"杨感激万分。从此家道小康，不再操旧业。

异史氏说：贫而好客，一般赌博游荡的人，往往如此，最奇怪的是他的妻子也这样好客。一个人，受了别人的恩惠，不报答，还算是人吗？"一饭不忘"，丁前溪可以说尚有古人遗风。

［婴宁］

莒县罗店人王子服，从小就死了父亲。但他很聪明，十四岁就考中了秀才。母亲最疼爱他，寻常不许他去野外游玩。王子服和一位姓萧的姑娘订了婚，但那个姑娘没有嫁过来就死了，所以还是单身。到元宵节时，有个舅舅的儿子吴生，邀他一同出去逛景。刚到村外，舅舅家来了一个仆人，把吴生招呼回去了。王子服看见游女如云，便乘兴独游。

有一个姑娘，带着一个丫鬟，手里拿着一枝梅花，长得容华绝世，笑容可掬。王子服眼珠都不转地看着她，居然什么顾忌都忘掉了。那个姑娘从他跟前过去，往前走了几步，看着丫鬟说："这个小青年，目光灼灼的，很像个贼！"说完，便把梅花扔到地上，说说笑笑地径自走了。

　　王子服捡起那枝梅花，心里感到很失望，失魂落魄似的，郁郁不乐地往回走。到家后把梅花藏在枕头底下，垂头丧气地躺下就睡，不说话也不吃饭。母亲看到他这个样子，很是忧虑，便请人画符念咒，驱神赶鬼，结果越折腾越厉害，身体很快就消瘦了。请来医生给他看病，吃药发散，精神仍然恍恍惚惚的，好像被什么东西迷住了。母亲摸着他，问他是什么原因，他总是闭着嘴不回答。刚巧吴生来了，母亲便嘱咐他私下问问。吴生来到病床跟前，王子服看见他就流下了眼泪。吴生靠近病床，安慰他，劝解他，慢慢问起得病的原因。王子服吐露了全部实情，并且恳求给他想个办法。吴生笑着说："你又发傻了！这个心愿有什么不好实现的？我该替你打听打听。在野外徒步走路的，肯定不是官宦人家的姑娘。如果她还没有许配给人家，这门亲事一定能成功；不然的话，豁出大量财物，也一定会得到应允。只要你病体痊愈，这件事就包在我身上了。"王子服听他这样说，便不知不觉地咧嘴笑了。

　　吴生出来把情况告诉了姑母，就出去寻访姑娘的住处，但是什么地方都寻访到了，也没有迹象。王子服的母亲很忧愁，也没有办法可想。但是自从吴生离开以后，王子服突然有了笑脸，饭也能吃一些了。过了几天，吴生又来探望他。王子服便打听寻访的情况。吴生撒谎说："已经访到了。我以为是谁家的人呢，原来是我姑姑的女儿，就是你的姨表妹，现在还没有订婚。虽然内亲有不通婚的风俗，但只要把你的心意告诉她，没有不妥的。"王子服高兴得眉开眼笑，问道："她住在什么地方？"吴生骗他说："在西南山里，离这儿三十多里路。"王子服又再三再四地嘱托，吴生爽快地表示这事包在自己身上。

　　从此，王子服饮食逐渐增加，病体也一天比一天好起来，很快恢复了健康。他掀起枕头看看，发现那朵梅花虽然已经枯萎了，却没有凋谢。他拿着花儿玩赏，凝神地思念，就像见到了那个姑娘一样。他开始埋怨吴生这么久还不来，就写信招呼他。吴生支吾推托，招也不肯来。他又恨又气，心情郁闷，没有高兴的时候。母亲怕他再犯病，就急着为他议婚，但是刚一商量，他就晃脑袋，表示不愿意，只是天天盼望着吴生。吴生始终没有音信，他就更加怨恨起来。转而一想，三十里路并不算远，何必依赖别人呢？就把梅花揣在袖筒里，赌气自己去找，家里人谁也不知道。

　　他孤单单的一个人往前走，没有什么路可以问，只是往南山的方向走去。大约走了三十多里，只见乱山重叠，空阔苍翠，使人爽心悦目；一片寂静，无人行走，只有羊肠小道。遥望山谷底下，在繁花乱树之间，隐隐约约有个小村落。他下山进了村子，看见房子不多，都是茅屋草舍，但很整齐幽雅。大门朝北的一户人家，门前都是垂柳，墙内的桃花、杏花格外繁茂，里面还夹杂着长长的翠竹；野鸟在里边唧唧啾啾地鸣叫着。他猜测是个园亭，不敢冒冒失失地闯进去。回头看看对过儿的大门，门外有一块光滑洁净的大石头，他就坐在石头上休息。没过一会儿，就听见墙内有个女子，拉着长长的声音招呼"小荣"，声音很娇嫩。他站起来听着，便看到一个女郎由东边走来，手里拿着一朵杏花，低着脑袋往自己头上插戴。抬头看见了王子服，就不再插戴了，满脸含笑地捻弄着杏花，跑进了大门。王子服仔细一看，正是元宵节在路上遇见的那位姑娘。他很高兴，但是觉得没有理由进见，想要招呼姨娘，又顾虑从来没有来往，怕有差错。门里也没有人可以打听情况。他坐也坐不稳，躺也躺不住，心神不定地走来走去，从早晨盼到过午，眼睛都望穿了，也忘掉了饥渴。不时看见有女子露出半个脸来偷看他，似乎怪他为什么还不走。忽然有一个老妇人，拄着拐杖走出来，看着他说："哪里的小伙子，听说你辰时就来了，一直到现在。想干什么？难道不饿吗？"王子服急忙站起来作了个揖，回答说："我要看望一门亲戚。"老妇人耳聋没听见。他又大声说了一遍。老妇人就问他："你的亲戚姓什么？"他回答不出来。老妇人笑着说："真怪呀！连姓名都不晓得，探望什么亲戚呀？我看你这个年轻人，也就是个书呆子。不如跟我来，吃点粗茶淡饭，家里还有短床可以睡觉。等明天早晨回去，打听明白姓名，再来探望也不晚。"王子服一听，这才感到肚子饿了。由于从此可以逐渐靠近美人了，所以心里也特别的高兴。

他跟着老妇人进了大门，只见门里用白色的石头砌着甬路，夹道两旁全是红花，一片片花瓣洒落在台阶上。拐了一道儿往西走，又开了一道门，满院子都是豆棚花架。老妇人便请他进屋里。王子服一看，出现在眼前的是粉白的墙壁，光洁明亮，好像镜子一样；窗外的海棠，连枝带花，伸进屋里来；褥垫、坐席、桌子、床榻，没有不整洁放光的。他刚刚坐下，就有人从窗外隐隐约约地往里偷看。老妇人喊道："小荣，快去做饭！"外面有个丫鬟"噢"地应了一声。这时，王子服便把自己的家世全对老妇人说了。老妇人问道："你的外祖父是不是姓吴？"他说："是的。"老妇人惊讶地说："是我的外甥啊！你的母亲，是我妹妹。这些年因为家境贫寒，又没有三尺高的男子，竟至音信阻塞。外甥都长这么大了，还不认识。"王子服说："我来这里的目的，就是看望姨娘，刚才匆匆忙忙的，就突然忘了姓名。"老妇人说："老身夫家姓秦，并没有生儿育女；只有一个女儿，还是小老婆生的。她母亲改嫁了，留给我抚养。人倒也不太迟钝，只是缺乏训教，总是嬉笑玩耍，不知道忧愁。等一会儿，叫她来拜识表兄吧。"时隔不久，丫鬟端来了饭菜，只见盘里装着肥鸡大鱼。老妇人招待王子服吃完了饭，丫鬟来收拾餐具。老妇人说："快唤宁姑娘来。"丫鬟应声走了。过了老长时间，便听见门外隐隐约约有笑声。老妇人又招呼说："婴宁，你表兄在这里。"门外还是咪咪地笑个没完没了。丫鬟把她推进屋里，她还用袖子遮着嘴笑得难以抑制。老妇人瞪她一眼说："有客人在跟前，嘻嘻哈哈的，像个什么样子！"她忍住笑，站在那里，王子服向她作了一个揖。老妇人说："这是王郎，你姨娘的儿子。一家人还互相不认识，可真笑死人了。"王子服问道："妹妹今年多大年纪了？"老妇人没听清楚。王子服又说了一遍。婴宁又笑得抬不起头来。老妇人对王子服说："我说她缺少教育，这就可以看到了。已经十六岁了，呆头傻脑的像个小孩子。"王子服说："比外甥小一岁。"老妇人说："外甥已经十七岁了，是不是生于庚午年，属马的？"王子服点头称是。又问道："外甥的媳妇是谁家的姑娘？"王子服回答说："我还没有媳妇。"老妇人说："像外甥这样的才华和相貌，为什么十七岁还没订婚呢？婴宁也没有婆家，真是顶好的一对儿，可惜是内亲。"王子服不说话，只是不转眼地看着婴宁，顾不得看别的地方。这时，丫鬟对婴宁小声说："目光灼灼的，贼腔还是没有改掉！"婴宁又大笑起来，看着丫鬟说："去看看碧桃开了没有？"就很快地站起来，用袖子遮着嘴，迈着细碎的小步跑了出去。到了门外，笑声就大起来。老妇人也站起来，招呼丫鬟拿褥子铺床，给王子服安置住处，说："外甥来一趟不容易，应该住个三五天，晚点送你回去。若嫌憋闷，房后有个小园，可以供你消遣，还有书可读。"

第二天，王子服到了房后，果然有个半亩地的小园，地上的细草像是铺着一层毡子，杨花掺在路上；有三间茅草屋，被花木围在中间。他踱着小步在花间穿行，听见树上有抖动的声音，仰脸一看，原来是婴宁在树上。看他走过来，狂笑得要掉下来了。王子服说："别笑，当心摔下来！"婴宁边下来边笑，笑得不能抑制。刚要下到地面，忽然失手掉了下来，才止住了笑。王子服扶着她，并偷偷在她手腕上捏了一下。婴宁这时又笑起来，倚在树上笑得不能迈步，过了很长时间才停下来。王子服等她笑声止住了，就从袖子里掏出梅花给她看。婴宁接过去，说："已经枯萎了。怎么还留着？"王子服说："这是元宵节那天妹妹留下的，所以保留着。"婴宁问他："保留下来有什么意思？"王子服说："用它表示对你爱慕不忘。自从元宵节相遇之后，我一直想你，以致成了病，自想一定要变成鬼物，不料能够看到你的容颜，万望得到你的怜悯。"婴宁说："这事太小了。我们是至亲，有什么吝啬的？等你走的时候，园子里的花卉，应把老仆人叫来，折它一大捆，背着给你送去。"王子服说："妹妹痴啦？"婴宁反问道："痴啥？"王子服说："我不是爱花，爱的是捻花的人。"婴宁说："感情疏远的亲戚，有什么爱可说的？"王子服说："我所说的爱，不是亲戚间的爱，而是夫妻间的爱。"婴宁问道："有什么不同吗？"王子服说："晚间睡在一起呀。"婴宁低头想了好长时间，说："我不习惯和生人在一起睡。"话没说完，丫鬟悄悄来到跟前，王子服恐惧不安地溜走了。

过了一会儿，又在老妇人的房子里会到一起。老妇人问婴宁："你上哪去了？"婴宁回答在花园里和哥哥唠嗑。老妇人说："饭熟已经很久了，有多少话，这么长时间还没有唠完？"婴宁说："哥哥要和我在一起睡觉……"话没说完，王子服窘得要死，赶紧瞪她一眼。她抿嘴一笑，也就不说了。幸亏老妇人耳聋没有听见，仍在唠唠叨叨地追问着。王子服忙用别的话语掩饰过去，并小声责备婴宁。婴宁说："背着别人，难道可以背着老母？况且在一起睡觉也是常事，有什么好瞒的？"王子服恨她太傻，却又没有办法能够让她明白。

刚刚吃完饭，家里的人就牵着两头驴子来找王子服。

原来，母亲在家等着王子服，等了很长时间也没见他回来，担心他出了问题，便开始寻找；村子里几乎找遍了，仍然毫无踪影。于是就去问吴生。吴生想起了自己说过的话，就叫到西南山村里去寻找。找了好几个村子，才来到这里。王子服一出门，恰巧遇上了，就进屋告诉老妇人，并且请求和婴宁一同回去。老妇人一听，高兴地说："我有这个心意，已经不是一朝一夕了。只是老迈的身子不能长途跋涉，现在让外甥领她去，让她认识姨娘，太好了！"说完就招呼婴宁。婴宁笑着来到跟前。老妇人说："有什么喜事，笑起来就没完没了？你若能不笑，才是完人。"说着狠狠地瞪了她一眼，然后说："哥哥要和你一同回去，你现在就去梳妆打扮吧。"又招待家人用过酒饭，才把他们送出来，嘱咐婴宁说："你姨娘家田产丰裕，能够养活闲人。到那里就不要回来了，稍微学点诗书礼仪，也好侍奉公婆。麻烦你的姨娘给你选择一个好女婿。"两个人听完就动身了。走到山坳里，回头看看，还仿佛看见老妇人倚着门框向北望着他们。

到家时，母亲看见儿子带回一个美女，惊问是谁。王子服回答是姨娘家的女儿。母亲说："前些日子吴生对你说的话，都是骗你的。我没有姐姐，怎么会有外甥女呢？"又去询问婴宁，婴宁说："我不是母亲生的。父亲姓秦，去世的时候，我还在襁褓之中，不能记住当时的事情。"母亲说："我有一个姐姐嫁给了姓秦的，这倒千真万确；可是她死去很久了，怎能还在世上呢？"因而就详细盘问那位老妇人面貌、年纪，也都一一符合。母亲又疑惑地说："是了。可是去世已经多年，为什么还留在世上呢？"正在疑虑的时候，吴生来了，婴宁就躲进了内室。吴生问明了情况，心情沉闷了很长时间，忽然问道："这个姑娘叫婴宁吗？"王子服告诉他是叫婴宁。吴生说这是非常奇特的怪事。问他怎么知道的，吴生说："秦家姑母去世以后，姑父鳏居，被狐狸迷惑，病死了。狐狸生了一个女儿名叫婴宁，包在衣被里放在床上，家人都见过。姑夫去世以后，狐狸仍然时常来；后来请张天师画了一道符，贴在墙壁上，狐狸就带着女儿走了。是不是这个姑娘呢？"母亲和吴生正在疑惑，只听屋里响起"咯咯"的声音，一听就是婴宁的笑声。母亲说："这个姑娘也太娇憨了。"吴生请求当面看看她。母亲进到屋里，婴宁还在毫无顾忌地大笑着。母亲催她出去，她才极力忍住笑，又面向墙壁，镇静了一会儿，才出来。刚一展拜，突然转身跑回屋里，又纵声大笑起来。满屋子妇女，都被她逗笑了。

吴生请求到南山里看看那里的怪现象，顺便给他们做个媒人。他找到那个村庄的所在地，房舍全都不见了，只有七零八落的山花而已。吴生回忆埋葬姑母的地方仿佛离此地不远，但是湮没在数不清的坟堆里，无法辨认，无奈之下，只好回到家里。母亲怀疑婴宁是个鬼物，便进去把吴生所说的怪事告诉给她，但她却没有一点惊讶的表情；母亲又可怜她无家可归，她也没有悲伤，只是没完没了地憨笑罢了。谁也猜不透这事。母亲便叫她和少女们住在一起，她天光没有大亮就起来问候，操持女红，精巧无比，只是喜欢憨笑，禁也禁不住。但是笑的时候很好看，即使笑得发狂也不减损她的媚态，人们都很喜欢她。邻家的姑娘媳妇，都争着和她交朋友。母亲于是选定吉日良辰，想给他们举行婚礼，但一直怀疑她是个鬼物。暗中在太阳底下窥视，又没有发现任何的异常现象。

到了结婚那天，让她穿上华丽的服装举行婚礼；她狂笑到了极点，既不能哈腰，也不能抬头，只好作罢。王子服认为她痴傻，怕她泄露房中的秘事，她却守口如瓶，一句也不泄露。每逢母亲忧愁而生气的时候，她过去一笑就解除了。奴仆丫鬟有了小的过错，害怕遭到鞭打，就求她先到母亲屋里唠嗑；犯了过错的奴婢再去投见，都常常得到赦免。但是她爱花成癖，为寻求花卉，找遍了亲戚朋友，还偷偷地典当金钗，购买好花，几个月的工夫，台阶、篱笆、茅厕，没有一处不种花。后院有一架木香，从前就挨着西邻。她时常爬上木香架，摘取木香花，插在头上玩耍。母亲有时遇上了就呵斥她，她总也不改。

一天，西邻的儿子看她站在木香架上，就凝神注目，心里很爱慕。她不但不回避，反而看着对方憨笑。西邻的儿子以为她看中自己，心里就更加淫荡起来。婴宁用手指指墙根底下，便笑眯眯地下了木香架，西邻的儿子以为那是告诉他幽会的地方，高兴极了。等到黑天，跑到那里一看，她果然在那里了。他靠上去进行淫媾，下面好像被锥子刺了一下，顿时觉得痛彻心扉，便大叫一声跌倒了。仔细一看，并不是女子，而是一根枯木躺在墙边上，碰到的乃是被雨水淋出来的窟窿。西邻儿子的父亲，听见儿子的号叫声，急忙跑来询问，儿子哼叫着不肯说。妻子来了，他才说了实情。等点火照看那个窟窿时，看见里面趴着一只大蝎子，大得像个小螃蟹。老头儿砸碎了木头，捕杀了蝎子，把儿子背到家里，半夜就死了。随后，西邻的老头儿告了王子服一状，揭发婴宁是个妖魔。县官一向敬慕王子服的才学，素来就知道他是个品行忠厚的书生。认为这是西邻老头儿的诬告，要用棍子惩罚他。王子服替他求情，才免于责打，被赶了出去。

母亲对婴宁说："总是这样憨狂的傻笑，我早知道过分的高兴必然潜伏着忧患。因为县官神明，才侥幸没有受到牵累，假如是个糊涂县官，一定把她抓到公堂上对质，我儿还有什么脸面回来见亲戚邻居？"婴宁的神色立即严肃起来，发誓不再笑。母亲说："人没有不笑的，只是要有所节制。"从此，婴宁再也不憨笑了，即使故意引逗她，也始终不笑，但一天到晚也不见有愁容。

一天晚上，她忽然对王子服流下了眼泪。王子服感到很诧异。婴宁抽抽噎噎地说："从前因为跟随你的时间很短，说出来怕引起你的惊讶。现在观察婆母和郎君，都过分地疼爱我，没有二心，所以直言不讳地告诉你，也许没有妨碍吧！我本是狐狸生的，母亲临走的时候，把我托付给鬼母，相依了十几年，才有今天。我又没有兄弟，所能依靠的只有郎君一个人。老母孤寂地待在山沟里，没有人怜悯她，让她和父亲合葬，九泉之下总觉得悲痛遗憾。如果郎君不怕麻烦、破费，就能够使地下人消除这个怨痛，也使养了女儿的人，不能忍心抛弃女儿了。"王子服答应了，可是担心荒草丛里坟墓很多，辨认不清，婴宁却说不用担心。于是，就选定一个日子，夫妻俩用车子拉着棺材前往。婴宁在荒芜杂乱的草木丛中指出墓所，果然找到了老妇人的尸体，皮肤还是完好保存着。婴宁抚着尸体，悲痛地哭了一场。把尸体装进棺材里抬回来，找到秦氏的坟墓合葬了。这天夜里，王子服梦见老妇人来向他道谢，醒来就对婴宁说了。婴宁说："我夜里就见到她，你所以不知道，是因为她嘱咐我不要惊动你呀。"王子服埋怨她没有请老母住在家里，婴宁说："她是鬼，家里活人多，阳气重，怎能久住呢？"王子服又问小荣的情况，婴宁说："她也是狐狸，最聪明。狐母把她留下来照顾我，她时常摄取一些好吃的东西哺育我，所以我很感激她，常常把她挂在心上。昨晚儿我问老母，说是已经出嫁了。"

从此以后，每年的寒食节，夫妻俩都去秦家墓地上坟，祭奠扫墓，年年不缺。婴宁在第二年生了一个儿子。婴儿在怀抱之中，就不怕生人，见人就笑，很像他母亲的风度。

异史氏说："看她没完没了地憨笑，好像是完全不动脑筋的人，可是墙下的恶作剧，其聪明和狡猾，比谁都厉害。至于凄恋着鬼母，反笑为哭，婴宁恐怕是把悲痛隐藏在憨笑之中了。我听人议论说，山里有一种草，名叫'笑矣乎'，闻一闻就笑不可止。

房子里种植这样一种草，那么合欢和忘忧二草，就都不在话下了；至于杨贵妃的解语花，就更嫌她矫揉造作，故作姿态了。"

［凤阳士人］

凤阳有一位读书人，出门远游，临行时对妻子说："半年就回来了。"可是，过了十几个月，尚无消息。妻子对他的盼望越来越殷切。

有天夜里，妻子睡在床上。月光照进纱窗，树影移动，触发了她的离情。忽然有一个美女穿戴华丽，掀帘进来，笑着说："姐姐是不是想见到爱人？"妻子立刻起身答应。女子邀她同去，妻子害怕路途遥远，女子说不要紧，挽着她的手，在月光下走了一段路。妻子觉得女子走得太快，很难跟上。叫她稍稍等候，让自己回家换鞋。女子便扶她坐在路旁，把自己脚上的鞋脱给她穿上，鞋子很合适，再上路时，便健步如飞了。

一时，就看到丈夫骑一白骡来到，见到妻子时，表示惊奇，问她要往哪里去。妻子答说："找你。"又问："与你同行的女子是谁？"妻子尚未开口，女子笑说："且莫问这些，娘子一路奔波不容易，你也骑马跑了半夜，想必人和马都疲倦了，我家近在咫尺，请去休息一下，明早再走吧。"果然，几步之外，就有一个村子。于是夫妻二人便跟着那个女子来到一所住宅中，女子叫醒丫鬟招呼客人，说："今夜月光明朗，不必点蜡烛。小台石几可坐。"女子把骡子拴在屋檐梧桐树上，然后陪坐，并对书生的妻子说："鞋子不太合适吧？途中累不累？回去有马骑，请把鞋还我吧。"书生的妻子道谢后将鞋还给她。

顷刻间摆上饭肴，女子酌酒说："你们夫妻阔别，今夜团圆，请喝杯薄酒，表示祝贺。"男人举杯酬谢，主客欢笑。慢慢手舞足蹈，不守礼节。男的眼光盯着女子，还说些不三不四的话。夫妻久别重逢，却未说半句。女子也眉目传情，说些别人听不懂的隐语。妻子默默无言，干脆装傻。到了后来，男女之间都有了醉意，言语举止更近于猥亵。女用大杯劝酒，男的推辞已醉，并要女子唱歌给他听。女子答应，用象牙拨子一边拨琴一边唱：

黄昏卸得残妆罢，窗外西风冷透纱。听蕉声，一阵一阵细雨下。何处与人闲磕牙？

望穿秋水，不见还家。潸潸泪似麻。又是想他，又是恨他，手拿着红绣鞋儿占鬼卦。

唱完，笑说："这种下里巴人的曲子，恐不入尊耳。但流俗如此，只好依样画葫芦。"讲这番话时，妖声妖气，男的更被迷住，有些情不自禁。一会儿，女子装醉退席，男的便跟她进去，许久不出来。丫头伏在走廊上睡了。妻子独坐无聊，心中愤愤不平。想逃回家，但由于是夜间不认得路，一时拿不定主意。

等妻子走到里面去时，近窗一听，隐约听到男女欢昵的声音。再听，男人把平日夫妻俩的种种事体全说了出来，气得她全身发抖。心扑通扑通地跳，想不如出门跳进溪涧中死去的好。走了几步，忽见胞弟三郎骑马来到。三郎下马问她，她一五一十说给三郎听，三郎勃然大怒，立刻同她回到女子家，见房门紧闭，男女枕上喁喁私语，依稀可闻。于是，三郎手握大石抛击门窗，窗棂被打断几根，房里大叫："郎君头破了，怎么办？"书生的妻子一听，急得大哭，对三郎说："我并未要你把我丈夫杀掉，现在如何是好？"三郎瞪着眼睛说："你呜呜地哭着催我来这里，现在才消了口气，却又祖护自己丈夫，反埋怨我。我不稀罕听你这丫头的指使。"说着，回身就走。书生的妻子牵着他的衣服说："你不带我去，一个人往哪里走！"三郎顺手把她推倒地上。她顿时觉醒，才发现原来是一场梦。

第二天，丈夫果真骑着一匹白骡回家。妻子觉得很奇怪，却未开口。丈夫这夜也做着同样的梦，相互骇然。三郎听说姊丈远归，特来探望，谈话中也说到在梦中见到姊丈。姊丈笑着说："好在我没给石头打死。"这时方知三人夜间同做一梦。但不知女子是何许人也？

［ 聂小倩 ］

宁采臣，浙江人。性格慷慨而又豪爽，以行为端正而自重。他常对人说："我从不寻花问柳，一生正正派派，始终如一。"有一次，他去金华，走到城北时，便在一个大庙里放下行李歇歇脚。庙里的佛殿佛塔都很壮丽，但是蓬蒿长得比人还高，好像很长时间没有人来过。东西两厢的僧房，两扇房门虚掩着；只有南面的一所小房子，外面钉着新铁环，锁着一把新锁头。再看看佛殿的东墙角，有一簇高大的竹林，竹子都有一把来粗，台阶下面有个很大的水池子，野荷已经开花了。宁采臣很喜欢这个幽静的环境。刚好学政在县城里举行岁试，城里的房租很贵，因此想要住在这里，就随便散散步，等着和尚回来。天黑以后，来了一个读书人，打开了南面小房子的门。宁采臣赶紧迎上去，躬身施礼，并且把想住在这里的意思告诉他，那人说："这个庙里没有主人，我也是暂时借住的。

你肯住在这个荒凉的地方，早晚教诲，那就太好了。"宁采臣很高兴，铺上草秸代替床榻，支起板子当桌子，做了久住的打算。

这天晚上，皎洁的月亮高挂中天，月光清澈似水，两个人坐在殿廊上促膝谈心，各人都介绍自己的姓名。读书人自我介绍说："我姓燕，字赤霞。"宁采臣怀疑他是赶考的秀才，但是听他的口音，却不像浙江人。问他是哪省人，他说是"陕西人"。话语很朴实诚恳。谈了一会儿，两人都无话可唠，就拱手告别，回到屋里睡觉。

宁采臣因为住在一个新地方，很久不能入睡。听见房子北边有咕咕的说话声，好像是眷属。他就爬起来，趴在北墙的石头窗台上，偷着往外观看。看见矮墙外面有个小院落，院子里有个四十多岁的妇女；还有一个老太太，穿一身红色的旧衣服，头上戴着蓬沓，驼背弯腰，老态龙钟，两个人站在月下对话。四十多岁的妇女说："小倩为什么这么久了还不来？"老太太说："差不多快来了。"四十多岁的妇女说："她是不是对姥姥有什么怨言？"老太太说："我没听着，但是看她样子好像不大高兴。"四十多岁的妇女说："你不应该对那个丫头客气……"话还没说完，就来了一个十七八岁的少女，在月光之下，仿佛很漂亮。老太太笑着说："真是背后不能讲人，我们两个正在谈论你，你就悄没声地来了，连一点声音都没有。幸亏没有议论你的短处。"又说："小娘子端端正正，漂亮得像个画中人，假使老身是个男子，也被你把魂摄走了。"那个少女说："姥姥不赞美我，还有什么人给我道好啊？"三个女子又不知说了些什么。宁采臣以为那是邻人的家眷，就躺下睡觉，不再听下去。又过了一会儿，才寂寂无声了。刚要睡着，就觉得有人进了他的屋子。于是急忙爬起来一看，原来是北院的那个少女。他很惊讶地问她要做什么。少女笑笑说："月夜睡不着觉，愿意跟你相好。"宁采臣严正地说："你应该提防别人议论，我更怕人们说三道四，稍一失足，就要丢尽脸了。"少女说："现在夜深了，没有人知道。"宁采臣又大声斥责她。她进进退退的，好像还有话说，宁采臣向她大喝一声说："你赶快离开这里！不然的话，我要招呼南舍的燕生了，让他知道这件事情。"少女害怕了，才退了出去。可是退到门外，又返了回来，拿出一锭黄金，搁在他的褥子上。宁采臣伸手抓起来，扔到院子里的台阶上，说："不是好来的东西，别弄脏了我的口袋！"少女很惭愧，退了出去，拾起金锭自语说："这个汉子真是铁石人。"

第二天早晨，有一个兰溪的秀才，领着一个仆人，前来等候考试，住在东厢房里，到晚上突然死了。死尸的脚心有个小孔，好像用锥子刺的，鲜血细细地从小孔里往外流着，谁也不知什么原因。第二天晚上，仆人也死了，症状也是那个样子。傍晚，燕赤霞回来以后，宁采臣向他询问死亡的原因，燕赤霞认为那是妖魔鬼怪害死的。宁采臣一向刚强不屈,听了这话也没放在心上。半夜的时候,那个少女又来了,对宁采臣说:"我碰到过的人多了,还没有看见刚强得像你的。你实在是个圣贤,我不敢欺骗你。我叫小倩,姓聂。十八岁就死了,葬在寺院的旁边,常被妖怪威胁着,驱使干一些下贱的勾当;厚着脸皮向人,实在不是我所乐意干的。现在庙里没有可以杀害的人,恐怕要夜叉来害你了。"宁采臣害怕地向她请求办法。小倩说:"和燕生住在一个屋里就能避免。"宁采臣问她:"为什么不去迷惑燕生呢?"小倩说:"他是个奇人,不敢靠近他。"宁采臣又问:"你用什么办法迷惑人呢?"小倩说:"和我亲近的轻佻人,我就偷偷地用锥子刺他的脚心,他马上就昏迷不省人事,我趁机摄取他的鲜血,供给妖怪饮用;或者是用黄金引诱他,那不是黄金,而是罗刹恶鬼的骨头,留下它,它能攫取人的心肝。这两种,看当时的情况,投其所好,喜欢哪个就用哪个。"宁采臣对她表示感谢,问她戒备的日期。她回答是明天晚上。临别的时候,她流着眼泪说:"我掉进无边的苦海,找岸边也找不着。郎君有直冲云霄的义气,必然能拔生救苦。倘若肯于帮忙,把我的朽骨装殓起来,带回去葬到一个安稳的地方,胜于重新给我一次生命。"宁采臣毫不犹豫地答应了。就问她葬在什么地方,她说:"只要记住白杨树上有个老鸹窝的,就是我的葬处。"说完就走出门去,渐渐地消失了。

第二天,宁采臣怕燕生外出,一大早就上门去邀请他。辰时以后就备下酒菜,一边喝酒一边察看燕生的面色。喝完酒就提出要和他住在一个屋子里。燕生说他自己性格孤僻,喜好肃静,表示不同意。宁采臣不听,硬把行李搬过来。燕生迫不得已,只好同意,让他把床搬过来,并嘱咐他说:"我知道足下是个大丈夫,很是钦佩。但是,有些苦衷,很难一时说清楚。希望你不要翻看我的箱子和行李,若不遵守,对你我都不利。"宁采臣恭敬地表示听从指教。说完,两个人都躺下睡觉,燕生把箱子搁到窗台上,脑袋往枕头上一倒,不一会儿就鼾声如雷。宁采臣心里有事,老是睡不着。将到一更的时候,窗外隐隐约约地有个人影。不一会儿来到窗前窥视,两眼一闪一闪的。宁采臣害怕,刚要招呼燕生,忽然有个东西冲破箱子飞了出去,像一条耀眼的白练,撞断了石头窗棂,又立刻收回到箱子里,好像闪电似的熄灭了。燕生警觉了,就从床上爬起来,宁采臣装睡,偷偷地看着他。燕生捧过箱子查看,从里面拿出一件东西,对着月光闻一闻看一看,这个东西闪着晶晶莹莹的白光,约有二寸来长,只有韭菜叶那么宽,看完结结实实地包了好几层,仍然放进破箱子里。自言自语地说:"什么妖魔鬼怪,竟有这么大的胆子,敢来毁坏我的箱子。"说完就躺下了。宁采臣非常惊奇,就爬起来问他,还把方才看到的情景告诉了他。燕生说:"既然是知心要好的朋友,怎敢深深地瞒你呢。我是个剑客。窗上如果没有石棂,妖怪就会立即被杀;现在虽然没死,也是受伤了。"宁采臣问他："你藏在箱子里的是什么？"燕生说："是一支宝剑。我刚才闻一闻，有妖气。"宁采臣想要看一看，燕生很慷慨地拿出来给他看，原来是荧光闪烁的一支小剑。于是他就更加敬重燕生了。第二天，看见窗外有血迹。宁采臣就走到寺北，看见荒坟累累，果然有棵白杨树，老鸹在树顶上筑了一个窝。等到办完了事情，收拾行李要回家。燕生设宴为他饯行，情义很深厚。并把一个破革囊送给他，说："这是一个剑袋，珍藏着可使妖魔鬼怪离你远远的。"宁采臣想跟他学剑术，燕生说："像你这样有信义，性格又很刚直的人，可以做剑客。但你是富贵中的人，不是这条道上的人哪。"

饯别以后，宁采臣托词有个妹妹的尸骨葬在这里，就掘出小倩的骸骨，用衣被包裹起来，租船载了回去。他的书房紧挨着郊野，所以便就地营造坟墓，葬在书房的外边。祭奠她，并祷告说："怜悯你是个孤魂，把你葬在靠近我的书房的地方，可以互相听到歌声和哭声，以便不受雄鬼的欺凌。请你喝一杯淡酒，不是醇香的美酒，望你不要嫌弃！"祷告完了就往回走。忽听身后有人招呼说："请你慢走，等我一起走！"回头一看，原来是聂小倩。小倩欢天喜地地向他致谢说："你真有信义，我十死也不足以报答你的恩情。我请求跟你回家，拜识公婆，做妾做婢都不后悔。"他仔细看了她，白嫩的皮肤，映着流动的彩霞，脚上穿着细笋似的凤头鞋，在太阳底下端相起来，更加艳丽无比。于是就领她一起回到书房。嘱咐她坐在书房里稍等一会儿，先进去告诉母亲。母亲听了很吃惊。当时，宁采臣的妻子已经病了很久，母亲告诫他不要走漏消息，害怕吓坏了他的妻子。正说着，小倩已经袅娜轻盈地进了屋，跪在地下叩头。宁采臣告诉母亲说："这就是小倩。"母亲惊慌地看着她，感到手足无措。小倩就对母亲说："孩儿飘零一人，远离父母兄弟。蒙受公子的照顾，恩泽遍及全身，愿为媳妇来服侍，以报答公子的高恩厚义。"母亲看她苗条可爱，才敢和她说话，说："小娘子看得起我的儿子，老身高兴得不得了。但我一辈子只有这么一个儿子，指望他传宗接代，不敢让他有鬼妻。"小倩说："孩儿实无二心。我是泉下人，老母亲既然不能相信，我请求把他当作哥哥看待，依靠着母亲，早晚侍奉你老人家，怎么样？"母亲怜惜她的一片诚心，就答应了。她想立即拜见嫂嫂。母亲推托嫂子有病，才没去。她就下了厨房，代替母亲料理饮食。这屋出来，那屋进去，来来往往，好像早就住在这里的人。天黑以后，母亲害怕她，让她回去睡觉，不给她安排床铺。她猜透母亲的意思，立即走了。路过书房门口，想要进去，却又退了回来，在门外走来走去的，似乎有所畏惧。宁采臣招呼她，她说："屋子里剑气吓人。前些天在路上不能和你见面奉陪你，实在是这个缘故。"宁采臣知道她害怕那个革囊，就取下来挂进了别的屋子里，她这才进了书房，凑到灯光跟前坐下了。坐了一会儿，一句话也没说，过了好长时间才问："你夜里读书吗？我小时候读过《楞严经》，现在大半忘记了。恳求送给我一卷，晚上有空读一读，请哥哥给以指正。"宁采臣答应了她的要求。又坐了很长时间，还是一句话也不说，二更快要结束了，她也不说走。宁采臣催促她离开，她凄惨地说："一个外来的孤魂，最怕荒凉的坟墓。"宁采臣说："书房里没有别的床睡，而且兄妹之间也该避免嫌疑。"她站了起来，愁眉苦脸的就要落泪了，两只脚歪歪扭扭的懒得往前迈步，慢腾腾地出了房门，踏着台阶隐没了。宁采臣心里很可怜她，想留下她住在别的床上，又怕母亲生气。

小倩天天早晨向母亲请安，捧盆端水，照料母亲洗脸梳头，下堂操作，没有一样不合母亲的心意。到了黄昏就告退出来，总是走进书房，就着灯光读《楞严经》，发觉宁采臣要睡觉了，才凄惨地离开。在这以前，宁采臣的妻子病倒了，母亲累得疲倦不堪；自从得了聂小倩，老太太很安逸，所以心里很感激她，一天比一天地熟悉了，就亲热得像自己亲生女儿一样，竟然忘掉她是鬼了，就不忍心晚上撵她出去，就留下同睡同起。她刚来的时候，没有吃过东西喝过水，过了半年，才逐渐吃一点稀粥，母子二人都很溺爱她，避讳说她是鬼，别人也分辨不出来。没过多久，宁采臣的妻子死了，母亲私下就有娶她做儿媳妇的意思，但怕对儿子不利。小倩看出了一些苗头，就乘机对母亲说："我在您家住了一年多，应该知道您的心肠了。为了不想祸害行人，所以才跟随郎君来到您家。我心里没有别的意思，只因宁公子光明磊落，为天下人所仰慕，我实在是想依靠他，帮助他三五年，借以博得皇帝的'封诰'，在地下也光彩。"母亲也知道她没有恶意，但是怕她不能生儿养女。她说："子女是老天赋予的。郎君的福禄册子上已经注定，有三个光宗耀祖的儿子，不能因为娶了鬼妻就给取消了。"母亲相信了，就和儿子商量。宁采臣很高兴，就摆下酒宴，遍告亲朋。有人请求看看新娘子，小倩很慷慨地穿着华丽的服装出来拜客，满堂人都瞪着眼睛瞅着她，被她的容貌惊呆了，不怀疑她是鬼，反倒怀疑她是神仙。从这以后，亲戚朋友的许多家属，都携带礼物向她庆贺，争着拜识她，她善于画梅花和兰花，就用一尺见方的画幅酬答，得到画幅的客人都纸包纸裹地珍藏着，认为这是荣幸。

一天，她低着头坐在窗前，心里不舒畅，好像丢了什么东西似的。忽然问丈夫道："那革囊哪儿去了？"宁采臣说："因为你怕它，所以缄封在别的屋子里。"她说："我接受活人的气息已经很长时间，现在不再害怕了，应该拿过来挂在床头上。"宁采臣问她什么意思。她说："这三天来我总是心跳不止，想是金华那个老妖精，恨我远远地逃走了，恐怕早晚要找到这儿来。"宁采臣于是又把那个革囊拿来了。她翻来覆去地看着，说："这是剑仙用它装人头的。残破到这个样子，不知杀了多少人！我今天看见它，身上还起鸡皮疙瘩。"说完就挂到床头上了。第二天，又叫挂到房门上。晚上小倩对着灯烛坐着，请求宁采臣不要睡觉。忽然一个东西，像飞鸟从天上掉下来。她吃了一惊，钻进帷幕里面藏了起来。宁采臣一看，这个东西像个夜叉，眼似闪电，口似血盆，眨巴着眼睛，两只手往前抓挠着向前直奔过来。到了门外，又退了回去，进进退退地磨蹭了好长时间，才逐渐靠近革囊，伸出爪子要去摘取，好像要把它撕碎似的。革囊忽然"咯"的一声响，突然大到约有两个簸箕那么大小，恍惚有个鬼物，从革囊中控出半截身子，把夜叉抓进了革囊里，响声就停止了，革囊也立即缩成原先那么大小。宁采臣感到很惊讶。小倩也从帷幕里跑了出来，很高兴地说："这下没有灾害了！"夫妻俩一同往革囊里看看，发现只有几大杯清水罢了。

几年以后，宁采臣果然考取了进士。小倩生了一个男孩。宁采臣纳妾以后，妻妾又各生了一个男孩。三个孩子后来都做了官，都很有声望。

［ 水莽草 ］

水莽是毒草。蔓生像葛草，紫花像扁豆。谁误吃了它，立刻就中毒而死，变成水莽鬼。俗传水莽鬼轻易不能投生，必得再有人吃了水莽草毒死之后，找到替身，才能去投生。所以，湖北桃花江一带，水莽鬼特别多。

湖北人称同岁的为同年，交往时以庚兄、庚弟相称，孩子们则称其为庚伯，这是老习惯了。有一个姓祝的人，去拜访他的同年，途中又热又渴，极想喝点水。正好看见道旁一个老太太支着棚子卖水，他急忙跑过去。老太太殷勤地把他让进棚内，端上一杯水，姓祝的一嗅，有一股邪味，不像茶水。放下杯，起身就走。老太太一边急忙拦住他，一边急忙对内招呼："三娘，倒一杯好茶来。"不大一会儿，有一少女捧着茶从棚后面走了出来。看上去十四五岁，长得特别漂亮，戴着指环手镯，光彩照人。祝生一看魂都飞了，忙接过茶杯。一嗅芳香无比。一气喝光了，还要喝。一眼看见老太太走去了，一把捉住了姑娘的手，摘下一个指环。姑娘红着脸微笑着，祝生这时心旌摇荡。又问姑娘家住哪里，姑娘说："你晚上来吧，我还在这里。"姓祝的要了一撮茶叶，藏好了指环才走。

祝生到了同年家以后，觉得恶心，怀疑是喝茶喝的，把喝茶的事告诉了同年。同年听后，大吃一惊，说道："坏了，那是水莽鬼呀！我的父亲就死在水莽鬼手中。这个没有救，可怎么办哪？"这话可把祝生吓坏了，拿出茶叶给同年一看，果真是水莽草！又拿出指环，并把那姑娘的长相说了一遍。同年想了想，说："肯定是寇三娘！"祝生一听同年说出的名字与卖茶姑娘的名字一样，忙问同年是怎么得知的。同年说："南村有个姓寇的财主，闺女长得很漂亮。数年前，误吃水莽而死，肯定是她在那里作怪。"听人们说，叫水莽鬼迷住的人，如果知道水莽鬼的姓名，把它生前的旧裤子拿来煮水喝就会好的。同年到寇财主家把姓祝的事情诉说了一遍，跪在地上苦苦哀求寇财主帮忙。寇财主因为有人给女儿当替身，坚决不肯给。同年十分气愤地回到了家里，把经过告诉了祝生。祝生切齿痛恨，说道："我死后决不让他闺女托生。"同年抬着姓祝的送他回家，刚到门口，就死了。祝母号啕大哭，将儿子埋葬了。祝生丢下一个儿子，才满周岁。妻子守了半年，就改嫁了。祝母养活小孙子，劳累不堪，终日流泪。

一天，祝母正抱着孙子在屋里掉泪，忽然，祝生悄悄地从外面进来了。祝母一见，大惊失色，揩着眼泪问儿子怎么回来了。祝生说："儿子在地下听见妈妈哭泣，心里实在难过，所以回家来侍候妈妈。儿子虽然死了，但在阴间娶了老婆，现在带来给妈妈干活，妈妈不要伤心了。"祝母问："儿媳是谁呀？"祝生答道："寇家眼瞅着我死去不闻不问，我太恨他们了。死后，儿就去寻找寇三娘，可是不知道她到哪里去了。不久前遇到同年的父亲，告诉了寇三娘的住处。儿子去找她，她已投生到任侍郎家了。儿子急忙追了去，把她硬抓了回来。现在她成了儿子的媳妇，同儿子相处得挺好，没什么苦恼。"不一会儿，门外进来一个女子，打扮得很漂亮，跪在地上给祝母叩头。祝生说："这就是寇三娘。"虽然是个鬼，祝母看了，心里也颇感到安慰。祝生吩咐三娘干活。三娘虽然不大会做活，但温顺听话，挺讨人喜欢。就这样住下，也不走了。三娘请求婆母告诉娘家一声。祝生不同意，可是祝母按着媳妇的意思，告诉了寇家。寇财主老两口听后大惊，连忙坐车来了，见面一看，果然是三娘，抱头痛哭失声。三娘劝慰爹妈止住了眼泪。寇母看祝家挺穷的，心里很不好受。三娘说："人已变成了鬼，又怕什么穷呢？祝家母子，对儿情深意厚，儿是很满足的了。"寇母问："卖茶的那个老太太是谁呀？"三娘说："她姓倪。她知道自己不能迷惑人，所以特意求女儿帮她。现在已投生到省城一个卖酒的人家了。"三娘看着祝生说："你已经当女婿了，现在见了岳父、岳母不行礼，我心里是什么滋味啊？"祝生这才给岳父、岳母行礼。三娘到厨房去了，亲自做饭做菜。寇家老两口看见这情景，心里很难过，回家后，立即派来两个丫鬟给做活，送来一百两银子，数十匹布，还经常送酒送肉，对祝母的帮助不小。寇家还经常接女儿回娘家。寇三娘在娘家住几天就说："家中无人，早点送女儿回婆家吧。"寇家故意多留两天，寇三娘则悄悄地走了。寇财主还给女婿盖起了大房子，一切都很完备。可是女婿一次也不去岳父家。

一天，村里有人中了水莽草的毒，死去又活了，人们竞相传诵这个怪事。祝生说："这是我救活的。那个人是叫李九给害死的，我把作怪的鬼给赶跑了。"祝母对儿子说："你怎么不找个替死鬼呢？"祝生说："儿子最恨这些找替死鬼的，正要将他们全部赶跑，怎么肯干这种勾当呢？况且，儿侍候妈妈很高兴，不愿再另外投生了。"因此，中水莽草毒的人经常准备好酒席，送到祝家院里，祈求帮助，一祷告就有灵验。

十多年后，祝母死了。三娘两口子十分悲哀，有客人来吊孝，两口子不出面，叫儿子披麻戴孝，给奶奶哭哀守灵。又过了两年，三娘夫妇给儿子娶了个媳妇，是任侍郎的孙女。在此之前，任侍郎的小老婆生了个女儿，不几个月就夭折了。后来听说祝家发生的怪事，坐着车来到祝家，并同祝生结成了翁婿之亲。到现在，又把孙女给了祝生的儿子，两家来往不断。

一天，祝生对儿子说："天帝因为我对人们有功，封我为'四渎牧龙君'。现在我要走了。"不一会儿，院中来了四匹马，拉着黄帷子车，马的四条腿长满了鳞甲。祝生夫妻俩穿着好衣服出来，一同坐在车上。儿子与儿媳又哭又拜，一转眼，车马就不见了。同一天，寇家看见女儿来了，拜别父母，说的话同祝生一样。寇母哭着挽留，三娘说："祝郎已经先走了。"一出门就没影了。三娘的儿子名祝鹗，字离尘，请求寇财主答应后，将三娘的尸骨与父亲的尸骨合葬了。

[侠 女]

顾生，金陵人。多才多艺，但家里特别穷，加以母亲年老，不忍远离膝下。每日为人写字作画，聊以自给。年二十五，犹未订婚。

对门有所空宅，一老太婆和少女佃居。因她家没有男人，不便询问底细。一天，顾生偶然从外面回家，见那少女从母亲房中出来，年纪约有十八九岁，长得非常漂亮，少女见到顾生时，大大方方，但神色凛然。顾生于是入房问母，母说："对门女郎来向我借剪和尺，说她家只母亲一人。我看她不像是贫苦出身，问她为什么还不嫁人，她托词说母年老需侍奉。明天，我想去拜见她母亲，顺便提一提婚事，倘若她不苛求，你可代她养母。"

第二天，顾母到对门去，见女母耳聋，家里无隔宿之粮，生活全靠女儿十个手指头。

慢慢谈到两家合并为一家的事，老太太似乎同意，和女儿商量时，女儿未作声，意思好像极不赞成。顾母回到家中，将情况详细告诉了儿子，并带疑惑地说："她是不是嫌我家穷？她不多开口，也不随便笑，真是'艳如桃李，冷似冰霜'。"母子二人猜疑着，叹了一口气。这件事遂作罢。

一天，顾在书斋里看书，有一位少年来求画。少年姿态甚美，但行动举止极为轻佻。顾生问他从何处来，答说邻村。以后，过两三天便来一次，慢慢熟悉了。顾生就和他开玩笑，甚至拥抱他，也不遭拒绝。因此，顾生便与少年发生同性恋，往来很密切。

有一次，恰值对门女郎经过，少年一直盯着她。问是谁，顾说是邻居的女儿。少年说："长得这样美，神情为什么显得那么可怕？"一会儿，顾进入母亲房内，母说："刚才那少女来借米，说是已断炊三日。这是个孝女，穷得可怜，应该适当周济。"顾听从母亲的话，送去一斗米，转达母亲的意思。少女收下米，也不道谢。每到顾家，见顾母裁衣、做鞋，便代为缝纫。出出进进，操持家务，与媳妇无异。顾心里很感激，遇到顾客馈赠一些好吃的东西，必分送给那对母女，但那少女从不说什么客套话。

顾母下身长痛疽，痛苦万分，早晚号啕。少女时常前来探望，并洗创敷药，每日三四次。顾母心感不安，但少女却毫不嫌污秽，顾母说："唉，哪里能得有你这样的儿媳妇，这样侍奉我。"边说边流泪。少女安慰她说："你有个最孝顺母亲的儿子，胜过我们寡母孤女十百倍。"顾母说："床上这些事，不是儿子所能做的。况且我年已老，早晚即将离开人世，常担忧会不会绝后。"讲到这里，顾生进来了。顾母流泪说："我们欠姑娘的情太多，你不要忘记报答啊！"顾生便拜伏在地。少女说："你敬我母亲，我未道谢，你谢什么呢。"于是，顾生对少女更加敬爱。可是，少女的一举一动，无不拒人于千里之外。

一天，少女出门时，顾生望着她，她回头嫣然一笑。顾喜出望外，立即跟到她家里，并发生了关系。女说："记住！这事可一不可再。"顾答应着。第二天，顾生约少女幽会，少女脸色非常严厉，不顾而去。虽然每天来几次，时时见面，并不温柔可亲。偶然试以游词，就说出冷冰冰的话，令人不寒而栗。一次，少女在无人处问顾："每天来的少年是谁？"顾便告诉她，她说："这人行动、态度，对我无礼，已经不止一次。我因他和你关系亲密，所以置之不理。请转告他：下次他再这样，是他自己讨死。"夜间，顾把这话告诉那少年，并嘱他小心，这女子不可冒犯。少年说："既不可冒犯，你为什么又冒犯了她？"顾说自己和她绝无私情。少年说："真的没有私情，刚才这些话，怎么会传入你的耳朵？"顾答不出话。少年又说："我也请你转告她：不要假惺惺地装正经，不然我要宣扬出去。"顾顿时大怒，脸色极难看，少年悻悻而去。

又一晚，顾独坐时，少女忽然进来，笑着说："你我情缘未断，岂非天意？"顾听了，欣喜若狂，把她搂在怀里。这时，脚步声响，两人吃惊站起，少年已推门进来。顾问他："你来干什么？"少年笑说："我来看看贞洁的女人。"回头又对那少女说："今天不怪我了吧？"少女双颊绯红，柳眉倒竖，一言不发，掀开上衣，露出皮荷包，扯出一柄一尺多长，而且亮晶晶的匕首，少年吓得转身就逃。女子追出大门，到处不见。便把匕首向天一掷，啪地响起，像一道长虹，放出光芒。顷刻间有件东西掉落在地。顾生举烛照看，发现是一只白狐，已被劈作两段。少女说："这就是你的娈童。我本来宽恕了它，它却再三不愿活下去。"说着收剑入囊。顾生拉着她进屋，她说："妖物败人意兴，且待明夜。"次夜，少女果然来了，顾生便问起剑术的事，女说："这事你不应当知道，必须严守秘密。稍有泄露，对你不利。"顾又提到嫁娶，少女说："既共枕席，又操家务，不是已做妻子了吗？事实上做了夫妻，还提嫁娶干什么？"顾说："你是嫌我穷吗？"少女说："你固然是穷，我难道是富？今夜相聚，正为了同情你穷。"临别叮嘱说："苟且的行为，不可一而再，再而三。当来的时候，我自然会来；不当来，强迫也无益。"以后，每次见到时，想和她说几句私话，她却远远地走开。但补衣、烧火，样样活都干，完完全全与妻子相同。

又数月，少女的母亲去世，顾生竭尽力量料理丧事。从此，少女便一人独居，顾生以为可随便共寝，于是便夜间翻墙进去，隔窗喊了几声，无人答应。看看门上已锁，怀疑她另有私约。次夜又去，与上次一样，顾就把身上佩的玉脱下放在窗上。第二天，在母亲房里相遇。出来时，少女跟在后面说："你怀疑我，是吗？人各有心，不可告人。今使你无疑，能办到吗？不过，有件事，请你快想办法。"顾生问何事。少女说："我已怀孕八个月，恐不久临盆。妾身未分明，能为你生孩子，却不能为你哺育孩子。你可以和母亲秘密商量请个奶妈，就说讨了个义子，不要说是我。"顾答应了。回去讲给母亲听，母笑着说："这女子真奇怪，聘她不答应，却暗中与我儿子结成夫妻。"于是照少女所说做好准备。

又过了一个多月，少女几天不来顾家，顾母怀疑，往对门探望，四境寂寥。敲了许久的门，才见少女蓬头垢面走来开门，进去后，又把门关上。到了房内，见到正在呱呱啼叫的婴儿躺在床上，顾母惊问："生下来几天了？"少女答："三天。"打开绷布一看，是个男孩。额头宽敞，下巴丰满，顾母高兴极了，说："我的儿啊，你为我生育了一个孙子，但你孤零零的，今后将托身何处？"女说："我还有一些心事，不敢向母亲表白。等夜静无人时，快把孩子抱去吧。"母亲回去告诉儿子，到了夜里，便把婴儿抱回。

又过几个晚上，少女半夜来敲门，手里提着革囊，笑着说："我大事已了，从此和你告别了。"顾生忙问其缘故，少女说："你对我们母女的照顾之情，我一刻也没有忘记。以往对你说可一不可再，因报恩不在私情。虽不能成婚，却也为你续了一线血脉。原以为一次可以达到目的，谁知月信再至，不得已再次破戒。现在总算大恩已报，同时我的立志也实现了，再无遗憾了。"顾生又问革囊中是何物，少女说："是仇人的头颅。"打开一看，果然是一颗人头，胡须头发粘在一起，血肉模糊，极为惊骇。顾生于是追问究竟，女说："从前不对你吐露，是唯恐泄露。今天事已成功，不妨相告。我本是浙江人，父亲生前做过司马，被仇人陷害。抄家时我背着母亲出逃，埋名隐姓，已有三年。当时不能立刻报仇，是因为母亲尚在。母亲死后，肚子里又有一块肉拖累，所以一再拖延。那几天夜里出门，不为别的，就为这事，只是因道路门户不熟，恐有差池，所以不敢贸然下手，现在总算成功了。"说完便出门，又叮嘱顾说，"儿子要好好照看，你福薄，寿命不会很高。但儿子可以光大你的门户。夜深了，不敢惊动老母亲，我这就去了。"顾生正想问她要到哪里去，但只是一闪就不见人了。顾呆呆地在门外站了很久，像掉了魂一样。天亮后，便把这事告诉了母亲，母子互相惊叹不已。

三年后，顾生果然去世了。他的儿子则在十八岁时考中进士，并侍奉祖母终老。

异史氏说：人必室有侠女而后可以蓄娈童。不然，正如古谚所说：你爱他的仔猪，他还爱你的母猪呢。

[莲 香]

桑生，名晓，字子明，沂州人。从小失去了双亲，在红花埠寓居。他为人庄重，喜欢安静，每天外出两次，到搭伙食的东邻去吃饭，余下的时间，就一直坐在屋里。一天，东邻的书生偶然来访，跟他开玩笑说："你孤单单地住在这里，不怕鬼怪狐狸吗？"他笑着回答说："男子汉怕什么鬼狐呢？雄的来了我有利剑，雌的来了还应当开门请进来呢。"东邻的书生回到家里，就跟朋友合谋，晚间用梯子把妓女从墙上给桑生送进去，妓女弹指敲门。桑晓从门缝往外看，询问是什么人，妓女说自己是鬼。桑晓顿时吓得浑身打战，牙齿咯咯直响。那个妓女磨蹭了一会儿就走了。

第二天早晨，东邻的书生又来到桑晓的书房，桑晓便讲了昨晚的所见所闻，并且告诉东邻的书生，他准备回家。东邻书生听了，拍着巴掌说："你为什么不开门请她进来呢？"桑晓马上明白过来，知道原来是假的，于是就不再害怕，仍然和往常一样，安心地住下去。

过了半年多后的一天晚上，一个女子前来敲门。他以为朋友又来跟他开玩笑，就开门请那女子进来，一看之下，发现原来是一个倾国倾城的美女。于是惊讶地问她从什么地方来的。美人说："我叫莲香，是西边一家妓院的妓女。"红花埠本来有很多妓院，所以桑晓听了这话，也就相信了。从此以后，那女子三五天就来一次。

一天晚上，桑晓独自坐在书房里，正在沉思凝想，有一个少女飘飘忽忽地进来了。他以为是莲香，就迎上去说话，一看脸面，完全不同，这个少女只有十五六岁，长长的袖子，披垂着头发，体态风流秀丽，步行之间，若进若退。桑晓顿时大吃一惊，怀疑她是狐狸。少女说："我是清白人家的姑娘，姓李。爱慕你为人高雅，希望你能看得起我。"桑晓很高兴，握住她的手，她的手凉得像冰雪，便问她："怎么这样凉呢？"少女说："我年岁小，体质单薄，夜里披霜蒙露，怎么不凉呢？"两人相好后，少女说："我因为爱情，失了清白。若不嫌我庸俗丑陋，我愿意常常相聚。房子里是不是还有别人哪？"桑晓说："没有别人，只有西邻的一个妓女，但也不常来。"少女说："应该谨慎地避开她。我不和那些妓女一样，你要保守秘密，不要泄露出去。她来我就离开，她走了我再来就行。"

鸡鸣要走的时候，少女送给桑晓一只绣花小鞋，说："这是我穿着的鞋子，拿着玩赏可以寄托你的思慕。但是有人的时候千万不要玩弄！"桑晓接到手里一看，尖翘翘的像个解结锥，心里很喜爱。第二天晚上，屋里没有别人，他就拿出来欣赏玩弄。少女忽然轻飘飘地来了，又甜蜜地过了一夜。从此以后，每次拿出这只绣花鞋，少女就一定应念而至。桑晓疑惑地问她什么原因。她笑着说："正好碰上这个时间罢了。"

一天晚上，莲香来了，惊讶地说："你的神态为什么这样衰颓呀？"桑晓说："我自己没有什么感觉。"莲香就向他告别，约定十天以后再来看他。

莲香离开以后，少女没有一天晚上不来的。她问桑晓："你的情人为什么很长时间不来了？"桑晓告诉她，约好十天以后再来。少女笑着说："你看我和莲香哪一个漂亮？"桑晓说："可以称为两绝。但是莲香的肢体温和。"少女一听，就变了颜色，说："她一定是月殿仙女，我一定赶不上。"因而很不高兴。就掐着指头算计，到了约定的第十天，嘱咐桑晓不要走漏消息，她要偷着看看。

第二天晚上，莲香果然来了，说说笑笑的很融洽。躺下以后，大吃一惊说："你危险了！十天没见面，怎么更加疲惫劳损了呢？你敢保没有碰上别的东西吗？"桑晓问她什么缘故。她说："我察看你的神情气色，脉搏散乱如同乱丝，是个鬼症。"

过了一天，夜里，少女又来了，桑晓问她："你偷看了莲香，觉得怎样？"少女说："美，我原先就怀疑世上没有这样的美人，果然是个狐狸精。她走了以后，我跟在后面侦察，她住在南山的一个洞穴里。"桑晓觉得她只是嫉妒，所以随便应酬几句就过去了。

又过了一天，莲香又来了，桑晓便跟莲香开玩笑说："我根本不相信，可有人说你是狐狸精。"莲香急切地追问说："这是谁说的？"桑晓笑笑说："是我自己跟你开玩笑。"莲香说："狐狸和人有什么不同呢？"桑晓说："人被狐狸迷惑了就得病，厉害了就会死，所以是可怕的。"莲香说："你说得不对。像你这样的年岁，房事三天后，精力可以恢复，纵然是狐狸，有什么害处呢？倘若纵欲无度，就是一个人，也会超过狐狸的。天下死去的痨病鬼，难道都是狐狸害死的吗？虽然如此，一定有人背后议论我。"桑晓极力辩解，说是无人说她坏话，莲香却追问到底。桑晓迫不得已，就泄露了少女偷看的秘密。莲香说："我本来对你的疲惫感到很奇怪。但是怎能突然病到这种程度呢？难道她不是人么？你不要说破，明天晚上，就像她看我一样，我也偷着看看她。"

第二天晚上，少女来了以后，才说了三五句话，听见窗外有咳嗽的声音，就急急忙忙地逃了。莲香进来后对桑晓说："你危险了！她真是一个鬼物！你贪恋她的美貌而不赶快断绝关系，阴间的道路离你很近了！"桑晓认为莲香是因为嫉妒才这么说，所以只是默默听着不说话。莲香说："我就知道你不忘情，但是也不忍心看你死去。明天，我会带来一些吃的药物，给你除掉阴毒。好在病根很浅，十天就可痊愈。让我陪着你以便照看你治好病症。"第二天晚上，莲香果然拿山药面给他吃。桑晓把药吃下去之后，没一会儿，就排泄了几次，而且感到五脏六腑十分清爽，精神也马上好转过来了。他心里虽然感激莲香，却始终不信是鬼。莲香夜夜在一个被窝里偎着他，桑晓想和她交欢，但都被她制止了。几天以后，桑晓肌肤丰满，恢复了健康。莲香在要告别的时候，恳切地嘱咐他要和那位少女断绝关系，他却不以为然地应了一声。到了晚上，桑晓关起房门点上灯，就拿起绣花小鞋，倾心地想念着。那位姓李的少女又忽然来了。几天的隔绝，神情很是怨恨。桑晓说："她连夜给我当医生，请你不要为此而怨恨她，和你要好，这完全在我自己。"少女这才稍微有点高兴了。桑晓躺在枕头上小声说："我很爱你，但是有人说你是个鬼物。"少女张口结舌好长时间，才骂道："一定是那骚狐狸造谣惑乱你！你若不和她断绝关系，我就不来了！"说完就呜呜地痛哭起来。桑晓百般地安慰劝解，她才止住了哭声。

隔了一宿，莲香来了，知道姓李的少女又来了，便很生气地说："你是一定想要死了！"桑晓笑着说："你对她的嫉妒，怎么这样深啊？"莲香更加气愤地说："你种下了死根，我给你除掉了，不嫉妒的人又将怎么样呢？"桑晓编话戏弄她说："她说我前几天的疾病，是狐狸作的祟。"莲香乃叹着气说："你这样执迷不悟，万一有个意外，我就是长了一百张嘴巴，也无法为自己辩解清楚了，让我就此别过吧。一百天以后，你就会倒在病榻上了。"桑晓极力挽留莲香，但她不肯，带着气地走了。

从此以后，姓李的那少女每天晚上都和桑晓住在一起。大约住了两个多月，桑晓觉得疲惫不堪。起初还能自己宽解自己，后来一天比一天瘦弱，只能喝一碗粥了。想要回家养病，却还恋恋不舍的，不忍突然离开她，于是又拖拖沓沓地过了几天，就缠绵在病床上，再也起不来了。东邻的书生看他病得很沉重，每天打发书童给他送饭。这个时候，桑晓才开始怀疑姓李的这位少女，就对她说："我后悔不听莲香的话，才病成这个样子！"说完就昏沉沉地闭上了眼睛。过了一会儿，苏醒过来，睁开眼睛看看四周，姓李的少女已经离开了书房，并从此断绝了来往。桑晓瘦骨嶙峋地病卧在空荡荡的书房里，思念莲香的急切心情，就像农民盼望好年成一般。

一天，桑晓正在专注地想念着莲香，忽然有人撩起门帘走了进来，原来是莲香。她来到病榻跟前，微笑着说："乡巴佬，这下该知道我不是胡言乱语了吧！"桑晓一看，哽咽了好长时间，才说自己已经知错了，只求莲香拯救他。莲香说："你已经病入膏肓，我实在没有拯救你的办法。我来是和你告别的，以表明我不是嫉妒。"桑晓很悲痛地说："枕头底下有一件东西，请你替我把它撕碎。"莲香从枕头底下搜出那只绣花鞋，拿到灯前，颠来倒去地玩赏着。姓李的少女忽然进来了，出乎意料地看见了莲香，转身就要逃跑。莲香用身子挡住房门，少女急得不知如何是好。桑晓开始责备和数落她，她无法回答。莲香笑着说："我今天才能和你当面对质。你从前说郎君的旧病，未必不是我给招致的，现在究竟怎么样？"少女低着头认错。莲香说："这么漂亮的美人，怎么竟然拿着爱情去结仇呢？"少女一听，就跪在地下，泪珠雨点似的掉下来，请求莲香救救桑晓的性命。香莲就把她扶起来，详细盘问她的生平。少女说："我是李通判的女儿，很早以前就死了，葬在这里的墙外。我是已经死了的春蚕，但是遗下的情丝还没有穷尽。和郎君相爱，是我的心愿，置郎君于死地，绝不是我的本意。"莲香说："听说鬼物都希望人早点死，因为死后可以经常团聚，是这样吗？"少女说："不是这样的。二鬼相逢，并无乐趣，若有快乐的话，阴间的少年郎难道还少吗？"莲香说："你真傻呀！天天晚上相伴，人都受不了，何况你是鬼呢？"少女问莲香："狐狸也能害死人，可是你为什么不害人呢？"莲香说："害人的狐狸，是那些信奉采补的家伙，我和它们不是一类。所以，世上有不害人的狐狸，却绝对没有不害人的鬼，因为鬼的阴气太盛呀。"桑晓听到这些话，才知道她们一个是鬼，一个是狐，以前她们说的都是真的，好在平常见惯了，也毫不感到惊怕，只是想到自己气息仅存，生命垂危，不觉放声痛哭起来。

莲香看着少女说："你要怎样处置郎君呢？"少女羞得满面通红，表示自己实在无能为力。莲香笑笑说："恐怕郎君健壮以后，醋娘子要吃杨梅汤了。"少女拉起衣襟，躬身施礼说："如果有个起死回生的高明医生，使我不亏负郎君，我当埋头于地下，哪里还敢厚着脸皮再到人间呢！"莲香就解下药囊，取出一丸药，说："我早就知道会有今天，所以我从这里离别后便去三山采药，历时三个月才把药料备全，就是垂死的蛊瘵病毒，吃下去也没有不活的。但是病是由谁引起的，还得由谁做药引子，所以不得不反过来求你帮忙了。"少女问道："需要我做什么呢？"莲香说："要你的樱桃小口中的一点香唾呀。我把药丸放进郎君口中后，烦你嘴对嘴地唾一口。"少女一听，两颊通红，低头反复看着脚上的鞋子。莲香开玩笑说："妹妹最称心如意的只有绣鞋呀！"少女听了，更加羞愧难当，低头不对，抬头也不对，好像无地自容了。莲香说："这是平时的习惯，今天怎么这样吝啬了呢？"说着就把药丸放进桑晓的嘴里，转过身子催促少女。少女没办法，只好嘴对嘴地唾了一口。莲香说："再唾一口！"少女又唾了一口。一连唾了三四口，药丸才咽下去。不一会儿，桑晓肚子里轰隆隆地响着，如同雷鸣一般。莲香又往他嘴里放一丸药，然后自己吻着他的嘴唇，往他的胸腔里送气。桑晓感到丹田火热火热的，精神焕发。这时，莲香高兴地说："病好了！"

姓李的少女听到鸡叫后，知道天快亮了，便心神不定地告别走了。莲香认为桑晓久病初愈，还需要调养，而去东邻吃饭又不是好办法，所以把门反锁起来，让人认为桑晓已经回家了，断绝一切人情往来，自己则日日夜夜守护着。姓李的少女也每夜必来，殷勤地服侍，而且把莲香当作姐姐看待，莲香也很怜爱她。

三个月后，桑晓终于恢复了健康。少女就好几天也不来一次，偶尔来一趟，也是看一眼就走。对面坐在一起的时候，心情也是闷闷不乐的。莲香时常留她一起睡觉，她坚决不肯。桑晓追出去，把她抱回屋里，她身子轻得像个草扎的人。她实在逃不出去，就穿着衣服，老老实实地躺在床上，把身子卷曲得不到二尺长。莲香越发怜爱她，暗地叫桑晓亲昵地把她抱在怀里，但是怎么摇撼她也不醒。桑晓睡了过去，等到醒来一摸，已经无影无踪了。此后一连十几天也没来。桑晓想她想得很急切，经常拿出绣花鞋和莲香一起欣赏玩弄。莲香说："这样温柔美丽的少女，我见了尚且疼爱，何况你们男子！"桑晓说："从前一摆弄鞋子她就来了，心里固然很疑惑，但是终究没有想到她是鬼。现在面对绣鞋，思念她的芳容，心里实在很难过。"说着流下了眼泪。

在这以前，有个姓张的富翁，他有个女儿名叫燕儿，年方十五岁，因为得了重病不出汗，就死了。过了一夜，她又复活，爬起来看看四周，抬腿就要往外跑。张翁锁上房门，不让她出去。她自己说："我是李通判女儿的灵魂，感谢桑郎对我的关注，送他一只绣花鞋，还留在那里。我的确是个鬼物，禁闭我有什么好处呢？"因为她说得很有来由，张翁就问她来到这里的原因。她左右徘徊，回头瞻望，茫然不能自解。有人说桑生因病已经回家了，她极力说明那是谣传，家人听了也感到很疑惑。东邻的书生听到这个消息，就爬进大墙去偷看，看见桑晓正和一个美人坐在一起说话呢。东邻的书生乘他们不防备突然进屋来，靠近他们。桑晓和莲香看见有人进来，顿时慌了手脚，一眨眼的工夫，莲香就不见了。东邻的书生很惊讶地盘问桑晓。桑晓笑着说："从前就和你说过，雌的来了就开门请进来嘛。"东邻的书生于是就把燕儿的话跟他讲了一遍。桑晓就打开大门，要去张家看看情况，苦于没有进见的理由。

张母听说桑晓果然没有回家，越发感到惊奇。因而打发一个老女仆去讨取绣花鞋，桑晓就拿出来交给了老女仆。燕儿得到鞋子很高兴。试着往脚上一穿，鞋子比脚小了一寸多，大吃一惊。拿起镜子照照自己的面貌，这才忽然明白她是借着别人的躯壳复活的，因此就把来龙去脉告诉了母亲。母亲这才相信了。她照着镜子，痛哭流涕地说："我从前的容貌，自信很漂亮，但每次见了莲姐，还要增添几分羞愧。现在反倒变成这个丑样子，做人还不如做鬼了！"说着就号啕大哭起来，劝也劝不住。哭完就大被蒙头，直挺挺地躺在床上。给她饭吃，她也不吃，身体全肿了，一连七天没吃没喝，竟然没有死，而且浮肿也逐渐消失，觉得饥饿难忍，才恢复了饮食。又过了几天，浑身瘙痒，脱了一层皮。早晨起来，睡鞋突然掉到地上，捡起来往脚上一穿，已经肥大无比了。再试试从前的绣花鞋，不肥不瘦正合脚，这才高兴起来。再照照镜子，看见眉目和脸颊，和从前很相似，就更加高兴了。洗洗脸，梳梳头去见母亲，看见她的人，都瞪着吃惊的眼睛瞅着她。

莲香听到这件怪事，就劝桑晓托媒前去求婚。桑晓认为贫富悬殊太大，不敢贸然行事。一天，恰巧赶上张母过生日，他就随同张母的儿子女婿等，前去拜寿。张母看见桑晓的名字，故意让燕儿隔着帘子认客。桑晓最后一个来到老太太跟前，燕儿突然跑出来，抓住他的袖子，要跟他一起回去。张母大声斥责她，她才羞愧地进了屋子。桑晓仔细一看，觉得很像姓李的少女，不觉流下了眼泪，就拜倒在张母面前。张母把他扶起来，不认为这是一种戏侮。

桑晓回去以后，就请求舅母前去做媒。张母和他的舅母商量了一下，便选择一个吉日，把桑晓招到家里做女婿。桑晓回去告诉了莲香，并且商量怎样办。莲香待了好长时间，就要告别离去。桑晓大吃一惊，不由得流下了眼泪。莲香说："你到别人家里拜堂成亲，我也跟去，那是什么样子，有什么脸面？"桑晓和她商量，先和她回到老家，然后再去迎娶燕儿，莲香这才同意了。桑晓把这个情况告诉了张家。张母听说他已经有了家室，很生气地谴责他。燕儿极力为他辩白，这才答应了他的请求。

结婚那天，桑晓亲自去迎娶燕儿。家中准备的婚礼用品，极其简单，但是等到他回来的时候，从大门到厅堂，全用红毡铺地了。千百只灯笼，华美灿烂地排在两旁。莲香扶着新娘进了洞房，揭去蒙头纱，姐俩一见面，欢天喜地，如同生前。莲香陪着吃了交杯酒，就详细地问她借尸还魂的经过。燕儿说："那天我心情很郁闷，百无聊赖，只因是个鬼物的身子，自己也觉得不成个模样。离开你们以后，怀着满肚子怨恨，再也不回坟墓，随风飘荡。每见到活人，心里就羡慕。白天依附在草木上，晚上就听凭两只脚，深一脚浅一脚，走到哪里算哪里。偶然飘到张家，看见一个少女躺在床上，走到跟前，往她身上一附，竟然能够复活。"莲香听完以后，沉默无语，好像在思考什么。

过了两个月，莲香生了一个男孩。产后突然得了急病，一天比一天沉重。她抓着燕儿的胳膊说："留下一个孽种，只好托你受累了，我的儿子就是你的儿子。"燕儿流着眼泪，只得安慰莲香好好养病，并给她请医求药，但莲香却总是拒绝。莲香的病情越来越重，将要断气的时候，气息只像一线游丝。桑晓和燕儿都哭了。莲香忽然睁开眼，说："不要这样子！你们乐意活着，我乐意死掉。倘若有缘，十年以后还可以相见。"说完就咽气了。等掀开被子准备入殓时，才发现尸体变成了狐狸。桑晓不忍心把她当作异类，就用厚礼安葬了。儿子名叫狐儿，燕儿精心地抚养着，像自己亲生的一样。每年清明节，必定抱着儿子到她墓上哭泣悼念。

后来，桑晓考中了举人，家境逐渐富裕起来。但是燕儿不能生育，心里很苦恼。狐儿很聪明，但是体质柔弱多病。燕儿常要桑晓娶个小老婆。一天，侍女忽然跑来告诉她："门外有个老太太，领个小姑娘，要求卖给我们。"燕儿把她们招呼进来一看，大吃一惊，说："莲姐又出世了！"桑晓一看，真像莲香一样，也很惊异。他们询问老太太："姑娘多大年纪了？"老太太说："十四岁了。"又问："要多少聘金？"老太太说："老身只有这么一块肉，只要找到一个落脚的人家，我也找到一个吃饭的地方，将来这把老骨头不至于扔到山沟里，就心满意足了。"桑晓送给她一笔很高的聘金，就把姑娘留下了。

燕儿握着姑娘的手，走进卧室，捏弄着她的下巴颏儿，笑着问道："你认识我吗？"姑娘说："不认识。"询问她的姓名，她说："我姓韦。父亲是徐城卖浆的，已经去世三年了。"燕儿屈指一算，莲香恰好死去十四年了。再详细看看这个姑娘，仪容神态，没有一个地方不活像莲香。就拍着她的头顶，向她喊叫："莲姐，莲姐！十年相见的约会，该不是骗我的吧。"姑娘听了，突然像是从梦中醒过来，说了一声："咦！"就眼睁睁地瞅着燕儿，桑晓笑着说："这真是'似曾相识燕归来'呀！"姑娘脸上滚着泪珠说："是啊，听我母亲说，我生下来就会说话，认为那是不吉利，就给我喝了狗血，因此从前的因缘就不清楚了。今天才如梦方醒。娘子就是那位耻于做鬼的李妹妹吗？"三个人说起她生前的事情，不禁悲喜交集。

一天，赶上寒食节，燕儿说："今天是每年我同郎君哭你的日子。"就领着姑娘一起登临莲香的坟墓，只见荒草离乱，当年栽种的小树也有两手合围那么粗了。那姑娘也长长地叹了一口气。燕儿对桑晓说："我和莲姐，两世感情都很好，不忍互相分离，应该把我前世的白骨和莲姐同穴埋葬。"桑晓遵从她的心愿，就挖开那位姓李的少女之坟，捡出骸骨，抬回来与莲香合葬了。亲友们听到这个消息，感到很惊奇，都穿着吉服，来到墓穴跟前吊唁。虽然没有邀请，却会集了几百人。

我在康熙九年南游沂州的时候，被雨所阻，住在客店里。有个名叫刘子敬的秀才，是桑晓的表亲，拿出一篇文章，是他同社朋友王子章写的《桑生传》，约有一万多字，我全部看完了。这篇《莲香》，只是一个梗概罢了。

异史氏说："唉！死了的要求重生，活着的又要求早死，天下最难得到的东西，不是人身吗？怎奈具有这个人身的，又往往扔到一旁而不可惜，竟至厚着脸皮，活着不如狐狸；默默无闻消亡，死后连鬼也赶不上。"

［ 酒 友 ］

车某，家产达不到中等水平，但嗜饮成习，每天夜里不喝上三两杯就不能睡觉。因此，床头常置有美酒。

一天夜里，车某睡醒翻身时，好像有人睡在身旁，先以为是衣服掉下来了，用手一摸，毛茸茸的，比猫还大点。举烛照看，是一只狐，尚酣醉未醒。再看床头，酒坛已空。于是笑着说："这是我的酒友啊。"不忍惊动，并替它盖好衣服，同时用手搂着它，看它如何变化。至半夜，狐欠身，车笑说："睡得多美呀！"掀开一看，却是一个潇洒书生。起身跪在床前，感谢不杀之恩。车说："我嗜酒成癖，别人都当我是个痴汉，你才是我的真知己。如果不见疑，我们做个好酒友吧。"边说边扶他上床再睡，并且说："今后可以常来，不要猜疑。"狐答应了。车起床时，狐早走了。于是，准备佳酿，等候狐来共饮。

晚间，狐来了。开怀畅饮中，车某发现狐酒量很大，而且性喜诙谐，两人便有相见恨晚之感。狐说："屡次叨扰，不知何以相报？"车说："这值得一提吗？"狐说："话虽如此，但你是个贫寒书生，几个钱来之不易。我将为你想想办法。"第二天夜晚，狐告诉车说："离此七里，东南方，路边有遗失的银两，可以取用。"等天亮后车前往一看，果然有二两白银，便用它买了美酒。狐又说："后院有窖藏，可以挖出。"车照着去做，又得了百多吊钱。车高兴地说："已经够了,再不愁没有买酒的钱了。"狐说:"不然，这仅仅是车辙坎里的几滴水，怎么经得起长期舀用呢？得做好长期的计划才行。"

有一天，狐又对车说："现在市上荞麦的价钱很便宜，可以多囤积。"车于是买了四十多石，大家都取笑他。不久，遇上天大旱，禾苗、大豆全枯死。只有荞麦可种。车把荞麦卖出去，赚了十倍的钱。由此致富，于是车又买下良田二百亩。一切耕种方面的事，完全听狐安排。多种麦就麦丰收，多种小米就小米丰收，什么时候播种，皆取决于狐。

日子久了，狐便称车的妻子为嫂子，把车的儿子当作自己的侄儿。后来，车死了，狐便没再来过。

［江　中］

王圣俞到南方游玩时，有一天把船停泊在江心。入夜，上床后，见月光皎洁如练，遂不能入睡，让童仆给按摩。忽然听到船顶好像有一个人行走的声音，把船篷芦席踩得哗哗作响，从船尾过来，渐渐接近船舱门。王圣俞怀疑有盗贼，便急忙起身问童仆，童仆说也听见了。两人问答之间，看见一个人身子趴在船顶，向船舱里探头张望。王圣俞大惊失色，抓住宝剑呼唤其他的仆人，一船人都醒了。王圣俞便告诉他们刚才发生的事，有人疑惑是不是错觉。忽听船顶响声又起，众人又出舱向四方察看，悄无人影，只见天上月明星稀，江中波涛滚滚而已。

众人坐在船中，又见一朵青色火焰，像一盏灯，突出水面，随水浮游，渐渐靠近，快到船边时，又猛然熄灭，接着有一个黑色人影从水里冒出来，直立于水上，手攀着船舷而行。众人喊道："必然就是这东西捣乱了！"众人想射他一箭，刚拉开弓，这人影又隐入水中，再也看不见了。后来，王圣俞等人便问船家，船家说："这里是古战场，鬼魂时常出没，我们已经习以为常了。"

［道　士］

韩生是世家子弟，且十分好客。同村的徐生，常常在他家宴饮。一天，正举行宴会，忽然有个道士进来，看门人给钱和粮都不要，却赖着不走。家人很生气，便置之不理。韩听到"剥剥剥"的敲门声，就问家人是怎么回事，家人把情况说给他听。但话未完，道士就已经进来了，韩生立刻招呼他坐，道士向主人和宾客举了举手就坐下。稍问几句，才知他住在村东的破庙里。韩生说："对不起，那天移居东观，并未听说，所以未曾稍尽地主之谊。"道士答说："野人初来，无交游。听说居士为人大方，所以想讨杯酒喝。"韩生于是酌酒敬客。道士酒量很大。徐生见他衣服又旧又脏，毫不客气，韩也是敷衍而已。道士一连喝了二十多杯，然后告辞。

从此，韩家每有宴会，道士便不请自来，遇着吃就吃，遇着喝就喝。慢慢地，韩对他也产生了厌恶的情绪。

一天，喝酒时，徐嘲笑道士说："道长常做客，何不做一次主人？"道士笑着说："道人和阁下一样，只是两只肩膀抬一张嘴来。"徐听了很惭愧，无言可对。道士接着又说："虽然如此，但道人久有一番诚意，当尽力邀请大家去喝一杯。"告别时，留下话："明天中午务请光临。"

第二天，众人相邀同去，却都怀疑道士不会设席。但让他们没有想到的是，道士早就在路上迎候他们了。于是边说边走，顷刻间已到庙前。进门后，发现庭院焕然一新，一座座楼阁连绵不断，众人感到非常奇怪，都说："久不来这里，什么时候创建的？"道士回答说："刚竣工不久。"再看室内一看，陈设华丽，为世家所未有，不觉肃然起敬。刚坐下，就开席。美酒佳肴，十分丰盛。斟酒的，端菜的，都是十五六岁的漂亮小伙子，身上穿着绸衣，脚上穿着大红鞋，无比豪华。饭后，送上水果，众人都没有见过，所以都叫不出名称来。所有的用具都是水晶、玉石之类，光彩夺目。盛酒的玻璃杯，大得吓人。道士吩咐唤石家姊妹来，话声才完，小童立刻答应下去了。一会儿，进来两位美女：一位身材较高，苗条婀娜，恰似弱柳迎风；一位较矮，年纪很小。一对玉人，可称"双绝"，道士命她们唱歌。小姑娘边拍板边唱，大的吹箫相和，声音清越优美。唱完后，道士高举杯子要她们酌酒。并问："久未跳舞，还记得吗？"立即有童子在席前铺下地毯，两位美人翩翩对舞，长袖挥动，芬芳扑鼻。舞罢，各各倚在屏风上。这时，韩、徐二人心怡神畅，感到醉意盎然。道士不顾客人，喝干一杯酒，起身说："请二位自斟自饮，我要稍微休息一下再来。"

只见南屋设有雕饰精美的卧榻，女子铺好锦垫，扶道士上去，道士拉她同卧，并叫小姑娘搔痒。客人实在看不下去了，徐大声说："道士不得无礼！"正要向前阻止，道士匆匆逃去。小姑娘依然站在那里，徐拉她到另一卧榻上，公然拥抱她同卧。大姑娘还卧着未醒，徐对韩说："你为什么这样迂！"韩于是也上榻去拉大姑娘，但她睡得很熟，便抱着她同睡。

天亮时，酒醒了，梦也醒了。韩只觉得一身冰冷，一看之下，原来自己抱着长石睡在阶级下。徐还未醒，枕着一块厕所中的石头睡在粪坑里。韩用脚踢醒他，相互惊骇。举目四顾，但见一庭荒草、两间破屋而已。

［苏　仙］

高明图任湖南郴州知州时，常有一女子在河边洗衣。河中有一块大石头，女子蹲在石上，见到绿苔一缕，十分光洁可爱。有一天，女子在洗衣服的时候，只见绿苔在水面荡来荡去，围绕石头转了三圈，不觉内心有所触动，回家后就发现自己怀孕了。肚子也一天天大起来，母亲偷偷盘问她，她也如实地讲了，母亲只是觉得很奇怪。

不久之后，女子便生下一个儿子，她想把孩子抛弃，又于心不忍，于是就藏在柜子里哺养。并且立誓不嫁人，表明决不三心二意。但是，没有丈夫，居然怀孕生子，毕竟觉得难以见人。

儿子长到七岁时，从来没有见过外人。一天，那孩子忽然向母亲说："我渐渐长大了，关起来养，怎么行呢？我想离开这里，免得连累母亲。"母亲问他要到哪里去。他说："我不是凡人的种子，将要飞上天去。"母亲听了，流着泪说："那你什么时候回来呢？"儿子答："等母亲归天时再来。"又说："儿去后，倘需要什么，可以打开我藏身的柜子，就能如愿。"说完，拜过母亲就走了，而且一出门便杳无踪迹。

女子把这事告诉了母亲，母亲觉得更加惊奇。女子还是坚持原来的志向，没有嫁人。从此，母女相依为命。可是，没过多长时间，家道却日益衰落下来。有一天早上起来时，发现连下锅的米都没有了，觉得非常难过。这时，女子忽然记起儿子临别时说的话，但打开柜子，果然得到了米。从此有求必应。三年后，母亲得病死去，办理丧事所需要的东西，也都从柜中取得。

安葬了母亲之后，女子单独生活了三十年，从未跨出大门。一天，有邻居来借火，见她安安静静地坐在房中，和她讲了几句话后，便起身告辞。不久，忽见一朵朵彩云围绕着女子所住的房屋，像张开的华盖一样，中间站着一位穿着漂亮衣裳的人，仔细一看，正是苏家的女子。只见她乘云在空中盘旋，越飞越高，最后便不见了。邻居无不感到惊讶。走进女子家中一看，只见她打扮得整整齐齐端坐在那里，却已经停止了呼吸。

因为这女子并无亲属，于是大家便商量如何治理她的丧事。这时，忽然来了一个长得清秀而雄伟的少年，向他们道谢。邻人过去也暗地里知道她有个儿子，所以并不怀疑。少年出钱安葬母亲后，还在墓旁栽了两株桃树。等丧事一办完，便告别乡亲，驾着云去了。

后来，桃树结了果，又甜又香，人们称它为"苏仙桃"。桃树很茂盛，年年开花结果。凡是在郴州做官的，常把桃子送给亲友尝尝。

［ 狐夫人 ］

山东莱芜县的刘洞九，在汾州做知州。有一天独自坐在州衙中，听到院外有笑语声慢慢接近。接着，便有四个女子走进屋来。一个四十来岁，一个三十来岁，一个二十四五，还有一个是尚绾着散髻的少女。几个人站在桌前，互相看着、笑着。刘洞九知道官衙院里本来就有很多狐仙，所以也没有答理她们。不一会儿，那位梳散髻的少女拿出一方红纱巾，调皮地扔到刘的脸上，刘扯下来扔到窗台上，还是不理她。四个女子笑了一阵，就走了。

没过几天，那位四十来岁的女子又来了，对刘说："舍妹和你很有缘分，希望你不要厌弃我们小家的姑娘。"刘一听，就答应了，女子才离去。不一会儿，年长的女子和一个丫鬟扶着梳散髻的少女来了，并让少女和刘并肩坐下，说道："一对美好伴侣，今夜洞房花烛。你好好侍奉刘郎，我走了。"刘洞九仔细看看少女，觉得光艳照人，没人能比得了，就和她同欢。并问她的来历，少女说："我不是人，但实际上又是人。我本是前任知州的女儿，被狐狸迷住了，死后就埋在院内。狐仙们用法术又让我复生，所以我又飘飘忽忽像狐仙一样了。"刘听了就往少女的臀部摸去。少女发觉了，笑道："你大概以为狐狸都有尾巴吧？"说完转过身来说："请你摸摸看，有没有尾巴？"从此以后，少女就留在这里了。少女起居坐卧都有那个小丫鬟陪着。刘的家人都把她当作小夫人看待。丫鬟婆子们给她请安问候时，她给的赏赐都很丰厚。

有一天，正值刘洞九的寿辰。宾客很多，要摆三十多桌酒席，需要厨师很多。早下了文书去传厨师们，让他们按时到来，可是只有一两个来的。刘洞九非常生气。狐夫人听说后，就说："别发愁，厨师既然不够用，不如把来的这一两个也打发回去。我虽然没有什么能耐，但三十多桌酒席还是不难置办的。"刘听了很高兴，就让把鱼肉和葱姜等佐料都搬到内宅里去，家里的人只听得切菜剁肉的刀砧声一直不断。在门里放一张桌子，上菜的人把托盘放上去，转眼之间，菜肴已经装得满满的。托走后再来，又满了，十几个人上菜，络绎不绝，取之不竭。最后，上菜的人来取汤饼，只听门里说："主人并没预先嘱咐做汤饼，现在就要做好，怎么可能呢？"接着又说："没办法，去借一点吧。"不大一会儿，厨房就喊来取汤饼。一看，三十几碗汤饼，腾腾冒着热气，摆在桌上。客人走后，狐夫人对刘洞九说："可以拿出些钱来，偿还某某家的汤饼。"刘让人把钱送去时，那家人正巧刚刚丢了不少汤饼，在那里纳闷呢，送钱的人去了，疑团才解开。

一天晚上，刘正在饮酒，忽然想起山东有种稍带苦味的佳酿，狐夫人说："请让我取去吧。"于是出门去了。过了一会儿返回说："门外有一坛酒，够喝好几天的了。"刘出去一看，果然是自己老家里的名酒"瓮头春"。过了几天，刘的夫人派遣两个仆人到汾州来，半路上一个仆人说："听说老爷的狐夫人犒赏手下人很优厚，这回得了赏钱，可以买件皮袄。"狐夫人在州衙中已经知道了，对刘说："家里来人快到了，可恨贱奴才无礼，一定得收拾他一下。"第二天，那个胡说的仆人刚刚进城，头猛然大疼起来，到了州衙，抱着头乱叫，大家正想法给他吃药，刘洞九笑道："不用治，到时候自然会好。"大家怀疑他得罪了这里的小夫人，这个仆人想：我刚来到这里，行装还没解下来，罪从何来？他觉得没有什么可求宽恕的，只好跪在帘外膝行哀求。只听帘中说道："你称我夫人，也就罢了，为什么还加个'狐'字？"仆人此时才明白过来，磕头求饶不已。帘中又说："既想得个皮袄，怎么还能这样无礼？"过了一会儿又说："你已经好了！"夫人说罢，仆人的头疼病也随即好了。正要拜谢出来，帘中忽然又抛出一个小包来，说："这是一件羔羊皮袄，你可拿去。"仆人解开一看，里面有五两银子。

出来后，刘问家里的消息，仆人说，家里什么事也没有，只是有天夜间丢失了一坛好酒，一查对时间，正是狐夫人出外取酒的那天晚上。众人都很怕夫人的神威，称她为"圣仙"，刘便为她画了一幅小像。

当时，张道一官拜提学使，听到狐夫人的奇事后，就以和刘洞九是同乡为名，前去拜访，想和狐夫人见一面，但被狐夫人拒绝了。刘便把画像给他看看，张道一看，硬要把那画像带走。回去后，张把狐夫人的画像悬挂在座旁，早晚祷告道："以娘子的花容玉貌，到谁那儿去不好？为什么托身给一个胡子拉碴的老头？下官我哪一点也不比刘洞九差，为什么不光顾我一回？"狐夫人在州衙忽然对刘说："张公无理，我要稍稍惩罚他一下。"一天，张道一正在祷告，突然觉得好像有人用铜戒尺打了他额头一下子，嗡的一声，头疼欲裂。张道一感到非常恐惧，就把狐夫人的画像送了回去。当刘洞九问张道一的仆人是怎么回事时，张的仆人没敢说实话，只胡说答了几句，刘笑着说："你家主人额头上没疼吗？"仆人一听，觉得瞒不了，就把实话说了。

不久，刘的女婿其生来访，请求见见新岳母，狐夫人也坚决不见。其生求见之心更切，刘说："女婿不是外人，为什么这样拒绝？"狐夫人说："女婿相见，一定要给他些赠品。他对我的奢望过高，我自己思量也不能满足他的要求，所以就不想和他见面了。"其生还是坚决请求见面，狐夫人就许他十天以后相见。到了约定的日期，其生来到狐夫人的门前，隔着门帘向她作揖致敬。因为隔着门帘，狐夫人的容貌隐隐约约看不清楚，其生也不敢定睛细看，离去时，还总是回头看。这时，只听见狐夫人说道："阿婿回头了！"说罢，大笑一声，这一笑就像夜猫子一样森然可怕，其生听了，两腿酥软，心神不定，如丧魂失魄一般。从狐夫人那里出来，坐了一会儿，才稍稍定下心来。于是说："刚才听到笑声，就像听到晴天霹雳，觉得自己的身子已不属于我一样。"过了一会儿，来了个丫鬟，是受狐夫人之命，赠其生二十两银子，其生接受了，对丫鬟说："圣仙平时和我岳父在一起，难道不知道我素来挥霍成性，不惯于使用小钱吗？"狐夫人听到这话后，说："我早就知道他这个毛病，不巧家里没钱了。前些时和别人结伴到汴梁去了，城市已为河神占据，一片汪洋。金库也都淹没在水中，我们入水中各得了不多的银钱，怎么能满足这种无厌的欲求？而且我纵然能厚厚地赠送他金钱，也只怕他福气薄，承受不起。"

狐夫人凡事都能事先知道。刘洞九遇有疑难事，和她商议后，没有解决不了的。有一天，狐夫人正和刘洞九一块儿坐着，忽然仰面朝天，大惊失色，说道："大难将要临头，我们怎么办呢？"刘惊奇地问家里人是否平安，狐夫人说："别人都没事，只有二公子叫人担心。这个地方不久就要变为战场，你应当请求到远处去出差，可以避免这场大祸。"刘听从了她的话，便向上司请求出差。不久后，刘洞九就被委派将银饷押运到云南、贵州去。从汾州到云、贵，路途十分遥远，听说的人都前来表示同情和安慰，只有狐夫人为刘祝贺。

不久，大同总兵姜叛变，汾州失陷，成为叛兵的巢穴。刘的次子从山东赶来，正好碰上战乱，被叛兵杀害。汾州城被攻破时，官僚都被杀，只有刘洞九因为远去云贵得以幸免。叛兵被平定后，刘才从云贵归来。接着，因为有桩重要案子没有办好而被贬，家里穷到吃了上顿没下顿，而官府又多方勒索，使得刘洞九一筹莫展。这时，狐夫人说："不用发愁，床下有三千两银子，可以拿出来用。"刘大喜，问她："这是从哪里偷来的？"狐夫人说："天下没有主的东西，取之不尽，哪里用得着偷呢？"后来，刘洞九找了个机会离开了汾州，回到山东老家，狐夫人也跟他回去了。

过了几年，狐夫人忽然离去，用纸包上几件东西留下，其中有丧家挂在门上的小幡，长约二寸多，众人以为是不祥之兆。不久，刘洞九也死了。

金陵女子

沂水的居民赵某，因有事从城里回家，见一白衣女子在路旁伤心地哭。赵见她长得很美，便呆呆地望着不走。女子边哭边说："你这个汉子为什么不走路，却看着我？"赵说："因为旷野无人，你哭得这样伤心，使我难过。"女子说："我丈夫去世，现在无依无靠，所以悲哀。"赵劝她何不再找一个好的配偶，那女子说："还说什么选择好坏，只要有地方去，做个侧室，我也就满足了。"赵于是毛遂自荐，女子点头答应了。因离家较远，赵要雇牲口，女子便说："不用了。"她走在前面，像仙女般飘然而行。到家后，便开始操持家务，不辞辛劳。

过了两年多，那女子对赵说："感谢你的厚爱，我们相处了三年，我觉得很幸福，但现在我要回去了。"赵说："你不是说无家可归吗？现在还要到哪里去呢？"女子说："当时是信口说的，我怎么没有家呢。我父亲在南京开药店，今后你如果想再见我，可以办点药材去，顺便赚些路费。"赵于是想办法帮她雇车马，但她都拒绝了，出门步行而去，追也追不上。

过了许久，赵便开始想念她。于是买了一些药材，向南京出发。到达时，先把药材寄存旅店，然后上街寻访。忽然，药店中有一位老人看见了他，便说："女婿来了。"同时出门迎接。进门后，见那女子正在院中洗衣。看到他，不说也不笑，仍继续洗着。赵气她不过，转身走出大门。老人却拉住他回到屋内，女子还是不理他。老人命家人置酒饭招待远客，并打算送他一笔数目可观的钱。女子说："他生来薄福，钱多保不住。可以酌量给点钱，让他不白白辛苦一趟就行了。此外，可送他十几个医方，使他一辈子不缺吃少穿。"老人问赵带来的药材时，女子说："已经卖了，货钱在这里。"老人于是拿出钱和医方交给赵，送他还乡。

老人送的医方很有效，至今沂水还有能知道的。例如用捣蒜的石臼接屋溜洗涤肉瘤，即是方子之一，很有奇效。

赌 符

韩道士住在城里的天齐庙，由于他会很多幻术，所以大家便称他为"仙人"。先父和他最为友善，每到城里去时，差不多都要去看他。有一天，先父和先叔到城里去，准备拜访韩道士，正好在途中相遇。韩道士把钥匙交给先父道："请先到庙里，打开我屋子的门，坐上一会儿，我马上就到。"先父拿着钥匙到庙上开门，却看到韩道士已经坐在屋里。关于韩道士的诸如此类的故事还有很多。

在这之前，我有一位本家族人嗜好赌博，因为先父的关系也认识了韩道士。当时大佛寺来了一位和尚，专门搞掷骰子赌博的把戏，赌注极大。族人一见就非常喜欢，把全部钱财都拿去赌博，结果大输特输，而且越输心越急；后来干脆把田产全典当出去，再去赌，最后在一夜之间输了个精光。于是，我的这位本族人，便带着失魂落魄的神情去找韩道士，说话时语无伦次。韩道士便问他是怎么回事，他就照实说了。韩道士笑道："经常赌博没有不输之理，你如能戒赌，我就能够帮你收回财产。"族人道："倘若能收回财产，我就用铁棒把那些骰子都砸碎！"韩道士于是给他写了一道符咒，交给他佩在衣带上。嘱咐道："但得收回自己原来的财物就行了，不要得寸进尺啊！"又交给他一千文铜钱，约定赢回本钱之后就还给韩道士，族人大喜，带着钱就去找那个和尚去了。和尚检查了一下他的赌资，又还给他，不屑于和他赌。族人非赌不可，请求孤注一掷，和尚笑着答应了。和尚掷了一回无胜负，族人接过一掷，大胜。和尚再以两千文钱为注，又败。渐渐把赌注增加到十几千文。族人赌运越来越好，一掷一吆喝，都是上等采。转眼之间，就把前些时输的钱全都赢回来了。因而暗自打算，再赢几千也更好，于是又赌，可是赌运渐渐不佳，又开始输钱，正在纳闷时，一看衣带下，发现那符咒已经没有了，顿时大惊失色，于是罢赌，带着钱回到道观，偿还韩道士后，计算一下赢的钱和最后输的钱，总计和原来输的钱数相等。最后惭愧地向道士承认了失去符咒的罪过。韩道士笑道："已经在这里了，本来嘱咐你不要贪财，你却不听，所以就取回来了。"

异史氏说："普天之下促成倾家荡产的，没有比赌博更快的了；而且败坏道德的，也没有比赌博更厉害的了。凡是沉醉于其中的，就如同沉入迷海，不知底在什么地方。原来从事商业农业的人，都有自己的本业，读诗书的文士，尤其珍惜光阴。扛锄读经，固然是成家立业的正路；清谈一番，薄饮几杯，也还算是利于写作的风雅之事。而这些赌徒却和邪恶朋友勾结在一起，成夜成夜地鬼混。倾囊倒箱，把金钱悬到了危险的山尖上，吆三喝五，乞灵于枯骨做的骰子。让那些骰子盘旋乱转，如同圆珠滚动，手中握着多张纸牌，如同拿着一把团扇。左顾右盼，鬼眼珠乱转，假装牌不好而偷偷下狠手，用尽了鬼魅伎俩。如有宾客来访，在客厅里和客人周旋，还对赌局恋恋不舍。屋里房梁起火，还斜眼瞪着掷骰子的瓦盆。醉心于赌博，达到废寝忘食的地步，久而久之，成了迷醉，搞得好端端的一个人口干唇焦，看着像个鬼。等到全军覆没，老本输光，只能眼巴巴看人家赌，看看赌局，急得又喊又叫，心里发痒，英雄无用武之地，看看钱袋一文无有，空让壮士灰心。伸着脖子徘徊，只觉得两手空空无济于事，垂头丧气，凄凄惨惨，到了深夜才回到家去。幸而能斥责他的人已经睡着，就怕惊得狗叫；若腹中空空，饥肠辘辘，又抱怨残汤剩饭太凉。接着又卖儿卖女，典当田产，希望孤注一掷捞回本钱，不料又如同一场大火，把毛发烧了个精光，终究是水中捞月一场空。等到惨败之后才冷静反思，可是自己已经沉沦为下流人物了。试问赌徒之中，谁的技艺最高？大家都指一位穿不上裤子的叫花子。落魄赌徒如今常常饥肠辘辘，腹痛难忍，常常露宿街头，急得抓耳挠腮，只有指望变卖点妻子梳妆盒中的东西。呜呼！败坏德行，倾家荡产，身败名裂，哪一件不是从赌博这条邪路上得到的报应啊！"

［ 毛 狐 ］

农民马天荣，二十多岁时妻子就去世了。由于家里很穷，所以无力再娶。一天，他在田里干活，看见一个年轻妇女，踩在禾苗上，从田间小路走过。女子面带赤红色，风致还好。马怀疑她迷路，见周围无人，就进行调戏，女的也不拒绝。马进一步拉她睡觉，她笑着说："青天白日，不作兴这样。你回去把门虚掩，夜里我会来。"马不信，女发誓。于是马把住的地方详细告诉她。夜里，她果然来了。彼此相爱。马觉得她肌肤细嫩，在烛光下显得又红又薄，像婴儿的肌肤，而且全身都是细毛，感到奇怪。同时因她来历不明，怀疑为狐。于是半真半假地询问她，她坦率地承认是狐。马说："既是狐仙，应当有求必应。蒙你相爱，何不送我几两银子？"妇女答应可以。次夜到来，马向她要钱，她故意吃惊地说："啊，忘记带来了。"她去时，马又叮嘱。到夜间，马又问："我求你的事，也许未忘记吧。"她笑着请再等几天。几天后马又提起，她笑着从袖子中取出两锭银子，大约有五六两，上面还有花纹，十分精致可爱。马高兴极了，收藏柜中。过了半年，因为需要，拿出来给别人看，别人说是锡。用口试咬，随口咬下。马吓得赶快收起。夜里妇人来时，马生气地责怪她。她笑着说："你命薄，真的白银，无福消受。"这事就这样过去了。马说："听说狐仙都是天姿国色，哪知道并不见得如此。"妇说："我们随人而变，你命里连一两银子都无福消受，哪能够享有绝代佳人。我虽然容貌不好，配不上第一流人物，但是比起那些大脚、驼背的女人来，也算是天姿国色了。"

过了几个月，妇人忽然送给马三两银子，说："你多次向我要钱，我因为你命里不该收藏银两，所以不同意。现在你很快就要定亲，特送你一笔结婚用的钱，用以赠别。"马申明没有说亲这回事。她说："一两天内就会有媒人来。"马问对象长得如何，她说："你想天姿国色，自然是天姿国色。"马说："那倒不敢奢望，不过三两银子怎么能讨一个老婆？"妇人说："这是月老注定的，由不得人。"马又说："你为什么要离开我？"妇人说："深宵来往，披星戴月，总不是长久之计。何况你有你的妻子，我不能代替她。"天亮时，临别交给马一包药末，说："分手后恐怕会害病，服了这药就会好。"

第二天，果然有媒人来。马首先问对方长得怎样，媒说："说好不好，说差不差。"问要多少钱办彩礼，答说只需四五十吊钱。马认为钱的问题不大，要求必须先看看人。媒人担心好人家女子不肯随便让人看，于是约马同去，相机行事。到了村庄，媒人先进去，马等候多时，媒人来说："行，我表亲和她同住一个院落，刚才见女坐在房内，你假装去看我表亲，可以走近女子身边去看。"马跟着媒人到了院内，见到女子伏在床上，请人搔背。马走近一看，确实如媒所说。立刻商量聘礼，对方并不争多争少，有一二两银子稍为装扮女子就行了。等一切手续办完，三两银子刚刚用尽。迎女过门，才知女子是个驼背，一双大脚。因此领悟狐的话早有预见。

异史氏说："'随人变化'，也许是狐仙的自我解嘲。但她谈到福泽，却是可信的。我常常说，不是祖宗修了数代，不可能做大官；不是自身修行数世，不可能娶到佳人。凡信因果的人，必然不会说我信口胡诌。"

卷　四

［ 青　梅 ］

南京有个姓程的书生，性格磊落，与人交往从不计较彼此。一天，他从外面回来，解开腰带的时候，觉得带子的一头沉甸甸的，好像有什么东西坠着。他看来看去，却什么也没有看见。辗转之间，一个女子从衣后出来，掠着头发微笑着，漂亮极了。程生怀疑她是鬼，女子说："我不是鬼，而是狐仙。"程生说："若能得到美人，鬼都不怕，何况是狐仙呢。"两个人便亲亲热热地生活在一起。

过了两年，狐仙就生下了一个女孩子，起名叫作青梅。狐仙常对程生说："你不要娶老婆了，我将来可以给你生个男孩子。"程生听了她的话，就没有再娶老婆。可是亲戚朋友都来讥笑诽谤他。他的意志开始动摇了，就和湖东一个姓王的姑娘订了婚。狐仙听到这个消息，非常生气，给青梅喂饱了奶以后，就扔给程生，说："这是你家的赔钱货，你是养活她还是摔死她，完全由你自己决定。我凭什么替别人做奶妈子呢！"说完，出门就走了。

青梅长大以后，很聪明，而且容貌清秀，很像她的母亲。时隔不久，程生得病死了，他的老婆王氏也很快就改嫁，而青梅则被寄养在堂叔的家里。堂叔的行为很放荡，品行很不好，而且还整天想着把自己的侄女卖掉，好填满自己的腰包。这时，有个姓王的进士，恰好正在家里等候委派官职，听说青梅很聪明，就用高价把她买到家里来，让她给自己的女儿阿喜当丫鬟。阿喜十四岁，容貌很秀丽，也是一个绝代佳人。她看见青梅后，很是高兴，从此便和青梅形影不离，昼夜生活在一起。青梅也善于侍候，能用眼睛听声，能用眉毛传情说话，所以全家都很疼爱她。

当时，同乡有个姓张的书生，名叫介受。家境清贫，没有什么固定财产，租着王进士的房子居住着。他很孝顺，遵守礼节，毫不苟且，又专心致志地读书求学。一天，青梅偶然来到他家，看见他靠在一块石头上喝糠粥。青梅进屋和他母亲唠嗑时，看见桌子上放着猪蹄。当时，张生的老父亲正病重躺在床上，后来张生进了屋子，侍候父亲大小便。结果父亲的屎尿弄脏了他的衣服，父亲发觉以后，不断地怨恨自己。张生却遮挡着弄脏的地方，急忙跑出去自己打水洗掉，很怕父亲知道。青梅看见这些后，认为张生的这个行为很了不起。回去就把看到的情况告诉了阿喜，并对阿喜说："咱们家的房客，不是一般的人物。娘子不想得到一个好丈夫，那就罢了，要想得到一个好丈夫，就是张生那个人了。"阿喜恐怕父亲嫌他贫穷，青梅就说："你说得不对，这件事情成不成，取决于你自己。你如果同意，我就偷偷地去告诉张生，叫他请个媒人前来求婚。夫人一定招呼你，和你商量，你只要答应一声'可以'，就妥了。"阿喜怕他穷一辈子，自己嫁一个穷人，会被天下的阔人所耻笑。青梅说："我自己认为能够看透天下的读书人，肯定没有差错。"第二天，青梅就去告诉张生的母亲。老太太大吃一惊，认为她的说法是个不祥之兆。青梅说："我家小姐听到公子的行为，认为他是一个贤人，我因为明白了她的心意，才来为你们说合。你派媒人去，我们两个人给以袒护，这个主意就能如愿以偿。即使被主人拒绝了，对于公子又有什么耻辱呢？"老太太说："你说得很对。"于是就拜托一个姓侯的卖花女前去求婚。王夫人一听就笑了，把情况告诉了王进士。王进士一听，也是一阵大笑。把女儿招呼到跟前，向她说了侯氏的来意。没等阿喜回答，青梅就开始赞美张生的贤德，断定他将来必定是一个富贵之人。王夫人问女儿："这是你的终身大事。你如果能够吃糠咽菜，我就答应这门亲事。"阿喜低着脑袋想了很长时间，才看着墙壁说："贫富是命里注定的。倘若是个命好的人，穷也穷不多长时间，而富贵的时候就没有穷尽了。倘若是个命薄的人，那些满身是锦绣的王孙公子，穷到没有立锥之地的，难道还少吗？这件事情全在父母的心意了。"

起初，王进士和女儿商量的目的，是想让女儿把那个张生给讥笑一番，没想到女儿却说了这番话，心里顿时很不痛快，说："你想嫁给那个姓张的吗？"女儿不回答，他再一次追问，女儿还是不回答。王进士怒气冲冲地说："贱骨头，不长进！想挎个破筐，给讨饭的花子做老婆，难道不怕羞死了！"阿喜气得脸颊通红，含着眼泪被青梅领回了绣房。媒人也就跑回去了。

青梅看见这门亲事没有办妥，就拿定了主意，要把自己嫁给张生。过了几天，她便在夜间偷偷来到张生家。当时，张介受正在灯下读书，看见青梅进来，便惊讶地问她来到这里做什么，青梅一时难以把话说出口，犹豫了半天，吞吞吐吐地把自己的意思说出来。张介受听了，便很严肃地表示拒绝。青梅流着眼泪说："我是好人家的女儿，不是要和你私奔的淫荡女人。只是因为你贤德，所以自愿来寄托终身。"张介受说："你爱我，是认为我的德性好。但是在夜间前来表白，洁身自好的人也是不能答应的，有德性的人怎么能够允许呢？从淫乱开始，最后结成终生伴侣的，正人君子还说不可。万一咱们成不了亲，今后你我怎样自处呢？"青梅说："那如果成了，你肯赏脸接纳我吗？"张介受说："如果我娶到了像你这样的妻子，我还有什么要求呢？只是我想到还有三件事会妨碍我们在一起，所以不敢轻易答应你。"青梅问："是哪三件事会防碍我们呢？"张介受说："一是你自己不能做主，这是没有办法的；二是即使你能够自己做主，我的父母倘若不愿意，也是没有办法的；三是即使我的父母愿意了，要把你从王家赎出来，价钱也一定很高，我家境一贫如洗，不能弄到那么多的金钱，那更是没有办法的。所以，你还是赶快回去吧！俗话说：'瓜田不纳履，李下不整冠。'男女授受不亲的嫌疑，是很可怕的呀！"青梅只好回去，但临走时又嘱咐张生说："如果你有意娶我，我想我们可以一起想出办法来的。"张生点头答应了。

青梅回去以后，阿喜便问她到什么地方去了。青梅跪下来，向阿喜坦白交代了情况。阿喜听了，认识她夜里私自跑出去淫乱，觉得很丢人，于是要用棍子来惩罚她。这时，青梅流着眼泪，一再表示没有发生别的事情，并趁机事情的来龙去脉一五一十告诉了阿喜。阿喜听完后，赞叹着说道："他不愿苟且偷合，这是礼；一定要告诉父母，这是孝；不轻易答应你的求婚，这是忠诚老实，不骗人。他有了这三项品德，老天必然会保佑他，他就不必担忧贫穷了。"接着，又问青梅，"你想怎么办呢？"青梅说："我想嫁给他。"阿喜笑着说："傻丫头，你能自己做主吗？"青梅说："如果达不到目的，大不了一死罢了。"阿喜说："我一定让你如愿以偿的。"青梅于是向她叩头，感谢她的好意。

又过了几天，青梅对阿喜说："你前几天对我说的一番话，是跟我的玩笑呢，还是真要对我发慈悲呢？如果是真的，有一些事情，希望能够得到你的帮助。"阿喜问是什么事情，青梅回答说："张生不能送聘礼，我又没有力量可以赎回自己的身子。所以，如果一定要我先拿出足够的钱来赎回我自己，才答应让我嫁。那么，你的这个答应就跟没有答应一样。"阿喜沉吟了一会儿，说："这就不是我能为你效力的了。我说把你嫁出去，恐怕不合适；如果说不必拿足你原先的身价，我父母肯定不会答应，我也不敢说出口。"青梅听到这里，流下泪来，只是哀求阿喜能够怜悯和拯救她。阿喜想了好长时间，才说："不要紧，我攒了几吊私房钱，可以倾囊相助。"青梅向她叩头拜谢，就偷偷去找张介受，把这个情况告诉了他。张介受的母亲知道后，也十分高兴。随后，便开始东拼西凑，终于筹到了赎回青梅的钱，然后珍藏起来，等待青梅的好消息。这时，恰巧王进士被派到山西曲沃县当县官，阿喜就利用这个机会对母亲说："青梅的年岁已经大了，现在我们全家要去山西上任，不如把她嫁出去算了。"王夫人早就看出青梅太聪明，唯恐把女儿领上邪路，早就想把她嫁出去，只是害怕女儿不愿意，现在听到女儿这么说，倒是很高兴。过了两天，就有一个雇工的媳妇，向她禀报了张家求婚的意思。王进士笑着说："这个书生只应娶个丫鬟做妻子，前些天却向我的女儿求婚，那真是痴心妄想！但是，如果把青梅卖给那些显贵的人家去做小老婆，那身价一定能比以前高出好几倍。"阿喜听了，赶忙进言道："青梅侍奉我很多年，卖给人家做小老婆，我心里很不忍。"王进士于是依了女儿，便让雇工的媳妇给张家传话，答应了这门婚事，仍以原先的身价，签字画押，把青梅嫁给了张介受。

青梅进门以后，对公婆十分孝敬，委曲承顺公婆的心意，胜过张介受；而且操持家务更是十分勤俭，吃糠咽秕不以为苦。因此，家里的人没有不对她敬重疼爱的。她又把刺绣当作谋生的事业，而且卖得很快，很多商人都在门前等着抢购，唯恐买不到手。她的这些收入，终于帮助张介受贫寒的家境得到略微的改善。她还劝导丈夫，让他不要为照顾家务事而耽误了读书，柴米油盐一切生活大计，完全由她自己承担。因为原先的主人要去山西上任了，青梅就去向阿喜告别。阿喜见了她，流着眼泪说："你是有了自己的归宿，我的命运一定赶不上你。"青梅说："我的归宿是谁赏赐的，我敢忘恩吗？但是认为你的命运不如我，恐怕要折我的寿了。"于是，两人洒泪告别。

王进士到了山西以后，过了半年，夫人就死了，他便把灵柩停放在佛寺里。又过了两年，王进士因为受贿被免除了职务。他千方百计地花钱赎罪，最后穷得上顿不接下顿，他身边的一些随从人员也全部逃散了。就在这个时候，瘟疫也开始流行起来，王进士染上了瘟疫，也离开了人世，只剩了一个老太太跟着阿喜。过了不久，老太太又离开了人世，只剩下孤苦伶仃的阿喜，生活更苦了。这时，邻家的一位老太太便开始劝她出嫁，阿喜说："谁能为我殡葬双亲，我就嫁给谁。"邻居的老太太可怜她，送给她一斗米就走了。半个月以后，老太太又来对她说："我为娘子尽心尽力地想办法，你的婚事很难找到合适的：穷人不能为你殡葬双亲，富人又嫌你是个没落人家的后代。真是无可奈何！ 我还有一个主意，只怕你不愿意。"阿喜问她："什么主意呢？"老太太说："我们这里有一个李郎，想要再纳一房小老婆，倘若看见你的姿容，就是叫他用最厚的礼节殡葬你的双亲，肯定也不会吝啬的。"阿喜痛哭流涕地说："我是官宦人家的女儿，怎么能给别人做小老婆呢！"老太太听了，一句话也没说就走了。阿喜每天只靠着吃一顿饭，延续自己的生命，等待有人聘娶她。过了半年，生活又陷入了困境，再也没有办法支持了。一天，邻居的老太太又来了。阿喜流着眼泪对她说："我苦到这个样子，常想到自尽。现在仍然恋恋不舍地苟且活在世上，只是因为双亲的灵柩还没有安葬，我自己要是离开人世，谁去收拾双亲的尸骨呢？所以想来想去，不如依照你从前的意见办吧。"老太太于是就把李郎领到阿喜家。李郎略微看了看阿喜，十分高兴，马上拿出金钱替阿喜张罗安葬父母的事。很快，阿喜父母的两个灵柩都给安葬了。办完丧事以后，李郎就用车子把阿喜拉到家里，叫她进门参拜大老婆。李郎的大老婆本来是个刁悍而又嫉妒的女人，李郎当初不敢说是买妾，只说买了一个丫鬟。所以，当她看见阿喜时，便气得暴跳如雷，随后用一顿乱棍把阿喜打了出来，不让她再进门。

阿喜披散着头发，泪流满面，前进无路，后退无家。这时，有个老尼姑从此路过，就请她一同住到尼姑庵里。阿喜听了，顿时喜出望外，就跟着老尼姑走了。到了庵里，阿喜便跪下来，请求剃掉头发当尼姑。但老尼姑不答应，说："我看娘子的相貌，不是久落风尘的人物。庵里有粗茶淡饭，虽然粗劣，还可以维持生活，你暂且在此寄居，等待时机吧。时机一到，你可以自由地离开。"住了没多长时间，市里的一些无赖之徒，看到阿喜很漂亮，便经常前来敲窗打门，说一些下流淫荡的话来调戏她，老尼姑没有办法制止他们。阿喜则号啕痛哭，想悬梁自尽。老尼姑于是就到南京的吏部衙门，请一官府贴出告示，严禁这些无赖之徒胡作非为。那些品行恶劣的少年看了这告示，才稍微有些收敛。后来，有个家伙竟然趁着夜晚在尼姑庵的墙壁上挖窟窿，老尼姑机警地喊叫起来，他才逃跑了。于是，老尼姑又到吏部去报案，官府终于把领头作恶的人给抓住，着送到金陵府里打了一顿棍子。这一下，尼姑庵才逐渐安定下来。

又过了一年多，有个贵公子路过尼姑庵，见到了阿喜，被阿喜的美貌给惊呆了，于是就强迫老尼姑给他传达爱慕之情，还拿出许多金钱去引诱老尼姑。老尼姑很委婉地对他说："阿喜是官宦人家的后代，她不甘心给别人做小老婆。所以，公子暂且回去，让我慢慢地想个妥善的办法，再去回复你。"公子被老尼姑支走以后，阿喜便想要服毒自杀。但在当天夜里，她却做了一个梦，梦见自己的父亲来了，痛心疾首地对她说："我没有顺从你的心愿，使你落到了这个地步，现在后悔已经晚了！但是，你千万不要寻死，只要继续等待下去，你从前的愿望还是可以实现的。"阿喜醒来后，感到很惊异，并打消了自杀的念头。等到天亮后，便起来认真地梳洗。老尼姑起来后，只看了她一眼，便惊讶地说："看你今天的面色，已经没有任何的浊气，再也不用忧虑会遭到横祸了。你的福气来到以后，可不要忘了老身啊！"老尼姑的话还没有说完，就听到一阵敲门声。阿喜顿时大惊失色，料想一定是先前那位贵公子的家奴来了。老尼姑开门一看，果然是那位贵公子的家奴。那个家奴一见面，就追问老尼姑谋划得怎么样了。老尼姑客气地接待了他，并请求再延缓三天。家奴于是转达主人家的话，说如果这门亲事办不成，就让老尼姑自己去回话。老尼姑唯唯诺诺，很恭敬地应了一声，表示向他主人谢罪，就让家奴先回去了。阿喜听了他们的对话后，心里十分悲伤，又想自尽，但被老尼姑给劝阻了。阿喜担心三天以后那位贵公子还会再来，到时候就不好应付了。老尼姑说："有我在这里，你就不用担心，是砍是杀，完全由我承担。"

第二天，到黄昏时，就下起了倾盆大雨，并听到有人在外面吵吵嚷嚷，还有好几个人敲叩山门。阿喜一听，脸上失去了血色，又惊又怕，不知如何是好。老尼姑冒着大雨去开庙门，看见门外停着一台轿子，几个女仆从轿里搀出一位美人，仆从显得很气派，车马更是十分豪华。老尼姑惊讶地询问她们要做什么，只听到仆从回答说："这是司理的家眷，暂时到庵中避避风雨。"老尼姑于是急忙把她们领进佛殿，搬来一张矮床，很恭敬地请那位美人坐下。并把家人和仆从安排在禅房休息。那些人进了禅房之后，见到了阿喜，觉得很漂亮，就跑去告诉夫人。过了不一会儿，雨停了，夫人就站起来，要求看看庵里的禅房。老尼姑就把她领进禅房，夫人一见到阿喜，顿时惊呆了，就这样一动不动地看着她。阿喜也呆呆地看着她老半天。其实，这位夫人不是别人，正是青梅。于是，两个人都失声痛哭，各自倾诉了这些年来的经历。原来，张介受的父亲病故后，张介受先是守完孝，然后便在乡试中考中了举人，又在会试中高中了进士，并被派到了一个省里担任司理。张介受先接母亲上任去了，然后派人回来迎接家眷。阿喜听了，叹息道："今天一看，你我真是如同天壤之别了！"青梅笑着说："幸亏娘子受了挫折，还没有丈夫，这正是老天有意安排我们两个人团聚呢。倘若不被大雨阻隔，我们怎么能在此不期而遇呢？这一定是天意，不是人力所能做到的。"说完，就拿出镶有珠宝的头冠和锦衣，催促阿喜换上。阿喜低着头，犹豫不决。这时，老尼姑也在旁劝说。阿喜担心两个人住在一起，名不正言不顺。青梅说："你的身份当年就定下来了，我绝不敢忘掉你的大恩大德！试想一下，张郎是一个忘恩负义的人吗？"说着便强要阿喜换了衣服。待雨一停，便告别了老尼姑，带着阿喜一起路了。

到达张介受的任所之后，张介受母子都很高兴。阿喜拜见了张母，说："我今天没有脸面见到母亲了。"张母微笑着安慰她，并打算选择一个好日子，然后给张介受和阿喜举行婚礼。阿喜对青梅说："庵里只要还有一线活路，我也不愿跟随夫人来到这里。你如果念在过去的情谊上，能够给我一间房子，可以容纳一个蒲团，我就心满意足了。"青梅听了，只是笑笑，却不说话。

到了成亲那一天，青梅就给阿喜抱来了华丽的服装。阿喜左顾右盼，不知如何是好。不一会儿，就听见鼓乐大作，但阿喜还是拿不定主意。这时，青梅领着仆妇丫鬟，硬给她穿上了婚服，把她搀出绣房。此时，张介受已经穿好了参拜的礼服，也就不知不觉地互相参拜了。随后，青梅把阿喜推进洞房，说："空着这个位置，已经等你很久了。"又看着张介受说："你今晚得到了报恩的机会，可要好好待她。"说完，转身就要往外走，但阿喜却抓着她的袖子不放，青梅笑着说："不要留我，这是不能代替的。"然后，掰开她的手指就往外走了。

在以后来的日子里，青梅便十分谨慎地服侍阿喜，不敢担当夫人。但阿喜却总感到很惭愧，心里十分不安。于是张母就发了话，把两个媳妇都称为夫人。但即使这样，青梅还是对阿喜行使婢妾的礼节，一点也不敢懈怠。

过了三年，张介受任满进京的时候，到尼姑庵里看望老尼姑，并且拿出五百金给老尼姑祝寿。老尼姑不肯接受。张介受态度很坚决，硬要送给她。老尼姑无奈，只好勉强收下了二百金，用来修了一座观音庙，并建了一座王夫人碑。后来，张介受的官做到侍郎。程夫人生了两个儿子一个姑娘，王夫人生了四个儿子一个姑娘。张介受向皇帝上书陈情，两人都被封为夫人。

异史氏说："老天生下佳人，本来是用来报答贤人的；但那些满脑子庸俗思想的王公大人，却要留着佳人赠给纨绔子弟。这是老天一定要与之相争的。于是，使事情变得离奇古怪，致使撮合的人费尽心机去经营。唯独青梅能在浑浊的尘世上识别一个英雄，立下了嫁给这位英雄的誓言，并以必死的决心期待着。那些曾经样子俨然，衣冠端庄的人物，为什么反倒抛开有德性的贤人，而去追求官僚和财主人家的子弟，其见识连一个丫鬟也比不上，这是为什么呢？"

［ 促 织 ］

明朝宣德年间，皇宫里盛行斗蟋蟀的游戏，所以宫中每年都要向民间征缴大量的蟋蟀。这东西本来不是生长在陕西的，但华阴有个县令，为了讨好上司，但捉了一只献上去，试了一下，发现它很会斗，于是责令华阴县经常供应这种蟋蟀，县里就责令乡里去完成这项任务。因此，街上一些游手好闲的人，只要捉到了一只好的蟋蟀，便放在笼子里养起来，当作奇货来牟取暴利。而那些奸猾刁诈的差役，则借机敲诈，按丁摊派，往往为了一只蟋蟀，逼得几户人家倾家荡产。

当时，县里有个叫作成名的穷书生，多次应考，连一个秀才也没有捞到。由于他为人迂腐木讷，所以那些狡诈的差役就报请委派他做里正，让他担起上缴蟋蟀任务的重担，他千方百计推辞不掉，只好接受。结果不到一年，就把自己一份微薄的家产全赔光了。此时，征缴蟋蟀的任务又派下来了，而成名既不敢按户摊派，又没有钱来抵偿，只有干着急的份。这时，妻子对他说："光着急有什么用，不如自己去捉，万一能够捉到一只好的呢。"成名觉得妻子说得很有道理，于是早出晚归，每天提着竹筒、笼子，到墙脚下、草丛中，搬开石头，探看土洞，什么法子都想了，还是无济于事。即使捉到了三两只，也都是又笨又弱，不合要求。而此时县官又限期追缴，十分严厉。十几天时间，他就挨了一百多板子，两条大腿被打得脓血淋漓，连蟋蟀也不能去捉了。躺在床上翻来覆去，最后想干脆自杀算了。

正好这时，村里来了一个驼背巫婆，说是能够借神仙的指点来预卜吉凶。成名的妻子也带了钱前去问卜。到那里一看，只见红颜少女、白发老妪，把门口都堵塞了。走到巫婆住的地方，屋里有间密室，门上挂着帘子，帘外摆着香案。问卜的人在香炉里烧上香，磕两个头。巫婆在一旁望着空中，代为祈祷，两片嘴唇一张一合，不知念的什么咒语，大家都恭恭敬敬地站在那里听候吉凶。过了一会儿，帘内扔出一片纸来，写的都是人们所要问的事，没有丝毫的差错。成名的妻子也把钱放在案上，焚香膜拜，约莫一顿饭工夫，门帘一动，一张纸片落在地上。拾起一看，不是字，而是一张画。画的像一所寺院的殿阁，殿阁的后面是一座土山，山下怪石纵横，荆棘丛中伏着一只"青麻头"的蟋蟀，旁边一只蛤蟆，好像要跳的样子。成名的妻子思量了好久，不知道是什么意思。但看到画中有一只蟋蟀，隐隐约约跟自己要问的事暗合，便把纸折叠起来，拿回家给成名看。成名反复思量，说："莫非是告诉我捉蟋蟀的地点么？"仔细端详，觉得画中的景状，跟村东的大佛阁十分相似。于是勉强挣扎着起来，拄着拐杖，带着画儿，往大佛阁的后山去寻。只见一座小山似的古代陵墓，怪石纵横，俨然是画中的景状。于是慢慢地在荆棘丛中侧着耳朵听，睁着眼睛瞧，像寻觅一枚绣花针、一粒芥菜子似的，心力、目力、耳力都用尽了，可一点蟋蟀的踪影也没有。他继续屏住呼吸，暗暗搜寻，一只癞蛤蟆突然跳了出来，他更加感到惊异了，急忙跟着它去。那只癞蛤蟆一下钻到草丛中去了，他便蹑手蹑脚地扒开乱草一看，只见一只蟋蟀伏在荆棘根下，于是赶忙用手去扑，结果那只蟋蟀一下又钻到石洞里去了。成名便用一根小草轻轻去戳，但蟋蟀还是没有出来，最后干脆拿筒里的水去灌，那只蟋蟀才跳了出来，而且看起来十分俊美健壮，于是马上过去把它逮住了。仔细一看，大身架，长尾巴，青色的脖子，金色的翅膀。成名顿时高兴极了，然后装进笼子带了回去，全家人一看成名捉到这么漂亮的蟋蟀，都像遇到大庆大喜一样，甚至比得到一块价值连城的宝玉还要高兴。于是把那蟋蟀养在一个放上一些土的盆子里，并用螃蟹肉、栗子粉去喂它，精心照料，万般爱护，只等限期一到，就把它献到官府，完成那征缴的任务。

有一天，成名那九岁的孩子，趁着父亲不在时，偷偷打开盆盖，那蟋蟀随即一跃而出，而且跳得很快，怎么也捉不到。最后，费尽力气把它捉到时，腿已折了，肚也破了，很快就死去了。孩子一看，十分害怕，哭着告诉母亲，母亲听了，气得面色灰白，大骂道："祸种，死期到了！等你爸回来，再跟你算账啦！"孩子吓得哭哭啼啼地出去了。不久，成名回来了，听了妻子的话，好像迎头泼了一盆冰水，心都凉了。怒吼着去找孩子，但孩子已经杳如黄鹤，不晓得到哪儿去了。过了一会儿，就在井里发现了孩子的尸体。于是夫妻二人由愤怒再转为悲恸,呼天抢地,痛不欲生。夫妻俩呆呆地对着墙角,默默无语,不吃不喝,茅舍里一缕炊烟也没有,简直无法再活下去了。

　　天快黑了,成名只好拿了一床草席,裹着孩子的尸体去埋,无意中往孩子的身上一摸,觉得似乎还有一点微弱的气息,于是便高兴地把孩子抱到床上。半夜里,孩子果然活过来了,夫妻心里多少得到一点安慰。但孩子神气痴呆,气息微弱,只想睡觉。成名回头看到笼子空了,气也不出,声也不作,连孩子的死活也没有放在心头了。从天黑到天明,都没有合过眼皮。太阳出来了,成名还直挺挺地躺在床上长吁短叹。忽然,门外传来一阵蟋蟀的叫声,他惊异地起来一看,只见那只蟋蟀仍然活着。他高兴地去捉,结果那蟋蟀叫了一声就跳走了,而且跳得很快。成名用手掌去扑,似乎手掌中什么也没有,刚刚张开指头,那蟋蟀又突然跳了出去。赶忙去追,看到它绕过墙角,又不知道跑到哪儿去了。成名便在那里徘徊着,东张西望,终于看见一只蟋蟀伏在壁上。仔细一看,那蟋蟀又短又小,黑里带红,完全不像先前的那只。成名于是不去理会它,还是在那里东看看,西瞧瞧,只想找到原来的那只。突然,壁上的那只小蟋蟀跳到他的衣袖上,他一看,样子像土狗,翅膀上长着梅花小点,方方的头,长长的腿,似乎还不错。于是便高高兴兴地把它收进笼子里。准备拿它献给官府,又害怕上头不满意,便想让它先跟别的蟋蟀试斗一下,看看行不行。

　　当时,村里有个善斗鸡狗的少年,驯养了一只蟋蟀,给它取了个名字叫"蟹壳青",天天与人家的蟋蟀角斗,没有斗不赢的。那少年想以此来牟取暴利,把价格提得很高,自然也没有人来买。那天,少年径自来到成名家里,看到成名养的那只蟋蟀,不由得捂着嘴暗暗发笑,于是把自己的蟋蟀放在笼中进行比较,成名一看,只见少年带来的那只蟋蟀又长又大,是个庞然大物,自己的那只跟人家一比,自觉惭愧,不敢跟他较量。但回头又想,养一只差家伙,反正没什么用,不如让它斗一斗,开开心也好。于是便把各自的蟋蟀放进斗盆里。两只蟋蟀都放进去之后,成名的那只蟋蟀便伏在那里,一动也不动,呆得像木鸡一样,少年一看,顿时大笑起来。于是便试着拿起猪鬃去撩拨它的触须,但它仍然不动,少年又讥笑起来。经过几次撩拨,那只小蟋蟀终于被激怒了,于是直奔少年的那只"蟹壳青"。双方飞腾扑击,发出冲杀的声音。不一会儿,只见那小蟋蟀一跃而起,张开尾巴,伸直触须,一口咬住对方的脖子。少年一看,大吃一惊,急忙把它们分开。那小家伙翘着尾巴,扬扬得意地叫了起来,好像向主人报捷一样。成名看了,心里十分高兴。

　　大家正在观赏这只善斗的小家伙时,一只大公鸡突然窜了过来,对准那小蟋蟀一啄,吓得成名大声呼叫，好在没有啄到，那小家伙跳去一尺多远。公鸡又扑了过去，眼见小家伙已被扑在它的爪下了。成名在慌乱中，也不知道该怎么去搭救那小家伙。一霎，只见那公鸡伸着脖子，摆着翅膀，成名走近一看，才发现原来那小家伙已经跳到公鸡的冠上，使劲地咬住不放。成名更加惊异，更加高兴，赶忙把它拿起来，放到笼子中。

第二天，当成名把这只蟋蟀献到官府时，县官一看，觉得它个头太小了，于是便怒冲冲地训斥成名。成名便说它有奇异的本领，县官不信。成名就提议让它试着与其他的蟋蟀角斗，结果没有一只不被它斗垮的。又让它与鸡斗，果然与成名所说的一样。于是，县官奖赏了成名，并把它献给抚军。抚军大悦，立即装进金丝笼里，献给皇上，并在奏折中详述了这只小蟋蟀的本领。小家伙进了宫中后，皇上便命令让全国进贡的最好的蟋蟀，诸如"蝴蝶""螳螂""油利达""青丝额"等，一切奇形怪状的家伙拿来跟它角斗，结果没有一只能够胜过它的。而且往往听到琴瑟的声音，那小家伙就会按乐曲的节拍跳跃起来，因此大家越发觉得它神异非凡。皇上十分高兴，下令赏给抚军骏马、锦衣和绸缎。抚军也没有忘记那小蟋蟀是谁送来的。不久，那华阴县令就以政绩卓异而闻名全省。县官一高兴，便免了成名的徭役，并嘱咐主管学政的长官，让他入了县学，成为秀才。过了一年多，成名儿子的精神也恢复正常了，并说："本人变了一只蟋蟀，轻捷善斗，现在才醒悟过来。"后来，抚军也重重地赏赐了成名，没有几年，成名就拥有良田百顷，楼台万所，牛羊各以千计。出门便轻裘肥马，比那官宦人家还要阔气。

异史氏说："天子偶然重用一种东西，未必不事过境迁就忘记了，而经办的人却把它当作一个定例。加之官员贪婪，吏役残暴，老百姓赔了妻室，卖了儿子，也得不到一天的安宁。所以天子的一举一动，都关系着老百姓的命运，决不可以轻易草率地提倡某种风气。但是，成名因为官吏的剥夺而贫，由于蟋蟀的善斗而富，裘马轻肥，得意扬扬，当其做里正、受责打的时候，难道会想到能够享受到这些荣华富贵吗？老天爷大概要酬劳忠厚长者，遂让抚军、县官，一同享受蟋蟀得来的恩宠。过去听说过一人飞升，鸡犬登仙，真是所言非虚啊！"

［ 田七郎 ］

武承休，辽阳人。喜好交朋友，所交的朋友都是知名人士。一天夜里，他梦见一个人告诉他说："你结交的朋友遍及海内，都是一般泛泛的交往，只有一个人能够和你共患难，你为什么反倒不认识呢？"武承休问："你说的是谁呀？"那个人说："为什么不结交田七郎呢？"武承休醒过来之后，觉得很奇怪。

第二天早晨，见到朋友，就打听田七郎。有朋友认识田七郎，便说是东村一个打猎的。武承休不敢怠慢，紧忙来到田七郎家里访问，到了之后就用马鞭子敲门。不一会儿，出来一个人，大约二十多岁，虎目蜂腰，戴一顶油腻腻的帽子，扎一条黑布围裙，围裙上补着许多白补丁。出门就抱拳拱手到额头，作了一个深深的揖，询问客人是从哪里来的。武承休说了自己的姓名，并借口路上感到身体不舒服，要借一间房子歇一会儿。又打听田七郎住在什么地方，那个人回答说："我就是。"说完，就把武承休请进院里。武承休看见院里只有几间破房，东倒西歪的，墙壁也只是用带杈的木头支撑着。当他们走进了一个小屋子时，只看见抱檐柱子上挂满了虎皮和狼皮，再没有凳子和卧床可坐。七郎就在地下铺了一张虎皮。武承休便坐在虎皮上和七郎唠嗑。听七郎的言辞很朴素，武承休心里很高兴，就送给七郎一些金钱，作为他的生活用度，但七郎却没有接受。武承休坚决要送给，七郎就接过来，拿进去禀告母亲。不一会儿又拿出来还给武承休，坚决推辞，分文不肯取。而武承休则再三再四地非要送给他不可。这时，七郎的那已经显得老态龙钟的母亲来到武承休跟前，声色俱厉地说："老身我只有这么一个儿子，不想叫他出去侍奉贵客！"武承休听了，便很惭愧地退了出来。在回家的路上，他想来想去，也没有理解老太太的意思。

武承休的随从人员，刚才在房后听到了七郎母亲的一番话，就把那番话告诉了武承休。起先，七郎拿着金钱禀告母亲，母亲说："我刚才看了一眼武公子，他脸上有倒霉的纹路，不久之后一定要遭受奇灾大祸。我听人说：'承受别人的友情，就要分担别人的忧虑；接受别人的恩惠，人家有了急难，就得见义勇为。'富人可以用钱财报答恩情，穷人只能用义气来报答恩德。无缘无故地得到很多钱，是不祥之兆，你恐怕要用生命去报答人家的恩情了。"武承休听完这一番话，不由得赞叹七郎的母亲是个贤惠的老人，因此也就更加爱慕七郎了。

第二天，武承休设宴招请田七郎，七郎却辞谢不肯来。武承休于是来到七郎的家里，坐着不走，硬是要酒喝。七郎便亲自给他斟酒，摆上鹿肉干，对他极为尽情尽礼。过了一天，武承休又设宴酬谢田七郎，七郎才肯前来。两个人进行了亲切的交谈，酒喝得也很畅快。喝完酒后，武承休又送给七郎一些钱，七郎当即就推掉，拒不接受。武承休只好借口买几张虎皮，七郎这才收下了。七郎回到家之后，看看自己储存的虎皮不值那么些钱，就想再打一只虎，然后再拿去献给他。但是进山三天，什么也没打到。

正好赶上妻子病了，就守着妻子煎汤喂药，没有工夫进山打虎。过了十天，妻子就死了。为了安葬妻子，田七郎就把收到的虎皮钱用掉了一些。武承休听到噩耗，亲自赶来吊唁送葬，还赠送了很优厚的丧礼。安葬完妻子之后，七郎就背着弓进了深山老林，急欲打到一只老虎，以报答武承休，但是一直没有打到。武承休听到这个消息后，就劝七郎不要着急，并急切地盼望七郎能够到他家来看望一次。但是，七郎始终因为背着他的债务，心里过意不去，所以不肯前来。于是，武承休就向七郎索要从前储藏着的虎皮，并让他送过来。七郎查看了一下储存的那些虎皮，又发现都被蠹虫咬坏了，虎毛已经全部脱落，顿时觉得十分懊丧。武承休知道这个情况后，赶紧跑到七郎家里，好好地把七郎安慰一番。又看了看脱了毛的虎皮，说："这个也很好。我要购买的虎皮，本来就是不要毛的。"于是，就把脱了毛的虎皮卷巴卷巴拿出了出来，并且约请七郎一起上自己家来。七郎不肯答应，武承休只好自己回家。

七郎想，这些脱毛的虎皮终究不能报答武承休的恩情，于是又带着干粮进了深山。经历了几天几夜，终于打到一只老虎，就把整只老虎送给了武承休。武承休很高兴，置办酒宴，请七郎在家里住了三天。七郎一再告辞，他就锁上大门，使七郎无法出去。武承休的宾客们看到七郎穿着俭朴而又敝陋，就在背后议论武承休乱交朋友。但是武承休接待田七郎，和接待别的客人完全不一样。他要给七郎换新的衣服，七郎不接受；他就乘着七郎睡觉的时候偷偷给他换上，七郎迫不得已才接受了。七郎回家以后，他的儿子便奉奶奶之命，又把新衣服送回去，并要讨回七郎的破衣服。武承休笑笑说："回去告诉奶奶，七郎的破衣服已经被拆做鞋衬了。"从这以后，七郎就天天给武承休送来兔子、鹿子之类的猎物。后来，武承休招呼七郎，七郎就再也不去了。有一天，武承休来到七郎家，正赶上七郎外出打猎，还没有回来。这时，老太太迎出来，关着一扇门，一脚在门里，一脚在门外地堵在门口，对武承休说："请你不要再来招引我的儿子了，我知道你心里绝没有好意！"武承休听了，便向她施礼道歉，很惭愧地退了出来。

大约过了半年，家人忽然向武承休报告说："七郎为了争夺一只猎取的豹子，打死了人，被抓到官府里去了。"武承休听了大吃一惊，急忙跑去看望，看到七郎已经被戴着手铐脚镣，押在监狱里。七郎看见武承休，默默无语，只是说："从此以后，请你帮忙照顾我的老母吧。"武承休心情悲痛地走出了监狱，然后用很多金钱去贿赂县官，并用百金去贿赂七郎的仇人。过了一个多月，县官终于把七郎给放回来了。七郎的母亲看到儿子平安回来，很感慨地说："你的身体发肤受恩于武公子，不是受之于父母，不需要我来爱惜了。但愿武公子无灾无祸活到一百岁，就是我儿的福气了。"七郎要去感谢武承休，母亲说："去就去吧，见了武公子不要感谢他。小的恩惠能够感谢，大恩大德是不能感谢的。"七郎来到武承休家后，武承休便用温言暖语对他进行安慰，七郎只是唯唯诺诺应答着。家人都责备七郎对待恩人不亲切，武承休却喜欢他的老实厚道，更用厚礼款待他。从此，田七郎就经常在武承休家里，一住就是好几天。而且只要武承休送给他东西，他就欣然接受，不再推辞，也不说一些报答之类的话。

有一天，赶上武承休过生日，客人和客人的随从人员都很多，晚上家里住得满满的，武承休就和七郎一起睡在一间很小的房里，三个仆人就在床下铺着乱草当床铺。二更快要结束的时候，三个仆人都睡着了，他二人却还在没完没了地聊天。七郎的佩刀挂在墙壁上，忽然自己从刀鞘里蹿出好几寸长，铮铮作响，光闪如电。武承休惊讶地爬起来。七郎也爬起来，问道："睡在床下的都是什么人？"武承休回答说："都是仆人。"七郎说："这三个人中一定有坏人。"武承休便向他询问原因，七郎说："我这把佩刀是从外国买来的，杀人不沾一线血丝。到现在已经佩带三辈子了。砍下的人头，数以千计，还像新从磨刀石上磨过的一样。它见到坏人就铮铮作响，自己从刀鞘里蹿出来，眼下该是离杀人的日子不远了。公子应该接近君子，远离小人，也许还有幸免的希望。"武承休听了这番话，也点了点头。这天夜里，七郎心里一直担心着，所以在床上翻来覆去睡不着觉。武承休说："灾难和吉祥，都是命里注定的，何必过于忧虑呢？"七郎说："我也没有什么可害怕的，只是因为还有个年老的母亲活在世上，需要有人照顾。"武承休说："你干吗突然说出这样的话呢？"七郎说："没有坏人就好了。"

床下睡着的三个仆人：一个叫林儿，是最受主人宠幸的，很能得到主人的欢心；一个是书童，十二三岁，是武承休经常驱使的；一个叫李应，性格最执拗，经常因为一些很小的事情，就和武承休瞪着眼睛争论不休，武承休经常对他很恼火。所以，武承休当天夜里默默一想，便怀疑七郎所说的坏人，一定是李应。于是第二天一早，武承休就把李应叫来，好言好语地把他辞退，让他走了。

武承休的大儿子名叫武绅，娶了王家的女儿做媳妇。一天，武承休出门了，留下仆人林儿看守书房，当时书房的院子里，正是菊花灿烂的时候。新娘子认为公公出门了，书房的院子里应该很寂静，于是便到那里去采菊花。这时，林儿突然从书房里跑出来勾引调戏她。新娘子想要逃跑，林儿硬把她挟进了书房。新娘子哭喊着抗拒，脸色大变，嗓子也喊哑了。武绅听到声音后，急忙跑了进来，林儿才撒手逃走了。武承休回来后，听到这件事，气得到处寻找林儿，但林儿已经不知跑到哪里去了。过了两三天，才知道他已经投靠到一个御史家里去了。那个御史在京城做官，家里的事情都委托给弟弟经管。武承休从前和那个御史是很有交情的，就给他弟弟写了一封信，想把林儿要回来。但御史的弟弟却毫不理会，不把林儿送回来。武承休越发怀恨在心，就写了状子，到县官那里告状。县官虽然把捕人的拘票发出去了，但是衙役却不敢去抓人，县官也没有过问。武承休正在愤怒的时候，恰巧七郎赶来了。武承休说："你的预言已经应验了。"于是就把事情的经过告诉了七郎。七郎听了，神色变得很凄惨，始终没说一句话，抹身就走了。

武承休于是找来一些干练的仆人，让他们出去巡逻搜捕林儿。晚上，林儿回家的时候，果然被巡逻的仆人抓到了，并拉回来见武承休。武承休气得用棍子拷打他。林儿出口不逊，侵犯了武承休。武承休的叔叔武恒，是个忠厚的老头儿，害怕侄儿在暴怒之下闯下大祸，就劝导侄儿不如把他送进官府，让官府用法律制裁他。武承休听从了叔叔的劝告，就把林儿捆起来送进公庭。但是御史家给县官寄来了名帖和书信，县官就把林儿给放了，并交给御史的管家领回去。这么一来，林儿就更加放肆了，经常在人群里大讲特讲，诬蔑主人的儿媳妇和他通奸。武承休拿他毫无办法，气得要死。最后跑到御史家的大门外，跺着脚大骂。邻居们听了，都跑来安慰他，把他劝回去了。过了一宿，忽然有个家人来向武承休报告说："林儿被人剁成了肉块，扔在空旷的野地里。"武承休听了，又惊又喜，才稍微出了一口冤气。但是时隔不久，就听说御史的弟弟告武承休叔侄二人杀了林儿，武承休就和叔叔一起，到公堂上去对质。县官不容他们申辩，就想把他叔叔拉下去动刑。武承休大声抗议说："诬告我们杀人，那是莫须有的罪名！至于辱骂当官的，那是我干的，和我叔叔没有关系。"县官根本不听。武承休瞪着眼睛要上去替叔叔受刑，一群衙役把他拽住了，不让他上前。拿棍子打人的衙役都是御史家的走狗，武恒又年老体弱，签票上的数目还没打到一半，已经气息奄奄地死了。县官看他叔叔已经死了，也就不再追究。武承休一边哭一边叫骂，县官却装作没听见。武承休只好把叔叔抬回家里。心里虽然很悲痛，很气愤，却没有任何办法。武承休很想和七郎商量一下，七郎却一直躲着他。甚至连自己的叔叔死了，也不来吊唁。武承休不由在心里暗自念叨：我待七郎不薄，他为什么和我像个路人呢？同时，武承休也怀疑林儿是七郎给杀的。可是转而一想：如果真是七郎杀的，他为什么不来跟自己商量一下呢？于是便派人到七郎家里探听消息，家人到那里一看，发现七郎家的门已经上了锁，屋里屋外寂静无人，邻居也不知道他到哪里去了。

一天，御史的弟弟正在后衙和县官通关节。正赶上早晨往衙门里进柴进水的时候，忽然有个打柴的樵夫来到两人跟前，放下柴担，便抽出锋利的钢刀，直奔御史的弟弟。御史的弟弟惊慌失措，用手来架刀，钢刀往下一落，就砍断了他的一只手；再一刀，便砍下他的脑袋。县官一看，大惊失色，撒腿就跑。樵夫还在慌慌张张四处寻找，衙役们急忙关上大门，操起棒子大声疾呼。樵夫只好抹脖子自杀了。衙役们纷纷跑来辨认，有认识他的人，知道他是田七郎。县官镇静下来以后，才转回来查看尸体。看见田七郎直挺挺地倒在血泊里，手里还握着那把钢刀。县官刚刚停下来要仔细查看，七郎的尸体突然跳了起来，竟然抢刀砍下了县官的脑袋，然后又倒在血泊里。衙里的官吏去逮捕七郎的母亲和儿子，但祖孙俩已经逃走好几天了。

武承休听说七郎死了，急忙跑进衙门，哭得很悲伤。这时，衙里衙外都说七郎杀人是他主使的。武承休最后倾家荡产巴结当政的官员，才得以免死。七郎的尸体被扔在荒郊野外三十多天，鹰犬都来围在四周守护着。武承休把他拉回去，用厚礼给埋葬了。

七郎的儿子逃亡外地，来到登州，改姓为佟。长大以后，在军队里建功立业，因功被授予同知将军。回辽阳故乡的时候，武承休已经八十多岁了，才指出他父亲的坟墓。

异史氏说："一文钱不轻易接受，正像不忘一饭之恩的韩信。贤德呀，七郎的母亲！至于七郎，仇恨没有全部洗雪，死后还能申冤报仇，他是什么神仙呢？假使荆轲能够做到这一步，那千古就没有遗恨了。如果真有七郎这样的人，就可以补上天网上的漏洞。世道茫茫，只可惜七郎这样的英雄太少了。可悲呀！"

姊妹易嫁

山东掖县有个做过相国的毛公，家里向来都很贫寒，他的父亲常常给人家放牛。那时县里有个姓张的大户人家，新开了一座坟地，在东山的南面。有人从墓地里经过，经常听到从墓中发出大声叱喝的声音说："你们赶快回避，不要老在这里玷污贵人的住宅。"张大户听了这话，也不大相信。不久，他又接二连三地在梦中听到有人警告他说："你家的墓地，本是毛公的吉地啊，怎么能长期借占人家的地方？"之后，张家又屡次发生一些不吉利的事情。于是有人劝张家还是把坟迁了的好，张家这才把坟给迁了。

有一天，相国的父亲到山上放牛，经过张家的旧坟地时，突然碰上了大雨，便赶紧跑到张家废弃的墓穴中去避雨。不久，雨越下越大，山洪奔泻，把墓穴都给灌满了，毛公的父亲也被淹死在里面。当时，毛公还是个小孩，他的母亲于是独自跑到张家，想讨几尺地方来掩埋孩子的爸爸。张家问了她的姓名之后，大为诧异。亲自去看毛父被溺死的地方，恰好就是他原来放棺材的地方，这使他更为惊异。于是就让毛母在原穴埋葬了她的丈夫，并让她把孩子带来。安葬完毕以后，毛母便带着孩子到张家去道谢。张大户一见到孩子，就十分高兴，当时就把孩子留在他家里，教他读书，把他看成自己的子弟辈，而且要把大女儿嫁给他，毛母表示不敢高攀，张大户的夫人终于把女儿许配了他。但张家的女儿非常看不起毛家，当得知父母把自己许配给毛家的儿子时，便不断地埋怨父母，心里也为此感到羞愧，而且还将这些不满写在脸上，并经常在言语中表现出来，说一些诸如"我死也不嫁给那放牛娃"之类的话。

到了结婚那天，新郎已经入了席，花轿也已停在张家的门口，但张家的大女儿却对着墙角、捂着脸孔在那里哭哭啼啼。家人催她梳妆，她不肯动；劝她不要哭，她却哭得更加厉害。新郎等了半天，不见新娘的影子，只好起身告辞，顿时吹吹打打，鼓乐大作。此时的新娘，头发还像飞蓬一样散乱，泪水也像雨水一样流个不停。张父实在看不下去，只好到房里来劝解，但她根本不听；逼着她上轿，她也只是一个劲儿地哭。张父无可奈何，家人又来报告说："新郎要走了。"父亲只好急忙出去说："新娘还没有梳洗完毕，请稍稍等待一下。"说完立即转身到房里来劝女儿，就这样往返多次，女儿仍然毫无顺从的表现。父亲费尽心思，急得要死，简直无计可施了。这时，他的二女儿在旁边也批评姐姐的态度不好，并苦苦地劝导她。但她姐姐不但不听，而且发了脾气，说："小妮子，你也学别人来唠唠叨叨，你为什么不跟他去？"妹妹说："父亲当初并没有把我许配给毛相公，如果把我许配给他了，何劳姐姐来劝驾呢？"父亲觉得二女儿说得很爽快，便跟夫人商议，拿二女儿去换大女儿。夫人于是来问二女儿说："你姐姐太不像话了，不听父母的安排，现在我想让你去代替你姐姐，你愿意吗？"二女儿很爽快地说："只要是父母的意思，即使让嫁给乞丐，我也不敢推辞。更何况毛家也不会穷一辈子，以至于把我饿死呢？"父母听了她的话，十分高兴，马上将大女儿的妆奁给二女儿穿戴停当，然后匆匆忙忙上轿去了。

两人成亲之后，夫妻互相尊重，十分恩爱。但由于二女儿的鬓角向来有一点秃，使毛郎略感不快，后来又听到了姊妹易嫁的话，便更加感激她。

没有多久，毛郎就被选为监生，到省里参加乡试，恰巧要经过一个姓王的客店。前天晚上，店主人梦见一个菩萨告诉他说："这几天毛解元要来，此人日后可以解救你的灾难，你要好好招待他。"因此一早起来，店主人就在门口专一察访过往的客人，当他终于发现毛郎时，心里别提有多高兴了。当即备下丰厚的酒食招待毛郎，而且一分钱也不收。毛郎觉得奇怪，于是问店主为什么要这样，店主人就把梦中的吉兆告诉了他。毛公听了，便开始有些自负起来，暗地里划算其妻鬓角有些秃，恐被那些显贵耻笑，等到富贵之后，一定要另外娶一个夫人。不料这次考试，竟然名落孙山，困顿萎靡，也羞于见来见店家主人，只好绕道回去。

过了三年，又去应考，店主人又像先前一样地款待他，毛公说："你的话没有说对，实在对不起你那番好意啊！"店主人说："我的话没有错，只是因为你暗中想把夫人换掉，所以阴曹把你的名字勾掉了，怎么会是我的梦不灵呢？"毛郎听了，觉得十分惊异，便问店主人怎么会知道，店主人说："我们分别后，我又梦菩萨前来相告，所以知道。"毛郎听了，又后悔又害怕，像一个木头人似的站在那里。店主人又说："只要秀才自爱，这次肯定会高中解元的。"不久，毛郎果然中了举人第一名，而夫人的鬓发在不久之后也长起来了，那发亮的乌丝，更加增添了她的美丽。

且说张家的大女儿，在妹妹嫁给毛郎之后不久，她便嫁给同乡一个财主的儿子，于是便扬扬得意起来，甚至有些趾高气扬。然而，没有想到的是，她的丈夫浪荡成性，而且好吃懒做，最终把家业全部败尽，穷得连锅也揭不开了。这时，又听说妹妹做了举人太太，更加感到惭愧，常常躲着妹妹走。没有多久，她丈夫又死了，家里更加破落。接着又听说毛公高中进士，这一下他更是悔恨得要死，气得剃了头发，当了尼姑。等到毛公做了宰相，荣归故里时，她才不得不打发一个女弟子到相府去问候，希望能得到一些馈赠。

女弟子到了毛府以后，夫人便赠以罗绮绢帛若干匹，并把银两裹在中间。女弟子把绢帛拿了回去，师父大失所望，气愤地说："给我一些金钱，还可以买些柴米，把这些东西给我有什么用？"于是又叫女弟子送了回去。毛公和夫人很疑惑，打开一看，发现银子全在里面，这才明白她把东西退回来的意思。毛公笑着说："你师父连一百两银子都消受不了，哪还有福气跟着我这个老宰相啊！"随即拿了五十两银子给女弟子说："拿回去作为你师父的生活费用吧，只怕福薄的人连这一点也消受不了啊！"女弟子回去，把情况告诉师父，师父听了，默默无语，不住地叹息着。暗自回想过去的所作所为，往往是倒行逆施，避吉趋凶，难道是人所能做主的吗？

后来，那个姓王的店主人，因为惹上人命官司，被关进了监狱，由于有了毛公从中周旋，尽力为他解脱，才获得赦免。

异史氏说："张家的旧墓，变为毛氏的吉地，这已经很奇怪了。我听现在的人说：有'大姨夫作小姨夫，前解元为后解元'的戏，这难道是狡黠的人所能设计安排的吗？唉！天老爷早已昏愦得不得了，为什么对于毛公，却是这么如响斯应呀！"

［ 柳秀才 ］

明朝末年，蝗虫发生在青州、兖州之间，渐渐集中在沂州地方。沂州长官对此非常忧愁。回到后衙躺在床上，渐渐睡着了。不久，便做了一个梦，梦中有一位秀才前来拜见，高高的帽子，绿色的衣袍，身体高大健壮，并说自己说防治蝗灾有办法。长官问怎么防治，他回答说："明天在西南方的路上，有一位妇女骑着大肚子母驴，她就是蝗神。求她可怜，便可免去蝗灾。"

长官醒来之后，觉得这个梦非常奇怪。第二天，他准备好之后，便出了城南。等了很久，果然见有一位妇女，高高的发髻披着斗篷，独身一人骑在老驴上，慢慢向北走来。长官于是立即烧香，捧着礼酒，拜迎在路边，然后抓住驴子不让走。妇女问："长官这是何意？"长官于是哀求道："我所管辖的这个小地方，望能有幸得到您的可怜，免除蝗虫的危害。"妇女听了，说："可恨柳秀才多嘴，泄露我的机密！好吧，我就让他的身体来承受，不损伤庄稼，这样就可以了。"说完便饮了三杯酒，一转眼就不见踪影了。

后来，蝗虫飞来时，遮天盖日，但没有落到庄稼上的，却都集中在杨柳树上，所过之处，柳叶都被吃尽。长官才明白，那位秀才就是柳树神。有人说："这是沂州长官爱惜百姓而感动了上苍。"

［ 续黄粱 ］

福建有个姓曾的举人，参加会试考中以后，就和几个同榜进士到郊外去游览。听说佛寺里住着一个算命先生，便一同前往问卜。进了屋，施了礼，就坐了下来。算命先生看到他有些趾高气扬，扬扬得意，就故意奉承了几句。曾某摇着扇子，带着微笑，说："你看我有没有穿蟒袍、系玉带的福分？"算命先生说："你将来要做二十年的太平宰相。"曾某听了，大为高兴，神态更加不可一世了。

当时，正好碰上小雨，曾某便与同伴们到一个和尚屋里去躲雨。那屋里有个老和尚，深眼窝，高鼻梁，坐在蒲团上，对他们的到来爱理不理。那些人也只是随便招了招手，就爬到炕上谈笑起来，而且都恭贺曾某将来要当宰相。曾某听了，心态和气势更加以为了不得，便指着同游的人说："我做了宰相，就推荐张年兄做南京巡抚，表兄弟当参将、游击，叫我的老仆做个千总，我就心满意足了。"在座的人听了，都大笑起来。

过了一会儿，只听到门外的雨声越来越大，曾某感到有些疲倦，便伏在榻上睡着了。忽然，看到两个宫人捧着天子的手诏，召他上朝商量国事。曾某因为受到皇帝的恩宠而十分得意，哪里知道这是没有的事啊！他急忙进宫，天子见了，也向前挪动席位，和颜悦色地倾听他的意见。并对他说，凡是三品以下的官员，或升或降，或用或免，统统由他做主，不必上奏皇帝。随即赐给他蟒服一套，玉带一条，名马二匹。曾某穿戴起来，叩头谢恩。回到家里，发现家中已不是原来的住宅，而是雕梁画栋，极其雄伟华丽，连他自己也不明白为什么骤然能够到这一步。他拈着胡须轻轻地呼唤一声，仆从们便连连答应，响声如雷。一会儿，满朝文武也纷纷前来，给他敬献山珍海味，俯首弓腰，毕恭毕敬，一时门庭若市。六部的尚书来了，他便匆匆忙忙地倒屣相迎；侍郎一辈的官员来了，他只拱拱手，随便寒暄几句；比这个级别还低的官员来了，就只点点头罢了。这时，山西巡抚给他送来十个歌女，都是花枝招展的美女。其中两个最美丽的，一个叫袅袅，一个叫仙仙，特别得到他的宠爱。每逢节假日，他便穿着便服，不戴帽子，整天沉醉在声色之中。

有一天，曾某想到自己在贫贱时，曾经得到县里的绅士王子良的周济，如今自己已平步青云，而他在仕途上却很不得意，何不拉他一把呢？于是第二天早朝时，曾某就上了一书，推荐他为谏议大夫。立即奉旨，将他提升。又想到郭太仆曾经与自己结下了睚眦之怨，当即示意给事中吕某和侍御陈昌等人弹劾他，过了几天，皇帝就罢免了郭太仆。有恩于己的升了官，有怨于己的免了职，恩怨分明，心中感到十分痛快。有一次，他偶然到了郊外，一个醉汉冲撞了他的仪仗队，他叫人立即绑了，交给京兆尹究问，活活被打死于杖下。那些跟他院宇相接、田地相连的大户人家，都害怕他的权势，纷纷把良田美宅献给了他，从此他的财富简直可以与皇帝相等了。

不久之后，袅袅和仙仙相继去世，曾某便对她们朝思暮想。忽然，他又想起过去曾经看到东邻的女儿长得很美，常常想买来做妾，由于当时的财力菲薄而未能如愿以偿，如今可以实现自己的愿望了。于是打发几个仆人，硬把银子送到她家，顷刻之间那女子就被一乘藤轿抬来了。一看，比过去看见时的姿容更加媚人。自己回想生平以来，所有的愿望都已成了现实，真可谓心满意足了。

又过了一年，朝中官员有在背后窃窃私语的，有在心里不满意的，但仔细估量起来，那些都是恋位贪禄、不敢站出来说话的人。曾某自视甚高，并没有把他们放在心上。

不料有位叫包拯的龙图阁学士，向皇帝奏了一本，奏本的大略是说：

　　微臣认为，曾某原来不过是酒徒赌棍，市井无赖。因为一句话迎合了圣意，便得到圣上的宠眷，父亲穿紫，儿子拖朱，一家享尽了荣华富贵，恩宠已经达到了极点。他竟不想捐躯图报，勤劳为国，反而任意纵欲，擅作威福，所犯死罪，擢发难数！朝廷的官爵，被他作为牟取暴利的商品，按照官位的肥瘦，规定价格的高低。因而公卿将士都奔走在他的门下，夤缘攀附，行贿受贿，俨然做生意一样。仰承鼻息，望尘迎拜的，更是不可胜数。

　　如果杰士贤臣，不肯阿谀奉承，同流合污，轻则夺其职权，置于闲散之地；重则罢其官爵，降为编户之民。甚至没有偏袒他的，也要得罪这个指鹿为马的奸相，片言只语触犯了他，就被贬谪到荒远的边区。满朝官员为此寒心，皇上也因此而陷于孤立。还有，百姓的良田，他任意蚕食，良家的子女，他强作妾媵。邪气冤氛，充塞四方，擅权肆虐，暗无天日！他的奴仆一到，县令和郡守也要阿谀逢迎；书信一去，司法和监察就要枉法徇情。凡是他的厮养差役、葛瓜亲友，出门就要乘坐官府的车马，横冲直撞，像风行雷动一般。地方的供给稍慢，马上就要遭到鞭挞之辱，荼毒百姓，奴役官府，护卫的人马走到哪里，哪里的青草都被践踏得一干二净。

　　曾某如今正势焰煊赫，炙手可热，依仗皇上的宠信，毫无忏悔之意，奉召应对于阙下，谗言立进于君前，朝罢回归于家中，声色立陈于后院。斗鸡走狗，昼夜宣淫，国计民生，从不关怀，世上哪有这样的宰相啊！

　　朝野震愕，人心涣散，倘不立加严办，势必酿成曹操、王莽那样的篡窃之祸。微臣朝夕忧虑，不敢安居，甘冒杀身之祸，列举曾某的罪状，上达圣聪，祈即斩奸佞之头，抄贪冒之家，则上可以转变天意，下可以大快人心。如果我所说的有什么虚假谬误，甘愿受刀锯鼎镬之罪。

　　奏本呈上去之后，曾某吓得魂飞魄散，像喝了冰水一样浑身都起了鸡皮疙瘩。幸好皇帝对他特别宽容，把奏本压在宫中，不予查究。但这样一来，又激起科、道、九卿纷纷上书弹劾，就是过去拜门墙、叫干爹的，也变了面孔。皇上没有办法，只好才下令，抄了他的家，并把他充军到云南去，并派官员提审了他那任平阳太守的儿子。

　　曾某听到圣旨，吓得心惊胆战，接着又看几十名佩剑操戈的武士，冲进他的内室，剥夺了他的袍笏顶戴，把他们夫妻一同绑了起来。不一会儿，又看到几个人在他房里搬运财物，金银钱钞多至几百万，珍珠、翡翠、玛瑙、宝玉多至几百斛，帏幔、帘幕以及床上用品之类多至几千件，至于小孩的衣物，女人的鞋袜，更是丢满了一地。曾某一一看在眼里，不禁为之心酸，目不忍睹。又过了一会儿，有人把他的小老婆揪了出来，只见她披头散发，娇声哀啼，玉貌花容，再没有人怜爱了，曾某虽然悲痛得像烈火烧心，但却不敢吭声。又过了一会儿，只见楼阁仓库，全都贴了封条，官兵立即吆喝着把他轰了出去。押解的人牵着他们推推搡搡地离开家里，曾某夫妇忍气吞声地走上充军的道路，要求给他们一辆破车，作为代步，也未得到允许。走了十多里路，妻子的脚小，摇摇晃晃地几次要跌倒了，曾某只好用一只手拉着她走。又走了十多里，自己也疲倦得不得了，忽见一座高山，直插云霄，自己担心无法爬上去，不时挽着老婆的手相对而泣，而押解他们的人却横眉怒目地盯着他们，不许稍微停留一下。又看到太阳已经落山，前面连一个投宿的地方也没有，无奈之下，只好跟老婆一跛一拐地往前走。走到半山腰，老婆实在精疲力竭了，坐在路旁哭泣，曾某也坐了下来，任凭押解的人斥责训骂。

忽闻很多人齐声呐喊，只见一群强盗手执利刃，跳跃着冲向前来，押解的人大吃一惊，各自逃命去了。曾某跪在地上申诉说："我是孤身远谪的人，口袋里一点值钱的东西也没有。"苦苦哀求群盗宽恕了他。群盗怒目相视，口中宣称："我辈都是被你陷害的冤民，只要你这个奸贼的脑袋，别的什么也不要。"曾某听了，也十分生气，便回敬他们说："我虽是犯了罪的人，但毕竟是朝廷任命的官员，你们这些强盗怎敢如此无礼！"群盗勃然大怒，手挥巨斧，恶狠狠地砍在他的脖子上，只听到自己的脑袋"咔嚓"一声落在地上。

他的魂魄正在惊疑，只见两个鬼使走了过去，反绑了他的双手，赶着他往前走。走了几刻钟的样子，到了一个都会，随即看到一座宫殿，殿上坐着一位形貌丑恶的王上，正在案前判断人们的功过。曾某走上前去，伏在地下请求宽恕。王上打开卷宗一看，刚看了几行，就大发雷霆说："这是欺君误国的罪，应该投进油锅里去！"只听到万鬼齐声附和，响声如雷。随即有一巨鬼，把他揪到阶下，只见一口七尺多高的大鼎，四周燃着熊熊的炭火，三只脚烧得通红。曾某吓得两足发抖，伤心地哭了起来，真是欲躲不能，欲逃无路。那大鬼左手抓着他的头发，右手握着他的踝骨，一下把他抛入鼎中。曾某只觉孤零零的一个人，随着油波上下翻滚，皮肉被炸焦了，痛到了心坎上；沸油喝进肚里，煎熬着五脏六腑。他只想快一点死去，可是想尽了办法也死不了。

约莫过了一顿饭工夫，那大鬼才拿着一把巨大的叉子把他叉了出来，又让他跪伏在宫殿之下，那王上又查看册子，发着脾气说："这家伙依仗权势，欺压百姓，应该押到刀山狱去！"于是，大鬼又把他揪了去，只见前面有一座山，虽不算大，但山峰峻峭，利刃纵横，直如壁立，乱如笋密。前头已有几个人在那里被挂穿了肠子，刺破了肚皮，呼号的声音，惨绝尘寰，使人目不忍睹，耳不忍闻。大鬼催促着曾某上山，曾某大哭着往后退，大鬼便用利锥刺他的脑袋，曾某忍着疼痛，乞求怜悯。大鬼火了，便把他抓起来，往空中一掷，曾某只觉得身在云霄之上，晕头晕脑地往地上一落，尖锐的刀锋便交错地刺入他的胸膛，痛得简直无法形容。又过了一阵，由于身体本身的重量，使得刺入胸膛的刀孔越来越大，忽然身子脱落，从山上跌了下来，四肢像尺蠖那样卷曲成一团。大鬼又把他赶到王上面前，王上要鬼吏计算一下他生平卖官鬻爵、贪赃霸产一共得了多少金银。那个卷曲胡须的人，拿着账簿，打着算盘说："共有二百二十一万两。"那王上说："他既然要聚敛起来，就叫他全都喝了下去。"一会儿，鬼吏便把他聚敛来的金银堆在台阶上，俨然像一座小山。然后放进大锅里，烧着烈火，让这些金银熔化了之后，几个小鬼轮流用杓子灌进他口里。熔液从嘴边流出来，皮肤立即被烫得臭裂；熔液一灌进喉中，五脏六腑立即沸腾起来。这时，曾某心里暗想：活着的时候，只恨这些东西攒得太少了，现在却恨这些东西攒得太多了。就这样一杓一杓地灌，喝了半天才把它喝完。

那王上又命令把他押到甘州转生为女，走了几步，只见架上竖着一根铁梁，有好几尺粗，上面系着一个火轮，周围足有几千里长，轮上的火焰五彩缤纷，光照云霄。鬼吏抽打着要他登轮，他只好闭着眼睛跳了上去，只觉那轮子随着他的脚转动起来，一忽儿掉下地来，浑身都是凉冰冰的。睁开眼睛一看，发觉自己已经变成了一个女婴儿。再看看父母，都穿得衣衫褴褛，补丁摞着补丁。破窑里面，还放着破瓢和棍子。曾某顿时明白过来，自己已经成了乞丐的女儿，天天跟一群叫花子托着钵儿沿街乞讨，饥肠辘辘，不得一饱。穿着破烂的衣服，寒风吹来，透心刺骨。长到十四岁时，被父母卖给一个顾秀才做妾。到这时，虽然穿的吃的都有了，但大老婆十分凶悍，天天用鞭子抽打她，甚至用烧红的铁条烙她的胸脯，幸而丈夫还同情她、怜爱她，才稍稍得到一点安慰。有一天夜里，东邻有个坏小子，忽然跳过墙来，逼着与她通奸。她想到自己前生作恶多端，已经受到阴曹的惩罚，哪里还敢再做坏事！于是大声疾呼，把丈夫和大老婆都叫起来了，那坏小子才仓皇逃走。又有一晚上，秀才睡在她的房里，她正在喋喋不休地诉说自己的冤苦，忽然震天一响，房门大开，有两个强盗手里拿着大刀撞了进来，砍下秀才的脑袋，并把室内的财物洗劫一空，然后呼啸而去。她缩作一团，躲在被子底下，一声也不敢吭。等到强盗走远了，才大喊着走到大老婆房里，大老婆大吃一惊，一起哭着来验看尸体。便怀疑是她勾引奸夫，杀了自己的男人。于是写了状纸，告到刺史那里。刺史对她严刑拷打，迫使她招了假供。依照律法，要判凌迟处死的重刑，被绑着押赴刑场。这时，她胸中的冤气一直堵到喉咙眼里，于是跳起来大声喊冤，大喊阴曹的九幽十八狱也没有这么黑暗呀！

正悲号间，忽听到同游者喊道："曾兄！你是不是做了噩梦了？"睁开眼睛一看，见老和尚还在蒲团上打坐。同伴们争着对他说："天黑了，肚子也饿了，你怎么睡得这么久呢？"曾某这才神情沮丧地坐了起来。老和尚微笑着说："二十年太平宰相的占卜，灵不灵验？"曾某更加诧异，于是连忙跪下来，向和尚请教，老和尚说："只要修德行善，即使陷入火坑，也能得到解脱。我这山僧能知道什么呢！"曾某兴致勃勃而来，垂头丧气而返，做宰相的念头，从此淡薄起来。后竟入山修行，不晓得他的结果究竟如何。

异史氏说："梦，本来是虚幻的；想，也不是真实的。他在梦中的经历，正是神以幻象来做报应。黄粱快要熟时，做这种梦的人很多，应该把它附在'邯郸梦'之后。"

秀才驱怪

长山县的徐远，以前是明朝的秀才。改朝换代之后，便弃了儒家的学说，寻求道士，学了一点驱神赶鬼的法术，远远近近，很多人都听到过他的名字。

某县有个姓巨的人，准备了金钱，写了一封诚恳的书信，打发仆人牵马去请他。徐远问仆人说："你家主人请我是什么意思呢？"仆人推托说："不知道。主人只是吩咐小人务必请你屈驾光临罢了。"于是，他就跟着仆人去了。

到了巨家一看，主人在中堂摆下了丰盛的酒宴，很恭敬地接待他，但是始终不提把他接到这里来的意思。他耐不住，就问主人说："你把我请到这里来，是要做什么呢？希望你能解除我心里的疑团。"但主人一直说并没有什么事情。只是举杯劝他喝酒，话语吞吞吐吐的，使人很难听明白。不知不觉间，已经接近傍晚了。主人于是又请他到花园里饮酒。花园的构造很精巧，引人入胜，但是在竹林和大树的遮盖之下，景物阴森森的，丛丛杂花，多半湮没在蒿草之中。他们进了一座楼阁，只见天花板上挂着乱七八糟的蛛丝，大大小小，上上下下，数也数不清。敬过几遍酒，天色已经昏黑，主人便叫人点起蜡烛，继续喝下去。他推辞说再喝就受不了了，主人于是停止劝酒，喊人把茶端上来。仆人们慌慌张张地撤去碗碟筷子，全都放在楼阁左侧屋里的桌子上，然后端上茶来。但茶水还没喝到一半，主人就找个借口离开了。仆人就拿着蜡烛，把他领进左侧的屋里住宿。把蜡烛往桌子上一放，转身就往外走，显得很慌张。他以为也许仆人是去帮他把行李拿来，但是等了很长时间，却一直静悄悄的，没有一点人声。于是他就自己起来插上门，躺下睡觉了。

窗外星月皎洁，月光射进窗棂，洒在床上，只听夜鸟啾啾，秋虫唧唧。徐远心里有些害怕，睡也睡不着。躺了一会儿，忽然听见天花板上发出一阵橐橐的响声，好像穿鞋走路踩出的声音一样，响得很猛烈。响了不大一会儿，这声音就下了楼梯，顷刻之间就靠近了房门。他害怕了，毛发像刺猬似的竖立起来，急忙拉起被子蒙上了脑袋，但是房门已经哐啷一声突然开了。他掀起被角略微一看，原来是一个怪物，人身兽头，浑身长毛；毛长得像马鬃，深黑色；牙齿闪闪发光，好像两排山峰；目光炯炯，如同两只火把。只见那怪物来到桌子跟前，伏下身子舔盘子里的剩菜，舌头一过，一连几个盘子，就像一把扫帚，扫得干干净净。舔光了盘子就来到床前，低头闻着被子。这时，徐远突然跳起来，翻起被子捂住怪物的脑袋，使劲摁着，疯狂地喊叫。他的这一招儿大大出乎怪物的意料，怪物惊慌地挣脱脑袋，撞开外面的房门就逃跑了。徐远于是披上衣服，也起来逃跑，可是花园的门在外边插上了，根本逃不出去。于是，他便沿着墙根往前走，选择一处低矮的墙头跳出去，跳进了主人的马房。马夫被他惊醒了，他便把刚才的情况告诉了马夫，然后请求在马房里借宿。天快亮的时候，主人派人去看他，不知他哪里去了，主人大吃一惊。最后在马房里找到了他。徐远出了马房，恨死了主人，怒气冲冲地说："我不熟悉驱妖赶鬼的法术，你派我捉妖，又保守秘密，一句话也不告诉我；我口袋里装着一支如意钩，你又不送到我的寝室里来，你是不是想要害死我？"主人向他谢罪说："我本打算告诉你，可怕你为难。而且也不知道你的口袋里藏着如意钩，请你赦免我的万死之罪。"便徐远始终怏怏不快，讨了一匹马，骑着回去了。

从此以后，妖怪就绝迹了。主人在花园里宴会，总是笑着对客人说："我是忘不了徐生的功劳的。"

异史氏说："'不管是黄猫还是黑猫，只要能捉住老鼠是好猫。'这不是一句空话。假使徐远在翻被狂喊之后，隐瞒他害怕的情节，公开宣扬妖怪的逃跑是他制服的，天下的人一定要说：'真是神仙也赶不上徐生了！'"

辛十四娘

河北广平有个姓冯的书生，年少轻佻，经常纵情饮酒。有一天，天刚亮时，冯生偶然外出，遇到一位少女，着一件红色的披肩，容貌十分漂亮。后面跟着一个小婢女，踏着露水正在忙碌地赶路，鞋袜都被露水湿透了。冯生当时就对那个少女产生了爱慕之情。

天快黑时，冯生才喝得酩酊大醉地往回走，路旁本来有一所寺院，但已经荒废很久了。这时，有一位女子从里面走了出来，原来就是早上看到的那位美人。那女子忽然看到冯生来，随即转身进去。冯生暗想，那美人怎么会在寺院里面？于是便把驴子系于门外，走上前去看个究竟。到了院内，见只有零零落落的几堵断墙，阶砌上细草铺得像一床碧绿的毯子。正徘徊间，突然看到一个须发斑白的老头走出来，衣帽穿戴得很整洁，向他问道："客人从哪里来？"冯生说："偶然经过这座古刹，想进来瞻仰一番。"然后又问老头："老丈怎么也来到这里？"老头说："老夫流荡在外，尚无容身的地方，暂借此地安顿家小，既蒙光临，山茶可以当酒。"于是恭请冯生入内。

殿后有一所院落，一条光洁的石板路直通那里，再也不是荆棘丛生的荒凉寺院了。冯生到得室内，只见门帘床幕，散发着芬芳的香味。双方于是坐下来互通姓氏，老头先说："愚翁姓辛。"冯生乘着几分醉意，匆匆问道："听说你有一位女公子，还没有找到乘龙快婿，我不揣冒昧，愿以玉镜台一方，作为聘礼。"辛翁笑着说："待我与内人商量一下吧。"冯生立即要了纸笔作了一首诗云：

> 不惜千金买玉杵，殷勤拿到玉堂来。
> 云英仙子如相顾，亲手为卿捣药材。

主人笑着把诗交给一旁的仆人。过了一会儿，便有一个婢女过来对着辛老的耳朵说了些什么，辛翁便起身请客人略坐片刻，拉开门帘就进去了，隐隐约约听到两三句话，又很快出来了。冯生心想一定有了好消息，不料辛老坐下来后，只是和他谈笑，并没有一句别的话。冯生耐不住，又问道："不知您的意思如何？希望明白地告诉我，以释我的疑团。"辛老说："你是一个很突出的人才，我佩服已久，但我有一句心里话，不便在你面前直言相告。"冯生再三请求，辛老才说："我有十九个女儿，已经出嫁了十二个。婚嫁的事，全由老伴做主，老夫我从不过问。"冯生说："我只要今天早晨那位带着个小婢女冒露而行的姑娘。"辛老听了，并没有搭腔。接下来，两人只是相对无语。

不久，只听得帘内传来一阵柔声腻语，冯生乘醉掀开门帘说："既然无法缔结良缘，也当一见玉颜，以消除我心中的遗憾。"帘内的人听到帷幕钩响，都惊异地站了起来。其中果然有一位穿红衣的女郎，翻卷着双袖，蓬松着两鬟，亭亭玉立，站在那里舞弄着飘带。看到冯生突然撞了进来，屋里的人都有些张皇失措。辛老一看，顿时大怒，叫人把冯生拖了出去。晚风一吹，冯生的酒力大作，倒在荆棘丛中。这时，碎石破瓦像雨点似地向他袭来，幸好没有打到身上。

冯生在荒地里大约躺了个把时辰，只听得驴子还在路旁吃草，于是连忙跨上驴背，踉踉跄跄地往回走。但在夜色朦胧中，又走错了路，误入一条溪水潺潺的深谷中，顿时只听得狼嚎鸱叫，吓得他毛骨悚然，心惊胆战。盘桓徘徊，向四周察看，也不知道到了什么地方。远远望去，只见苍翠的山林中，有几点灯火在闪烁着。心想那一定是一个村庄，就鞭挞着驴儿往那儿赶。果然是一所高大的院落，于是用马鞭轻轻地敲了敲门，只听得里面有人问道："什么人大半夜的还在这里敲门？"冯生告以自己迷失了道路，里面答说："待我禀告主人吧。"冯生于是踮起脚跟，伸长脖子在外边等候，忽然听到有人开了锁，打开门，一个健壮的仆人走了出来，帮他牵着驴子，请他进去。冯生进去之后，看到屋子很华丽，厅上灯火辉煌。

坐了不大一会儿，便有一妇人出来，问冯生的姓名，冯生便告诉了她。过了一会儿，几个婢女搀扶着一位老太太出来，婢女们说："郡君来了！"冯生站起来，恭恭敬敬地要向她施礼，老太太止住他说："你不是冯云子的孙儿吗？"冯生说："是的。"老太太说："你应该是我的外孙，老身已经是漏尽灯残，快要死的人了。骨肉至亲，长期隔绝，也就显得疏远了。"冯生说："孩儿少年丧父，跟我祖父生活，但和他交好的人里，十个有九个不认得。我也从来没有来拜望过您，请您明白告诉我吧。"老太太说："你自然会知道的。"冯生不敢再问，只是坐在那里冥思苦想。

老太太说："你为何深夜到这里来？"冯生于是把自己今天所遇到的情况告诉了老太太。老太太笑着说："这是一桩很好的事，何况你是一个有点名气的读书人，不会辱没亲戚的。野狐精何必这么自高自大，你不用担心，我能为你弄到手。"冯生唯唯地答谢了老太太的好意。老太太又对身边的婢女说："我不知道辛家的女儿竟然长得这么好。"婢女们说："他有十九个女儿，都长得很漂亮，不知官人所要娶的是哪一个？"冯生说："约莫十五六岁的那一个。"婢女们说："这是十四娘。今年三月，她曾跟着她母亲来为郡君祝寿，怎么就忘了吗？"老太太笑着说："莫非就是穿着刻有莲花瓣的高底鞋，里面装着香粉，蒙着面纱走路的那一个？"婢女说："正是她。"老太太说："这个小妮子会卖弄，会撒娇，会做媚态。但的确长得很苗条，外孙的眼力不错啊。"于是就对婢女说："可派一个小丫头把她叫来。"婢女们答应着去了。

过了一会儿，婢女走来告诉老太太说："辛十四娘已经叫来了。"随即看到那着大红衣的小姑娘，弯着腰给老太太叩头。老太太说："以后做了我的外孙媳妇，不要再行婢女的礼了。"辛十四娘起得身来，娇滴滴地站在老太太身边，那红色的衣袖低低地垂了下来。老太太爱抚地掠了她的鬓发一下，又摸了摸她的耳环，说："十四娘，近来在闺中做些什么活儿？"十四娘低声应道："有空的时候，就绣些花儿鸟儿。"回头看到了冯生时，有些害羞，又有些畏缩，显得很不自在。老太太说："这是我的外孙，他一番好意来向你求婚，为什么要在深更半夜把他驱逐出来，以致让他迷了路，整夜在深山狭谷中乱窜一气呢？"辛十四娘低着头，一句话也没说。老太太又说："我叫你来不为别的，就是想给我外孙做个媒罢了。"辛十四娘听了，还是默默无语。老太太于是就让婢女们打扫新房，陈设铺盖，立即为他们举行婚礼。辛十四娘有些害羞，说："请让我回去禀告一下父母吧！"老太太说："我为你做媒，还会有什么差错吗？"辛十四娘说："郡君的意旨，我父母一定不敢有违。但这么草率地成婚，我就是死，也决不敢奉命的。"老太太笑着说："小女孩，自有主见，不能强行改变她的志愿，真不愧为我的外孙媳妇啊！"于是从辛十四娘头上拔下金花一朵，交给冯生收藏起来，并要他回去查看历书，选择一个黄道吉日，然后打发婢女把辛十四娘送了回去。这时，听到远处的雄鸡已经报晓，才使人牵了驴儿送冯生出门。冯生刚走了几步，猛然回头一看，村舍房屋都已经不见了。只有郁郁苍苍的松楸，零零乱乱的野草，遮蔽着一堆堆的坟墓。冯生站在那里定神一想，才记起来这里原来是薛尚书的墓地。

薛尚书原是冯生祖母的弟弟，所以称他作外孙。这里，冯生也知道自己遇见了鬼，但不知道辛十四娘究竟是什么人，嗟叹了一番，然后骑了驴儿回家了。胡乱地查阅了一下历书，选择了一个吉日，等待着婚期的到来，但心里却担心鬼约是靠不住的。于是再到那个寺院去访问，只见殿宇荒凉，问问住在附近的老百姓，只说寺院里往往看到狐狸之类。冯生心里暗想，如果真能得到一个美人，即使是个狐狸也很好啊。到了选定的那个吉日，冯生便把房子和院内的走廊通道，都打扫得干干净净，并且派遣仆人轮番到村边去眺望，一直等到半夜，还是没有什么动静。就在冯生觉得已经没有什么希望时，忽然听到门外传来喧哗声，他于是赶紧跑出去看，只见花轿已经停在院内，两个丫头扶着新娘坐在青布搭成的喜棚中。妆奁也没有什么值钱的东西，只见两个长着长胡子的仆人抬着大瓮似的瓷罐，放在屋角落里息肩。冯生只高兴得到了一个美丽的妻子，并不因为她是异类而有所疑惧。因问道："那老太太不过是一个鬼，你家对她为什么那样服服帖帖？"辛十四娘说："薛尚书现在做了五都巡环使，这方圆几百里以内的鬼、狐，都要做他的侍从，所以很少回到墓地里来。"冯生没有忘记媒人的恩德，于是第二天就到墓地里去祭奠老太太。回家时看到两个婢女，拿着一方织有贝形花纹的古锦来祝贺他，把礼物放在小几上就走了。冯生把这事告诉了辛十四娘，十四娘说：

"这是郡君送来的礼物。"

当时，县里有个姓楚的公子，父亲在朝中做通政使，少时与冯生是同学，两人玩得很好。听说冯生娶了一个狐妇，第三天女家来馈送食物，他也前来祝贺。过了几天，楚公子又差人送来请帖，请冯生到他家去赴宴。辛十四娘听说了，便对冯生说："前些日子楚公子来了，我从壁缝里看到他，那人是猴眼睛，鹰鼻子，相公不宜与这种人交往，所以还是不去的好。"冯生听了十四娘的话，便没有去。

第二天，楚公子登门来了，责备冯生无故负约，并拿出他的新诗作给冯生看，冯生在评论中杂以嘲笑，楚公子感到很羞愧，弄得不欢而散。之后，冯生便笑着把讥弹作诗的事告诉了辛十四娘，十四娘不禁凄惶地说："楚公子豺狼成性，是不能开玩笑的。你不听我的话，恐怕要遭到重大的打击了。"冯生笑着表示对妻子的谢意。后来，冯生每与楚公子见面，就有意恭维他，好像以前那些不愉快的事都已涣然冰释了。后来，学台大人来考试秀才，楚公子中了第一名，冯生屈居第二。公子沾沾自喜，打发人来邀冯生去饮宴，冯生婉言辞谢了，再三来请，才不得不去。到了楚家，方知是楚公子的生日，宾客满堂，筵席甚丰。席间，楚公子拿出试卷来给冯生看，亲友们都围了拢来，无不欣赏赞叹。酒过数巡，堂上奏起了音乐，吹打的声音很粗俗，很嘈杂，宾主都感到很高兴。楚公子忽然对冯生说："谚云：'场中莫论文。'这句话今天看来才晓得是荒谬的。我之所以忝居君前者，是因为文章的开头几句，比你略高一筹罢了。"楚公子的话音一落，满座的宾客无不交口称赞。冯生这时已经有了些醉意，不禁大笑道："你到现在还以为是你的文章做得好才考取第一的吗？"冯生这话一出，满座的宾客都为之大惊失色，楚公子更是羞惭满面，气得说不出话来。客人们渐渐地散了，冯生也乘醉回到家中。等到酒醒以后，冯生也感到很后悔，于是把事情的经过告诉了辛十四娘，十四娘很不高兴地说："你真是个轻薄之人！这种轻薄的态度，去对待修养很好的人，那就是缺德；去对待品德很坏的人，那就要招祸。看来你的大祸就要临头了，我不忍看到你到处流落，请允许我离开你吧。"冯生害怕妻子离开了他，便流着泪表示深切的悔意。辛十四娘才说："你一定要我留下来，我们就得有个约定：从今天起，你要杜门不出，断绝一切来往，不再酗酒。"冯生都诚恳地接受了。

十四娘性情洒脱，勤俭持家，每天都在纺织缝纫中讨生活。有时回家探亲，也从来不在娘家过夜。有时也拿些金银出来做做生意，有了盈余，就投入她带来的那个大瓷罐中。每天都关着门在家里，有人来访，就让老仆人托故谢绝。

有一天，楚公子又送了信来，辛十四娘把信给烧了，不让冯生知道。隔了一天，冯生到城里去吊丧，在丧主家里遇到楚公子。楚公子拉住冯生的手，苦苦邀请他前去，冯生托故推辞。楚公子便使马夫牵着他的马，簇拥着把他拉到自己的家里。到了楚家，楚公子马上摆出酒宴为他洗尘，冯生继续推辞，要求马上回家，楚公子百般阻拦，并让家中的歌伎出来弹筝助兴。冯生素来是个放荡不羁的人，这时久被关在家里，确实也很烦闷。忽然碰上狂欢畅饮的场合，兴致立即来了，一时忘乎所以，喝得酩酊大醉，最后趴在桌子上睡了。楚公子的老婆阮氏，非常凶悍，家里的姨太太和婢女们都不敢浓妆艳抹。日前，有个婢女到楚公子书房里，被阮氏突然抓住了，用一根粗棍猛打她的脑袋，一下子就被打得头破血流而死。

楚公子因为冯生那天曾经嘲笑和侮慢了他，怀恨在心，天天想法子要报复冯生，就阴谋用酒灌醉他，然后诬以人命。这时，楚公子看到冯生早已烂醉如泥，便把那婢女的尸体扛到床上，然后关着门径自去了。直到五更天时，冯生酒醒过来，才发觉自己睡在桌子上，起来想找个床铺去睡，发现床上有个很细腻很潮润的东西，绊了他一下。一摸之下，发现是个人，还以为是主人打发来陪他的。再一踢，那人也不动；等扶起来看时，已经僵了。冯生当时大骇，于是夺门而出，狂呼怪叫起来。楚家的奴仆们都起来了，点上灯，看到了女尸，便抓住冯生大闹起来。楚公子出来假意检验了一下尸体，便诬陷冯生逼奸杀婢，然后把冯生捆起来送到广平府去。隔了一天，十四娘才得到消息，泪流满面地说："我早已料到会有今天的大祸了。"于是按日把冯生所需的生活费送了去。冯生在知府面前，没有申辩的余地，日夜拷打，早已皮开肉绽。十四娘亲自到监狱里去探问，冯生见了，悲愤填膺，气得一句话也说不出来。十四娘深知楚公子设计陷害的阴谋很周密，便劝丈夫暂时招了诬陷的罪状，以免再受皮肉之苦，冯生流着眼泪答应了。

十四娘来来往往去探监，即使近在咫尺，人们也是看不见的。探监回来以后，总是唉声叹气，突然把她的贴身丫鬟打发走了，一个人孤苦伶仃地过了几天，又托媒婆买了一名叫禄儿的良家女子，年龄才十五六岁，长得十分漂亮。十四娘跟她同吃同睡，十分爱护，待她的恩情与对待别的侍婢大不一样。

冯生屈打成招以后，被判处绞刑。老仆探得确信后，便把情况告诉十四娘，且悲恸得泣不成声。而十四娘听了，却非常坦然，好像无所谓似的。等秋后就要执行了，她才显得惶惶不安，昼出晚归，忙个不停。常常在寂静无人的地方，一个人在那里郁闷悲伤，以至于食不甘味，寝不安席，眼看比从前消瘦得多了。有一天，天快黑的时候，被打发走了的贴身丫鬟忽然回来了，十四娘立即起来，引着她到屏风后面谈了很久。谈完出来时，已是笑容满面，又像平常一样料理家务了。第二天，老仆探监回来，将冯生要求妻子前去做最后一次诀别的话告诉十四娘，十四娘不在意地应了一声，也没有忧戚的样子，根本不当一回事。家里的人见了，都在背后议论她太狠心了。

这时，忽然听到有人说那个楚通政使被革职了，平阳府的道台大人奉皇上的特旨，前来复审冯生的冤案。老仆人听到了这些传言，高兴地告诉了辛十四娘，十四娘听了也很高兴，立即派人到府里去探望，冯生已经被无罪释放了。主仆相见，悲喜交集。

不久，又听说官府把楚公子逮捕到案，一经审讯，便弄清了所谓"逼奸杀人"的全部冤情。

冯生被释回来，见到了妻子，不禁泪流满面，十四娘也不胜凄怆悲恸，既而转悲为喜，但冯生还不知道他的冤情为什么被朝廷知道了。十四娘指着贴身的丫头说："她就是你的功臣。"冯生非常惊异地询问缘由。原来，十四娘打发她到燕都去，想到宫中亲自向朝廷申述冯生的冤情，不料宫中有门神守护，她在御沟旁徘徊盘桓，过了几个月都没有机会进宫。她担心误了大事，正想回来另作谋划，忽然听说皇上要到山西大同去巡视，便预先到了那里，扮做流窜江湖的妓女。皇上到了妓院，她便受到皇上的宠爱，并怀疑她不是一个风尘中的妓女，她便低下头来呜呜咽咽地哭了。皇上问她："有什么冤苦？"她答道："我原籍直隶广平，是冯秀才的女儿。父亲被人诬陷，问成死罪，于是把我卖到妓院里。"皇上听了，也为她悲伤，赏给她黄金百两。临走的时候，详细询问了这个冤案的始末，并用纸笔记下了有关人员的姓名。还对她说："愿意跟你共享富贵。"她说："但得父女团聚，不愿荣华富贵啊。"皇上点了点头，这才离开那里。她把洗雪冤案的经过告诉了冯生，冯生站起来拜谢，双眼挂满了泪花。

又过了不久，十四娘忽然对冯生说："我要是不为儿女之情所累，哪会有这么多的烦恼？你被捕入狱时，我找遍了亲友，并无一人替我们想一点办法。当时那种辛酸苦衷，的确没有地方可以倾诉。我已看透了世态人情，厌倦了红尘世界，已经为你培育了一个很好的对象，让我们从此分手吧。"冯生听了，哭着伏在地上不肯起来。十四娘看他这样，从此便不再提这件事了。当天晚上就打发禄儿去陪伴丈夫，但冯生拒不接纳。第二天早上，起来看到十四娘时，忽然容光大减；过了个把月，渐渐显出衰老的样子；半年后，变得又黑又瘦，跟乡下的老太婆没什么两样。但冯生对她的爱恋之情，始终没有改变。

一天，十四娘忽然又要向冯生告别，并说："你已经有了很好的伴侣，还要我这又丑又老的'鸠盘茶'干什么？"冯生听了，还是像以前一样，悲哀哭泣。又过了一月，十四娘忽然得了暴病，不吃也不喝，气息奄奄地卧病在床，冯生于是煎药奉汤，好像服侍父母一样。但十四娘最终还是不治而亡，冯生悲恸欲绝，就拿皇上赏赐婢女的金银，给她办了丧事。几天之后，婢女也走了，冯生这才娶了禄儿为妻。一年之后，生了一个男孩，但连年水旱，家业更加破落，夫妻没有办法，对着影儿发愁。忽然想起屋角落里那只瓷罐，十四娘常常把钱丢在里面，不知道这时还有没有。走近一看，只见粮缸、盐碗，堆满一地，一件一件把它拿开，用筷子扎到罐里去探取，根本扎不进去，于是只好把罐子打碎了，只见金钱从里面倾泻出来，从此家里便富裕起来了。

后来，老仆到了太华，遇到辛十四娘，骑着一头青骡；原来的那个丫鬟，骑着一头毛驴跟在后面。只听得十四娘问道："冯郎还好吗？"并说："请代我致意冯郎，我已成了仙了。"说罢，忽然不见了。

异史氏说："轻薄的话，往往出自文人之口，这是君子所痛心的。我常常背着'天下之大不韪'的恶名，说它是冤枉，那也太迂腐了；但我从来都是刻苦自励，希望勉强附于君子之列，至于是祸是福，则不是我所能考虑得到的。像冯生这个人，不过是在酒后说了一句实话，几乎酿成杀身之祸。如果家里没有一个狐仙，怎么能从牢狱中被释放出来，获得第二次生命呢？这是多么可怕啊！"

［ 棋 鬼 ］

扬州有一位姓梁的将军，辞官退居在家乡，每天带着棋和酒，和友人在山林间游玩消遣。这一天正是九九重阳节，便约友人登高游赏，下棋为乐。忽然来了一个人，在棋盘旁边转来转去地观局，半天也不去。看他的样子，贫寒俭朴，衣袖上破的地方挂着一丝一丝的线头。但是风度还很温和文雅，像是读书人的模样。梁公便客气地请他坐下来，此人便很谦逊地坐下了。梁公指着棋对他说："先生一定是很善于下棋了，何不同我这位朋友下一盘？"这人谦让了一番，便和客人对局。一盘下完，输了，其神情十分懊丧，但他并不服气。接着再下，又输了，更加羞愧气恨。梁公给他斟了酒，他也不喝，只是拽着客人要接着下。从早晨到中午，连大小便都顾不上解。正当两人为一个子而争执不下，口角有点不合时，这个书生忽然离开棋桌，站在一旁发抖，神色也变得悲惨可怜。过了一会儿，又对着梁公屈膝跪倒，磕头求救。梁公大为惊骇，连忙扶起他来说道："不过是游戏罢了，何必这样呢？"书生说道："请您嘱咐一下您的马夫，不要捆绑我的脖子。"梁公又大为奇怪，问道："马夫是谁？"书生答道："马成。"

原来梁公有个马夫叫马成的，经常走阴间，每隔十几天就到阴间去一回，充任拿帖子勾魂的差事。梁公觉得书生的话太令人奇怪，便派人去看看马成到底在干啥。去一看，马成正僵卧在床上，已经两天未醒了。梁公于是明白是怎么回事了，便大声呵斥马成，叫他不得对书生无礼。眨眼之间，这个书生就从他站的地方突然不见了。梁公才知道他确实是鬼，于是叹息了一阵。

第二天，马成醒过来了，梁公把他叫到跟前问他。马成说道："这个书生是湖北襄阳人，爱下棋成癖，因此把家产都荡尽了。他的父亲为此忧愁万分，便把他关在书房里，不许他出去下棋。但他还是有机会就偷偷跳墙出去，和一些棋迷躲到背人的旮旯里下棋。他父亲每次发觉之后都痛骂他，但始终制止不了他。后来他父亲终于因此而气死了。阎王因为书生这一条太缺德，便削减他的阳寿，罚到饿鬼狱，到现在已经七年了。前不久，正赶上东岳大帝盖的凤楼落成了，下帖子到各个阴曹地府，征求书生文人作碑文以志庆贺和纪念。阎王便把他从地狱中提出来，让他去东岳给新楼写碑文。要是写好了，可以赎罪，重新投到阳世为人。不想他半道又在这里贪下棋误了期限。东岳大帝因他逾期未到，派值日官来质问阎王。阎王发怒，命小人到处找他，好不容易在这里找着了。昨天我遵主人您的命，没有用绳子捆绑他。"梁公问道："现在他怎么样了？"马夫回答道："已经把他交给狱吏，仍旧打入饿鬼狱，永世不得超生了。"

梁公叹息道："癖好误人竟然能到这种地步啊！"

异史氏说："见到下棋，就忘记了死；等到死了，见到下棋又忘记了生。这并不是他所喜欢的比生还可贵的东西啊！然而，对下棋迷到这种地步，还未学到几手高招儿，徒然使九泉之下，增添一个长死不生的棋鬼，真是可悲啊！"

寒月芙蕖

济南有一个道人，不晓得是什么地方的人，也不晓得他姓甚名谁。无论是冬天还是夏天，都穿着一件缣制的单衣，系着一根黄色的腰带，也没有裤子和短衣，常常拿着断了一半的梳子梳头，用梳子的齿把头发拢住，像一顶帽子似的。白天赤着脚在街上走，晚上就睡在街头，离他几尺之外的冰雪都融化了。

他刚到济南的时候，便对街上来往的人表演一些变化莫测的杂技，街上的人争着送东西给他。还有一些街头乡里的流氓泼皮，送给他一些酒，请求传给他们这一套技术，但他没有答应。有一次，那个道人在河里洗澡时，那些泼皮突然抱起他的衣服就走了，并威胁道人把那套幻术传授给他们。道人对他们作着揖说："请把衣还给我，我不会吝惜传给你们这些幻戏的技术。"泼皮们担心受骗,坚决不肯给。道人说:"真的不给我吗?"那些人回答说:"是的。"道人不再跟他们说话了,过了一会儿,只见那条黄腰带变成了一条蛇,有几抱粗,将那人的身体缠了七八匝,睁着眼睛,伸着脑袋,吐出舌头来对着他,那家伙吓得不得了,跪在地上,脸都吓青了,气都接不上来,只说饶命。道人于是拿走了那条腰带,哪知它并不是蛇,而另有一蛇,却爬行进城里去了。于是道人的名望更加大了。

官绅们听说了道人的奇行异事,便邀他去家里做客,从此他便往来于乡绅们的家庭。州、县的长官也都听到了他的声名,一有宴会,也都邀请他参加。有一次,道人请各地方长官到水面亭去赴宴。到了那一天,各人都在自己的桌上得到道人敦促赴宴的帖子,也不晓得从哪里来的。官员们到了宴会的地方,道人弓着腰出来迎接。到了里面,只见空荡荡的一个亭子,没有一张桌凳,有人便怀疑他是有意捉弄自己。道人告诉官长们说:"贫道没有仆人,麻烦各位带来的仆从,代我奔走一下。"官员们都答应了。于是道人在壁上画了两扇门,用手敲了一下,里面有照管门户的,把锁打开。大家走到前面去看,只见隐隐约约有来往不断的人,翠屏绣幔,胡床茶几,也都具备,有人一一传递到门外来,道人叫那些胥吏和差役接了摆在亭中,并且嘱咐他们不要跟里面的人交谈。你送我接,只是相顾而笑。一会儿,亭内的陈设都摆满了,而且极其豪华美丽。又过了一会儿,美酒散发着芳香,熟肉冒出了热气,没有一样不是从壁中传递出来的,座客无不感到惊奇。这个亭子本来后面靠着湖水,每当六月间,几十顷湖面尽是荷花,一眼望不到边。这次宴会,恰好是冰冻的隆冬,窗外白茫茫一片,只有浓浓的雾气,笼罩着一湖碧绿的水。一个官人偶然发出感叹说:"今天的佳会,可惜没有莲花来点缀一番!"大家都应着:"是!是!"过了一会儿,一个小吏跑来告诉大家:"荷叶已经绿遍全湖了。"在座的客人一听,都感到十分惊讶,推开窗户远远地眺望,果然满眼葱茏,偶然还看到几朵荷花。一眨眼间,只见万枝千朵,全都开放了,一面是北风拂面,一面又是荷花送香,大家都觉得很奇怪。打发一个小吏划着小船去采莲,远远地看到他已经荡入莲花深处,不一会儿掉转船头,却是空手而来。长官问他为什么没有采到莲花,小吏说:"小人划了船去,只见花在远处。渐渐划到北岸,反而又看到花在南面的湖中。"道人笑着说:"这是幻化出来的空花啊。"不久,酒散了,荷花也凋谢了,骤然刮起一阵北风,吹折得高擎湖面的荷盖,一朵也没有了。

济东的观察公很喜欢这个道士,把他带到衙署里,每天跟他在一起说说笑笑。有一天,观察公与道人对饮。观察公本来有一坛家传的美酒,每次只让人喝一杯,不肯拿出来随便喝掉了。这一天,道人喝了一杯之后,觉得十分可口,一再要求再斟一杯,观察公以已经喝光了为由，谢绝了。道人笑着说："你只要要让贪杯的'老饕'得到满足，向贫道索取就行了。"在座的客人果然向他请求，他便拿了酒壶放到衣袖里，过了一会儿拿了出来，向在座的普遍斟了一杯，与观察公所藏的美酒没有什么差别，大家喝得尽欢而散。观察公觉得有些疑惑，走进去看藏酒的大瓮，封条还和过去一样，可瓮中的酒已经没有了。观察公心里非常生气，便把他当妖道抓了起来，用大杖来打。但刚刚打下去，观察公就觉得自己的大腿痛得不得了；再打时，就觉得那臀部的肉像要裂开了似的。道人虽然在阶下大声地叫唤，而观察公却在座上鲜血淋漓了。这才没有再打，并让他离开那里。道人于是离开了济南，不晓得到哪里去了。

　　后来，有人在金陵碰到了他，仍旧穿着那件单衣，系着那条黄带，想问问他的踪迹，他却笑而不答。

［武　技］

　　李超，字魁吾，临淄西边的乡下人。他性情豪爽，乐善好施。有一次，一个和尚到他那里去化缘，李超便请他饱餐一顿。和尚非常感激他，便说："我是从少林寺出来的，懂得一点点武术，愿意传授给你。"李超很高兴，就请他到客房里住下来，优厚地招待了他，早晚跟他学艺。学了三个月，李超的武艺颇为精湛，不觉有些沾沾自喜起来。和尚问他说："你有进步吗？"李说："有进步，老师所能的，我已经完全学到手了。"和尚笑了笑，要李表演一下他所学到的武艺。李便脱下衣服，吐了口唾沫，跳起来像猿一样飞攀，落下来像鸟一样轻捷，腾挪跳跃了一会儿，然后两手叉腰，扬扬自得地站在那里。和尚又笑着说："行啊！你既然把我的本事都学到了手，那就让我们较量一下，比比高低吧。"李超欣然答应，于是将双手交叉胸前，做好准备的姿势，然后你攻我守、我进你退地交起手来。李超时时刻刻去找和尚的破绽，和尚忽然飞起一脚，把李超踢出了一丈多远。然后，和尚拍着巴掌，说："你还没有把我的本事学到手啊。"李超将两手撑在地上，又惭愧又沮丧地向和尚请教。又过了几天，和尚告辞走了。

　　李超从此以武艺著称，走南闯北，一个对手也没有遇到。偶然来到济南，看到一个小尼姑在一个广场上卖弄武艺，围观的人挤得水泄不通。那尼姑对围观的人说："颠来倒去还是我一个人，实在太冷落了。有会武功的，不妨到这里来和我较量一下，给大家逗个趣吧。"一连说了三遍，大家面面相觑，没有一个敢吱声的。这时，李超站在一旁，不觉技痒，便得意扬扬地走了进去，尼姑便笑着与他拿掌施礼，刚一交手，小尼姑便喊住他说："这是少林寺宗派的武功呀！"接着又问："尊师是哪一位？"李超开始不肯说，尼姑一再追问，李超才告诉她是那个和尚。尼姑拱手说："憨和尚是你的老师吗？不必交手了，愿拜下风。"李超再三要求，尼姑不同意。大家一再怂恿，尼姑这才说："既然是憨师父的弟子，都是少林武术中人，无妨玩一玩，不过只要双方心领神会就是了。"李超答应了她，但认为她文雅瘦弱，不免有些轻视她，加上自己年少好胜，总想打败她，以便赢得艺冠一时的声名。正在一来一往、难分胜负的时候，尼姑忽然跳出圈外，停下手来。李超问她为什么要这样，尼姑只是笑而不答。

李超以为对方胆怯了，一再请求继续较量，尼姑这才勉强起来跟他较量。不久，李超飞出一脚，尼姑并起五个指头向他的小腿上轻轻一削，李超只觉得从膝盖骨以下被刀斧砍了似的，跌倒在地爬不起来。尼姑笑着表示歉意，说："太冒失了，多有触犯，请勿见罪！"李超被人抬了回去，养了一个多月才好。过了一年多，憨和尚来了，李超便把自己与尼姑较量的往事向和尚述说了一遍。和尚听了，十分惊异地说："你太鲁莽了，为什么要去惹她？幸亏你先把我的名字告诉了她，要不然，你的腿早已断了。"

狐 梦

我的朋友毕怡庵，性格豪爽，与众不同，最喜欢无拘无束。他相貌丰满，身体肥胖，满脸大胡子，在文人中是个知名人士。他叔叔是一个州的州官。他曾为了一件事情，来到叔叔的别墅，住在楼上休息。传说这个楼过去有许多狐狸。他每次阅读《青凤传》时，心里总是向往狐仙，恨不能和狐仙相遇。因而在楼上就收敛杂念，专注地想念狐仙。想了一会儿，回到书房里，天色已经逐渐昏黑了。当时正是闷热的伏天，他就对着房门，躺下睡觉。睡梦之中，觉得到有人摇他。醒过来一看，原来是一个妇人，年岁已经过了四十，却风韵犹存。他很惊讶地爬起来，问她是谁。妇人笑着说："我是狐仙，蒙你专注地想念我们，心里很是感激。"他听到这话，感到很高兴，就用调戏的口吻和她开玩笑。妇人笑着说："我的年岁大了。纵然别人不嫌恶，自己也就先自惭形秽了。我有一个小女儿，已经成年，可以服侍你。明天晚上，你的屋里不要留住别的人，我就把女儿给你送来。"说完就走了。

到了晚上，他烧起高香，坐在屋里等候着。妇人果然领着女儿来了。姑娘神态文雅，性格柔顺，世上没有能够比她更美的了。妇人对女儿说："毕郎和你前世有缘，你必须留在这里。明天早晨早早地回去，不要贪睡懒觉。"毕怡庵于是和女郎手拉手地进了幔帐，亲热到了极点。次日天没亮，姑娘就走了。

天黑以后，那姑娘又自己来到书房，说："姐妹们要为我祝贺新郎，明天就委屈你的大驾，随我一同去吧。"毕郎问："什么地方？"女郎说："大姐做筵席的东道主，离这儿不远。"

第二天，毕郎于是早早地等候着。等了很长时间，女郎也没来，他觉得身体困倦，便趴在桌子上睡了。但他刚刚趴下，女郎忽然进来说："劳你久候了。"于是就拉着他的手往外走。很快来到一个地方。这个地方有个很大的院落。两个人径直上了中堂，看见堂上灯火荧荧，灿若星点。不一会儿，主人就出来了，年纪将近二十来岁，穿一身淡雅的服装，容貌很漂亮。她拉起衣襟，向他们施礼祝贺，然后就要临席入座。这时，有个丫鬟进来报告说："二娘子到了。"接着，只见进来一个女子，大约十八九岁，笑微微地对女郎说："妹子已经破瓜了，你对新郎很如意吗？"女郎用扇子敲她脊背，用白眼珠翻她一眼。二娘说："记得小时候和妹妹打闹玩耍的时候，妹妹最怕别人数肋骨，远远地呵着指头，就笑得忍受不了，气哼哼地瞪着我，说我该嫁给僬侥国的小王子。我说你这个丫头，将来嫁一个大胡子丈夫，胡茬刺破你的小嘴唇，现在果然嫁给了大胡子。"大娘笑着说："无怪三娘子很生气地诅咒你！新郎就在旁边，怎能这样憨笑呢！"说笑了一会儿，摆上了酒菜，就催促就坐。在宴席上，大家说说笑笑的，喝得很痛快。忽然来了一个少女，抱着一只小猫，大约十一二岁，雏发未干，但却娇艳妩媚到骨子里去了。大娘说："四妹妹也要见见姐夫吗？这里没有你的座位。"于是就把她抱起来，放在膝盖上，挟菜取果给她吃。过了一会儿，又把她转放到二娘怀里，说："压得我两条腿酸痛！"二姐说："这么大的丫头，身子如有几百斤重，我身子脆弱，可承受不了。既然想要看姐夫，姐夫本来是个大块头，肥壮的膝盖耐坐。"说着就把她放到毕怡庵的怀里。然而，毕怡庵却觉得放在怀里的小美人，芳香柔软，轻得好像无人。于是就抱着她，和她同用一个杯子喝酒。大娘说："小妹妹不要过量地喝酒，喝醉了就会有失仪容，恐怕姐夫耻笑你。"

少女只是抿嘴憨笑，用手玩弄小猫，小猫"喵喵"地叫着。大娘说："还不把它扔掉，抱在怀里，跳蚤该跑出来了！"二娘说："我请求用狸猫做酒令，拿一根筷子互相传递，传到谁的手里，小猫一叫他就喝酒。"大家听了，都同意她的意见。于是就互相传筷子，等筷子传到毕怡庵的手里，小猫就叫唤。毕的酒量本来很大，一连喝了好几大杯。这才知道小猫是小女郎故意捉弄它叫的，因而大家哄然大笑。二姐说："小妹子回去吧！压坏了郎君，恐怕三姐要怨恨你了。"小女郎于是就抱着小猫走了。

大姐看见毕怡庵善于饮酒，就摘下髻子，斟满了酒，劝他喝下去。毕怡庵看看那个髻子，大约只能容下一升酒，但是喝起来，觉得有好几斗。等到喝干了一看，却是一片荷叶。二姐也要向他敬酒，他只要推托再喝就受不了了。二姐于是拿出一个盛装唇膏的小盒子，比弹丸大一点，斟满一盒酒，说："既然承受不了酒力，略微表示一点心意吧。"他看这个盒子，以为一口就能喝光，可是接过来喝了一百口，却没有喝干的时候。女郎站在旁边，用一只小小的莲花杯子换去那个盒子，说："你不要被奸人捉弄了。"然后把盒子放到桌子上,原来是个大钵子。二娘看了,便说:"干你什么事!三天的丈夫,就这样亲爱呀!"毕一看,便拿起莲花杯子,对着嘴唇,立刻一口喝光了。然后拿着杯子玩赏着,杯子光滑而又柔软,仔细一看,不是杯子,却是一只弯弯的丝线袜子,装饰得很精巧。二娘夺过去骂道:"狡猾的丫头!什么时候把人的鞋子偷去了,难怪脚下冰凉冰凉的!"说完就站起来,进屋去换鞋子了。

过了一会儿,女郎便约毕怡庵离开席位告别,并把他送出村子,叫他自己回去。一眨眼的工夫,他醒了过来,竟是梦里的情景;但是鼻子和嘴巴都醉醺醺的,酒气还很浓烈。他感到很奇怪。到了晚上,女郎来了,说:"昨晚儿没有醉死呀?"他说:"我正在怀疑是个梦境。"女郎说:"姐妹们怕你在酒席上轻狂吵嚷,所以假托梦境,其实不是做梦。"

女郎时常和毕下棋,毕总是输的。女郎就笑着说:"你天天嗜好下棋,我以为是个高手呢,现在看来,只平常罢了。"毕只好请求女郎给予指教。女郎说:"下棋的技术,在于自己的领会,我怎能帮你长进呢?早晚慢慢地熏染,或许能有变化。"过了几个月,毕觉得稍微有了一点进步。女郎试着和他下了一盘,却笑笑说:"还没有长进,还没有进步。"但他出去和过去曾经下过棋的人下时,那些人却发现他的棋路不同了,都感到奇怪。

由于毕怡庵为人坦率直爽,心里搁不住东西,所以便在不经意间泄露了一点秘密。女郎知道了,便责备他说:"无怪同道者不肯结交轻狂的书生。我一次又一次地嘱咐你,叫你谨慎地保守秘密,你还是泄露了!"便很生气地要往外走。毕急忙承认错误,她才稍微消了一点气,但是从此以后,来相会的次数却越来越少了。

过了一年多,一天晚上,女郎又来了,只是呆坐在板凳上看着毕怡庵。和她下棋,她也不下;和她就寝,她不就寝。恼恨了很长时间,才说:"你看我和青凤哪个漂亮?"毕怡庵说:"你恐怕比青凤漂亮多了。"她说:"我自己很惭愧,没有青凤漂亮。但是蒲松龄和你是文字上的朋友,请你麻烦他给我写一篇小传,千年以后,未必没有像你这样爱恋狐仙的。"毕怡庵说:"我很早以前就有这个想法,过去遵从你的嘱咐,所以一直保守秘密。"她说:"从前是这样嘱咐的,现在已经快要分别了,还有什么忌讳呢?"毕怡庵问:"你要到什么地方去?"她说:"我和四妹妹被王母娘娘调去担任花鸟使,再也不能来了。从前我有一个姐姐,和你家的一个叔伯哥哥很要好,临别的时候已经生了两个女孩子,现在还没有出嫁。我和你幸好没有孩子的累赘。"毕怡庵请她临别以前留下几句话。她说:"兴盛的时候,气度要平和;有了过失的时候,要沉默寡言。"说完就站起来,拉着毕怡庵的手说:"你送我一程吧。"

送到一里来地，两人洒泪分手，女郎说："你我都记在心上，未必没有后会的日期。"说完就走了。

康熙二十一年腊月十九日，毕怡庵和我脚顶脚地睡在绰然堂里，他很详细地向我讲述了这个奇异的故事。我说："有这样的狐仙，那就给聊斋的笔墨增光了。"于是就写了这个小传。

［ 花姑子 ］

安幼舆，是陕西省的拔贡生。好挥霍，为人讲义气，喜好放生。看见猎人打到猎物，总是不惜花高价，买到手后再放掉。有一次，恰巧赶上舅舅家里办丧事，他去帮忙执绋送灵。天黑以后往回走，来到西岳华山时，迷了路，就在谷里乱窜，心里很害怕。后来，他忽然在一箭地之外看见有一盏灯火，便迅速向灯火的方向奔过去。

还没走几步，安幼舆就看见一个老头儿，弯着腰，弓着背，拄着一根拐杖，在倾斜的山坡小路上，走得很快。他停下脚步，刚要开口问路。老头儿却抢先问他是谁。安幼舆告诉老头儿，自己是一个迷路的人，并说有灯火的地方，一定是个山村，要前去投宿。老头儿说："这不是一个安乐窝。幸亏老夫来了，可以跟我去，我家的茅屋草舍可以住宿。"安幼舆很高兴，便跟着老头儿往前走，大约走了一里来地，就看见一个小村庄。进了村庄，老头儿便敲着一户人家的柴门，不久便从屋里出来一个老太太，开了柴门说："郎子来了吗？"老头儿说："来了。"

进了柴门以后，安幼舆感觉低矮的茅屋很狭窄。老头儿挑亮了灯火，催他坐下，就告诉老太太随便准备一点饭菜。并且说："这不是外人，是我的救命恩人。你年岁大了，腿脚不灵便，可以招呼花姑子出来斟酒。"不一会儿，就有一个女郎端着碗筷走进来。她放下碗筷，站在老头儿旁边，斜着眼睛看安幼舆。安幼舆看看这个少女，也就十六岁左右，而且容貌俏丽，差不多比上天仙了。正打量间，老头儿却叫姑娘去烫酒。

在房子的西墙角上，有一个煤火炉子，女郎进去之后，便拨火烫酒。安幼舆问老头儿："这个女郎是你什么人？"老头儿回答说："老夫姓章。七十岁了，只有这么一个姑娘。种地的人家，没有丫鬟仆妇，拿你不是外人，所以不拘礼节，敢叫老伴儿和女儿出来见你，希望你不要见笑。"安幼舆又问："姑娘的婆家住在什么地方？"老头儿回答说：

"还没有婆家。"安幼舆便说姑娘聪明漂亮，赞不绝口。老头儿正在谦逊着，忽听女儿惊慌地喊叫起来。老头儿急忙跑了进去，原来是壶里的酒沸腾出来起火了。老头儿把火扑灭了，呵斥女儿说："这么大的丫头，还不知酒沾火就着吗！"一回头，看见炉子旁边有个用高粱秸扎的紫姑神，还没有扎完，又呵斥女儿说："头发这么长了，还真像个孩子！"然后拿过去对安幼舆说："贪图这么一个活计，竟把酒烫开了。蒙你夸奖，岂不羞死人了！"安幼舆仔细一看，觉得紫姑神的眉目和袍服做得很精巧，就称赞说："虽然近似儿戏，也可以看出一颗聪明的心了。"

两个人喝了一会儿，姑娘一次又一次地过来给安幼舆敬酒，嫣然含笑，一点也不羞怯。安幼舆目不转睛地看着姑娘，心里动了情。忽然听老太太招呼老头儿，老头儿就走了。安幼舆看室内无人，就对姑娘说："看见你仙女般的容貌，令我心往魂失。我想托媒向你求婚，又怕你会拒绝，怎么办呢？"姑娘抱着酒壶，面对火炉，沉默不语，好像没有听见。安幼舆一次又一次地追问，姑娘就是不回答。安幼舆于是悄悄进了那屋。姑娘突然站起来，声色俱厉地说："轻狂的公子，你闯进来想要做什么？"安幼舆便直挺挺地跪在地上向她恳求。姑娘想要夺门逃出去，安幼舆突然跳起来，挡在了前面，然后把姑娘抱在怀里。姑娘急得声音发颤地喊叫，老头儿急忙跑进来问她喊什么。安幼舆撒手出了屋，心里觉得很惭愧，也很害怕。姑娘却不慌不忙地对父亲说："酒又沸腾涌了出来，不是郎君跑来，酒壶就烧化了。"听姑娘这么一说，安幼舆的心里才稍微安定下来，更觉得她是个好姑娘。这时，安幼舆已经被弄得神魂颠倒，心里好像丧失了什么东西。于是就假装喝醉了，离开了酒席，姑娘随后也走了。

老头儿给安幼舆铺了床铺和被褥后，就关上房门出去了。但安幼舆根本睡不着，没到天亮，就把老头儿招呼起来，告别离去。回到家以后，马上托一位好朋友，登门求婚。朋友去了一天才回来，竟然没有找到姑娘的住所。安幼舆就让仆人备马，寻找前天夜里的道路，亲自去求婚。但找到那里一看，发现到处都是悬崖峭壁，竟然没有那个村落，到附近的村庄打听，也很少有姓章的。安幼舆很失望地回到家里，饭也吃不下，觉也睡不着，从此得了一种疾病，整天眼花缭乱、脑袋也昏沉沉的。勉强喝一点粥汤，就想呕吐；昏迷之中，总是呼唤花姑子。家人不了解什么意思，只是整个晚上都围在他身边守护着，而他的病情也越来越严重了。

一天晚上，守护的家人又困又乏，全都睡着了。安幼舆在蒙眬之中，觉得有人用手揉搓着自己。略微睁开眼睛，看见花姑子站在床前，便不知不觉地神也清了，气也爽了。眼睁睁地瞅着姑娘，眼泪不断地往下流着。姑娘歪着脑袋笑着说："痴心人，怎么病成这样呢？"说完就上了床，坐在他的大腿上，用两只手按摩他的太阳穴。随后，他又闻到姑娘头上有一股浓烈的麝香味，香味穿过鼻腔，一直渗进骨头里。大约过了几刻钟，他忽然感到额头上冒出了热汗，热劲儿逐渐达到四肢，身上全都出汗了。这时，姑娘小声说："你屋里人太多，我不便住在这里。三天以后，我再来看望你。"说完，从绣花的袖筒里掏出几个蒸饼，放在床头上，就悄然无声地走了。

安幼舆睡到半夜，热汗出完后，就想吃饭，于是便拿起床头上的蒸饼吃了起来，不知饼里包着什么东西，只是觉得特别香甜，所以一口气就吃了三个。然后又用衣服盖住剩下的蒸饼，便沉沉酣睡了，一直睡到天亮才醒过来，顿时觉得身上很轻松，好像放下了沉重的担子。到了第三天，蒸饼吃完了，更觉神清气爽。于是他就把家人都打发出去。想着姑娘来的时候可能进不了门，于是就偷偷地出了书房，把几道门闩都统统拔掉了。过了一会儿，花姑子果然来了，笑盈盈地说："傻郎君！你不感谢医生吗？"安幼舆高兴极了，把姑娘抱在怀里，和她缠缠绵绵的，恩爱到了极点。过了一会儿，姑娘说："我之所以冒着蒙受耻辱的风险，前来和你相会，为的是报答你的大恩。实际上我是不能和你结成终身伴侣的，希望你趁早另外选择一个配偶。"安幼舆听了，沉默了很长时间，才问道："我们从来没有见过面，也不了解你家的身世，过去在什么地方对你家有过帮助，我实在记不清了。"姑娘也不讲明，只是说："你自己想想吧。"安幼舆坚决要求和花姑子永远相亲相爱。花姑子说："我一次又一次在黑夜里奔波，本来是不可以的，常在一起做夫妻，也是不可能的。"安幼舆听这话之后，便闷闷不乐起来。花姑子说："如果一定想要和我相好，你明天晚上到我家里去吧。"安幼舆听了这话，才停止了悲伤，心里高兴极了，就问姑娘："从你家到这里很远，你细小的脚步，是怎么来到这里的呢？"姑娘说："我本来没有回去。东头的聋老太太，是我的姨娘，为了你的缘故，我住在她那里，一直逗留到今天，家里恐怕要怀疑和责备我了。"安幼舆和她同床共枕，只觉她的皮肤和呼吸，都有一种香气。便问道："你用什么香料，熏沐到肌肉和骨头里去了？"花姑子说："我生来就是这个样子，不是熏饰的。"安幼舆听她这样说，越发感到奇怪了。

天还没亮，花姑子就早早起来向安幼舆告别了。安幼舆担心自己晚间进山会迷失道路，花姑子于是就和他约定，在路上等他。到了黄昏，安幼舆便连跑带颠儿地奔向山里，花姑子果然在那里等着他。然后，两个人一起到了从前的老地方。老头和老太太看到安幼舆后，都对他的到来表示热烈的欢迎。只是家里没有好的下酒菜，大碗小盘全是杂七杂八的野菜。而且吃完就请客人安歇就寝。花姑子对他也不怎么答理，这使得他心里很疑惑。直到更深以后，花姑子才来到他的房间，说："我父母一直絮絮叨叨的，不睡觉，劳你久等了。"于是两个人情深意切，又缠绵了一夜。之后，姑娘又对他说："今天晚上的相会，就是百年的离别了。"安幼舆听了，又觉得十分惊讶，便问她为什么这样说。花姑子回答说："我父亲认为这个村庄太小，觉得这里孤独而又寂寞，所以要往远处搬家。这样一来，我们的相亲相爱，到今晚也就结束了。"安幼舆不忍放让她走，哭得前俯后仰，心里难过极了。正在难舍难分的时候，夜色开始消失，天光逐渐放亮了。老头儿忽然闯进来，骂道："下贱的丫头，玷污我家清白的门风，把人都羞死了！"花姑子一看，大惊失色，急急忙忙地跑出去了。老头儿也跟了出去，一边走一边骂。安幼舆大吃一惊，又惊又怕，没有地方可以容身，便偷偷地跑回家了。

安幼舆在家里徘徊了几天，对花姑子怀有强烈的思念之情，使他几乎熬不下去了。于是便从墙头上爬过去，观察一下有没有看望花姑子的时机。同时想到老头儿从前说过自己对他有恩，即使这次贸然前往，被老头子发现了，应该也不会过于责备。于是，就乘着夜色窜进深山，在山里跑来跑去，结果又迷失了方向，辨不清东南西北，也不知道哪条道路能够通往花姑子的住所。

安幼舆开始害怕起来，于是便打算往回走。但就在他寻找回家的路时，突然看见山谷里隐隐约约的有簇房舍，便很高兴地来到那里。一看之下，原来是一座高大的门楼，像是官僚世家的住宅，几道门还都没有关上。于是，他便向看门的人询问章家的住所。这里，从里面走出来一个侍女，问看门的说："这么晚了，是什么人打听姓章的？"安幼舆说："姓章的是我亲戚，我偶然迷路，找不到他家的方向了。"侍女说："你这个男子，不要打听姓章的了。这是花姑子的舅母家，她今天就住在这里，请你等一会儿，容我进去告诉她。"

侍女进去不一会儿，就出来请安幼舆进去。安幼舆刚走上房子的前廊，花姑子就跑出来迎接，并对侍女说："安郎奔波到半夜，想必已经困乏了，可以安排床铺，侍候他就寝。"过了不一会儿，两个人便手拉手地进了帏帐。安幼舆问花姑子："你舅母家里怎么没有别的人呢？"花姑子说："舅母到别的地方去了，留我替她看家。有幸和你相遇，岂不是前世结下的良缘？"但在偎依之间，他突然闻到一股膻腥的气味，心想是不是错觉。姑娘抱住他的脖子，突然用舌头舐着他的鼻孔，他便像被人刺了一锥子，一直疼到脑子里。顿时吓得要死，急忙想要逃脱出去，但身上却像捆了粗大的绳子。不一会儿的工夫，就失去知觉了。

由于安幼舆一个晚上都没有回家，家人便到处寻找，找遍了人迹所到之处也没找到。这时，有人告诉他们，昨晚儿在山间的小路上碰见过他。家人于是进了山里，看见他赤裸裸地死在悬崖底下。家人一看，顿时大惊，也感到奇怪，因为谁也看不出他死亡的原因。于是，家人就把尸体抬回家里。大家聚在一起，正在痛哭的时候，有个女郎跑来吊孝，号啕痛哭，从门外一直哭进灵堂。她摸着安幼舆的尸体，按着他的鼻子，鼻涕眼泪流进了他的鼻孔，哭天喊地地说："天哪，天哪！你怎么这样愚蠢糊涂啊！"哭得声嘶力竭，老半天才停住眼泪。随后，女郎告诉安幼舆的家人："把他停放七天，不要入殓。"大家不知她是什么人，刚要开口问她，她却显得很傲慢，也不拘礼节，而且很快就告辞了，只见她含着眼泪，径直出了灵堂。大家要挽留她，她也不理睬。有人在她后边跟着，但只一眨眼的工夫，就已经无影无踪了。于是，大家都认为她是神仙，便小心谨慎地遵从她的指教。

第二天晚上，那个女郎又来了，还是和昨天一样地痛哭。到第七天晚上，安幼舆忽然苏醒过来，翻来覆去地呻吟着。家人一看，全都吃了一惊。那个女郎进了他的卧室，和他面对面地哭泣着。安幼舆举起一只手，挥了挥，叫家人退出去。随后，花姑子拿出一把青草，煎成药汤，约有一升左右，然后让他喝下去。等把药汤喝完后，安幼舆就能说话了。他长叹一声，说："第二次害死我的是你，第二次叫我重生的也是你！"于是就把自己的遭遇告诉了姑娘。花姑子说："这是蛇精冒充我。你前一次在山里迷路的时候，看见一箭之外的灯光，就是这个蛇精。"他说："你怎么能够做到让我起死回生，叫白骨生出肌肉呢？莫非你是个神仙吧？"花姑子说："很久以前我就想告诉你，只是怕你受到惊吓。你还记得五年以前，你曾在华山道上，从猎人手里买来一只獐子放了吗？"安幼舆说："是的，确实有这回事。"花姑子说："那只獐子就是我的父亲。他过去所说的大恩大德，指的就是这件事情。你前天已经托生到西村的王主政家里去了。我和父亲到阎王那里告状，阎王不愿给你办好事。父亲于是甘愿毁掉自己的道行替你死去，哀求了七天，阎王才叫你复活。我今天能和你偶然相会，真是幸运。但你虽然复活了，下体一定还没有知觉，必须得到蛇精的血，合到酒里喝下去，才能除掉病根。"

安幼舆对蛇精怀着切齿的仇恨，却担心自己没有办法能够捉住它。花姑子说："这个不难。只是多残害生灵，会使我百年不能成仙。它的洞穴在一个古老的山崖里，可在下午申时，把茅柴堆在洞口里，然后把火点上，并派人在洞外用强弓硬弩严加戒备，就可能捉住那只妖怪了。"说完，便向他告别，又嘱咐说，"我不能终生服侍你，实在是无奈。但是为了你的缘故，我的道行已经损失了十分之七，希望你能怜悯和饶恕我。近一个月来，我感到肚子里略微有些震动，恐怕是你的孩子。不管是男是女，一年以后我会托人给你送回来。"说完，便流着泪走了。

过了一宿，安幼舆觉得腰部以下的部位完全没有知觉，用手抓挠抓挠，也毫无痛痒之感。于是，他就把花姑子的嘱咐告诉了家人。家人到了山里，按照他的指教，在洞穴里烧起了大火。不久，便有一条粗大的白蛇，冒着烟火从洞里冲了出来。这时，几把弓箭一齐发射，很快就把那条蛇给射死了。大火熄灭以后，大家进到洞里一看，发现有大大小小几百条毒蛇，都已经被烧得焦臭。家人回来之后，把蛇血献给安幼舆。安幼舆于是把蛇精的血合到酒里喝下去，过了三天，两条腿终于能够转动了；半年以后，就可以站起来走路了。后来，安幼舆独自走在大山谷里时，突然遇见一个老太太，抱着一个用衣被包着的婴儿，交给他说："我女儿让我把孩子送给你，并向你问候。"他刚要打听花姑子的情况，但只一眨眼的工夫，却再也不见老太太的踪影了。打开襁褓一看，是个男孩。于是便把孩子抱回家里，一辈子再没娶老婆。

异史氏说："人和禽兽不同的地方很少，这不是定论。一只香獐子蒙受救命之恩，怀着报恩的感情，竟至没齿难忘，人也有愧于禽兽了。至于花姑子，起初把聪明寄托在憨态上，最后把爱情寓于漫不经心的行动之中。才知道憨态是聪明到了极点，漫不经心是对爱情最诚挚的表现。真是飘飘然的仙女啊！"

［ 伍秋月 ］

江苏高邮有个叫王鼎的人，表字仙湖，慷慨好义，勇力过人，交游也很广。十八岁时，还没有结婚，他的未婚妻就死了。他每次外出游览时，常常一年半载不回家。他的哥哥王鼐，是江北的名士，兄弟之间的情谊很深。哥哥经常劝他不要外出远游了，打算给他找个满意的对象，但他不听。有一次，又搭船到镇江去探访朋友，正好朋友外出了，他便租了一家客店，然后住了下来。望着窗外江水澄澈，以及对面的金山，他心里非常高兴。

第二天，王鼎的朋友来了，然后请他住到家里去，但他贪恋客店里的湖光山色，便婉言谢绝了。在客店住了半个多月后的一天夜里。王鼎在睡梦中，突然见到一位女郎，大约十四五岁，容貌端庄美妙，上床和她同睡，醒过来后，竟然遗了精，他觉得很奇怪，并认为这不过是一个偶然的现象。到了第二天夜晚，他又梦见了那位女郎。接连三四个晚上，都是如此。心里便开始觉得十分惊奇，于是到了晚上，便不敢熄灯，身子虽然躺在床上，心里却提高了警惕。然而，等一合上眼睛，又梦见那个女郎来了。正在亲热的时候，忽然清醒过来，急忙睁开眼睛，只见一个美丽如仙的少女，正躺在他的怀中。看到他醒来了，感到又羞愧、又胆怯。王鼎一看，知道她不是一个普通的人，觉得这样也很好，于是顾不得多问，便和她亲热起来。那少女好像很受不了他的粗野，便说："你这样粗野，难怪人家不敢在明里见你了。"王君这才询问她的身世，少女回答说："我姓伍，叫秋月，先父是个有名的学者，精通《易》理，非常爱我，但说我不能长命，所以不让我许配别人。活到十五岁时，果然夭折。就把我暂时埋在这座楼的东边，使坟和地一样平，也没有一块墓志铭，只在我的棺材旁边，立了一块石头，上面刻着：'女秋月，葬无冢，三十年，嫁王鼎。'如今已有三十年了，正好你来了，我很高兴，急于想和你相好，心里又感到羞怯，所以托梦来和你相会。"王君听了，也很高兴，并想和她继续亲热，秋月说："我只须得到一些阳气，才能复活。以后我们相处的日子长着呢，何必一定在今天晚上呢。"说罢起身便走了。第二天夜里，她又来了，和王鼎面对面地坐着，有说有笑，像老相识一样。上床熄灯后，也跟活人完全相同。

　　一天晚上，皓月当空，明洁如晶，两人在院子里散步，王鼎问道："阴间也有城市吗？"秋月说："跟阳世一样嘛。阴间的城市，不在这里，离开这里还有三四里路，不过它是拿黑夜当白天罢了。"王又问："活人能看得见吗？"秋月说："也可以的。"王鼎便请求让他前去参观，秋月答应了，于是二人乘着月色前去。秋月轻飘飘地像风一样快，王鼎跟在后面，竭力追随，不多时，便来到一个地方，秋月说："快到了。"王鼎往四下一看，什么也没有发现。秋月于是用唾沫涂了涂他的双眼，再睁开一看，觉得自己的视力比过去好得多了，看夜间的景色就像白天一样。很快就看到城墙的垛子，出现在云雾迷蒙之间。路上的行人，来来往往就像赶集一样。一会儿，有两个差人捆绑着三四个人走了过来，最后一个像是他的哥哥。王鼎赶忙迎上去一看，果然是自己的哥哥。便惊异地问道："哥哥怎么也来到这里？"哥哥一看到王鼎，不禁涕泪交流，说："我也不知道怎么回事，他们硬把我抓了来。"王鼎很生气地对那两个差人说："我哥哥一向守法执礼，是一个好人，你们为什么要这样把他捆起来！"说着便请两位差人把他哥哥给放了。差人不肯，而且态度十分傲慢。王鼎一看，非常生气，就和那两个差人争执起来。他哥哥急忙劝阻说："这是官府的命令，我们应当遵守法纪。只是我手头缺钱用，他们多方向我索取贿赂，真是苦恼极了。你回去后，给我筹借一些钱来。"王鼎拉着哥哥的臂膀，恸哭失声。差人大怒，猛地用力拉着系在他哥哥脖子上的绳索，哥哥随即摔倒在地。王君见了，怒火填胸，再也控制不住了，马上拔出佩刀，一下就砍下了一个差人的脑袋，另一个差人嘶着喉咙大喊大叫，王鼎又一刀把他砍了。秋月见了，大吃一惊，说："杀了官府的公差，是不可饶恕的罪过。晚了就要遭殃，你赶快雇一条小船，迅速北上。回到家里，不要摘掉挂在门前的丧幡，关着门藏在家里，七天之后，就不用担心了。"

王鼎于是拉着哥哥，当夜雇了一条小船，火速回北方去了。到了家中，只见吊唁哥哥的亲友还没有散去，知道哥哥果真死了。于是关了门，落了锁，才进了家。回过头来看哥哥，已经不见人了，走进屋里，死去的哥哥已经复活了。正在喊着："饿死了，快给我拿点吃的喝的来。"此时，他哥哥已经死去两天了，忽然闹着要东西吃，家里人都吓倒了。王鼎于是告诉了他们的全部经过，大家这才转悲为喜。过了七天，敞开大门，撤掉丧幡，人们才晓得王鼎的哥哥已经复活了。亲友们前来探问，王家就编造了一套瞎话来应付他们。

这时，王鼎转而又开始想念秋月，而且想得心烦意乱，实在耐不住了，于是便又坐船南下，住在原先那个客店的楼房里，点上灯，等了好久，但秋月竟然没有来。蒙眬间打算就寝，忽然来了一个妇人，说："秋月小娘子让我告诉你，日前因为公差被杀，凶犯在逃，官府便把小娘子捉了去，如今押在牢狱里。监守她的狱卒，对她很无礼。她天天盼望你来，希望你想个办法。"王鼎听了，又悲伤，又气忿，便随着那妇人去了。到了城里，入了西门，那妇人指着一条门说："小娘子暂时被关在这里。"王鼎走了进去，看到院内的房间很多，寄押的囚犯也不少，只是没有见到秋月。又进了一个小门，小房子里点着灯火。王鼎靠近窗子去偷看，只见秋月坐在床上，捂着脸在啼哭。两个狱卒站在旁边，一个摸她的下巴，一个捏她的大腿，正在调戏她，秋月哭得更加厉害了。这时，一个狱卒搂着她的脖子，说："你已经成了罪犯，还守什么贞操？"王鼎一看，顿时大怒，顾不得说话，拔出佩刀冲了进去，一刀一个，把那两个狱卒给杀了，然后拉着秋月走了出来，幸好没有被别人发现。刚到客店，猛然惊醒了。正在惊异自己做了一个噩梦，只见秋月泪眼盈盈地站在床边。王鼎吃惊地坐了起来，拉着她坐下，并告诉她自己刚才所做的那个噩梦。秋月说："这是真的，不是梦呀。"王鼎吃惊地说："那该怎么办呢？"秋月叹了一口气，道："这是天意。本来应该到月底，才是我复活的日子。如今已经到了这个地步，哪还能再等待！赶快到我的墓上，刨出我的尸体，载着上船，一道回去。然后你每天不断地呼唤我的名字，三天之后，我便可以复活，只是还没有满三十年的期限，骨软足弱，不能给你干家务活罢了。"说完，匆匆忙忙要走，又回过头来对王鼎说："我几乎忘掉了，要是阴间派人来追赶，我们该怎么办呢？我活着时，父亲传授我两道符，说三十年后，夫妇都可以佩戴。"于是索取笔砚，飞快地画了两道符，说："一道你自己佩着，一道请贴在我背上。"

王君把秋月送了出去，并仔细记下了她的墓地的所在。然后匆匆忙忙来到那里，刨了一尺多深，就看到了棺材，但棺材已经腐烂了，旁边有一块小碑，上面所刻的文字果然像秋月所说的一样。打开棺木一看，只见秋月的样子像是活的一样。于是便把她的尸体抱进房里，这时她身上穿的衣裳随风都化了。王鼎便在她的背上贴好了符，然后拿着被子把她严严实实地包裹起来，背到江边，喊了一只船来，假说妹妹害了急病，要送她回婆家去。此时幸好刮起南风，刚天亮就到了家门。王鼎抱着秋月的尸体，在床上安顿好了之后，才告诉哥哥和嫂嫂。全家人都惊异地观望着，也不敢当面直接说他中了邪。王鼎解开被子，连连呼唤着秋月的名字，到了夜里，就抱着她睡在一起。不久，秋月的体温就逐渐上升，到了第三天，果然复活了，到了第七天，便能走动了。于是换了衣服，拜见哥嫂，只见她体态轻盈，真和仙女一样。但走到十步以外，必须有人搀着才行，否则就随风摇摆，仿佛要跌倒似的。看到她的人，以为有这样的病态，反而更加增添了她几分妩媚。随后，秋月常常劝告王鼎说："你的罪过太多，应该广积阴德，多诵佛经，以表示忏悔，赎轻罪过，不然的话，恐怕不能长寿啊。"刚开始时，王君从来不信佛，但从此之后，却成了一个虔诚的佛教徒，后来也就平安无事了。

异史氏说："我想向上边建一个议，定一条法令：'凡是杀了公差的，就要比一般人减轻三等罪。'因为这些家伙没有一个不该杀的。所以能够杀掉害人的差役的，就是善良的人，即使举措稍微苛刻一点，也不算什么残暴。何况阴间本来无法可依，如果发现恶人，让这些恶人上刀山，下油锅，也不算残酷。只要让人们感到痛快，就是阎王所要褒奖的。要不然，难道所犯的罪，受到阴司的追究，还可以侥幸逃脱吗？"

［ 武孝廉 ］

有个姓石的武孝廉，带着很多银子去京都，要去谋求官职。当他到达德州的时候，突然得了重病，大口大口地咯血，而且卧床不起，长期躺在船舱里。仆人看他病卧不起，就抢去他的金银逃走了，他恨得要死，但也无可奈何。这时，他的病也越来越重，而且身上一个子儿也没有了。船家看了看他，不想让他拖累了自己，便想要抛弃他。此时，恰巧有个乘船的女子，夜间来到这里，靠近船家的船舱停下了，听到石孝廉的消息以后，自愿用自己的船把他载走。船家一听，很高兴，马上把他扶起来，上了女子的船。石孝廉抬头一看，发现那女子四十多岁，衣装鲜艳华丽，神采仍然很美。他便呻吟着向她致谢。女子走到他跟前，看着他说："你从前就有痨病的根子，现在魂魄已经游历丘墟坟墓之间了。"他一听这话，顿时放声大哭起来。妇人又对他说说："我有一丸药，能够帮助你起死回生。假若把你的病治好了，你可不要忘了我呀！"石孝廉于是流着眼泪向她发誓。女子就拿出丸药给他吃了，过了半天，他感到好了一点。女子就让他躺在床上养病，并给他提供香甜可口的食物，其恳切深厚的情意，胜过夫妻。石孝廉于是更加感激她了。

过了一个多月，石孝廉的痨病完全好了。他便跪在地下，一步一步地爬到那女子的跟前，像对待母亲似地恭敬她。女子说："我无儿无女，无依无靠，如果不嫌我容颜已经衰老，我愿意永远服侍你。"石孝廉当时三十多岁，老婆已经去世一年多了，一听这话，顿时是大喜过望，于是就和那女子结成了夫妻。女子拿出私藏的金子，叫他进京谋求职位，互相约定，等他回来的时候，两个人一起回去。

石孝廉进了京都，到处拉拢关系，巴结有权有势的人，很快就被选派担任本省的司阃（指地方军事长官）。他用剩下的金钱买了鞍马、冠服伞盖，顿时威名赫赫。因为有了地位，就想那女子已经很老了，终究不是好配偶，于是又花了一百金，聘娶一个姓王的姑娘做二房夫人。但心里很胆怯，害怕妻子知道这事，于是就避开德州，绕道去上任。过了一年多，也没给妻子去封信。

他有一个中表亲，偶然来到德州，住的地方和那女子正好是邻居。女子听到这个消息后，便亲自登门打听石孝廉的情况，那个人就把实情告诉了女子。女子痛骂石孝廉忘恩负义，就把治病和结成夫妻，以及互相约定的实情告诉了那个人。那个人也替她愤愤不平，安慰她说："也许衙门里事务繁忙，他还没有空闲的时候给您写信。现在请您写封信，我帮你给他送去。"女子于是就照他说的，写了一封信。那个人毫不怠慢，把信送给了石孝廉，但石孝廉根本没有放在心上。又过了一年多，妇人亲自去找他，住在一家旅店里，托衙门里接待宾客的衙役进去给她通报姓名。但石孝廉告诉那个衙役，说自己没时间接见。

一天，石孝廉正在安闲自在地喝酒，忽然听到一阵喧闹吵骂的声音；他于是放下酒杯侧耳静听，那女子已经撩起门帘进来了。他大吃一惊，立刻变得面如土色。那女子指着他骂道："好你这个薄情郎，你很安乐呀！试想一下，你的荣华富贵是从哪里来的？我对你情分不薄，就是想要纳婢娶妾，和我商量商量，有什么妨害呢？"石孝廉并着脚站在地下，大气不敢出，再也说不出话来。过了很长时间，才直挺挺地跪在地上，自己认错，用虚伪的假话请求饶恕。那女子的怒气也稍稍平息了。石孝廉又和自己的小老婆王氏商量，叫她用妹妹的礼节去拜见自己的老婆。王氏心里很不愿意，但他一再哀求，王氏才去拜见。

王氏拜那女子时，女子也给她回拜，并对王氏说："妹妹不要害怕，我不是刁悍嫉妒的人。从前的事情，实在是在人情上叫人忍受不了，就是妹妹也当然不愿有这样一个丈夫。"于是就把过去的事情，从头到尾，详详细细地向王氏讲了一遍。王氏听了，也很愤恨，就和那女子一起骂石孝廉。石孝廉感到无地自容，只是要求赎回自己的过错，于是就互相安定了。

刚开始，自己的老婆还没有进门的时候，石孝廉就告诫守门人不要往里通报。到这个时候，他又对守门人很恼火，背地里刨根问底地进行责备。但守门人却一再说自己没有打开锁头和门闩，也没有人进来，而且对他的责备很不服气。石孝廉也相信了守门人的话，于是心里也开始有了疑团，只是不敢询问自己的老婆，两个人虽然说说笑笑的，但终究觉得大老婆不是自己心爱的女人。好在老婆文雅大方，晚上睡觉时，从来不跟王氏争丈夫。吃完晚饭后，就关起门早早地睡了，也不过问丈夫夜里睡在什么地方。她刚来的时候，王氏总是担忧受怕，后来看见她这样宽厚，也就更加尊敬她，每天早上都是问安，如同对待自己的公婆。

大老婆管理家人时，也是宽厚和气，而且十分得体，同时又能够明察秋毫。有一天，石孝廉丢失了官印，衙门里上上下下像一锅翻滚的开水，进进出出的，谁也没有办法。石孝廉的老婆却笑着说："不要担忧，把井淘干了，就可以得到官印了。"石孝廉于是按她的指点，果然找到了。问她怎么知道的，她只是笑着不说话。而且似乎还知道小偷的姓名，只是始终不肯泄露。

住到年末时，石孝廉看她的行为举止有很多怪异的地方，便开始怀疑她不是人类，于是常在她就寝以后派人前去窥视。窥视的人回来报告说，整个夜里只听床上有抖搂衣服的声音，也不知她在干什么。

那女子和王氏互相很疼爱，彼此关怀。一天晚上，石孝廉到巡察使衙门办事没有回来，她便和王氏一起喝酒，不知不觉喝醉了，就躺在席前睡了过去，变成了一只狐狸。王氏很疼爱她，便在她身上盖了一床棉被。过了不一会儿，石孝廉回来了，进了卧室，王氏就把大老婆变成狐狸的怪事告诉了他。石孝廉听了，便想杀死她。王氏劝说道："她纵然是狐狸，又有什么亏负你的地方呢？"但石孝廉根本不听，急急忙忙地寻找佩刀。但此时她已经醒了，于是骂道："你真是蛇蝎的行为，豺狼的心，我们肯定不能一起生活了！你以前吃的那丸药，请你马上还给我！"说着就往石孝廉的脸上唾了一口。石孝廉顿时感到冷森森的，好像浇了一脸冰水，喉咙里习习发痒，呕出来时，分明是从前吃下去的药丸，还和原来一样。那女子把药丸捡起来，怒冲冲地径直走了。石孝廉立即跑出去追赶，但已经无影无踪。半夜的时候，他旧病复发，不停地咯血，过了半年就死了。

异史氏说："石孝廉风度翩翩，好像是个书生。有人说他能屈己对下，说话的时候好像唯恐伤人。壮年的时候就死了，文士们都很悼念他。等到听说他背负狐狸妻子一事，便认为这和李十郎背负霍小玉没有什么不同。"

［ 上 仙 ］

康熙二十二年三月，我与高季文一起到临淄去，住在客店里。季文忽然病了，恰巧高振美也跟着念东先生到了郡城，便和他们商量如何给季文治病。这时，听到袁鳞公说，郡城南郊梁家有一个狐仙，善于扶乩降神，便一同到那里去。

梁氏是一位四十多岁的女子。风度妩媚，颇有一点狐仙的妖气。到了她屋里，夹室中挂上红色的帷幕，揭开帷幕一看，壁子上挂着观音菩萨的像。另外，还有两三幅画像，骑着马，拿着矛，侍从的骑卒纷至沓来。北边的壁下，设了一个香案，案头有一个座位，还不足一尺高，紧贴着一块小小的丝绸褥子，说是仙人来了，就住在那里。大家于是烧了香，并作着揖。姓梁的女子敲了三下磬子，口中隐隐约约念了些什么话。祷告完了之后，便请客人到外边的凳子上坐着。妇人站在门帘下面，掠着头发，支着下巴，与客人聊天，详细谈了仙人显灵的迹象。过了很久，太阳渐渐地偏西了。大家都怕晚上不好回去，便麻烦她再祷告一下。女子便敲着磬子，重新祷告。转过身来，又站在那里，说："上仙最喜欢晚上来谈，别的时候往往碰他不到。昨天夜里，有一个等候参加府试的秀才，拿着酒菜来和上仙共饮，上仙也拿出好酒来答谢各位客人，还作诗，说笑话。酒席散的时候，天都快亮了。"

她的话还没有说完，只听到房子里面传来细细的嘈杂的声音，像蝙蝠在那里一边飞一边叫。大家正在聚精会神地听时，忽然像有一块大石头落在桌子上一样，发出很大的响声。妇人转身，说："快把人都给吓死了！"接着，又听到桌子上发出嗟叹的声音，像是一个很壮健的老头。妇人拿着蒲扇，拦着桌子上的那个小座位，坐位上大声地说："有缘分啊！有缘分啊！"只听到里面像在高声地让着座位，又像在拱手施礼。

过了一会儿，便有声音问客人道："有什么见教？"

高振美于是便依照念东先生的意思，问道："看到观音菩萨么？"回答说："南海是我走得很熟的地方，怎么会没有看见？"

再问："阎罗王是不是也要更换呢？"回答说："跟阳间是一个样的。"

又问："现任阎罗王姓什么？"回答说："姓曹。"

问完了之后，才给季文求药。上仙说："回去以后，夜里拿杯茶来供奉，我向观音大士那里讨付药来相赠，有什么病治不好呢！"之后，大家都有自己要问的事，上仙都给他们做出剖析和解决，这才告辞而归。过了一晚，季文的病略微好些，我和振美打点行李先回去了，也没有工夫再去访问上仙了。

［孝 子］

青州东香山的前面，有个叫周顺亭的人，对母亲特别孝顺。母亲的大腿生个大毒疮，疼痛难忍，昼夜皱着眉头呻吟。周顺亭忙着给按摩肌肉，煎药喂药，达到了废寝忘食的程度。母亲的病数月不愈，周顺亭着急上火，愁得没办法。

一天，周顺亭梦到父亲告诉他说："母亲的病全赖你的孝顺。但是这种毒疮除非有人肉膏药贴上，否则是不能治好的，着急哀痛也没有用。"周顺亭醒来时，感到这事挺奇怪。于是便起床，用快刀割下自己肋骨上的肉，也不觉得怎么疼痛，然后急忙用布缠在腰间，血也就不流了。随后，便把割下的肉炒了做成膏药，敷在母亲的患处，疼痛立刻就止住了。母亲非常高兴，问她："什么药这么的灵验？"周顺亭便编了一些些假话来应付母亲。母亲的毒疮不久就全好了。周顺亭经常注意护盖割肉的地方，甚至连他的妻子也不知道。后来，割肉的地方已全长好，但却留下巴掌那么大的疤痕。妻子追问他是怎么回事，才知道详情。

异史氏说："割股疗亲之事，君子认为并不可贵。但是普通夫妇怎么知道伤害父母给的身体为不孝呢？这也是行其孝心而不能自我克制罢了。有这种人，从而知道真正的孝子还存在于世上。掌权的官吏，重要的任务很多，没有时间来表彰此事，于是我便借助这篇浅陋之文，阐明这含义深远的道理。"

［ 郭 生 ］

郭生是我县的东山人，从小就喜欢读书，但在偏僻的山村里没有地方请教，以至于二十多岁了，写东西还是错别字连篇。原来，他家里闹狐狸精，穿的、吃的和用的，常常丢失，很使人伤脑筋。一天夜里，郭生正在读书，放在桌子上的诗卷，被狐狸精涂得乱七八糟，连字行都分不清了。他就选了那些稍为整洁的诗卷起来读，但仅仅只有六七十首了，心里非常气愤，却又无可奈何。后来又陆续写了二十多篇习作，准备向当时的一些名流请教。早上起来一看，被翻了出来摊在桌子上，上面洒满了墨汁，心里更是气得不得了。

恰巧有个姓王的人，因事到东山来，他一向跟郭生很要好，顺便登门拜访。看到了被墨汁污染了的卷子，便问他是怎么一回事。郭生就详细叙述了他为狐精所害的苦况，并且拿了剩下来的那些诗文给王生看。王生仔细翻阅，发现被狐精涂了剩下来的字句，像是有所褒贬。又看看被墨汁弄脏的卷子，大都是冗长、杂乱的地方，应该删掉的。于是十分惊讶地说：“那狐精像是个有心人，不仅没有害处，而且应当马上拜他为师。”

过了几个月，郭生回头再看过去的作品，顿时觉得狐精涂抹得很对。于是他又改写了两篇文章放在桌子上，看看有什么怪异出现。等到天亮一看，狐精又把它涂得一塌糊涂。这样过了一年多，就不再涂了，只是用墨汁在卷子上浓圈密点，满纸都是。郭生觉得很奇怪，又拿着卷子去告诉王生，王生看了以后，说：“狐精真是你的老师啊，这样的好文章可以实现你的目的了。”这一年，郭生果然中了秀才。因此，他非常感谢狐精，常常准备一些酒食来供养着它。往往购买闱墨名稿，都不是自己选择，而是由狐精来决定。所以他参加府、县两级的考试，都是名列前茅。在乡试中，又考取了副榜贡生。

当时，叶、缪诸公的时文，风格典雅，辞藻华丽，家家户户都在学习他们的作品。郭生也有一个抄本，十分珍惜和爱护。有一天，忽然被狐精泼了一碗浓浓的墨汁在上面，污损得几乎没有剩下一个字。他自己又拟了几个题目，模仿叶、缪两人的文风，写作了几篇，自己觉得很满意，也全部被它乱七八糟地涂掉了，于是他慢慢地不相信狐精了。没过多久，叶公因为文风不正，被收下狱，郭又逐渐佩服狐精有先见之明。

但他每做一篇文章，经过辛苦构思，反复修改，往往被狐精涂抹得不成样子。自己认为每次考试，都是名列前茅，自视甚高，便有些飘飘然起来，因此更加怀疑狐精在胡闹。于是抄了过去被狐精圈点得很多的文章来试试它，又被它全部涂掉了，这才笑着说："这就真是胡闹了，怎么从前认为是好的而今天又认为不好了呢？"于是不再给狐精供应吃喝了，而且把他读的那些范文选本，锁到箱子里面。第二天早上，分明看到箱子锁得好好的，打开来看，却发现卷面上涂了四道黑杠，有指头那么粗。第一章涂了五道，第二章也涂了五道，下面的就没有涂了。从这以后，狐精也再没有来了。后来郭生在科举考试中，考了一个四等，两个五等，这才知道狐精已把预兆，寄寓在它所画的黑杠杠里面了。

异史氏说："骄傲自满，就要招来损害，谦虚谨慎，就会得到利益，这是一条自然的规律。稍微有点名声，就自以为是，坚持叶、缪的余习，习惯于走老路，而不去创新，势非一败涂地不可。自满的危害竟然有这么大呀！"

［阎　王］

李常久是临朐县人。有一次，他带着酒盅在野外喝酒，看见一股旋风蓬蓬而来，便恭敬地把酒洒在地上表示祭奠。

后来，李常久因为有事到别的地方去，看见路旁有一片宅院，殿阁高大壮丽。有一个穿黑衣服的人从里面出来，邀请李常久进去做客。李一再推辞不去，黑衣人便拦住他，非让他去不可，而且显得特别殷勤。李常久说："咱们素不相识，你是不是弄错了呀？"黑衣人说："没有错。"接着说出了李的姓名。李常久问："这是谁家？"黑衣人回答说："进去自然就知道了。"

李常久进到院里，走进一道门，看见一个女子的手和脚被钉在门上。近前一看，原来是他的嫂子。这一惊非同小可。原来，李常久有个嫂子，手臂生了恶疮，已有一年多不能起来了，心中暗想，她怎么到这里了呢？于是转念一想，怀疑黑衣人叫他进来不是好意，于是开始畏惧沮丧，不肯往前迈步。黑衣人一再催促他，他才进到里面去。

来到殿下，见上面坐着一个人，从穿戴上看好像是个王爷，气势很威猛。李常久跪在地上，不敢抬头看，王爷命人把他扶起来，安慰说："不要害怕，我因为从前叨扰过你一杯酒，想见一面表示谢意，没有其他的缘故。"李常久这才安下心来，但是终究不知道是怎么回事。王爷又说："你不记得在田野用酒祭地的时候了吗？"李常久这才明白过来，知道他原来是神。于是，李常久连连叩头，说："刚才看见嫂子受到这样严刑，骨肉之情，心里实在不好受。乞求大王可怜宽恕！"王爷说："她特别蛮横嫉妒，应该得到这个惩罚。三年前，你哥哥的妾生孩子时，子宫坠了下来，她暗中用针刺在上面，致使那妾今天肚子里常常作痛。这哪里是有人性的人！"但李常久还是一再哀求他宽恕嫂子。王爷这才说："好吧，看在你的面上，我饶恕了她。你回去后，应该劝劝这个蛮横的妇人改正错误。"李常久告别出来，那门上已经没有人了。

李常久回到家后，便急忙去看嫂子，嫂子卧在床上，伤口的血染红了席子。这时，她正因为妾不合她的意，对妾破口大骂。李常久马上劝告说："嫂子不要再这样了！今天你受的苦，都是平时嫉妒所带来的。"他的嫂子一听，火气更大了，说："小叔子像个好儿郎，又房中娘子贤似孟光，任你东家眠，西家宿，不敢吱一声。即使小叔子是男子的表率，也轮不到你代替哥哥来降服他的老婆！"李常久听了，微微一笑说："嫂子不要发怒，若是我把内情说出来，恐怕你想哭都来不及了。"嫂子说："我不曾偷过王母娘娘箩中线，又没和玉皇案前吏挤眉弄眼，心怀坦荡，哪里用得着哭！"李常久于是压低声音说："用针刺在别人的肠子上，该当何罪？"嫂子一听，脸上顿时变了颜色，急忙追问这话是打哪儿来的。李常久把遇见阎王的事给说了一遍。嫂子听了，战栗不止，眼泪和鼻涕都流淌下来，哭着哀告："我再也不敢了！"眼泪还没有干，嫂子觉得疼痛的地方立刻不疼了。过了十来天，病也痊愈了。从此，李常久的嫂子改变了以前的行为，成为贤善的女子。

后来，李常久哥哥的妾生孩子时，子宫又坠出来，针仍然在子宫上，于是赶紧把针拔掉，肚子疼才好了。

异史氏说："有人说天下嫉妒泼妇像李家嫂子的，还真正不少，遗憾的是阴世法网漏掉的太多了。我说：不然。阴世所惩罚的，未必没有比手脚钉在门上更重的，只是没有返回音信罢了。"

［ 长治女子 ］

陈欢乐是山西长治人，有个女儿聪明俊美。一天，有一位道士来乞讨化缘，斜眼瞧着这女子一会儿才走开。从此，道士每天都拿着钵走近陈家的房地。有一次，恰好有一个瞎子从陈家出来，道士便追上去与他同行，问他干什么来了，瞎子说："刚才到陈家给他们算命了。"道士说："听说陈家有个女子，我的姑表亲，想要去求婚，但不知道她的生辰八字。"瞎子于是告诉了他，道士便告别走了。

过了几天，姓陈的女子在房内绣花鞋时，忽然觉得脚麻木，逐渐发展到大腿，又慢慢到腰部，不久便晕倒了。镇定了一会儿，才恍恍惚惚能站立起来，要找母亲把情况告诉她。等到走出门，却看见茫茫一片黑色的波浪中，只有一条像线似的小路。顿时吓得急忙往退回，却发现门房和住的屋子已经被黑水淹没了。又看了看路上，很少有行人，只有道士缓步在前面走。于是，她远远地尾随道士走去，希望能见到同乡把事情告诉他们。走了几里路，忽然看见邻居房舍，仔细一看，却是自己家门，大惊地说："奔走了这么长时间，原来还在村子中，为什么刚才迷惘到这种程度！"她高兴地走进家门，父母还没有回来。又来到自己房里，绣完的鞋，还在床上。自己却觉得疲劳极了，便走到床边坐下来休息。

这时，道士忽然闯进来。女子大惊，想要逃走。道士捉住她，把她按在床上。女子想喊叫，可是嗓子哑了，根本发不出声。道士急忙用快刀剖开女子的心。女子觉得自己神魂开始飘飘然起来，离开了身体。四下一看，房屋全没有了，只有要倒的悬崖。只见道士用自己的心血滴在木头人上，又合掌念咒，这时女子感到木人与自己合为一体。道士嘱咐说："从今以后要听从我的差遣，不得违误！"接着便给女子把衣物穿戴上。

陈家丢失了女儿，全家惶恐不安。寻找到牛头岭，才听村里人传说，岭下有一女子被剖心而死。陈欢乐急忙跑去验尸，果然是自己的女儿，便哭着向县官告状。县官把住在岭下的人抓起来，都拷打遍了，案子还是没个头绪。只要暂时把众嫌犯收监，以待再审问。

道士走出数里外，坐在路旁的柳树下，忽然对女子说："现在派你第一个差事，去县城中审查一下狱中的情况。去了应该隐身在窗户格上。若看见县官用印，立刻快点走开躲避。切切记住，千万不要忘了！限你辰时去巳时回来。迟一刻，就用针刺你的心，叫你疼痛难忍；迟两刻，刺两针；刺到三针，就会使你魂魄消失了。"女子听了道士的话，浑身毛骨悚然,马上飘然而去。不一会儿,来到官府,像道士说的那样伏在窗格上。这时,岭下人排列跪在堂下,还没有审问。正赶上将要往公文上盖印,女子还没来得及躲避,而印已经出了印匣。女子顿时觉得身体沉重瘫软,窗纸格子好像不能担住,咔咔作响。满堂的人都吃惊地回头看。县官命令再举公印,响声和前次一样,第三次举印,女子翻落到地下。众人都听见了。这时,县官站起来祝祷说:"如果是冤死的,应当直接陈述出来,我替你昭雪。"女子哽咽着上前,从头到尾述说了道士杀害自己和派她到此的前前后后。县官于是马上派差役飞快赶去,来到柳树下,道士果然在那里。便把道士捉回来,一审讯就招服了。众嫌犯也得到了释放。

县官问女子:"冤枉已经洗清了,你要到哪儿去呀?"女子说:"打算跟从大人。"县官说:"我官署中无处可容你,不如暂时回到你家去。"女子停了好长时间才说:"官署就是我的家,我要进家了。"县官又问时,却发现一点声音也没有了。等县官退到后堂宅中时,正赶上夫人生了个女孩。

莲花公主

胶州窦旭,字晓晖。有一天,他正在睡午觉时,看见一个穿黑黄色衣服的人站在床头,徘徊不前,惶恐地四处看,好像有话要说。窦旭便问他要做什么,那人回答说:"相公请你前去。"窦旭问:"相公是谁?"那人回答:"就在附近。"窦旭便跟随他出去,转过屋墙,被引导到一个地方。只见这里楼阁重叠,万椽相连,两人曲曲折折往前走。窦旭觉得走过有千万重门,简直不像是人间。又看见很多宫人、女官来来往往,都向穿黑黄衣服的人打听:"窦郎来了吗?"穿黑黄衣服的人说来了。一会儿,一个贵官出来,特别恭敬地迎接窦旭。登上大堂后,窦旭开口问:"平时没有说过话,也没有来拜见,蒙受如此盛情的接待,使我很不明白是怎么回事。"贵官说:"我们国王因为先生家世代有德,很仰慕你家的高风,因此想见您一面。"窦旭更加惊奇,问:"国王是谁?"回答说:"一会儿自然就知道了。"不多时,来了两个女官,然后用两支装饰有羽毛的旗帜引导窦旭往前走。

窦旭进入重门,看见殿上有一个很像国王的人。国王看见窦旭进来,立刻走下台阶来迎接。双方行宾主礼。礼毕,入席,桌上东西很丰盛。窦旭抬头看见殿上一块匾写着"桂府"二字。顿时感到局促不安,不敢说话。国王说:"咱们是友好邻居,缘分已经很深，应当开怀畅饮，不要疑惑惧怕。"窦旭只好连声说是。酒过数巡，下面笙歌漫起，没有锣鼓，音调优雅细腻。过了一会儿，国王看看左右说："我说一上联，请卿等对下联：'才人登桂府。'"在座的人正在思考时，窦旭立刻应对说："君子爱莲花。"国王特别喜悦，说："神奇啊！莲花乃是公主的小名，怎么如此巧合？莫不是素有情分？赶快传话给公主，不可不出来与君子见一面。"

过了一会儿，环声渐近，香气浓郁，公主来了。公主年纪十六七，长得美妙无比。国王一面命公主给窦旭施礼，一面说："这就是我的小女莲花。"拜完，公主便走了。窦旭看见她，神情摇动，呆呆地坐在那里凝思。国王举杯劝他饮酒，窦旭竟然没有看见。国王好像稍微察觉了他的意思，便说："小女和你倒是很般配，但是她自己惭愧不是同类，不知您心意如何？"窦旭怅然若失，又没听见。这时，坐在旁边的人踩了他一下说："国王向您拱手，您没看见；国王同您说话，也没听见吗？"窦旭茫然若失，自觉惭愧，离开宴席说："臣蒙优礼相待，不觉喝醉，有失仪节，幸能宽恕。到该走的时候了，请允许我立即告辞。"国王站起来，说："已经见到君子，心里实在很愉快，为什么仓促要走呢？您既然不愿住下，我也不敢强留。若是思念，自然再邀请。"说着便命令内官引导窦旭走出。一路上，内官对窦旭说："刚才国王说您与公主可以很般配，似乎想把公主许配给您，为什么您不说一句话？"窦旭听了，后悔得直跺脚，一边走一边恨自己，很快就到家了。

这时，窦旭忽然醒来，发现照进屋里的太阳光已经快没了。于是坐起来睁大眼睛苦思苦想，刚才梦中的事还历历在目。晚饭后，他便倒下熄了灯，希望复寻旧梦，但是渺茫无路，只是叹悔而已。

一天晚上，窦旭和朋友共睡一张床，忽然看见先前的那个内官来了，传达国王的命令，邀请他前去。窦旭非常高兴，便跟着内官走了。

窦旭见到国王，伏地参拜。国王将他扶起，请到对面坐下，说："上次分别以后，劳您思念眷恋，以小女侍奉您，想必不会太嫌弃吧。"窦旭立即拜谢。国王便命学士大臣，陪窦旭喝酒。酒将尽，宫人前来报告："公主已经装扮好了。"不一会儿，便有几十个宫女拥着公主出来。公主用红色锦绸盖着头，迈着轻盈的细步，被人搀到地毯上，与窦旭交拜成婚。

婚礼完毕后，两人便被送到馆舍。洞房温凉，极为芳腻。窦旭说："有你在我眼前，真是使人快乐得忘了死。但是，恐怕今天遇到的事，只是做梦罢了。"公主捂着嘴笑道："明明我和你在一起，哪里是梦？"天快亮了，他们才起床。窦旭愉快地给公主描眉搽粉，然后又用带子测她的腰围，伸开手量她的脚长。公主笑着问："你疯了吗？"窦旭说："我多次为梦所误，所以细细做些标志，假如是梦，也足以使我回想罢了。"两人正在说笑，一个宫女跑进来，说："妖怪进入宫门，国王躲到偏殿，看来凶祸不远了！"窦旭听了，大吃一惊，赶紧去见国王。

窦旭来到偏殿，国王拉着他的手哭着说："君子不嫌弃，正图永久相好。怎料灾祸从天降，国运将要终了，怎么办呢！"窦旭吃惊地问国王为什么这样说。国王把桌案上的一篇奏章，交给窦旭看。只见奏章上写道：

含香殿大学士臣黑翼，为有非常的灾异，祈求早日迁都，以保存国家一事：

据宫门守卫报告：自五月初六，来了一个千丈巨蟒，盘踞宫外，吞吃城内外居民一万三千八百多口；所经过的地方，宫殿尽成废墟等。因此，臣奋勇前去查看，确实看见妖蟒：头如山岳，目似江海；昂首则殿阁齐吞，伸腰则楼墙尽倒。真是千古未见之凶妖，万代不遭之大祸！国家危在旦夕！乞求国王及早带领宫眷，急速迁至乐土。

窦旭看完奏章，顿时面如土色。此时，又有宫人跑来报告："妖物到了！"全殿人顿时哀呼，惨无天日。国王急得不知所措，只是哭着对窦旭说："小女已拖累先生了。"

窦旭一口气跑回来，发现公主正和左右的人抱头痛哭，看到窦旭进来，牵着他的衣襟说："郎君怎么安置我？"窦旭悲伤欲绝，便握住公主的手腕，思考着说："我贫穷卑贱，惭愧没有金屋，有茅草房三间，暂且同我跑去躲一躲可以吗？"公主含泪说："危急时还能有什么选择，请带我快去！"窦旭便搀扶着她走出来。

不一会儿，来到家里。公主说："这是多么大的安乐住宅，比我们的国强多了。然而，我跟来了，父母依靠什么？请你另外建一房舍，让全国的百姓都来。"窦旭听了，感到很为难。公主号啕大哭，说："不能救人之急，用郎君干什么！"窦旭稍微安慰解劝了一下，立即进入室内。公主伏在床头悲泣，不能劝止。窦旭干着急，却想不出办法。这时，忽然醒来，才知道是一场梦，耳边啼声还嘤嘤不断。

窦旭仔细一听，不是人的声音，而是两三只蜜蜂在枕头上飞鸣。他大叫一声："真是怪事。"朋友也惊醒了，便问他是怎么回事，他便把梦中的事告诉了朋友。那个朋友也很诧异，两个人一块起来看蜜蜂。蜜蜂便飞到他的衣袖上，怎么赶也不走。朋友便劝窦旭给蜜蜂建造一个蜂巢。

窦旭于是按照朋友建议的，构造了一个蜂巢。结果刚竖起两面墙板，群蜂便从墙外飞来，络绎不绝。顶尖还没合拢，蜜蜂就集聚足有一斗。当探寻它们从哪儿来的，才发现是来自邻居老翁的菜园子。原来，老翁的菜园子中有一个蜂房，三十多年来，蜜蜂已经繁殖了很多。

当时，有人把窦旭给蜜蜂造蜂房的事告诉了老翁，老翁听了，便到园子中察看，觉得蜂房十分寂静，一点声音也没有。打开蜂房一看，发现一条蛇盘踞在其中，有一丈多长。老翁于是把那条蛇捉住杀死。后来，这才知道窦旭梦中所看到的巨蟒就是这条蛇。

蜜蜂进入窦旭家后，生长繁殖更加兴盛，再也没有其他的奇异之事。

［ 绿衣女 ］

书生于某，字小宋，益都人。常住在醴泉寺里读书。有一天夜里，于某正在翻书朗读，忽听窗外有个女子称赞他说："于相公读得好勤奋啊！"于某一想，在这深山里，哪里来的女子呢？正在疑惑地想着，那女子已经推开房门，笑盈盈地走了进来了，说："读得好用功啊！"于某惊讶地站起来，只见那女子绿衣长裙，温柔秀丽，举世无双。于某知道她不是人类，所以问她住在哪里。女子说："你看我当然不是能够吃人的，为何还要刨根问底呢？"于某对她产生了喜爱之情，便想和她住在一起。她脱去罗衫和衬衣后，露出了纤细的腰肢。五更快要结束的时候，她就飘飘然地走了。从此以后，她没有一天晚上不来的。

一天晚上，两个人坐在一起喝酒，谈吐之间，于某知道她懂得奥妙的音律，便说："你的声音娇嫩而又细润，若能唱一支小曲儿，一定能够销魂。"女子笑笑说："我可不敢唱歌，害怕消散你的魂魄呢。"于某一再请求，她才说："我不是吝惜，是怕别人听见。你一定想要听听我的歌声，那我就献丑了；但只能用细微的声音，表示心意就可以了。"于是就用小脚轻轻地点打着床腿，唱道："树上的乌臼鸟儿，骗我半夜出来散心。不埋怨湿了绣鞋，只恐怕郎君没有伴侣。"声音细得像蝇子，刚刚能够听见。但是静静地听下去，悠扬婉转，圆润清亮，真是动耳摇心。

唱完之后，她拉开房门看看说："提防窗外有人偷听。"又出去绕着房子看了一圈儿，才进了屋里。于某说："你的疑虑和恐惧，怎么这样深呀？"她笑笑说："谚语说：'偷生的鬼子，是常常怕人的。'说的就是我了。"接着就脱衣就寝。但她却一直提心吊胆，心里很不愉快，说："我们一生的缘分，大概到此为止了！"于某安慰她说："眼动心跳，那是常有的现象，为什么突然说出这样的话呢？"她这才有点高兴了。两人于是又缠绵了一夜。

天亮的时候，她披上衣服下了床。刚要开门，又迟迟疑疑地退了回来，说："不知什么缘故，只是觉得心里害怕，请你送我出门吧。"于某便起了床，把她送出门外。她说："你站在这里望着我，等我过了大墙，你才回去。"于某说："好的。"便站在那里，看她转过了房头，寂静无声，再也看不见了，才想转身回去睡觉。这时，却突然听见有女子急切地喊救命。于某赶紧跑过去，看看四周，没有什么形迹，仔细搜索了一下，才发现呼救的声音是在房檐上。抬头仔细一看，发现一只大蜘蛛，有弹丸那么大小，捉住一个小东西，小东西悲哀地嘶叫着，嗓子都嘶哑了。它使劲儿挣扎着，破坏了蛛网，摘掉缠在身上的蛛丝。于某仔细一看，却是一只绿蜂，这时已经奄奄一息，眼看就要死了。于是，于某便把它拿回书房里，放在桌子上。那只绿蜂趴在那里，渐渐地苏醒过来，过了一会儿，才起来走动。慢慢地爬上砚台，自己把身子投进墨汁里，又出来趴在桌子上，走出一个"谢"字。然后频频地舒展双翅，并穿出窗户飞走。从此，就绝了形迹，绿衣女子也没有再来过。

［ 柳氏子 ］

山东胶州的柳西川，是法内史（官名）的管账仆人，四十多岁，生了一个儿子，特别地溺爱。柳西川对儿子很放纵，生怕他不如意。儿子长大以后，放荡骄侈，很不检点，柳西川积攒的钱很快就被他挥霍一空。

不久，儿子病了。柳西川原来养着一头好骡子。儿子说："骡子很肥，可以吃。把骡子杀了给我吃，我的病就会好了。"柳西川打算杀一头不好的骡子，儿子听说了，十分生气，并大骂起来，病更加重了。柳西川很害怕，马上把好骡子杀了，把肉做好拿上来。儿子这才高兴了，但尝了一口，便扔在一边不吃了。儿子的病还是不见好，没过多长时间便死了，柳西川十分哀痛。

三四年之后，村里人登泰山去烧香，到半山腰时，看见一个人骑着骡子走来，好像是柳西川的儿子。等到近前一看，果然是他。柳西川的儿子下了骡子，对大伙作揖行礼，互相寒暄答话。村里人都很害怕，也不敢提他已经死了的事，只是问："你来到这儿来干什么？"柳西川的儿子回答说："也没有什么事，只不过四处跑跑罢了。"然后又问大伙住在哪个旅馆，主人叫什么名字，大伙都告诉了他。随后，他拱拱手说："正赶上有点事儿，没有时间叙说别后的事情了，明天再去拜访各位。"说完骑上骡子便走了。

大伙到了旅馆，便开始谈论柳西川的儿子，觉得也未必能来。第二天早晨，村里人正在等着，柳西川的儿子果然来了。他把骡子拴在圈里的柱子上，走进来笑着和大家打招呼。大伙说："你父亲每天非常想念你，为什么不回去看望看望他？"柳子惊奇地问："你们说的是谁？"大伙便告诉他是柳西川。柳子听到柳西川这三个字，神色都变了，过了很久才说："他既然想我，请回去传我的话：我于四月七日在此等候。"说完，便走了。

大伙回到村里，把事情告诉柳西川。柳西川听了，大哭一场，按时前去，把这件事告诉了旅馆主人。主人制止他说："我那天看见公子的神情很冷漠，可能不是什么好意。我估计不是什么好兆头，所以还是不要与他见面为好。"柳西川听了，马上哭起来，说怎么也不相信主人的人。主人说："我不是阻止你，神鬼无常，恐怕遭到不善。如果一定要见，请你藏在柜子里，等到他来了，看他的言语和脸色，觉得可以见时再出来。"柳西川于是按照主人说的做了。

不久，柳子果然到了，开口就问："姓柳的来了没有？"主人回答说："没来。"柳子盛气凌人，骂道："这老畜生怎么还不来！"主人吃惊地说："你怎么骂起自己的父亲呢？"柳子回答说："他是我什么父亲！当初我凭着信义和他一起做买卖，不料他包藏祸心，昧着良心侵吞我的本钱，而且态度蛮横，一直不还我的钱。今天我一定要杀死他，这样我才甘心。我哪来的什么父亲？"说完，便走出门去，又骂道："真是便宜他了！"柳西川躲在柜中，一句句听得清清楚楚，吓得大汗都流到脚底下，大气都不敢出。主人叫他，他才出来，狼狈而回。

异史氏说："用残暴的手段夺得金钱，那种欢乐怎么能长久呢？最终还是要偿还的。财产都荡尽了，死后还不能忘怀，可见人们的怨恨是多么厉害啊！"

［ 彭海秋 ］

莱州的书生彭好古，在离家很远的别院里读书。中秋节到了，彭生因为没有回家，又无人做伴，所以感到孤独寂寞。他很想找一个人谈谈心，又觉得村里没有可谈心的人，只有一个丘生是城里的名士，但他平素暗中作恶，彭生很瞧不起他。月亮已经升起来，彭生更觉无聊，不得已，只好写了一张便条邀请丘生来。

丘生来了以后，两人饮了一会儿酒，这时有人敲门。书童出门接应，有一个书生要求见主人。彭生离开宴席，恭敬地请客人进来。相互拱手施礼后围坐在一起，彭生便问客人的家乡住处。客人说："我是广陵人，与您同姓，字海秋。值此良夜，在旅馆很是苦闷。听说您很高雅，于是便不经介绍前来相见。"再看这个客人，穿着整洁的布衣服，谈吐风雅，彭生高兴地说："原来是我的同宗人。今晚是什么日子，让我遇见这样好的客人！"于是请他饮酒，像生平好友那样招待他。而从彭海秋的神态上来看，他却好像很看不起丘生。丘生很客气地和他谈话，他却显得很傲慢，不以礼相待。彭生很替丘生难为情，所以打断他的话，提议唱民间歌谣来助兴，自己先唱。于是，他仰天咳嗽两声，唱起了李白的《扶风豪士之曲》。歌罢，互相欢笑。彭海秋说："我不懂音韵，不能回报你那高雅的歌声，我找个人来代替可以吗？"彭生说："可以。"彭海秋问："莱州城有著名的妓女没有？"彭生回答说："没有。"彭海秋沉默很久，告诉书童："刚才叫了一个人，就在门外，可以把她领进来。"

书童出去，果然看见一个女子在门外来回走动，便把她叫了进来。这女子有十六七岁，长得像神仙一样。彭生为她的绝美而惊叹，便拉她坐下。只见那女子穿着柳叶绿的衣服，黄色的披肩，香气散满四座。彭海秋便慰问地说："麻烦你千里跋涉了！"女子含笑地答应着。彭生感到奇怪，便追问是怎么回事。彭海秋说："苦于贵乡没有佳人，我刚才从西湖的船上把她唤了来的。"接着对女子说："刚才你在船上所唱的《薄幸郎曲》很好听，请你再唱一遍吧！"女子应了一声，便唱道："薄幸郎，牵马洗春沼。人声远，马声杳；江天高，山月小。掉头去不归，庭中空白晓。不怨别离多，但愁欢会少。眠何处？勿作随风絮。便是不封侯，莫向临邛去！"

彭海秋从布袜中取出玉笛，随歌声吹起，曲子唱完时，笛声也停止了。彭生惊叹不已，说："西湖到这里，何止千里，一吆喝就招来了，难道不是神仙吗？"彭海秋说："怎么敢说是神仙，但是我看待万里远就像从屋里到大门这么远罢了。今天晚上，西湖的风景月色，比平时还好，不可不去观赏一番，你能跟我去游玩吗？"彭生想看看他的奇异本领，便答应说："那太幸运了。"彭海秋问："你是想乘船还是骑马？"彭生想到坐船比较安逸，便笑着说："我想坐船。"彭海秋说："此处找船较远，天河中当有摆渡的人。"说着便用手向空中一招，说："船来，船来！我们要去西湖，多给钱。"不大工夫，一只彩船便从空中飘落下来，四周还围绕着烟云。于是，大家便都上了船。

只见一个人拿着短桨，桨尾排着密密的长羽翎，形状很像羽扇，稍微一摇，便有清风习习吹来，船逐渐升入云霄，向南游去，疾驰如箭。过了一会儿，船落入水中。只听见奏乐声、说话声嘈杂。彭生走出船舱一看，月亮印在烟雾笼罩的湖面上，游船很多，很热闹。他们也学别人，停了桨，任船自己游动。彭生仔细一看，果然是西湖。彭海秋在舱后，取出佳肴美酒，然后在船中快乐地相互敬酒。不一会儿，一只楼船渐渐靠近，然后两只船靠在一起往前走。彭生隔着窗子看过去，发现楼船中有两三个人，围着下棋喧笑。彭海秋举起酒杯对女子说："我用这杯酒来欢送你吧！"女子在饮酒时，彭生唯恐那女子真的走了，显得依依不舍，不停地来回走动，而且故意用脚踩她。那女子便给他暗送秋波。彭生于是更加动情，便与她相约下次见面的日期。女子说："如果我们真的相爱，只要你向别人打听娟娘的名字，没有不知道的。"彭海秋便把彭生的绫巾给了女子，说："我为你们代订三年后相会之约。"说完站起来，把女子托在手心中说："神仙啊，神仙！"便扳着邻船的窗子，把女子投进去。窗口如盘子大小，女子伏着身子像一条蛇一样钻了进去，一点也不觉得狭窄。一会儿，便听到邻船上有人说："娟娘醒了。"随后，那船便立刻划走了。

彭生站立船头，远远看见楼船已经停泊，船上的人纷纷下船走了，游兴顿时消失。于是对彭海秋说，想要登岸眺望。刚说完，船已经靠了岸。彭生于是离开船快步走了。大概走了一里多地时，彭海秋从后面赶到，牵着一匹马来，并叫彭生拉住马。然后又往回走，说："等我再借两匹马来。"彭生等了好长时间，还不见他回来。这时行人已经很稀少，抬头看看，月亮转到了西边，天快亮了。丘生也不知到哪里去了。彭生只好拉着马团团转，进退两难，毫无主见。于是，他又牵着马缰绳来到停船的地方，可是人和船都没有了。想到身无分文，更加忧愁惶恐。

天大亮了，彭生看见马背上有个小口袋，便将手伸到口袋里，摸到三四两白银。他便用这些钱买了点吃的，然后坐着继续等待，不觉已到中午。彭生心想，不如暂时去访娟娘，也可以慢慢打听丘生的消息。但当他到打听娟娘的名字时，却没有知道的人。彭生的兴趣逐渐冷淡，第二天便走了。马很听使唤，幸亏行走不困难，半个月就回到了家。

当彭生等三人乘船飞上天的时候，书童回到家报告："主人已成仙飞走了。"全家人悲哀啼哭，认为他再也不能回来了。彭生回到家后，把马拴好进到屋里。家里人一看，又惊又喜，便问他是怎么回事。彭生于是从头到尾讲述了自己所遇到的那些奇异的事情。因为想到自己一个人回到家乡，恐怕丘生家人听到后来追问，彭生便告诫家里人不要传扬出去。后来，说到那匹马的由来，众人以为是仙人所遗留的，便都到马厩去看。到了马厩，马已经没有了，只有丘生被缰绳拴在马槽旁边。大家一看，顿时吓坏了，赶紧叫彭生出来看看。彭生见丘生低着头在马槽下，面色死灰，问他也不能说话，只是两眼一张一闭而已。

彭生很不忍心，替他把缰绳解开后，便搀扶到床上，而此时的丘生还像失了魂似的。但彭生给他灌一些汤水时，他还能慢慢咽下去。半夜时，丘生醒过来了，而且着急要上厕所。彭生扶着他到厕所去，他便拉下来几个马粪蛋。又给他点汤喝，才能说话。彭生这才靠近床问他是怎么回事，丘生说："我们下船以后，彭海秋找我闲唠。到了没人的地方，他要戏地拍我的脖子，于是我迷糊跌倒，伏在地上定一会儿神，发现自己已经变成了一匹马，心里还明白，但已经不能说话了。这个耻辱实在不能让我妻子知道，请你不要泄露出去！"彭生答应了他，然后让仆人用马把他送回家。从此，彭生对娟娘念念不忘。

过了三年，彭生因为姐夫在扬州做官，他前去探望。扬州有个梁公子，与彭家有来往，便设宴邀请彭生。宴席上有不少歌伎，都来参见梁公子。公子问娟娘怎么没来，家人说她病了。梁公子听了，生气地说："这丫头自以为身价高，可以用绳子将她捆来！"彭生一听到娟娘的名字，便吃惊地问她是谁。公子说："是一个妓女，广陵数第一。因为有点小名气，便傲慢无礼。"彭生虽然认为这个娟娘与自己所想念的那个娟娘只是恰巧同名而已，但还是十分着急，特别想见见她。不多久，娟娘来了，梁公子生气地数落她。彭生仔细一看，却发现恰好是三年前中秋节晚上所见到的那个，便对梁公子说："她和我是老朋友了，请你原谅她吧。"娟娘听了，也向彭生这边仔细看看，似乎也感到惊愕。梁公子也没工夫多问，便命令她斟酒。彭生问："《薄幸郎曲》还记得吗？"娟娘更加惊骇，看了他多时，才唱起这支旧曲。彭生听到这歌声，觉得仍然和当年中秋节时一样。

喝完酒，梁公子便命令娟娘侍奉客人入寝。彭生于是握住她的手，说："三年前的约会，今天该实现了吧！"娟娘说："那天我跟别人泛舟西湖，饮了几杯酒，忽然像醉了似的。蒙昽间，被一个人带走，放在一个村子中。一个书童引我进屋，宴席中有三位客人，您就是其中的一个。后来乘船来到西湖，送我从窗口回去，依恋不舍。每当凝神思念此事，总觉得是梦幻，但是绫巾却存在，现在还在衣服口袋里收藏着。"彭生也把从前的事情告诉给她，两人都惊叹不已。娟娘将身子倒入彭生的怀里，哽咽着说："仙人已经做了良媒，您不要因为我是风尘中人，可以抛弃，就不再思念我这苦海中的人！"彭生说："船中的约会，我一天也没有忘记。你若是有意，我就是拿出所有的钱，卖了马匹，也在所不惜啊！"

第二天早晨，彭生便把自己的想法告诉给梁公子，又到姐夫家借了些钱，花了千两银子在妓女簿上除去娟娘的名字，然后带着她回家。偶尔来到别院，娟娘还能认出当年饮酒的地方。

异史氏说："马而成为人，他的为人行事一定像畜生一样；使他变成马，正是恨他的行为不像人。狮象鹤鹏，都受到鞭策，怎么可以说不是神人对她的仁爱呢？既然订了三年约，也就渡过了苦海。"

卷 六

[潞 令]

山东东平府人宋国英,以教习的身份被提拔为潞城县的知县。做官以后,贪暴不仁,催租逼税更是十分残酷。由于交不上田租而被打死的老百姓,横躺竖卧地放在大堂上。这时,我的同乡徐白山恰好去看望他,见他这样蛮横凶恶,就讥讽他说:"当老百姓的'父母官',原来就得有你这样的威势和气焰啊!"宋国英听了,不以为耻,反而扬扬得意地说:"噢!不敢,不敢!我官虽不大,可到任刚百日,已经杀了五十八个人啦!"

半年之后的一天,宋国英刚要升堂问案,忽然瞪着眼睛站起来,手脚乱挠乱蹬,好似与人撕扯,抵挡抓捕,一面自言自语地说:"我罪该死!我罪该死!"衙役们把他扶到官署后宅,过了一个时辰就咽气了。

唉!幸亏有阴曹地府兼管人世间的政事,不然杀人越货的就会越多,那些"杰出"的官员也就越多,这样的话,流毒又怎么能肃清呢?

异史氏说:"潞城是潞子的故国,潞子性格刚毅,所以死后仍为鬼中之雄杰。如今只要有个当官的掌印坐在大堂之上,必然要有几个趋炎附势的卑鄙小人,来阿谀奉承以至为他舔痔。为官气势正盛之时,就竭力搜刮尚未轧尽的民脂民膏,为他的高升铺路;当他将要落势之时,就要驱诛尚未净尽的对头,为保住他的官职效劳。为官不论是贪婪的还是清廉的,每到一个住所,必然会有此两件事。威风显赫的官员只要一天不离开,敦厚纯朴的百姓们便不敢不服从。积习相传,日久天长已变成规矩了,这也必然被潞城之鬼所取笑啊!"

[河间生]

河北河间地方某君,院外的晒谷场上,麦秸堆得像小山一样,家里的人每天去拿麦秸做柴烧,渐渐搬出一个洞来。有一个狐仙住在洞里,经常跟主人家打个照面,是一个老头儿。

有一天，狐仙邀请主人到他那里去喝酒，拱着手请某君到洞里去，某君颇有难色，经一再邀请才进去。进去后一看，却发现房子和走廊都很华丽。就坐之后，献上的茶也很香，斟出的酒也很浓，只是光线很淡，分辨不出是中午还是黄昏。喝完了酒出来，在那里所看到的一切都消失了。那个老头每天夜里出去，早上回来，人们也没有办法能跟踪他，问他到哪里去了，便说是朋友们请他喝酒去了。某君要求带他一同前往，老头不肯答应，一再请求，老头才同意了。于是拉着某君的臂膀，走起来像乘风一样快，走了大约一顿饭的工夫，便来到了一座城镇。进到酒店里，只见座上的客人很多，围坐在一起喝酒，十分喧哗，老头便领着某君到楼上去。俯着身子看下面那些喝酒的人，桌椅杯盘，历历可数。老头自己下了楼，随便在桌子上拿酒肴果饵，捧了来给某君吃，坐在席上的人从来没有拦阻过。过了一会儿，某君看到一个穿红袍的人面前摆着金橘，叫老头去拿。老头说："这是一位很正直的人，不能接近他。"某君便在暗地里想：那么我与狐精厮混在一起，一定是个不正派的人了。从今天以后，我一定要做一个正派的人！正在聚精会神地想到这里时，忽然感到身不由己，头昏眼花地坠到楼下。喝酒的人看了，大吃一惊，都叫喊起来，以为他是妖怪。某君抬头一看，发现刚才所待的地方竟然不是楼上，而是一根房梁，于是便把实际情况告诉了大家。大家都相信他所说的情况是真实的，便送了他一些路费叫他回去。临走时，他问这是什么地方，竟是山东的鱼台，离河间有一千多里了。

［ 绛 妃 ］

癸亥那年，我在华刺史府上的绰然堂设馆教书。刺史家里花木最为繁盛，闲暇时就随从刺史公在花园里散步，得以恣意游赏。

有一天，游览归来，非常疲倦，脱鞋登床，不知不觉就睡着了。忽见有两位穿着艳丽的女郎来到我的近前，悄声说："主人有所奉托，能不能请你走一趟？"我感到非常惊讶，坐起来就问："不知是哪位召唤？"女郎回答："是绛妃！"我恍恍惚惚，不知绛妃是谁，就匆匆地跟她们去了。

忽然看到前面有一片殿阁，真是高楼云汉。下面有一排石阶，我们顺着石阶走了上去，大约走了一百余级，才来到顶端。只见朱门洞开，又有两三个女郎，进内通报。不一刻，把我引到一座殿外，大殿金碧辉煌，光明耀眼。这时，有一位女子款款地从殿内走出，降阶而下，金环玉佩，华装丽服，俨然像个贵妃。我刚想施大礼，绛妃便先说道："屈尊先生到此，理应首先致谢！"说着便招呼侍女把红毯铺在地上，就要行礼。我惶惶悚悚，感到实在承受不起，赶紧启奏："我是草莽微贱之人，蒙贵妃召见，已感到非常荣幸了，哪里还敢分庭抗礼呢！您这样做，岂不是增加了我的罪过，折了我的福分吗？"于是，绛妃命令侍女们撤去红毯，在殿内摆上宴席。

在筵席上，两人相向而坐。酒过数巡之后，我便辞谢说："我酒量不大，再饮就要醉了，那就会失去礼仪。究竟有何见教，就请您吩咐吧！"绛妃却不说话，只是一味以大杯向我劝酒。经我再三请命，她这才说道："我是个花神，合家都很纤细柔弱，相依在此地栖身。然而屡次被封（风）家那个婢子欺凌，蛮横地摧残我们。现在我想和她背城一战，想麻烦您为我写一篇声讨她的檄文。"我听了这话，便赶紧说："我学识浅陋，又不擅长写文章，恐怕有负重托。但是，蒙您这样相信我，我一定要竭尽全力，把文章写好。"绛妃大喜，就在殿上赐下纸笔。

诸女郎听了，也非常高兴，有的拭案拂坐，有的磨墨濡毫。又有一个垂髫的少女把纸折成式样，放在我的腕下。我刚写上一两句，她们就三三两两、比肩叠背来窥视。我平素写文章总是比较迟钝的，可此时却觉得文思像泉水一样涌来，不大工夫就写成了。我写满一页，女郎们便争相拿去，呈给绛妃。绛妃展阅一遍，颇为满意，认为写得不错，就派人又把我送了回来。

醒来之后，回忆起这件事情，一切情节都还历历在目。然而那篇檄文的词句，却大半都遗忘了，于是把它补足就成了以下这篇文章：

"封（风）氏女子，你性情飞扬跋扈，心怀嫉妒。用自己的才能作恶，妒忌的情感，深入骨髓，常在暗处害人，就如含沙射影的蜮虫一样恶毒。

"从前，虞舜受你的狐媚，女英娥皇不足以解忧，反说南风可解民众的怨气；楚王受你的蛊惑，贤臣还不能称心，说什么唯得大风才能够称雄。沛上英雄刘邦，高唱'大风起兮云飞扬'，思得猛士；茂陵天子汉武，赋'秋风起兮白云飞'，想念佳人。从此，你依仗君王的宠爱，更加猖狂无忌。翻腾怒号，吹响王宫悬挂的碎玉；通宵呼啸，摇撼秋树发出寒声。忽然扑向山林草丛，借虎啸发泄淫威；时而吹向滟滪堆中，使江水掀起巨浪。

"而且，你吹得帘钩频频摇动，宛如从高阁传出的乐曲；檐铁忽然敲响，惊扰了离人相思的幽梦。风动帐开，你如同那下榻的贵宾，开门登堂，你竟想作那翻书之客。从来不曾见过面，你竟开门进户而来，若不是有人拽住裙子的后摆，妃子竟几乎被你掠走。你吐彩虹在天空之中，为的是生成月晕；翻柳浪于青郊野外，偏说是为花寄信。归隐田园的，刚踏上归途，你就吹开他的隐士之衣；登高远望的，游兴方浓，你偏要拂落那插着茱萸之帽。三秋的羊角大风，卷起蓬梗上下翻飞；风筝飞入云霄，是你把百尺鸢丝挣断。武则天临朝，不奉太后诏书，你就摧动花开；楚庄王赐宴，未等拔掉帽缨，你竟把灯吹灭。更有甚者，你扬尘播土，竟想吹平李贺之山；叫云呼雨，竟敢卷破杜甫之屋。

"还有，河伯击鼓，西风拂煦，带来解旱的喜雨。和风荡漾而来，青草都仰面而卧，狂风吼奔而至，屋瓦都惊吓得欲飞。你未施掀击风浪之威时，江豚时时浮出水面向人遥拜；你陡然显示遮挡天空之势时，连大雁也飞不成行了。帮助马当轻舟前进的清风，还有可取之处；卷起瑶台翠帐的贼风，你究竟意欲何为？至于有灵气的海鸟，尚知依傍鲁门躲避风灾；为使行人安全无恙，嫁给尤郎的石氏，愿在死后变成打头的逆风。古有贤良豪放之人，愿乘长风破万里之浪，今无才华出众之士，御风而行的能有几人？你伴随着狂云而至，妄自尊大，发起脾气，不听河神命令，掀起巨浪。

"姊妹们都受到你的摧残，同类全都遭到你的蹂躏。春光明媚，粉红骇绿，掩映柔弱，情意无穷。擘柳之风吹来，枝条随风吟唱，肖骚之声不绝，拂煦安详无际。雨后的金谷园落英缤纷，聚起来可作游人的坐褥；露冷的华林苑花容寂寂，都愿去作那沾泥之絮。落花有如那卸掉的残妆到处翻飞，被泥土埋葬；又如那朱榭雕栏上的玉片，纷纷脱落飘零。旦夕之间春光顿减，是你春风飘走了万点花红；从东到西寻觅不到残红，只有去恨那五更之风。活泼的少女，穿着绣花的弓鞋，在花园里漫步；寂寞的少妇，牵着镶珠的马勒，在草地上踟蹰。此时此刻，伤春的人一定会有满怀的惆怅；寻访胜景的人只有高唱那无可奈何之歌。然而，你却趾高气扬，发表那毫无道理的议论。催种子的萌生，振花瓣的凋落，就要发动吹个不停的阑珊之风。

"悲伤啊！绿树还在，但花却唰唰地绕墙自落，对付封（风）氏的朱幡已久不竖立，女伴们的眼泪又有谁怜？落入厕中沾在篱笆上的，芳魂瞬间就会了结；晨间茂盛，傍晚憔悴，到何年才能免遭荼毒？怨罗裳被春风一吹就会飘散，唱《子夜歌》也不过是空骂一场；控告风伯肆虐，表章还未能上报于天庭。广告众芳邻，咱一定要学做娘子之军，同仇敌忾，共兴那草木之兵。莫要说蒲柳弱质，无能无力，要紧的是要表明咱藩篱有志。且看那成双成队的黄莺、燕子，我们联合起来，共同报复夺走亲人的仇恨，让我们与蝴蝶蜜蜂结成朋友，共同誓死抗敌。兰为桨桂为舟，可练兵在昆明；桑作伞柳为旌，可阅兵于上苑。隐居的菊花也要走出茅庐，出谋划策，谦朴的大树要做将军，胸怀义愤。就是要大煞你封（风）氏的气焰，洗雪粉黛千年的冤仇，就是要歼灭你这个豪强，解除众姊妹万古的愤恨！"

［ 大力将军 ］

浙江人查伊璜，清明节那天在一个野外的寺院里喝酒，看到殿前有一口古钟，体积有两个石瓮那么大，那上面留下的泥痕手印，光滑得像刚刚粘上去一样。于是，他觉得可能有人用粘满湿泥的双手刚刚搬动过，当他俯着身子往下一看时，又发现钟下放了一只约莫能容八升东西的竹筐，也不知道里面装了些什么。他叫了几个人抠着古钟的双耳，用力一掀，也没有能挪动一下，这使他更加惊异。于是便在那里喝酒，等待那个人来。没过多久，来了一个叫花子，拿着他讨来的干粮、麦粉，堆在古钟的旁边。然后一只手提起古钟，一只手捧起那些吃的东西往筐子里放，来回拿了几次才放完。等放完之后，又把钟给盖上才走。过了一会儿又来了，把手伸到里面去取吃的东西，吃完了又去拿，轻便得像打开一个木匣子一样，满座的人都感到很惊奇。查伊璜便问："你这么一条好汉，为什么要讨饭？"那人回答说："因为我吃得多，没有人雇用。"查伊璜看他很健壮，便劝他去参军，那叫花子听了，脸上还是露出忧愁之色，因为他担心没有人推荐。查伊璜便带着他回去，给他饭吃。看他的食量，大约要吃五六个人的东西，又给他换了衣服和鞋子，还送给他五十两银子做盘费。

过了十多年，查伊璜的侄儿在福建做县令。有一个姓吴名六一的将军，忽然前来拜见。在亲切的交谈间，吴忽然问起："查伊璜是你的什么人？"回答说："是我的叔父辈，他跟将军在什么地方相识？"吴说："他是我的老师。分别十来年了，我非常想念他，麻烦你请他到我这里来一趟吧。"查伊璜的侄儿随意地答应了一声，心里却在怀疑：我叔父是个有名的读书人，怎么会有一个习武的徒弟呢？没过多久，恰巧查伊璜来了，侄儿便把吴将军相请的事告诉他，查伊璜已茫然记不起来了。但因为吴将军很诚恳，便叫仆人备了马，拿着名帖到吴府上去拜访。将军看到名帖后，赶忙到大门外来欢迎。查伊璜一看，觉得很陌生，以为将军可能认错人了，可是将军却弯着腰儿显得更加恭敬，客人恭恭敬敬地迎了进去，接连进了三四道门，忽然看到有妇女往来，知道是他的内衙，便停住了脚，站在那里。将军又向他施了礼，请他再往前走。一会儿，走上了厅堂，只见卷门帘的，搬座位的，都是年轻的女郎。入座后，查伊璜正要启问，只见将军用下巴示意了一下，便有一位女郎把礼服送了上来，将军马上站起来换了衣服，查伊璜不知道他要做什么。这群女郎给将军整理了一下衣服，将军又叫几个人把查伊璜按在座位上，不让他动，然后像朝拜君主和父母一样，向他朝拜。查伊璜一看，大为震愕，不知这是何意。朝拜完后，将军又换了便衣来陪他，笑着说："先生不记得那个举钟的叫花子了吗？"查伊璜一听，这才恍然大悟。不一会儿，丰盛的筵席陈列在堂上，家里的歌伎奏乐于堂下。喝罢酒，女郎们分列两旁伺候。将军也来到房里，请他宽衣安息，而后离开。

查伊璜喝醉了，起来得迟一些，将军已经到他的卧室外面问过三次安了。查伊璜深感不安，想告辞回去，将军却殷勤挽留，还落了锁，不让他走。看到将军每天也没有干别的事，只是清点姬婢、仆役、骡马、服用、器皿等，并督促登记在册，不许遗漏。查伊璜认为这是将军的家务，所以没有过问。有一天，将军拿了财产登记册对查伊璜说："我之所以能够有今天，完全是你的大恩大德所赐予的。所以，即使是一个婢女，一样东西，我都不敢独自据为己有，我愿意拿出一半家产来报答您。"查伊璜听了，大吃一惊，拒不肯受，但将军的态度比他更坚决，而且又拿出所藏的几万金银，分作两半。按照登记册加以清点，古玩、床桌，堂内堂外摆得满满的。查伊璜一再劝阻，将军都不管。点完婢仆的姓名之后，便要男仆办理行装，女婢收拾东西，并一再吩咐他们，要恭恭敬敬地侍奉查老先生，大家都敬慎地答应着。他又亲自看着姬婢上了车，仆役牵了骡马，热热闹闹地出发了，这才转身来向查伊璜拱手告别。

后来，查因为修订史书的案子，遭到株连，被捕入狱，但最终无罪被释，这都是吴将军暗中出力的结果。

异史氏说："重大的恩施，连姓名也没有问，的确是一位侠义磊落的大丈夫。而将军的报答，慷慨豪爽，更是千古以来所仅见的。这么广阔的胸襟，自然不当老死于山林沟壑之中，因此知道两位高风亮节之人的遇合，绝对不是偶然的。"

［ 云翠仙 ］

沂水（今山东济宁一带）人杜翁。有一次，他从市街中走出来，坐在墙下等候同伴，觉得身体很疲倦，不知不觉进入了梦乡。只见来了一个人，手持拘捕的文牒，把他带到一个从来没有到过的官署。这时，有个头戴瓦垄冠的人，从里面走出来，仔细一看，原来是早就相识的青州张某。张某一见杜翁，便惊讶地说："杜大哥，你为何到这里来了？"杜说："不知为什么事，但是有拘捕文牒。"张某认为这里面可能有差错，准备去为他查一查，就嘱咐说："你就在这里等我，千万不要到别处去。万一迷失了道路，就难以挽救了。"张某走了以后，很久没有出来，唯有那个持牒的人走来，承认自己捕错了，然后放他回家。

杜翁告辞后就往回走，途中遇见六七个女郎，容貌都很美，杜翁动了心，就在她们后面跟着。下了大道，走上一条小路，又走了十几步，就听张某在后面大声呼唤："杜大哥，你准备上哪里去呀？"杜翁由于迷恋这几位女郎，也没回答。突然看见这几个女郎进入一个角门，他认出来这是卖酒的王家，不觉探身门内，刚看上一眼，就发现自己已经身在猪圈，和几个猪崽伏在一起。这才明白，自己已经变成猪了，而耳中还能听到张某的呼唤声。这下子可把他吓坏了，急忙用头去撞墙壁。就听旁边有人说："这头小猪患癫痫了。"杜翁回头一看，发现自己又变成了人，于是赶紧跑出门去，张某正在道边等候着。看见了他，便责备说："我一再嘱咐你不要往别处去，你怎么不听啊？几乎坏了事！"说完便拉着手把他送到城门才走了。这时，杜翁忽然醒了过来，却发现自己的身子仍然靠在墙上。他到卖酒的王家一问，果然有一头小猪自己撞墙死了。

［ 颜　氏 ］

北京有个书生，家里很穷，碰上了荒年，跟着父亲到了洛阳。他的天资不够聪颖，十七岁了，才能勉强完成一篇八股文章。可是他的风度和仪表都很清秀美妙，说话也很风趣，能写漂亮的八行信。所以，与初次见面的人，都不晓得他肚子里没有真才实学。不久，他的父母相继去世了，孤零零地留下他一个人，只好在洛阳一带教蒙馆来糊口。

他教书的那个村子，有一个姓颜的独生女，是一位著名文人的后代。从小就很聪明，其父在世时，曾经教她读过书，只要读一遍，就永远不会忘记。此女十来岁时，便跟着父亲作诗填词，父亲常说："我家有个女学士，可惜不是男儿。"因此对她非常钟爱，希望能选择一个大有出息的女婿。父亲死了以后，母亲坚守丈夫的遗愿，便三年过去了，仍未能如愿以偿。后来，她的母亲也死了。于是，有人劝她嫁一个品学优良的人算了，她也同意了，但还是没有遇到一个适当的人。碰巧隔壁邻家有个女人越过墙来，找她聊天，拿着一包用字纸包着的绣花丝线，她打开一看，原来是某书生写的一封信，是写给邻妇的丈夫的。她反反复复地看着，流露出爱慕的心情。邻妇看透了她的心，私下里跟她说："这是一个风度翩翩的美少年，跟你一样孤单一人，年龄也和你差不多。倘若你有意，我就叮嘱丈夫替你们说合说合。"颜女听了，一声不吭，默默地答应了。邻妇回到家里，把为颜女提亲的意思告诉了丈夫。她丈夫本来和某书生是熟识，当即转告了某书生。某书生非常喜欢，便将母亲留下的金戒指，托他送了去。约定日期，办了婚事，小两口的感情很好，生活美满。

及至看到某书生的文章，颜女笑着说："你的文章跟你这个人，好像是两个人。像这个样子，什么时候才能出人头地啊？"于是早晚规劝丈夫刻苦攻读，像严师益友一样。天刚黑，就先点上烛，坐在桌子边读起来，给丈夫做表率，听到打过三更了，才去休息。这样过了一年多，某书生的八股文做通了，但两次应考都名落孙山，健康和名誉都受到了打击，加上生活艰难，内心里感到很孤独、很渺茫，不禁悲伤地哭了起来。颜女大声地批评他说："你算不得大丈夫，辜负了头上那顶帽子！我要是把髻子换上帽子，取功名简直像在地上拾棵草一样。"某书生正在懊恼丧气，听了妻子的话，横起眼睛看着她说："妇道人家，没有见过考场，就把取功名富贵，看成在厨房里挑水煮饭一样容易；要是帽子戴到你的头上，恐怕也跟别人一样。"颜女笑着说："你别发脾气，等到考期到了，让我扮成男子，代你去考，假使还像你一样的不行时，我就再也不敢小看天下的书生了。"某书生也笑着说："你自然不晓得黄柏是多么的苦，真的应该让你去尝一尝，只怕露出破绽，被乡亲邻居们笑话啊。"颜女说："我并不在意别人开玩笑。你曾经说过北京还有一所老房子，我扮成男装跟着你回去，伪称是你的弟弟，你从小就出外了，哪一个能识破这是假的呢？"某书生答应了，她便走到房里，戴上头巾，穿了男装出来说："看我像不像一个男子汉？"丈夫一看，真的像一个美少年，非常高兴，便向村子里的人一一告别，一些相好的朋友送了他一些盘费，他便买了一头瘦驴，驮着妻子回去了。

某书生家有一个堂兄，看到两个弟弟长得很俊秀，非常高兴，早晚照顾得十分周到。又看到他俩起早贪黑地刻苦攻读，就更加怜爱和尊敬了，而且还雇了一个剪了发的小书童给他们使唤，但他俩一到晚上，便把那书童打发走了。每逢乡下有什么婚丧喜事，都是"哥哥"出去应酬，"弟弟"只是关门苦读。过了半年，干脆连"弟弟"的面都很少见到了。客人有时要求跟他见见面，"哥哥"就代他婉言辞谢。大家读了"弟弟"的文章，都惊异地刮目相看，有人推开门进来接近他，他也是作个揖便走了。客人见到他的风采，都很钦佩和仰慕，因此声名大噪，许多大户人家争着要招他做女婿，堂哥哥跟他去商量，他总是笑而不答。进一步跟他去谈，他便说："我立志要自致青云，不中进士，不谈婚事啊。"恰逢学使来开考，兄弟一齐去应试，结果"哥哥"又名落孙山，而"弟弟"却以第一名去考举人，中了顺天府试第四名，第二年又考取了进士，被委派到安徽桐城当了县令。由于政绩卓著，不久便提升为河南掌印御史，财富几乎可以与王侯相提并论。没过几天，便托故辞官，恩准回乡，宾客盈门，他一概谢绝不见。

因为他从中了秀才到做了大官，一直不谈婚姻大事，所以人们没有不觉得奇怪的。回家以后，他又买了一些婢女，所以便有人怀疑他跟婢女有什么私情，但他的堂嫂通过仔细观察，并没有发现他们之间有什么不正当的行为。没有多久，明朝灭亡了，天下大乱，他这才告诉堂嫂说："实话告诉你吧，我是你小叔的妻子，因为丈夫微贱，不能自立，我赌气才这么做的，生怕传播出去，招致皇帝来召问，留下一个笑柄在世上啊。"堂嫂不相信，她脱下靴子将脚给她看，这才大为惊异。只见靴子里面，塞满了棉絮。于是让丈夫承袭了她的官衔，自己关了门，主持着家务。但她一生没有怀过孕，便拿出钱来为丈夫买了个妾，并对丈夫说："凡是当了大官的，就要买姬置妾，让自己享受一下，我当了十年官，还是一个人啊。你有多大的福分，毫不费力地拥有这样的美人？"丈夫说："这里有三十个美貌的男子，请你自己挑选吧。"两人一递一传地逗着趣儿。这时，某书生的父亲，已经多次蒙受恩荫了。地方上的士绅们常常以对待御史的礼节来对待某书生，但他以承袭老婆的官衔为耻，一生没有坐过官轿，打过旗彩，摆过官架子。

异史氏说："做翁姑的，因为新妇而受到恩封，可以说是一件奇闻。但名为侍御而实为夫人的，哪个时代没有？可是做了夫人，又当了侍御的却很少了。世界上那些戴上儒生的帽子，号称大丈夫的，都要感到极端的羞愧啊。"

［ 菱 角 ］

湖南人胡大成，其母素来信佛。大成在私塾里跟着老师读书，上学时要路过观音祠，母亲便嘱咐他一定要到里面给观音叩头。

一天，大成又来到祠堂里，恰巧有个少女领着一个小孩在里面玩耍，头发剪得很短，只能盖住脖颈，容貌举止都非常美好。当时大成已经十四岁了，心里非常喜爱这个女孩子，便问她的姓名，女孩子笑着说："我是祠堂西边焦画工的女儿菱角，你问这个干什么？"大成又问："你有婆家了吗？"姑娘红着脸说："没有。"大成说："我给你当女婿，好不好？"姑娘羞答答地说："我自己做不了主。"说着又用清澈的目光上下打量着大成，好像心里很同意的样子。大成走出祠堂后，姑娘追出来远远地告诉他说："崔尔诚是我父亲的好朋友，请他说媒，没有不成的。"大成说："好的。"大成觉得她聪明而又多情，于是对她更加爱慕了。回到家里，就把自己的心愿如实地跟母亲说了。他母亲就这么一个儿子，唯恐违背了他的心愿，就请崔尔诚去做媒人。然而，由于焦家要的财礼很多，亲事眼看就不成了，崔尔诚于是开始吹嘘大成是书香门第的高才，焦画工这才答应了。

大成有位伯父，老而无子，在湖北某县学任教谕。后来，他的妻子死了，大成的母亲就打发大成赶去帮助料理丧事。过了几个月正准备回家时，伯父又病死了，于是只好继续留下来。但没过多长时间，就赶上一支造反的队伍占据了湖南。这一下，大成与家里便失去了联系，最终流落在乡间，又孤单又恐慌不安。

一天，有位四十八岁的老妇人，在村中转来转去，太阳偏西了还不走。并说："遭到战乱，无家可归，准备卖身于人。"有人问她要多少钱。她说："我不屑于给人家当奴婢，也不愿意给人家当老婆，只有拿我当母亲的人，我才跟他过，也不计较给多少钱。"听到的人都笑了。大成听说了，便去看这位老妇人，觉得她的面目有一处很像自己的母亲，触到自己的心事，就大哭起来。想到自己只身一人，连个缝缝补补的人都没有，于是就把她接回家去，像儿子一样侍奉她。老妇人很高兴，便给他做饭编草鞋，辛勤劳作，像母亲一样。当大成做事违背她的心意时，就教训他，但只要大成稍微有点疾病，她对大成的关怀照顾，甚至比对自己的亲生儿子还要好。

一天，老妇人忽然对大成说："此地很太平，也没有什么可忧虑的事。你的年岁已经大了，虽说离乡在外，可是人伦不可废。这几天，我给你娶个媳妇吧。"大成说："我本来已经有了媳妇，只不过由于战乱，南北被阻隔而无法相聚罢了。"老妇人说："大乱之时，人事翻覆不定，怎么能死心眼地一个劲儿等着呢？"大成听了，流着泪说："且不论结发之盟不可背弃，就是另娶的话，谁又肯把自己的娇女许配给行踪不定的外乡人呢？"老妇人没有答言，只是为他置办床帐被枕，非常齐全，也不知道这些东西都是从哪里弄来的。一天，天已经黑了，老妇人告诉大成说："你点灯坐着，不要睡觉，我去看看新娘子来了没有。"说完就出门走了。然而，三更都要过去了，老妇人却还没有回来，大成心里很是疑惑。突然听到门外有人吵嚷，出去一看，原来是一个女子坐在庭院里，头发蓬松，正在抽泣。大成吃惊地问："你是谁？"女子也不回答。过了好长时间，这才说："把我娶来，也没有什么幸福，我只有一死！"大成非常惊讶，也不知她是为了什么。女子说："我从小就许配给了胡大成，没想到大成到北边去了，音信断绝。父母强行把我嫁到你家。我的人你们可以弄来，但是我的心你们是改变不了的！"大成一听，便哭着说："我就是大成，你莫非是菱角吗？"女子一听，忙止住了啼哭，但还是不敢相信。大成便把她扶到屋里，在灯下仔细相看，说："这该不是做梦吧！"于是转悲为喜，互相诉说离别之苦。原来，战乱之后，湖南一带方圆百里，没有人烟。焦画工携带全家流落到长沙以东，又把菱角许配给了周生。由于兵荒马乱，也不用举办什么婚礼，只是约定这天晚上把菱角送到周生家去。菱角千万个不愿意，但没有办法，只是哭哭啼啼，不梳头不洗脸，家里人也管不了那么多，只是强行把她推到车上。走到中途时，菱角颠落到车下。这时，只见有四个人抬着轿来到身边，说是周家派来迎亲的，把她扶上轿，快步如飞，一直来到这里才停下。然后，有位老妈妈把她拽进院内，说："这是你丈夫家，只管进去，不要啼哭了。你的婆母，早晚之间也就来了。"说完就走了。大成问清了事情的经过，这才明白原来那位老妇人是一个神仙。夫妻二人于是焚香祷告，希望母子能够早日团聚。

再说大成的母亲，在战乱中遇到兵马搜查，就同结伴妇女奔跑到深山涧谷中藏了起来。一天夜里，有人叫喊大兵来了，大家便慌慌张张四处躲藏。这时，有个童子把一匹马交给大成的母亲，大成的母亲在匆忙中也没顾得问，就扶着肩上了马，马轻快地奔驰起来，转眼间来到洞庭湖上，只见马踏水奔腾，也不下沉。不一会儿，就来到一个村庄，童子把她扶下马，指着一户人家说："这里可以居住。"他母亲刚要致谢，回头一看，那马已变成了金毛吼，有一丈多高，童子骑上后腾空而去。大成的母亲用手敲门，门便自己就开了。有人走出来问是谁，声音很熟，一看原来是大成。母子抱头痛哭。媳妇闻声后也赶紧起来，全家见了面，非常高兴。大家认为那位老妇人是观音大士现身，从此，诵读观音经咒更加虔诚了。于是，全家就在湖北落了户，并且置了田产，盖了房子。

［ 吴门画工 ］

苏州有一个画工，喜欢画吕洞宾的像，经常通过想象和领悟去构思，希望有幸能够见到一面。这种虔诚的念头，常常挂在他的心中。有一天，一群乞丐在郊外喝酒，其中有一个穿得破破烂烂，露出了双肘，可是神采很轩昂、很开朗，画工觉得他可能是吕祖的化身，仔细打量后，越发觉得的确是他。于是便握着他的臂膀说："你，是吕祖呀。"乞丐大笑，那个画工却坚持他就是吕祖，而且跪在地上不肯起来。那乞丐说："我就算是吕祖，你又能怎么样？"画工叩着头，请求指点。那乞丐说："你能认出我来，可算是有缘分的。但这里不是说话的地方，夜间当来和你相见。"一眨眼便不见了。画工觉得很惊异，赞叹着回到家里。

到了夜间，果然梦见吕祖来了，说："念在你思想专注，特来和你见一面。但你的骨相和气质，都很贪鄙，成不了仙，我让你见一个人好吗？"便向空中一招，有个美人从空而降，衣着打扮像一个贵妃，容光焕发，袍服华丽，光照一室。吕祖说："这是董娘娘，你应当仔细地记住她。"过了一会儿，又问："记得么？"画工回答说："已经记得了。"又说："不要忘记啊。"不久，那个美人就去了，吕祖也去了。画工醒来后，觉得很奇怪，就是就梦中所见的美人，画了一幅肖像收藏起来，但终究不明白得是什么意思。

几年之后，画工偶然到了京师，碰巧董妃死了，皇上想到她的贤惠，打算给她画个肖像。但召集了许多画工，皇上口里描绘，诸位画工再通过自己的想象，一一画出来，但始终画得不像。这时，苏州的那位画工忽然想起梦中所见的那个美人，心想：莫不就是她么？于是便将自己画的那幅美人画献了上去，放到宫廷里传观，都说画得惟妙惟肖。皇上非常高兴，委派他做中书侍郎，但他婉辞不受，皇上于是赏了他一万两银子。从此，这位画工声名大噪，许多贵戚争着花高价钱，请画工给他们的先人画像。所有悬空摹写，无不毕肖。结果，在短短的十多天时间里，画工就累计得了几万两银子。山东莱芜地方的朱拱崖，曾经亲自见过这个画工。

［ 小 谢 ］

陕西渭南姜部郎的院子里，有很多的鬼怪，常常出来迷惑人，所以姜部郎干脆搬到别处去，只留下一个仆人看门。仆人死后，又换了几个，也都死了。于是，院子就荒废了。村里有个书生叫陶望三，素来风流潇洒，喜欢玩弄妓女，喝得半醉的时候就到妓女那里去。朋友们故意打发娼妓到他那里去，他也含笑留下来，从不拒绝，但实际上整整一个晚上也没有碰那个妓女。他曾经寄宿在姜部郎家里，有个丫头半夜时私奔到他房里，他坚决拒绝了，部郎因此很器重他。他家里非常清寒，又死了妻子，只有几间茅屋，闷热得实在受不了，便请部郎把那荒废了的院子借给他住。部郎觉得那是个凶宅，所以不同意借给他，他便写了一篇《续无鬼论》献给部郎，并说："鬼能把我怎样？"部郎看到他如此坚决，便答应了。

陶望三很高兴，马上就去打扫了厅堂。傍晚时，他把书放在那里，转身去拿别的东西时，那书便没有了。他觉得很奇怪，仰面躺在床上，屏住呼吸等待着发生什么异常的现象。大约过了一顿饭的工夫，突然听到脚步声，于是他斜着眼瞥了一下，只见两个女郎从房里出来，将陶望三丢失的书放在桌子上，一个约莫二十来岁，另一个大约只有十七八岁，都长得很漂亮。她们犹犹豫豫地站在床前，互相交换着眼色，笑了起来。陶望三静静地躺在那里，一动也不动。年龄大的那个女郎便跷起一只脚去踹陶的肚子，小的那个女孩就捂着嘴巴暗地里发笑。陶觉得心动神摇，像控制不了自己似的，赶忙严肃起来，收住了邪念，始终没有理睬。大的那个女郎用左手扯着他的胡须，右手轻轻地批着他的下巴，发出轻微的响声，小的那个笑得更厉害了。突然，陶望三猛地坐起来，大声斥责说："鬼东西，竟敢如此无理！"两个女郎一看，吓得转身就跑掉了。陶望三怕夜里又被她们折腾，想搬回去，又怕别人笑话他说话不算数，便点起灯来读书。他觉得黑暗的地方，有鬼影在那里闪来闪去，也没有去理睬。快半夜时，也没吹灭蜡烛就睡着了。但刚刚合上眼睛，就觉得有人拿着很小的东西通他的鼻孔，怪痒的，于是打了一个大喷嚏，只听到黑暗处隐隐约约发出笑声。陶还是不吭气，装着睡着了，一会儿，便看到那个小女子捻了个很细的纸捻，伸着脖子弯了腰来到床前，陶突然坐起来，大声地骂着，那女郎又飘然而去了。等他一躺下，又来捅他的耳朵，整夜被她们闹得不得安宁。鸡一叫，就清静得什么声音也没有了。陶这才睡得很沉，整个白天，一点动静也没有。

太阳下山了，恍恍惚惚又有鬼影出现了。陶便在夜间做饭，打算熬个通宵。那个年龄大的女郎渐渐地弯着胳臂伏在案上看陶读书，接着又把书给合上了。陶生气地去抓她，她便很快就飘散了。待了一会儿，她又用手去摸书，陶只好用手把书按着来读。年龄小的那个女孩则悄悄地走到陶的脑后，交叉着双手捂住他的眼睛，转眼就跑，远远地站在那里微笑着。陶指着她骂道："小鬼头！别让我抓住你们，要不然我就把你们全都给杀了！"她们也不怕，陶望三只要向她们开玩笑，说："男女之间的事，我全不懂，你们老缠着我有什么好处呢？"两位女郎听了，微笑着转身走到灶边，劈柴淘米，给陶做起饭来。陶看了，便夸奖她们说："这就对了嘛，你们两位做这些事，不比傻胡闹强吗？"不大一会儿，粥熬好了，她们又争着拿了汤匙、筷子、饭碗放在桌子上。陶说："谢谢你们为我做事，我怎么来报答你们呢？"大的女郎笑着说："我们在粥里面掺了砒霜，要毒死你的。"陶望三说："我跟你们素无仇怨，何至于拿砒霜来毒我呢？"陶喝完了，她们又给盛上，争着为他效劳。陶望三很高兴，便这么习以为常了。

日子一久，渐渐地混熟了，陶与二女挨着坐着，说着笑着，问她们的姓名，大的说："我叫秋容，姓乔；她是阮家的小谢。"又进一步问她们的家世，小谢笑着说："傻郎君，还不敢把身子献给你呢，谁要你问我们的家世，想娶我们吗？"陶望三听了，严肃地说："面对着这么漂亮的美人，难道我就那么无情吗？只是人中了阴气，一定会死。所以不乐意与我生活在一起，你们走好了；乐意生活在一起，留下来就是了。如果不爱我，何必玷污两位美人；如果真爱我，何必弄死我这狂生？"两位女郎互相看了看，深深地受到感动。从此便不那么捉弄他了，但有时还是把手伸进他的怀里，有时把他的裤子脱到地上，陶也听之任之，不以为怪。

有一天，陶还没有把要抄的书抄完，便出去了，回来时，看见小谢正趴在桌边，拿着笔代他在那里抄。看到陶望三回来了，便放下笔，看着他微笑。陶望三走过去一看，发现字虽写得不太好，但行列间隔还是很整齐，便夸奖她说："你是一个很风雅的人呀！如果喜欢写字，我来教你写吧。"说着，便把她拉在怀里，手把着手地教她写字。这时，秋容从外边进来，一看到这场景，脸色顿时变了，似乎有些妒意。小谢笑着说："小时候曾经跟父亲学习写字，好久没有写了，现在回想起来，真像做梦一般。"秋容没有吭声，陶望三了解她的心思，假装没有发觉似的，把她抱到怀里，并把笔递给她说："我看你会写字吗？"秋容写了几个字，陶便站起来，说："秋娘的笔力真好呀！"秋容这才高兴了。陶于是折了两张纸，写了范本，让她们模仿着写。他便在另一盏灯下读书，心里觉得很高兴，因为想着今后各自有事，她们便不会再来打扰自己了。摹写完后，两个女郎便恭恭敬敬地站在桌子边，听他来批评指点。秋容从来没有读过书，乱涂一气，认也不好认，圈点完了，秋容自觉不如小谢，露出惭愧的神色。陶望三看出她的心思，便一边夸奖，一边安慰了她，她脸色才开朗一些。从此，这两位女郎便把陶望三当作老师来看待，陶坐着的时候，就给他搔背；睡着的时候，就给他按摩大腿，不但不敢轻慢他，而且争着讨好他。一个月以后，小谢的字居然写得很端正，而且很娟秀，陶又夸奖了她几句，秋容听了，觉得很惭愧，汗水浸透了粉黛，泪水流成了两条线痕。陶望三一看，只好又给她解释和安慰，她才不哭了。于是，陶望三又教她读书，她非常聪敏，指点一次，从来没有问过第二遍。秋容还跟陶比赛学习，常常读个通宵。小谢又把她的弟弟三郎带了来，拜陶为师。三郎十五六岁，容貌俊美，一见面，就给陶望三送上一支金如意作为见面礼。陶便让他和秋容学一部经书。于是，满屋里都是咿咿唔唔的读书声，简直像在这里办了一所鬼私塾。部郎听说了之后，十分高兴，还经常送给陶望三送来一些生活费用。

几个月之后，秋容和三郎都学会了作诗，便常常互相唱和。小谢暗地里叮嘱他不要告诉秋容，陶答应了；秋容暗地里叮嘱他不要告诉小谢，陶也答应了。有一天，陶准备去参加考试，秋容和小谢哭着为他送行，三郎说："这次考试可以推说有病，不去参加，因为恐怕会碰上不幸的事。"陶觉得装病是一件可耻的事，还是去了。原来，陶喜欢用诗词来讽刺时事，得罪了县里的权贵，那家伙天天都想暗算他，便在暗地里贿赂学使，诬蔑他行为不检点，将他关进牢里。这时，陶带的盘缠已经花完了，只好向狱中的犯人讨些东西吃，自料再也没有活路了。忽然，有一个人飘然而来，原来是秋容，送了一些吃的东西来。随后，两人相对哭了一场，秋容说："三郎担心你要出事，如今果然遭了这场大难。三郎跟我一同来的，他到巡抚衙门申诉去了。"说完了这几句，秋容便出去了，别人却没有看到她。过了一天，巡抚出来了，三郎拦住去路，大呼冤枉，巡抚把他带去了，秋容又到牢里，把消息告诉了陶，反身又去打听，三天还没有消息回来。陶又愁又饿，度日如年。这时，小谢来了，而且神情十分悲愤，说："秋容那天回去，路过城隍庙，被西廊那个黑面判官抓了去，逼着她当小老婆，秋容没有屈服，如今也被关在阴曹地府里。我跑了百把里路，累得要死；到了北郊，又被干枯的荆棘刺穿了脚心，疼痛到骨髓里，恐怕再也来不了啦！"说着便伸了脚给陶看，陶一看，发现她的脚果然鲜血淋漓，把罗袜给粘在一块儿了。后来，小谢拿出三两银子给陶，便一跛一跛地走了。巡抚审问了三郎，认为三郎与陶素来没有亲属关系，无缘无故代他申诉，便准备拷打他，三郎倒在地上便消失得无影无踪了。巡抚感到很惊异，仔细看了他的状子，情悲语切，十分感人。提出陶来，当面审讯，问："三郎是什么人？"陶假装不认识。巡抚觉察到他的冤情，便放了他。

回到家后，整个晚上都没有一个人来。快入更了，小谢才来，凄惨地说："三郎在巡抚衙门，被抚院的守护神押解到了地府。阎王因为三郎很讲义气，让他托生到了富贵人家。秋容长期被禁，我写了状纸向城隍告状，又被那黑面判官压着，送不上去，该怎么办啊？"陶听了，愤怒地说："黑老魔竟敢这样！明天我去推倒他的塑像，踩成尘土，数落城隍，痛骂一顿。他案前的官吏，横行霸道到了这个地步，他还在醉梦中吗？"两人面对面地坐着，又悲伤，又气愤。不知不觉间，四更将尽，秋容忽而飘然来了，两人一看，又惊又喜，急忙问她怎么回来的。秋容流着眼泪说："如今为了你，可受尽千辛万苦了！那判官天天拿刀棍逼着我，今晚忽然把我放了回来，说：'我也没有别的意思，原是出于喜爱你，既然你不愿意，我又没有玷污你。麻烦你回去告诉陶望三，不要责怪我吧。'"陶听了这些话，略微高兴了一些，想和两位女郎同睡，说："今天我甘愿为你们而死！"两位女郎听了，很不自在地说："一向得到你的开导，懂得了不少的道理，怎么能忍心因为爱你而害你呢？"她们坚决不同意，但还是亲热地拥抱，情同夫妇。两位女郎也因为共历患难，互相嫉妒的心理也全都烟消云散了。

后来，陶望三在路上碰到一位道士，那道士看了看他，说："你身上带有鬼气。"陶觉得道士的话不同寻常，便把详细情况告诉了他。道士说："这两个鬼太好了，不当辜负了她们。"说着便画了两道符给陶，说："回去把这两个交给她们，看她们的福分吧！如果听到门外有哭女儿的声音，就把符吞了赶快出去，先到的可以复活。"陶接了那两道符后，拜谢了道士，回去后便叮嘱了两位女郎。一个多月过去了，果然听到有人在哭女儿，两位女郎便争先恐后地跑了出去。小谢由于太慌忙，忘记了吞符。看到有个丧车经过，秋容径直跑了过去，钻进棺材便不见了；小谢进不去，痛哭着回来了。陶出去一看，原来是富户郝家为女儿出殡。大家都看到有个女子钻进了棺材，正在那里惊叹；一会儿，听到棺材内有响声，歇了肩，开了棺一看，却发现女儿突然活了。便暂时把女儿寄放在陶的书斋外面，派人围着守候她。忽然，女儿睁开眼睛，并问陶在哪里，郝氏问她，她回答说："我不是你的女儿呀！"陶听了，便把情况告诉了郝家，郝家还不大相信，想抬回家去，女儿不肯，径直跑到陶的书斋里，躺着不肯起来。郝家只好认了陶做女婿，然后走了。

陶走近一看，发现那女儿面庞虽然不同，但艳丽并不比秋容差，不由得大喜过望，于是亲切地叙述着往事。这时，忽然听到"呜呜"的鬼哭声，原来是小谢在阴暗的角落里啼哭。陶心里很怜惜她，就提了灯过去，宽解她的悲哀情绪，可小谢的衣襟上都沾满了泪水，悲痛的心情怎么也宽解不了，一直哭到天快亮了才离去。天亮后，郝家便打发丫头、老妈子送了嫁妆来，陶也就成了郝家的女婿。晚上，夫妇进了罗帷，又听到小谢在那里哭。这样哭了六七夜，夫妻两都感到很悲伤，不能成就夫妻间的好事。陶非常苦恼，却想不出一个办法来，秋容说："道士是个仙人，再去求求他吧，也许能得到他的同情和再次帮助。"陶觉得秋容这话可行，便查访到了道士的住处，跪在地上苦苦哀求，道士刚开始说他也没有办法，但陶一直哀求不止，道士这才笑着说："你这书呆子，真会缠人！合该你与她有缘，那就使出我的全部招数吧！"于是跟着陶回来，要了一间清净的房子，关门打坐，告诫陶不要和他说话，一共十多天，不吃不喝；偷偷地去看时，道士闭着眼像睡着了。一天早晨，有个少女撩起门帘走了进来，明亮的眼睛，洁白的牙齿，光彩照人，微笑着说："跑了一整天，累极了！被你纠缠得没有个完，跑出百里以外，才找到一个好的躯壳，如今道人载着她一同来了。等到见了那个人，我就交给你了。"到了黄昏时候，小谢来了，那少女突然站起来拥抱着她，很快合为一体，倒在地上便不动了。道士从房子里走了出来，拱手便径自去了，陶在后面叩头拜送，待他回来，那少女已经醒过来了。扶着她睡到床上，体气逐渐舒展起来，只是握着脚呻吟不止，说是腿脚酸痛，几天之后才能站起来行走。

后来，陶去应试，中了进士。当时，有个叫蔡子经的人跟他是同榜，而且正好有事前来拜访，而且留下来住了几天，小谢从邻居家里回来，蔡远远地看见了她，便紧走几步，跟在后面，小谢侧过身去回避起来，心里暗自恼他轻薄。蔡对陶说："我有件事，说出来骇人听闻，可以告诉你吗？"陶问他是什么事，他回答说："三年前，我的小妹妹夭折了，过了两晚，连尸体也丢失了，至今还是个疑问。刚才看到了尊夫人，觉得怎么长得那么相像啊？"陶笑着说："拙妻长得很丑陋，怎么能和令妹相比？但我俩既是同榜，情义又很深厚，何妨让她出来见见你呢？"于是进了内房，叫小谢穿了原先安葬的衣服出来，蔡看了，大吃一惊，说："真是我妹妹啊！"随即掉下泪来。陶便详细地把事情的经过原原本本地告诉了他，蔡高兴地说："妹子没有死，我要赶快回去，以此来安慰父母！"说着便去了。过了几天，蔡家的人全都来了。后来两家此来彼往，也像与郝家一样亲密。

异史氏说："绝代佳人，得到一个也不容易，何况忽然得到两个呢？这样的奇事，千古以来，只见到这一次，只有拒不接纳私奔的妇女者才能遇到。道士莫不是神仙么？怎么他的法术那么灵啊。假设真有那样的妙法，即使是丑鬼，也可以结交呀！"

聂 政

居住在安徽怀庆的潞王，荒淫无耻。他时常带人到民间巡行，看见有美丽的女子，就要把她夺走。有个王生的妻子，被潞王看中，就派遣车马直接闯入其家，王妻哭着不从，来人就强行把她抬出。这时，王生已经逃出，躲在聂政墓旁，希望妻子在此经过时，得以见上一面，遥遥地诀别。过了一会儿，王妻果然被抬着从这里经过，当她看见丈夫时，便大哭着跳到地上。王生十分悲伤，也不觉痛哭失声。随从的人知道这是王生，就把他捉住，就要对他进行拷打。这时，忽然从墓中跳出一位大丈夫，手执钢刀，气势威猛，厉声说道："我就是聂政！良家妇女岂容你们强占！想到你们这些东西，受人豢养不能自主，姑且放过你们。希望你们回去后，告诉那无道的昏王，如果他不改一改这种恶行，过不了几天我就要砍下他的脑袋！"众人一看，非常害怕，便弃车纷纷逃走。随后，这个大丈夫也进入墓中不见了。王生夫妻在墓前叩拜之后就回了家，到家后还十分担心，怕潞王再传下命令。但过了十余天，竟然没有任何消息，心里这才安定下来。据说，自从发生此事后，潞王的淫威也稍有收敛了。

异史氏说："我读刺客传，唯独敬佩聂政：他舍生忘死报答知己，有豫让的大义；在光天化日之下刺杀当朝宰相，有专诸的勇敢；事成之后自毁容貌，不牵累骨肉亲人，有曹沫的智慧。至于荆轲，力量不足以刺杀无道的秦王，使他能够断襟逃脱，而本人却自取灭亡。他轻率地借了樊於期将军的头，又何日才可能还啊？荆轲这个千古的遗恨，却要被聂政所嗤笑了。从野史上看到：荆轲的坟墓被羊角哀、左伯桃的鬼魂掘了。如果真是这样，那么荆轲就是活着的时候不能成名，死后还丧失了大义，这与聂政抱义愤惩治荒淫的行为相对比，为人的贤良与不肖，相差得就太远了。啊，聂政的贤良，从这件事上我更坚信不移了。"

［八大王］

甘肃临洮有个姓冯的书生，是尊贵人家的后代，但现在已经没落了。有一个捉鳖的人欠了他的债，没有力量偿还，于是捉了鳖便送给他。有一天，此人送来一只很大的鳖，额上长着白点，冯生觉得鳖的样子很奇特，便把它给放了。

后来，冯生从女婿家里回来，走到恒河边时，天已经快黑了，突然看到一个喝得酩酊大醉的人，带着两三个小厮，颠颠跛跛地走了来，远远地看到了冯生，便问："你是谁？"冯随便答应一句："过路人。"那醉汉听了，生气地说："难道没有姓名吗？为什么要说是过路的呢？"冯生急着赶路，于是没有再以理会，径直走过去了。那醉汉更加生气了，抓住他的衣袖不让他走，冯生顿时间闻到一股酒气冲了过来，更加难以忍受了，但竭力挣扎也挣不脱，便问："你叫什么名字？"那人像梦吆似的回答说："我是南都的老令尹，你要怎么样？"冯说："世间竟然还有这样的令尹，真是世间的耻辱。幸好是旧令尹，要是新令尹，不是要把路上的行人都杀光吗？"那醉汉一听，十分愤怒，看样子要动手了。冯生一看，便大声地说："我冯某并不是随便让人来打的！"那醉汉听了，便把愤怒变为高兴，跌跌撞撞地拜倒在地，说："原来是我的恩公，请恕我的唐突之罪！"然后站起来对自己身边的侍从说："你先回去把饭菜准备一下。"冯生再三婉辞，他也不答应。随后，又手拉着手走了好几里路，直到看到一个小小的村庄，才走了进去，只见走廊房舍都很华丽，像一个富贵的人家。这时，那醉汉的酒醒了，冯生才询问他的姓名，他说："说出来你可不要害怕呀，我是洮水的八大王。刚才西山的仙童请我喝两杯，不觉喝多了一点，冒犯了尊颜，的确很惭愧，也很惶恐。"冯知道它是一个妖怪，因为他说得很诚恳，也就不怕了。不久，便摆上了丰盛的筵席，然后八大王敦促冯生入座，彼此非常高兴。八大王十分豪爽，一连干了好几杯。冯生担心他又喝醉了，再来纠缠，于是便假装喝醉了，要去睡觉。八大王看出了他的意思，便笑着说："你是不是怕我又发酒颠啊？请不要过虑。有人说醉汉没有酒德，过了一夜便不记得了，那是骗人的。酒徒们之所以不讲品德，故意装疯的十有九个。我虽然不能与大家并列，但决不敢向长者耍无赖，所以您就不用担心了。"冯生于是又坐到席位上来，非常严肃地向他提出批评说："你自己已经知道没有酒德是不好的，怎么不改变这种作风呢？"八大王说："老夫做令尹的时候，比今天还要嗜酒无度。自从触怒了玉帝，谪到这个小岛上来，尽力不走老路已经十多年了。如今快要死了，落拓潦倒，无所作为，以致故态复萌，我自己也难以理解。现在，我一定遵命受教就是。"两个人正在倾心畅谈时，不觉远处的钟声响了。八大王站了起来，握着冯生的臂膀说："相聚的时间不长了。我有一件东西，姑且拿来报答您的大恩大德。但这个东西，不宜长期佩在身上，满足了愿望以后，希望能退还给我。"说着便从口中吐出一个小人来，仅仅只有寸把高，八大王又用指爪掐着冯的臂膀，痛得皮肤都要裂开了一样，赶紧把那个小人按到上面，放开手便进入皮肤里面去了，指甲的痕迹还在，慢慢地长出一个包来，像痰核一样。冯生吃惊地问这是怎么回事，他却笑而不答，只说："你应该走了。"送了冯生出来后，八大王便自己回去了。回头一看，村庄房屋已经全部消失，只有一个大鳖，爬到水边就沉下去了。

冯惊愕了很久，想到自己所得到的，一定是那只大鳖送的宝贝。从此，他的眼睛最亮，凡是有珠宝的地方，哪怕深入黄泉之下，都能看得清清楚楚，就是从来不认识的东西，也能随口喊出它的名字来。在自己的寝室里，掘出成串的钱好几百，用度很充裕。后来有个人要将自己的旧房子卖掉，冯生看到那屋子底下埋藏着很多的钱，便出高价买了下来。这样一来，他家的财产，可以跟王公大人相等了。什么翡翠珠宝，他家里都有。冯生还得到一块宝镜，背面有个凤形的纽带，周围画着云霞烟水中的湘妃，光线射到一里之外，连人的须眉都照得一清二楚。佳人拿来一照，便把影子留在上面，就是磨也磨不掉；如果换一身装束再去照，或者另外换一个美人去照，前面所照的那个影子就会自然消失。当时，肃王府的第三公主长得非常漂亮，冯生素来仰慕她的美名。有一次，适逢公主游览崆峒，冯生便事先隐藏在山中，等到她一下轿，便照了她的像回来，放在桌子上。仔细一看，只见那美人在里面，拈着手帕微笑着，口里像在说什么，眼波也好像在动，冯非常高兴地把它藏在家里。

过了一年多，这事被他妻子泄露出去了，传到了肃王府。肃王大怒，便把镜子没收了回去，而且准备将他问斩。冯生于是向宦官行了一笔大的贿赂，要他对肃王说："如果能够赦免他，世界上最好的宝贝，也是不难得到的。不然，不过是一死了之，对肃王来说，有什么好处呢？"肃王听了，觉得也有道理，于是就想抄没他的家产，然后把他贬到边疆去充军。这时，三公主对肃王说："他已经偷看了我，就是死也洗刷不了这个耻辱，不如让我嫁给他吧。"肃王不答应，公主便关着门，不肯吃东西。王妃很担心公主，便极力说服肃王，肃王这才释放了冯生，并要宦官把招婿的意思告诉他。冯生听了，当即拒绝，说："糟糠之妻不下堂，我宁可死也不敢奉命。肃王如果让我自己来赎罪，就是让我倾家荡产，我也心甘情愿。"肃王听了，非常气愤，又把他逮捕起来。随后，王妃又把冯生的妻子召进宫里，打算毒死她。一见面，冯妻便拿出一个珊瑚镜台献给王妃，王妃收下珊瑚镜台后，不但打消了毒死她的念头，而且还喜欢上了她，于是让她去参拜公主，公主也很喜欢她，并结拜为姊妹，然后要她去开导冯生。冯妻便照做了。冯生对妻子说："王侯的女儿，是不能够依据谁先谁后来决定谁嫡谁是妾的啊。"但妻子不听，回去之后便把聘礼送到王府里，仅是送礼的人就有一千把人。很多珍石宝玉，连王侯家里也叫不出名字来。肃王十分高兴，便把冯生给放了，而且让公主下嫁给他。公主仍然把那面镜子揣在怀里带了来。

一天晚上，冯生一个人睡在床上，突然梦见八大王昂然走进来，说："我送给你那个东西，请还给我吧。如果戴久了，会消耗散人的精血，损害人的寿命的。"冯生答应了他，并留他畅饮几杯。八大王辞谢说："自从听到你那药石般的规劝，我就戒了酒，到现在已经三年了。"说着便朝冯生的臂膀咬下去，冯生顿时觉得疼痛难忍，一下子就醒过来了。再看自己的臂膀，发现那个硬的肿块已经完全消失了。从这以后，冯生便跟普通人一样了。

异史氏说："醒着的时候像人，醉了的时候像鳖，这是酒徒们的普遍情况。但鳖虽然天天习惯于喝酒，发了酒疯也没有忘记别人的恩德，也不敢在长者面前失礼，鳖不是远远地超过人了吗？至于某甲那种人，清醒时既不像人，烂醉时又不如鳖。古人有以龟为镜子的，我们何不拿鳖来作镜子呢？于是作《酒人赋》，赋云：

有一样东西，陶冶性情又很可口。喝了它，就醉醺醺，飘飘然，它的名字叫"酒"。它的名称最多，功用也由来已久。可用来宴请嘉宾，可用来宴请父亲、岳丈，可以促膝交谈得到欢乐，可以行交杯酒结为夫妇，或者可以作引发诗兴的"钓诗钩"，又可以做解除烦愁的"扫愁帚"。所以美酒源源不断地来，成为文人骚客的同心知己。醉乡深处，就成了断肠人逃避忧烦的避难所。

酒糟之台已经构成，酒囊之功不朽。淳于髡就能饮酒一石，文人学士们也声称能饮五斗。酒固然因人而流传，而人或者以饮酒出丑。像孟嘉在酒宴上吹落了帽子而不知觉；刘伶携酒乘车，身后跟个扛锹人，说"死便埋我"；山简酒醉之后帽子反戴；陶渊明竟用头上的葛巾滤酒；阮籍酒醉后睡在美人身边，险些引起误会；张旭醉后以发浸墨汁，挥毫似有神助；贺知章醉酒眼花，落入井底而眠；毕卓虽为官吏部郎，却夜晚盗饮被主人捉住。甚至有人效仿鳖饮、囚饮而玩世不恭，也不是害物而不仁。

至于雨夜雪夜，月夕花朝，风定尘消，旧客新妓，鞋履交错，兰麝香浓，丝竹声声，曼声歌唱，浅斟慢饮，忽然间清商乐曲奏起，满席静听，寂若无人。文雅的笑谈一出口，笑脸如花，皓齿灿烂。高声吟诗，金声玉振，铿锵悦耳。纵使陶然大醉，魂亦清醒，梦亦真切。果然如此，就是一天一醉，也不会受到名教的嗔怪。

而这里竟乐声喧闹刺耳，粗鄙的曲词接连冒出。酒徒们时坐时起，喧闹之声连成一片。罚酒的人滴酒忿争，逼饮的架势像要拔刀相向，挨罚的伸着脖子皱着眉，举起的好似一杯毒酒。有的喝尽最后一滴就摔碎酒器，拂灭灯烛。碧绿的葡萄美酒狼藉一片，毫不珍惜。有的醉后昏睡，有的醉后发疯，酒席上的规矩全不管。诸如此类的情形，不如不饮。还有的酒离咽喉，不到一寸，还嘟嘟囔囔说个不停，讥笑主人吝啬。坐下就不肯走，饮酒又不胜酒力，酒客无德，于此为甚。更有甚者，酒一下肚，粗气大喘，皱眉瞪眼，须发散张，袒露双臂，两脚乱跺。满脸灰尘，吐得一身酒污。嘴里胡言乱语像狗叫，头发乱蓬蓬地像奴仆。那呼天抢地的丑态，像李贺吟诗要吐出心肝。那举手投足的丑相，像苏秦承受五牛车裂之刑。巧舌如簧的人，不能形容尽他们的神态，丹青妙手，不能画出他们的形象。父母前来教训而。受到顶撞，妻子儿女柔弱，难以搀扶那醉后的身躯。父辈长者，无端受到借酒使气的辱骂。委婉地劝诫，却更加头昏眼花。这种人叫"酒凶"，不可拯救。只有一个法子，可以解酒。那法子是什么？只须备有一根木棒，捆住醉汉的手脚，就像杀猪一样。只打他的屁股，不打他的头，打他百十多下，他就会豁然清醒。

卷 七

［巩 仙］

巩道人，没有名字，谁也不知道他是哪里的人。有一次，巩道人到鲁王府去求见鲁王，看门的人不给他通报。这时，一个管事的太监从府内出来，巩道人朝太监作揖，求他给通报一声。管事的太监见巩道人其貌不扬，就把他轰走了。不一会儿，巩道人又回来了。太监十分生气，叫人把他打跑。巩道人跑到一个僻静的地方，满面带笑地拿出二百两黄金，请追打他的人回去告诉那位太监说："道人也不是要见王爷，只是听说王府后花园里奇花异草、楼台亭榭都是人间少有的，若是能领着我看一看，也就心满意足了。"说着又拿出银子送给追打他的人。这个人见到银子后很高兴，便回去将这番话告诉了太监。

太监听了很高兴，把道人从王府后门领了进去，让他在花园里逛个遍。然后，又领道人登楼。太监刚俯身在窗台上，道人从后边把他一推，太监就从楼窗里摔了下去，恰巧有一根细葛藤绷住了腰，身子才悬在空中，没有掉到地上。太监往下一看，离地还很高，眼睛直发晕，耳边还听见那葛藤咔咔直响，好像马上就要断了。太监吓得要命，大声呼救。不一会儿，跑来了几个小太监，一看这情景也都大吃一惊。空中悬着的太监离地面还很高，小太监们跑到楼上一看，只见葛藤这一头系在窗棂上，上前想把它解下来，可是葛藤太细，一动就要断。他们只好到处找那个道人，却连个影儿也不见了。众人束手无策，只好把这事报告给了鲁王。鲁王过来一看，也觉得十分奇怪。便命令在楼下铺上茅草和棉絮，然后再把葛藤弄断。刚把茅草、棉絮铺好，葛藤就"嘣"的一声自己就断了，太监掉了下来，离地不过一尺多。人们看着，不由得都大笑了起来。

鲁王于是下令查访那个道人的住所，没过多久，就听说那道人住在尚秀才家。鲁王又派差人到尚家打听，但道人出去游玩了，还没有回来。差人只好往回走，正走在路上时，正好碰见了巩道人，于是便带着他来见鲁王。鲁王命人摆下酒宴，请道人入座，并让道人变戏法。道人说："臣子我只是乡间的一个小百姓，没什么能耐。既然蒙王爷您看得起，我献给王爷一台戏为王爷祝寿吧。"于是，便从道袍的袖中掏出一个美女，放到地上，等美女给鲁王磕罢了头，道人便命她演《瑶池宴》这出戏，祝鲁王万寿无疆。美女念完了开场白，道人又从袖中掏出一个女人来，自称是王母娘娘。过一会儿，董双成、许飞琼等这些仙女也一个挨一个地从袍袖里出来。最后，织女出来了，向王母娘娘献上天衣一件，只见五彩缤纷，光华辉映室内。鲁王认为天衣是假的，便叫人把天衣拿过来看看，道人急忙说："不行！"鲁王不听道人的话，最后还是把天衣要过来看了，果然是无缝的天衣，不是人工所能制作的。道人不高兴地说："臣下一片诚心侍奉王爷，暂时从织女那里借来了那件天衣，现在却让人间的浊气弄脏了，怎么还给织女呀？"鲁王又以为唱歌做戏的必定都是仙女，想留下一二人，仔细一看，原来都是王府里的歌女。继而一想，她们唱的曲子平时都不会，又盘问她们，众歌女都茫然不知所以。道人把天衣用火烧了，然后把灰放到袍袖里，等再搜道人的袍袖时，里面却空空如也，什么也没有。

于是，鲁王特别器重道人，留他在王府里住下来。道人说："我是野人的性子，看这些宫殿像笼子一般，不如在秀才家自由啊。"于是，每到半夜的时候，道人就回尚秀才家去住。有时，鲁王坚决挽留他，他也在王府住一宿。在宴会时，他经常变戏法，让花木不按节令随时开花结果。有一次，鲁王问道人："听说仙人也不能忘掉爱情，是吗？"道人回答说："或者仙人是那样吧。但臣下不是仙人，所以心就像枯木一样啊。"一天夜里，道人又住在王府。鲁王让一个年轻的歌女去试探一下道人。女子进入道士的屋里后，唤了好几声也没人回答；点上灯一看，只见道士闭目坐在床上。女子近前摇摇道士，道士刚一睁眼又闭上了；再摇，则鼾声大作了。又推他，结果随手而倒，酣睡床上，鼾声如雷。弹他额角时，手指像弹铁锅似的叮咚有声。女子便回去把这些情况汇报给鲁王。鲁王听了，更觉得奇怪，便让人用针扎道士，可是针根本扎不进去；再推推道士，却非常沉重，不动分毫；于是便让十多个人一起把道士举起来扔到床下去，好像千斤巨石落地一般。天亮时再看看，道士仍睡在地上没起身。道士醒后，笑着说："这觉睡得太美了，连掉到床下都不知道哟！"后来，一些妇女经常在道士打坐时，前来按他开心，刚按道士时，觉得道士的身子还是软乎的，再按则像按到铁块和石头上一般了。道士在尚秀才家住，常常到半夜还不回来，尚秀才把道士的房门锁上，等清晨开门一看，道士已在室内躺着了。

以前，尚秀才和一个叫惠哥的卖唱女子相好，两人订下了婚约。惠哥歌唱得特别好，她的曲艺没人能比。鲁王听到惠哥的歌唱得好，就将她召进了王府，侍候鲁王。从此，尚秀才与惠哥再也见不到面了。尚秀才对惠哥虽然念念不忘，可是却苦于无缘见面。一天傍晚，尚秀才问道士："您见到过惠哥吗？"道士说："王府所有的歌女我都见过，但不知哪位是惠哥。"尚秀才便把惠哥的年龄、长相给道士学说了一遍，道士这才想起确实见过惠哥。尚秀才于是求道士替他给惠哥传个话，道士笑着说："我是个出家人，不能给你当捎书的鸿雁啊。"尚秀才一个劲地苦苦哀求，道士抖开袍袖说："你一定要见惠哥一面，那请进到我的袖筒里来吧。"尚秀才往袖里一看，里面像个大屋子似的，便弯腰走进去，只见屋子又亮又宽，像大厅一样。桌椅床铺样样俱全，在里面待着，一点也不感到烦闷。

道士进王府后，与鲁王下棋。当看见惠哥过来时，便装作用袍袖拂灰尘的样子，将袍袖一挥，惠哥就被装进袖筒里了，旁边的人谁也没发觉。尚秀才正独自坐在里面沉思，忽然有一个美女从房檐上掉了来，一看，原来是惠哥。两人相见，惊喜万分，着实亲热了一番。尚秀才说："今天这段奇缘，不能不写下来。咱俩作一首诗吧。"

尚秀才于是提起笔来在墙上写道："侯门似海久无踪。"

惠哥接口吟道："谁识萧郎今又逢。"

尚秀才接下念道："袖里乾坤真个大。"

惠哥最后说道："离人思妇尽包容。"

尚秀才刚把这首诗写完，忽然有五个人闯进来，戴着八角帽子，穿着淡红色的衣服，仔细一看，都不认识。五人一言不发，捉住惠哥就走。尚秀才又惊又怕，也不知道这是怎么回事。道士回到尚家后，便叫尚秀才从袖中出来，问他经过情形，尚秀才只是简单回答了两句，并没有全告诉道士。道士微笑着，脱下道袍，用袖子翻过来，让尚秀才看。尚秀才仔细端详，发现上面隐隐约约像有字迹，笔画细细的，像虮子一样，原来就是他题的诗。

十多天后，尚秀才又请求道士用袍袖把他带到王府去，一共进去了三次。最后一次，惠哥对尚秀才说："我腹中的胎儿已经能动了，我很犯愁，经常用带子把腰身勒得紧紧的，王府中耳目多，要是孩子生出来了，哪里有孩子的容身之地呢？你快与巩神仙商量一下，只要见我又三次腰，就请他老人家救我吧。"尚秀才答应了下来。回家后，便跪在道士面前不起来。道士拽起他来，说："你们所说的话，我已经知道得一清二楚了。请你们不要忧愁。你家传宗接代全靠这个，我怎么敢不竭尽微力呢。但是，此后你不要再进去了。我要报答你的，原本不是在这些儿女私情上的呀。"

数月之后，道士从外面回来时，笑着说："我把你的公子带来了，快把包孩子的东西拿过来吧！"尚秀才的妻子很贤惠，快到三十岁了，生了好几胎，只活了一个儿子，刚生个女孩，满月就死了。听丈夫说道士给他们带个儿子来，又惊又喜，从内室跑出来。道士从袖中抱出婴儿，那小孩像睡熟了一般，脐带还没掉尽呢。尚妻把孩子抱过来，小孩才呱呱地哭起来。道士把道袍脱下来，说："产血污了衣服，道家是最忌讳的。今天，我为了你，穿了二十年的道袍，也只好扔掉了。"尚秀才给道士换了一件道袍。

道士嘱咐尚秀才："旧道袍别扔了，撕一小块烧成灰，可以治难产，下死胎。"尚秀才听了道士的话，把旧道袍收藏了起来。

道士又在尚家住了许久，一天，忽然告诉尚秀才："收藏的那件旧道袍留一点自己家用，我死后也不要忘了。"尚秀才认为道士的话不吉利，但道士没说什么就走了。道士来到王府，对鲁王说："臣要死了。"鲁王吃了一惊，问是怎么回事，道士说："这是有定数的，也没什么可再说的了。"鲁王不相信，一定要道士留下，但刚下完一盘棋，道士便急忙站起身，鲁王又挽留他。道士说让他到前边的房子里去吧，鲁王答应了。道士跑到前面的房子里，就躺下了，近前一看，已经死了。鲁王于是给他买了棺材，以礼埋葬了。

尚秀才到坟前痛哭了一场，这时才领会到前些日子道士说死的事，不是不吉之言，而是先告诉他一声。

道士留下的那件袍子，用作催生药，十分灵验，于是来尚家求药的人越来越多。刚开始时，尚秀才先是剪被血污过的袍袖给人，后来用光了，又剪衣领、衣襟，照样有灵验。尚秀才听了道士的嘱咐后，以为自己的妻子将来可能难产，于是剪了一块巴掌大带血污的袍袖珍藏了起来。后来，鲁王的爱妃生孩子时，三天也没产下来，太医们也都束手无策了。于是有的人便把尚秀才家有药方的事告诉了鲁王，鲁王立即把尚秀才叫来，爱妃只吃了一点袍灰，就顺利分娩了。鲁王大喜，拿出许多白银、彩缎赠给尚秀才，但尚秀才一概推辞不接受。鲁王问他想要什么，尚秀才说："臣不敢说。"鲁王一再让他讲出来，他才跪在地上说："如果王爷开恩，就请把府上的歌女惠哥送给我吧，这样我就十分满足了。"鲁王把惠哥叫来，问她多大岁数了，惠哥说："妾十八岁入王府，如今在这里已经十四年了。"鲁王嫌她年岁太大，就把所有的歌女都叫来，让尚秀才随意挑选，但尚秀才一个也没挑。鲁王笑着说："书呆子，难道你与惠哥十四年前就订婚了吗？"尚秀才听了，便如实地把事情的原委说了。鲁王听后，便给他给预备了车马，并把原先赠送尚秀才的那些白银、彩缎作为惠哥的嫁妆，送他们回尚家。惠哥生的那个孩子名叫秀生，即袖子里生的意思——这时已经十一岁了。尚秀才不忘巩道人的恩德，每逢清明节都去给他扫墓。

有一个经常到四川去的人，在道上碰见了巩道人，道人拿出一本书说："这是鲁王府的东西，我离开王府到四川时走得太急促，没来得及还，麻烦你给捎回去。"那人从四川带书回来，听说道人早就死了，不敢报告鲁王。尚秀才替他向鲁王讲了。鲁王拿过书来一看，果然是道人借去的那本书。于是对道人的死产生了怀疑，命人挖开道人的坟墓，打开棺材一看，里面空空的。后来，尚秀才的大儿子年纪轻轻的就死了，幸亏有秀生在，才没断后。他更加佩服巩道人的未卜先知了。

异史氏说："袖子里的小世界，是古人的寓言，难道真的有这等事吗？这也太奇怪了！其中有天地、日月，可以在那里娶妻生子，而又没有被逼交税的苦恼，没有人们之间的烦扰。那么，袖子里的虱子虮子，何异于桃源中的鸡犬？如果容许人在袖里世界常驻，在那里终老也可以啊！"

[梅 女]

封云亭是太行地方的人。偶然到省城里来，白天无事，便在客房里躺着。封云亭很年轻，可是妻子却死了。一个人住在旅店里，孤单单的，实在难耐寂寞，抑制不住情思绵绵。当他正对着墙壁出神时，忽然看见墙壁上有个女人的身影，模模糊糊地好像画的一般。于是暗中思忖，这大概是由于自己思念女人所产生的幻觉吧。可是，墙上那个女人的身影既不动，也不消失，他感到很惊异，起身一看，发现墙上真有个女人。便凑到墙跟前再仔细看看，真真切切地是个少女，愁眉苦脸，舌头伸得长长的，秀美的长脖子梗上套着一条绳索。封云亭吓得睁大了眼睛，定定地瞧着，那少女轻飘飘地好像要从墙上走下来。封云亭明白了这少女是个吊死鬼，但他仗着是大白天，也不太害怕。便对她说："小娘子，你如果有什么奇冤，小生我可以尽力帮助你。"这时，墙上的人影居然走了下来，说："我与您是萍水相逢，怎么敢突然以大事麻烦您呢？只是，在九泉之下，我这身体枯槁，舌头缩不进去，脖子上的绳索拿不下来，所以求求您把这房子的屋梁弄断烧了，您对我的恩情就像大山一样的高了。"封云亭当即答应，那个少女便立即不见了。

封云亭于是急忙把旅店老板叫来，把自己刚才所见到的情况告诉了房主人，并问这是怎么回事。房主人说："这座房子十年前是梅家的住宅。一天夜里进来一个小偷，被梅家的人捉住了，送到了县衙。衙门里的典史接受了小偷五百文大钱的贿赂，凭着小偷的口供，诬陷梅家姑娘同这个小偷通奸，还要把梅家的姑娘传到公堂之上进行审问、对证。梅家姑娘听到后，上吊死了。后来，梅家老两口也相继死去，这座房子便归了我。在这住的房客们经常看见一些邪魔鬼道的事，可是我也没有办法镇伏。"封云亭听了，又把吊死鬼求他的话告诉了房主人，并商议拆了房，换根梁。房主人考虑换大梁很费钱，有些为难，封云亭于是拿出些钱，帮助房主人动工。

换完大梁之后，封云亭仍住在这间屋内。夜里，梅女来了，不住地道谢，脸上喜气洋洋，姿态无比娇媚。封云亭十分喜爱梅女，想与她同床共枕。梅女很不好意思地说："如果我现在就与你结合，不仅我身上的阴气对你不利，而且我生前所遭受的那些侮辱就是用西江之水来冲洗，也洗刷不净了。你我结合有期，但今天还不是时候。"封云亭问："佳期在什么时候？"梅女只是笑，并不回答他。封云亭又问："喝杯酒吧！"梅女答道："不喝。"封云亭说："对着漂亮的姑娘，两人只是闷着互相看着，那还有什么趣味呀？"梅女说："我活着的时候，在各式各样的游戏中，我就会'打马'。但是现在就咱俩，人数也太少，黑灯瞎火的，难以成局。今天这个漫漫长夜，没什么玩意儿可消遣了，姑且和你用线'翻股'玩吧。"于是，封云亭便按着梅女说的，同她促膝而坐，翘起手指，翻起股来，那两条线翻上变下，久而久之，封云亭翻迷糊了，不知怎么翻了。梅女两只手绷着线，只得一边用嘴解说如何翻，一边用下巴颏指示着，两条线越翻越奇，千变万化，花样翻新。封云亭笑着说："翻股可真是闺房中绝妙的玩意儿。"梅女说："这些是我自己悟出来的翻法，只要有两根线，交叉起来，自然会出现各种花样，一般人没有深钻它罢了。"夜静更深，两个人玩得也累了。封云亭非叫梅女同他一起睡不可，梅女说："我们阴间人不睡觉，请你自己睡吧，我明白点按摩技术，我愿意把所有的本领都使出来，帮你做个好梦。"封云亭同意了。梅女便把手掌叠起来，轻轻给他按摩，从头顶到脚跟，按了个遍。梅女手到之处，那部分的骨头都要酥了。之后，梅女又攥起小拳头，轻轻地捶着，好像用棉花团捶打一般，浑身舒畅得难以形容。刚捶到腰部时，封云亭眼睛也懒得睁，嘴也懒得开了，捶到大腿时，封云亭就沉沉地睡着了。

封云亭一觉醒来，天已快晌午了。他只觉得浑身的骨头节十分轻松，和往日大不相同。心里更爱梅女了。他绕着屋子唤梅女，却并没有回答。

太阳落山了，梅女才来。封云亭说："你住在什么地方啊？我喊个遍，你也不回答。"梅女说："鬼没有住所，全在地上呀。"封云亭问："地下有缝隙可以容身吗？"梅女说："鬼不被地阻碍，就像鱼不受水阻挡一样。"封云亭便握着梅女的手说："要是能使你复活，让我把家产都花光了也愿意。"梅女笑着说："不用你破产啦。"玩笑到半夜，封云亭苦苦求梅女同寝。梅女说："你别缠我了，有个浙江的妓女叫爱卿，刚搬到我北边住，长得很标致。明天晚上，我把她找来，让她替我陪你，怎么样？"封云亭答应了。第二天晚上，梅女果然同一个少妇一起来了。那女人三十岁左右，眉目传情，暗含着一股轻佻的神气。三个人亲亲热热地坐下，玩起了"打马"。一局终了，梅女起身说："美好的会见真美满，我要走了。"封云亭想挽留她，梅女却像一阵清风一般，飘然不见了。封云亭和爱卿上床就寝，男欢女爱。封云亭问她的家世，她吞吞吐吐，言语含糊，只是说："郎君你果真喜欢我，只要用手指弹弹北墙，轻轻招呼一声'壶卢子'，我立刻就到。如果唤了三次，我还没来，那是我没空，就不用再叫我了。"天亮后，爱卿由北墙的墙缝里走了。第二天，梅女来了。封云亭打听爱卿，梅女说："被高公子叫去陪酒，所以来不了。"两人在灯下谈心，梅女总好像有什么话要说，刚一动嘴，却又停止不讲了。封云亭再三盘问，梅女却始终没说，只是微微地叹气。封云亭只好一再地与她嬉戏，四更过后，梅女才走了。

自此以后，梅女与爱卿经常到封云亭的住处来，欢笑之声通宵达旦，弄得满城风雨。衙门里有个典史，出身浙江一个名门望族，妻子因为和仆人通奸被他休回了娘家。随后，又娶了一位姓顾的妻子，两口子感情挺好，不料过门刚一个月，顾氏就死了。典史心里很难过。他听说封云亭同女鬼有交情，他也想来问问阴间同阳世是不是还能结为姻缘。于是，他骑着马来拜访封云亭。开始，封云亭不肯帮他的忙，但禁不住这位典史再三恳求，最后封云亭摆下酒席，招待典史，答应把鬼妓给他招来。黄昏时，封云亭将北墙叩了叩，低声唤："壶卢子。"还没等第三声招呼完，爱卿就到了。爱卿进门一抬头，看见了典史，脸色马上变了，回转身就要走。封云亭忙用身体挡住门口。典史仔细一瞧，勃然大怒，操起一个大碗就向爱卿砸去，爱卿忽然一下子就不见了。封云亭吃了一惊，不知道典史这是为了什么，正要询问，突然从里间房走出来一个老太太，冲着典史破口大骂："你这个缺德的贼，坏了我的摇钱树，快点拿出三十吊钱赔偿我！"说着，抢起手中的拐棍朝典史打去，正打在典史的脑袋上。典史双手捂着脑袋痛苦地说："这个顾氏是我的老婆呀。年纪轻轻的就死了，我为了她的死，一直痛苦不堪；哪料想得到，她成了鬼却不正派，当了妓女。我生气打她与你老太太有什么相干呀？"老太太怒气冲冲地说："你本是浙江的一个臭无赖，买了顶乌纱帽就把你臭美得鼻子眼儿朝天啦！你当官有什么是非，分什么黑白，袖筒里有三千个大钱就是你爹！你弄得神怒人怨，你的死期眼看要就到了。是你的爹妈在阴曹地府苦苦哀求阎王爷，愿意把他们那心爱的儿媳妇送到妓院去，替你还欠下的那些亏心债，你还不知道吗？"说完，抢起拐棍又打起来。典史被打得嗷嗷直叫。封云亭听后，惊诧万分，又无法解救那个典史。这工夫，一眼瞥见梅女从里屋出来了，瞪圆了眼睛，吐出了舌头，脸色变得怕人，走过去用长簪子刺典史的耳朵。封云亭吓坏了，忙用自己的身子挡住了典史。梅女仍然恨恨不已。封云亭忙劝道："即使这个人是罪有应得，可是如果死在我的寓所，我就有责任了。请你稍微考虑考虑，要投鼠忌器呀。"梅女于是拽着老太太说道："暂时让他多活一会儿，别让我的封郎受连累。"那个典史这才抱头鼠窜而去。跑出衙门，脑袋疼痛难忍，半夜时就死了。

第二天夜里，梅女又来了，笑着说："痛快！这口恶气要出了。"封云亭问道："你和他有什么冤仇啊？"梅女说："过去我说过，他接受贿赂，诬陷我有奸情，我是含恨已久的了。我常想求你帮我昭雪，可是我又觉得自己以前对你没有一丁点好处，所以不好意思启齿。我正好听到你屋里闹腾，暗中一听，没想到那个小子就是我的仇人。"封云亭惊奇地说："他就是诬陷你的人啊？"梅女说："他在这儿当典史已经十八年了，我含冤而死已足足十六个年头。"封云亭问："那个老太太又是谁呢？"梅女说："是个老妓女。"封云亭又问爱卿怎么样了，梅女说："病倒了。"随即又嫣然一笑，说："以前我说咱俩结合有日，今天可快到期了。你曾经说过，为了得到我，倾家荡产都愿意，你还记得么？"封云亭说："当然，到今天我也没改变主意啊。"梅女说："实话对你说了吧，我死后立刻就投生到延安展举人家了。只是因为大仇未报，所以一直拖延到今天，我的魂还在这里。请你买块新绸子做个口袋，使我能跟着你一块走，你到展家去求婚，准保一说就成。"封云亭担心自己与举人不是门当户对，恐怕人家不会答应这门亲事。梅女说："你只管去，不要担心。"封云亭听从了梅女的话。梅女又嘱咐他说："路上可千万别召唤我。等入洞房喝交杯酒时，将这个口袋挂在新媳妇头上，然后呼唤：'勿忘勿忘！'"封云亭记下了。他刚把口袋打开，梅女就跳进去了。

封云亭带着口袋来到了延安。一打听，果然有个展举人。展家有个女儿，长得很美，但是得了傻病，经常将舌头吐到嘴外，就像夏天时的狗那样。所以今年已经十六岁了，却还没有婆家，父母为她的事都愁病了。封云亭打听清楚后，就到展举人家来拜访。见面后，先将自己的家世介绍了一番，然后离开展家，到寓所就请媒人去提亲。展举人一听，十分高兴，将封云亭招为女婿。但展女却傻透了，什么礼节也不知道，两个丫鬟连扶带拉地把她送进了新房。丫鬟一走，傻姑娘便解开大襟，露出了两个乳房，对着封云亭傻笑。封云亭立刻把口袋蒙在姑娘头上，一边急忙呼唤："勿忘勿忘！"这时，姑娘的眼睛直了，盯着封云亭，好像在琢磨什么。封云亭笑着说："你不认得我了么？"并举起口袋给她看。姑娘于是明白过来了，急忙掩上衣襟，两人欢天喜地地谈起来……

第二天一大早，封云亭就去拜见岳父。展举人安慰他说："我那个傻女儿无知无识的，承蒙你看得上眼，你如果愿意，我家中还有不少俏丫鬟，我不吝惜，打算送给你一个。"封云亭却说姑娘一点也不傻，但展举人还是不相信他的话。过了一会儿，女儿来了，一举一动都恰到好处，展举人十分惊奇，女儿只是捂着嘴笑。展举人于是仔细盘问，女儿进前欲说，因为害羞又退了回来，不吱声。封云亭便把事情的梗概说了一遍。展举人听了之后，十分高兴，对女儿越发疼爱了。展举人还让儿子大成跟女婿一起读书，一切供给都很丰富、齐全。

过了一年多，大成逐渐看不起封云亭，两人越来越处不到一起了。展家的仆人们也开始在背地里对封云亭说长道短。展举人听闲话听多了，对封云亭也不像以前那么好了。展女发觉后，便对封云亭说："老丈人家不可以久居，凡是总在老丈人家住的，都是窝囊废。趁现在还没撕破脸，我们赶快回家吧。"封云亭觉得很有道理，就向展举人告辞。展举人想把女儿留下，女儿却不同意。展举人父子都生气了，送车马也不给预备。展女便拿出自己的嫁妆租了车马回婆家。后来，展举人又叫女儿回娘家住住，展女却说什么也不回来。再后来，封云亭中了举人，展家和封家才有了来往。

异史氏说："人说官位低下的更是贪婪，其真实情况果然如此吗？那位典史为了五百钱就诬陷别人奸淫，纯正的道德标准也就丧失殆尽了。于是，上天夺其爱妻之命，又让妻的鬼魂在阴曹当了妓女，典史终于因此而丧命暴死。啊，实在可怕呀！"

康熙甲子年间，山东贝丘（今临淄）典史最为贪婪狡诈，老百姓都很怨恨他。其妻忽然被奸狡之徒诱惑一起逃走。有人代为其贴了一份寻人启事，写道："某官因为自己不慎，走失夫人一名。身上没带什么东西，只有红绫七尺，包裹着元宝一枚，为翘边细纹，并无损坏之处。"也是一份风流的小报。

仙人岛

王勉，字黾斋，广东灵山人。文思秀出，考了多次第一名，心高气傲，喜欢用俏皮话骂人，许多人都被他讽刺挖苦过。有一次，他偶然碰到一位道士，那道士端详了他一阵说："您的相貌尊贵极了，但被嘴巴轻薄的罪孽折损光了。以您的智慧，若回头修道，还可以登仙。"王勉听了，嗤笑着说："有没有做官的福气当然没法预料，但是世上难道真有仙人？"道士说："您怎么这么没眼光，不必到别处找，我本人就是神仙。"王勉更讥笑他吹牛皮。道士说："我这话何足为奇，你若肯跟我走，你马上就可看到几十位神仙。"王勉问："他们在哪里？"道士说："近在咫尺。"于是把手杖夹在两腿间，并将另一头交给王勉，叫他照自己那样骑上，并让王勉闭上眼睛。接着大喝一声："起！"王勉便感到手杖粗得像一个能装几斗米的大口袋，凌空急飞，他暗中用手摸手杖，只觉得上面有一排排的鳞甲。顿时吓坏人，便老老实实骑在上面，再也不敢乱动了。过了一会儿，道士又喊："停下！"立刻抽走了手杖。随后，他们便落在一所大宅院里，到处是几层的高楼亭阁，就像皇宫一样。有座一丈多高的台子，台上的大殿并列着十一根大石柱，无比宏伟壮丽。道士拉着王勉上殿，并吩咐道童摆下酒筵招待宾客。殿上很快摆开了几十桌酒席，陈设炫人眼目，道士也换上华贵的衣服等候客人。

不一会儿，许多客人从空而降，他们骑着各种珍禽神兽，有的骑龙，有的骑虎，有的骑鸾凤。各人都携带着乐器。有女子，有男人，有的光着双脚。其中有个漂亮女子骑着彩凤，一副宫廷的打扮，叫一个侍女替她抱着乐器，这乐器非琴非瑟，叫不出名称来。

客人到齐后，宴会开始了。山珍海味错杂纷呈，芳香扑鼻，甘美绝伦，远非一般珍肴可比。王勉沉默地坐在一旁，显得很孤寂，两眼一直盯着那个漂亮女子，不觉爱上了她，很想听她的弹奏，唯恐她轮不上表演的机会。酒喝得差不多时，一个老人倡议说："承崔真人雅意相邀，今日可说是一个盛会了。当然应该尽情欢乐一番，请各位按乐器的门类，分组奏乐。"于是各自找伴组成乐队，一时丝竹之声响彻霄汉。唯有骑凤的美人的乐器是独一无二的。等到各种乐器都奏过以后，侍女才打开绣花口袋，取出乐器摆在小桌上，美人轻舒玉腕，像弹筝一样弹奏起来。那声音比琴声要响亮许多倍，弹到强烈时令人心震欲裂，柔婉时叫人神魂荡漾。弹了半顿饭的时光，整个大殿里安安静静的，连咳嗽的声音也没有。一曲终了，铿然一声，如敲响了清越的铜磬。众人交口赞道："云和夫人这一手真是绝技啊！"于是，大家纷纷告辞，只听见一片鹤叫声、龙吟声，不一会儿就都走了。

道士在七宝床上铺好锦绣被褥，让王勉过夜。王勉在初见丽人时已经萌发了爱恋之心，听了她的弹奏之后，思慕得愈深了。但又想到以自己的才华，猎取高官理应易如拾芥。富贵以后，美人珍宝何求不得？顷刻之间，千端百绪纷乱如麻。道士好像知道王勉的心绪，对他说："您前世与我一同学道，后因意志不坚定，才坠入红尘，我还想着与你前生的旧情，希望把你从污浊的世道中拯救出来。不料你对功名迷恋太深，浑浑噩噩无法点化。现在我要送你离开，我们未必没有再见的机会，但要度你做天仙只能在这番劫数以后了。"于是叫王勉闭上双眼，坐在台阶下一块长石上，嘱咐他千万不可睁开眼睛。坐好后，道士用鞭子驱赶石头，石头飞了起来，风声呼呼灌耳，不知走了多远。忽然王勉想到不知下面的景物如何，便偷偷将双眼眯开一线，只见茫茫大海，漫无边际，吓得胆战心惊，忙把双眼闭上，可是身子已同石头一块掉了下去，轰然一声，像海鸥一样投进了海水中。

幸好王勉生在海边，稍稍会得点游泳的技术。这时，他在水中听得有人鼓掌大笑，并大喊："跌得太漂亮了！"正当危险紧急之际，一个少女把他拉上小船，并取笑道："吉利，吉利，秀才中湿（中式）了。"王勉瞧着她，只见少女年龄大约十六七岁，生得十分娇艳。王勉出水后浑身冷得打战，请她生火烤一烤。少女说："跟我到家中去，自会给你想办法，若得意了，可不要把人忘了。"王勉说："这是什么话啊，我是中原的才子，偶然碰上了倒霉的事，过了这关当以身相报，岂止不会忘记。"少女荡起双桨，船快得像风一样，一会儿就靠岸了。少女在船舱里拿出摘来的一束莲花，领着王勉一同回家。

走了半里路，就进了一个村子，只见红漆大门朝南开着，接连进了几道门，少女先跑去报信。不一会儿，便有一个四十多岁的男人出来了，请王勉进屋，叫仆人取来帽子长袍鞋袜等物，给他换下湿衣服。随后，询问王勉的籍贯姓氏。王勉说："不是吹牛，我在家乡的文名还是比较响的。崔真人对我思念殷切，邀我到了天堂，自认为取富贵易如反掌，因此不愿高蹈隐居。"男子肃然起敬，说："这里叫仙人岛，远隔人世。我姓桓，名文若，世代住在这偏僻的地方，有幸能遇上中原的名人。"说着便热情地摆上酒席，又从容地说："我有两个女儿，大女芳云十六岁了，至今还未选着中意的女婿，我想让她侍奉您，怎么样？"王勉猜想一定是那个采莲姑娘，连忙起身致谢。

桓先生又叫仆人到邻近请几位德高望重的老人来。叫身边的人马上请女儿出来。不一会儿，浓郁的异香扑鼻而来，十多个美女簇拥芳云而出，光彩艳丽，就像朝日辉映下的莲花。双方见过礼后坐了下来，美女们都在旁侍立，采莲人也在其中。

喝过几杯酒后，一个梳短发的姑娘出来了，才十来岁，生得秀丽而又调皮，笑着倚在芳云身边。一对眼珠灵活地转动着。桓先生说："女孩子不在闺房里，出来凑什么热闹。"然后对客人介绍说："这是绿云，我的小女儿，相当聪明，已经记得很多历史典籍了。"让她给客人朗诵诗，她便朗诵了三首《竹枝词》，声音娇柔婉转，听起来很悦耳。等她朗诵完之后，便让她在姐姐旁边坐着。桓先生说："王君是位天才，过去一定写过很多诗，可以让我们赏识一下吗？"王勉于是慷慨大方地朗诵了一首七言律诗，得意地左右顾盼。中间有一联是："一身剩有须眉在，小饮能令块垒消。"邻居老人再三欣赏地念着。芳云低声对绿云说："上句是说孙悟空逃离火云洞，下句是写猪八戒过子母河。"座中人都拍手大笑。桓先生又请再念其他诗，王勉便念另一首《水鸟》诗，念到"潴头鸣格磔"，忽然忘了下句。才一打顿，芳云向妹妹低声耳语，然后掩着嘴笑了。绿云告诉父亲说："她给姐夫续了下句，说是'狗腚响弸巴'。"满座的人都粲然失笑。王勉很不好意思。桓先生回头瞪了芳云一眼。

王勉脸色镇定些后，桓先生又请他谈谈文章。王勉想，隐居世外的人肯定不懂八股文，于是便将他考第一的那篇文章拿出来炫耀，题目是《孝哉闵子骞》，破题是"圣人赞大贤之孝"。绿云望着父亲说："圣人没有对弟子称字的，'孝哉……'一句是别人的话。"王勉听后，兴头一点也没有了。桓先生笑着说："小孩子懂得什么！关键不在这，只看文章好坏。"王勉接着往下念，每念几句，姊妹俩必定耳语一阵，像在做评论，但声音很小，听不清楚，王勉背到得意处，还把考官的评语念出来，有句评语说："字字痛切。"绿云便告诉父亲说："姐姐说应把'切'字删去。"大家都没明白过来，桓先生恐其语言轻慢，也不追问。王勉念完了，又把总评说了一遍。有句评语说："羯鼓一挝，则万花齐落。"芳云又掩口向妹妹低低说了几句悄悄话，两人都笑得直不起腰来。绿云又说："姐姐说'羯鼓应当是四挝'。"众人又不理解。绿云正要张口，芳云忍住笑呵斥她："鬼丫头敢瞎说，就打死你。"众人十分奇怪，相互猜测议论，绿云忍耐不住说："去'切'字就成了'字字痛'，就不通了；鼓敲四遍，那声音也是'不通不通又不通'。"众人大笑。桓先生一边怒斥绿云，一边起身斟酒，请求原谅。王勉原来以自己的才学和名声感到得意，简直不把古今的名人放在眼里，这时却心灰意冷，只觉冷汗直冒。桓先生笑着安慰他说："刚好有一句话，请各位续成一副对联：'王子身边，无有一点不似玉。'"众人还没来得及思考，绿云应声对道："黾翁头上，再添半夕便成龟。"芳云笑着，伸手在绿云腋下咯吱了好几下，绿云挣扎着跑开了，回头说："关你什么事，你频频取笑他也不当回事，别人只说了一句怎么就不答应呢？"桓先生训斥了她几句，才笑着走了，邻叟也告辞而去。

丫鬟们领着王勉和芳云走进卧室，只见灯烛、屏风、床铺，陈设十分讲究。又看洞房里满满几架精装的图书，什么书都有，王勉向芳云提出一些问题，芳云对答如流。王勉这才感到望洋兴叹，不好意思。芳云呼唤"明珰"。采莲姑娘跑了过来，王勉才把她的名字和人对上号。因为刚才几次受到芳云的讥笑，很担心老婆瞧不起自己，幸而芳云说话虽然有些尖酸刻薄，而闺房之中，感情还是很投合的。王勉闲居无事，常常喜欢吟诗消遣。芳云说："我有一句良言，不知道你愿不愿接受？"王勉问："什么良言呢？"芳云说："从今以后不做诗，这也是一种藏拙的好办法。"王勉听了，觉得十分羞愧，再也不作诗了。

时间一久，王勉与明珰逐渐亲近了，便对芳云说："明珰对我有救命之恩，我们对她说话和神色应稍好一点。"芳云立即答应了。每逢在房中做游戏，都招明珰在一块儿玩。王勉和明珰的感情一天天深厚了，常以眉目手势传情。芳云有所察觉，反复责备王勉。王勉只好不断勉强分辩。一天黄昏，夫妻对坐饮酒，王勉认为不热闹，便劝芳云叫明珰来陪，芳云不答应。王勉说："你是无书不读的，怎么忘记了'独乐乐'这几句话呢？"芳云说："我说你不通，今天更证实了。你难道标点句读都搞不清吗？'独要，乃乐于人要；问乐，孰要乎？曰：'不。'"两人一笑而罢。

一天，芳云姐妹参加邻居女伴的约会。王勉抓住机会，急忙去找明珰，两人尽情亲热了一番。当晚，王勉感到小腹微微作疼，疼痛过后，发现小便肿了。他非常害怕，只得告诉芳云。芳云笑着说："这肯定是你给明珰报恩带来的结果。"王勉不敢隐瞒，只好如实讲了。芳云说："你自己找的罪受，实在无法可想，既然不疼不痒，听其自然算了。"王勉的疼痛几天不好，心里闷闷不乐。芳云也不问他的病情，只是凝视着他，一双大眼睛水盈盈、亮晶晶的像清晨的两颗星星。王勉说："你的模样真叫'胸中正，则眸子瞭焉'。"芳云笑着说："你的模样正是'胸中不正，则瞭子眸焉'。"因为"没有"的"没"，一般读音就像"眸"，她故意用这话来开开玩笑。结果，王勉一听，失声笑了起来，并向她哀求治病的药方。芳云说："你不听良言，以前肯定是怀疑我嫉妒。不相信这丫鬟是碰不得的。以前劝你不要去碰她，实在是出于爱护，而你却像东风吹马耳一样，我才懒得管你。你缠得我无法，我就给你治一治吧，但医师必检查患处。"于是把手伸到王勉衣服底下，口中念道："黄鸟，黄鸟，无止于楚。"王勉大笑起来，病就好了。

过了几个月，王勉因双亲年老，儿子尚幼，心中常痛苦地思念着，并把思亲的想法告诉芳云。芳云说："你要回去也不困难，但咱俩再要相会就很难了。"王勉泪流满面，哀求芳云一道回去。芳云再三考虑，还是答应了。桓先生摆下筵席给他们饯行，绿云提个篮子进来说："姐姐远别了，没有好的礼物相赠，恐怕你们到海南无处安家，我朝夕赶工给你们造了一些房子，莫嫌造得草率。"芳云行过礼后才接来，王勉近前细看，原来是细草编的楼阁，大的有香橙那么大，小的只有橘子大小。大约有二十余座，每栋的屋梁和屋椽，都历历可数，里面架着帐幔的床榻，小得像芝麻。王勉把它们看作小孩玩具，但暗暗佩服绿云手工精巧。芳云说："实话对你说，我们原是地仙，因为早有缘分，你我才能相聚在一起。我本来不愿到红尘中去，只因你有老父，不忍违反你的孝心，等到父亲百年以后，还要回到岛上来的。"王勉恭敬地答应了。桓先生问："你想走陆路，还是想坐船？"王勉害怕风涛之险，所以愿走陆路。才出门，只见车马已等候在门口了。

王勉拜别了桓先生便带着芳云上路了。一路上，车走得像鸟飞一样，不一会儿就到了海边。王勉担心海上无路可走。芳云便拿出一匹白绸子，向南抛去，白绸立刻变成了一道丈多宽的长堤，车马瞬间就跑过去了，随着堤也渐渐消失了。走到一处落潮的地方，四面平坦辽阔。芳云让车马停下来，走下车把篮子中草编的房子取出，带着明珰等丫鬟，按规定布置起来。转眼间就变成高宅大院。大家一同进去，解下行装，和岛上原先的住处毫无差别，连洞房里的桌子床铺也一模一样。这时天已黄昏，一行人就在这里过夜。

第二天清早，芳云让王勉去接老人孩子。王勉骑着马跑回老家，房子已经卖给了别人。向邻居一打听，才知老母和妻子都死了，只有老父还在。儿子好赌，田产都输光了。祖孙二人没地方居住，临时在西村租房住着。王勉刚回来时，心里还想着考科举做官的想法。听到这些情况，心情非常悲痛，想到富贵即使可以得到，也和空花一样。他打着马到西村见到了老父，老人已是满身破烂，衰朽可怜。父子相见，都失声痛哭。问那不肖之子，却赌钱未归。王勉于是用车接走了老人。芳云拜见公公以后，给老人烧水洗澡，拿来丝绸衣裳给他换上，让他住进舒服的房间，又请来一些老朋友陪他喝酒谈心。奉养得比世家大族更加周到。有一天，儿子来找王勉。王勉不准他进门，只给了他二十两银子，让人给他传话说："拿这二十两银子去娶个媳妇，谋求生计。若再来找，就用鞭子打死！"儿子哭着走了。

王勉回来之后，便很少与人往来，偶尔来了老朋友，则热情接待，谦恭有礼，和平日大不一样。他对黄子介尤其特别，黄是早年的同学，是名士中生活道路最坎坷的人。王勉留他住了很久，时常同他密谈，送给他的礼物也特别丰厚。

过了三四年，王勉的父亲死了，他花了很多钱料理丧事，办得尽礼而又热闹。这时，儿子已娶上了媳妇，儿媳妇对儿子要求很严，儿子也不常进赌场了，给爷爷送终这天，媳妇才得以拜见公公婆婆。芳云看见儿媳妇时，也称赞她善于持家，并给了他们三百两银子去买田产。第二天，黄子介和王勉的儿子去看王勉，却发现那些房子已经消失，人也不知到哪儿去了。

异史氏说："美人所在之处，哪怕是地狱，人们也将进去追求，何况还有无穷的享受呢？如果地仙允许携带漂亮老婆，恐怕皇帝老子身边也将空无一人了。语言轻薄减掉福禄，这是理所应当的。难道仙人就不忌讳口孽吗？那个女人的嘴巴，又是多么刻薄啊！"

［ 青 娥 ］

霍桓，字匡九，是山西人。父亲曾做过县尉，但很早就死了。父亲死时，霍桓还很小，但很聪明。十一岁那年，霍桓进了县学读书，并成为有名的神童。母亲对他特别溺爱，平常没事不让他出门，所以都十三岁了还不知道排辈，连叔伯、伯父、外甥、舅父的关系都弄不清楚。与他同乡居住的有个武评事，由于喜欢修道，所以进山修行后就不回家了。武评事有个女儿叫青娥，十四岁，长得特别漂亮，从小背着人把父亲那些学道成仙的书都读过了，特别羡慕何仙姑。父亲进山以后，她就立志不嫁人，母亲对此也没办法。

一天，霍桓在门外偶然看见了青娥。尽管他年幼无知，可是心中对青娥特别喜爱，只是嘴里却说不出来。回家后，便把自己对青娥的爱意直接告诉了妈妈，还让妈妈托媒人到青娥家去提亲。霍母知道这门亲事做不成，所以告诉儿子武家不会同意。霍桓听后闷闷不乐，霍母怕儿子不痛快，只好托个朋友到武家去提亲，果然不成。霍桓听到回信后，不管是走着还是坐着，都想办法，可是到底也想不出什么好办法来。恰巧，这天门外来了一个道士，手里拿着一把小铲子，有一尺来长。霍桓借过小铲子看看，说："将它做什么用？"道士回答："这是挖药用的工具，东西虽小，可是硬石头也经不住它砍的。"霍桓不大相信，道士顺手用铲子往墙上的石头砍了一下，那石头就像腐烂的一般，应手而落。霍桓感到特别奇怪，摆弄着小铲子爱不释手。道士笑着说："公子喜欢它，我就赠送给您吧。"霍桓听了十分高兴，掏出钱来酬谢，道士分文不要，很快就走了。

霍桓拿着小铲子回到家中，用砖头、石块一一做试验，都被铲子砍开，毫无障碍。霍桓于是想：如果用这铲子把墙挖个洞，不就可以看见青娥了吗？这个想法虽然很好，但他却不知道这是犯法的。

夜里起更的时候，霍桓跳墙离开了家，一直来到武家，然后用铲子凿穿两道墙，才进到里院。见小厢房里还点着灯，便猫腰凑近前偷偷一看，只见青娥正在脱衣裳呢。不大工夫，屋内灯灭了，静悄悄地没有一点声音。霍桓又把屋北墙凿了个洞，然后钻进去，只见青娥早已经睡着了。霍桓轻轻脱掉鞋，悄悄爬到床上。由于害怕惊醒青娥，遭顿臭骂给轰出去，于是蹑手蹑脚地躺在青娥身旁，微微闻到青娥身上的香气，心中也就暗暗满足了。因为忙碌了半夜，特别疲倦，所以刚一合眼，不知不觉就睡着了。

青娥一觉醒来，听见身边有呼吸的声音，忙睁开眼睛，只见从墙上的大窟窿里透进来一道亮光，这一惊非同小可，暗中抽开门闩，轻轻地走出了屋门，敲着窗户叫醒了仆妇，仆妇们点起了灯火，操起了棍棒，进到了屋中。只见一个梳着小髻的少年在青娥的床上酣睡着，仔细一打量，便认出是霍桓。于是上前推他，霍桓醒过来后，一骨碌坐起来，两只眼明亮亮的，灼灼有神，似乎也不怎么害怕，只是有些不好意思，一声也不吱。众人指着他，骂他是贼，大声呵斥，他才哭着说："我不是贼，实在是因为太爱小姐，所以愿意亲近亲近她。"众人又看到院子被凿通好几道大墙，不像是小孩子能干得了的。霍桓于是拿出小铲子并说出了它的神奇。人们当场试验后，惊奇万分，都认为这是神仙赐给他的。仆妇们准备将这一切向老夫人禀报。青娥低头不语，好像不同意他们这样做。仆妇们暗里猜中了青娥的心意，于是就说："这小伙子人品、才学和家庭都不错，一点也不辱没人。不如放他走，让他回去请个媒人来吧。天亮后再向老夫人撒个谎，就说有贼进来了，怎么样？"青娥默认了。众人于是让霍桓快走。霍桓要求大家把铲子还给他。众人笑着说："傻小子！仍然不忘作案的家伙吗？"霍桓偷眼看见枕边有一支凤钗，便暗中揣在了袖中。刚放好就让一个小丫鬟瞧见了，急忙告诉了青娥。青娥不吱声，也不生气。这时，一个年岁大的仆妇拍着霍桓的脖子说："可别说他像个傻子，心眼可乖透了。"于是拽着霍桓让他仍从那个窟窿出去。

霍桓回到家中，不敢把实情告诉妈妈，只是求妈妈再托媒人到武家去。霍母不忍心拒绝儿子，只好到处托媒人，给他另外提亲。青娥听到这个消息后，心中十分焦急，并暗中派个心腹仆人给霍母去透个话，霍母听后十分高兴，立刻让媒人到武家去提亲。不巧的时，此时武家有个小丫鬟把那天夜里发生的事给泄露了，武夫人感到受了侮辱，十分气恼。媒人一来，更触发了武夫人的怒气，一边用拐杖点着她，一边大骂霍家母子。把媒人吓得抱头鼠窜，回去后便将经过情形都告诉了霍母。霍母听了，也十分生气，说："我这个没出息的儿子干的这些事，我一丁点也不知道。何必对我们无礼谩骂呀！当那荡儿淫女在一块儿睡觉那时，为啥不一块将他俩杀掉？"因此，见到亲戚就诉说一遍。青娥听说后，羞愧得要死。武夫人也特别后悔，可是也无法使霍母不讲。青娥于是暗地里派人委婉地向霍母说明原委并发誓不嫁他人，言语甚是悲切。霍母被感动了，再也不到处讲了。可是，提亲的事也搁置了。

当时，这个地方的县官是山西人，姓欧，看过霍桓的文章后，很器重他，不时将他召进衙署，对他特别高看。一天，欧县官问霍桓："结婚了没有？"霍桓回答："没有。"县令又细问为啥没有结婚，霍桓回答说："早先与已故武评事的女儿订了婚，后来因为出了点岔头，所以就耽搁下来了。"县令问："你还有意思没有？"霍桓不好意思回答。欧县官笑着说："我将为你成全这件好事。"即刻委派县尉和教谕两位官长到武家下聘礼。武夫人一看，十分高兴，两家的婚事就这样定下来了。

过了年，娶了青娥。青娥进门后，就把小铲子往地上一扔说："这个做贼用的家什，把它扔掉吧！"霍桓笑着说："不要忘了媒人。"然后捡起来，珍藏在身边，片刻不离。青娥为人温柔敦厚，沉默寡言，一天除了早、中、晚向婆婆问安外，其余时间只在屋里静坐，不太留心家务事。婆婆如果因婚丧之事到亲朋家去，她也能把家务事处理得井井有条。

过了一年多,青娥生了个儿子,取名孟仙。青娥又把照料小孩的事完全交给了用人,好像对孩子也不大关心、疼爱。又过了四五年,她忽然对霍桓说:"你我恩爱的缘分到今天算起来已有八年了。现在分离的日子迫近,而聚首的时光越来越少了,可怎么办啊!"霍桓听了,很吃惊,问她为什么这样说,她又沉默不语了。只见她收拾打扮一番,拜见婆婆后,又回身进了自己的房中。霍桓追着她的脚步询问,只见她仰卧床上已断了气。霍氏母子十分悲伤,买了一口好棺材,将青娥安葬了。

霍母年迈体衰,一抱起孙子就想起了儿媳,心里难过,如摧肺肝,因此得了病,卧床不起。不愿吃东西,就想喝点鱼汤,可是附近没有鱼,非到一百多里地以外才能买到。而家中的男仆人又正好在外办事,还没有回来。霍桓生性孝顺,不等仆人回来,便自己揣起钱就上路了。他白天黑夜地起,一直不停脚。回来时,刚走到山里,太阳就落了,他两脚一瘸一拐地,一步迈不出半尺。这时,过来一个老头,问他:"脚上大概打泡了吧?"霍桓连连称是。老头便坐在路边,敲石取火,用纸包着一点药面,点着了熏霍桓的脚,熏过之后,让他试着走两步,不但不疼,而且脚上更有劲了。霍桓十分感激老头,向他道谢。老头问:"什么事使你这么急不可待呢?"霍桓于是把事情的始末缘由说了一遍。老头问:"为啥不再娶个媳妇呢?"霍桓回答说:"没有相当的。"老头指着远处的山村说:"那里有一个好姑娘,如果你跟我去,我给你保个媒。"但霍桓以母亲病中等着吃鱼,自己不能耽搁为理由谢绝了。老头朝他拱拱手,并约好以后霍桓来山村,只打听老王就行了,说罢便告别而去。

霍桓回到家里,把鱼做好给母亲吃了。母亲稍进饮食后,过些日子病就好了。霍桓于是带了个仆人骑着马去山里寻找王老头。但到了与老头分手的地方后,却找不到那个村庄了。徘徊了两个多小时,夕阳渐渐西下,山谷里地势高低错杂,看不到远处。他就带着仆人往山顶走,想看看有无村落;可是山路崎岖,不能乘马,只得徒步而行,爬到山顶时天已向晚,暮色苍茫。频频四顾,也看不见有村庄。正要下山,又迷了路,心中十分烦躁,好像火烧一样。只好在黑暗中东摸西找,突然从峭壁上掉了下来。幸好离峭壁数尺下有一块石头突出来,像个小台子似的,掉在上面,仅可容身;往下一瞧,黑洞洞地看不见底。霍桓害怕到了极点,一点也不敢动。值得庆幸的是,石崖边上长满了小树,好像栅栏似的。过了一阵子,他发现脚边有一个小洞,心里暗暗高兴,便后背紧靠着山石,像虫子似的爬进了洞里。这时心才稳下来,只等着天亮就喊人求救了。

不大工夫,就发现洞的深处有亮光,像星星一般。霍桓于是一步步朝亮处走去,约摸走了三四里,忽然看见一座房屋,虽然没有灯火,但亮堂堂地像白天一样。突然,有一个漂亮的女子从房子里走出来,一看,原来是青娥!青娥看见霍桓,吃惊地说:

"郎君怎么来的？霍桓没顾得说话，一把拽住青娥的衣袖，便伤心地大哭了起来。青娥劝他止住了哭声，问婆婆和儿子的情况。霍桓把家中痛苦的情形全说了，青娥听了也挺难过。霍桓说："你死了一年多了，这里大概是阴间吧？"青娥说："不，这是神仙的地方。以前我并没有死，埋葬的只是一根竹拐杖。郎君今天来了，也是有仙缘呀。"说罢便带着霍桓去拜见父亲，只见一个留着长胡子的老头坐在屋里，霍桓连忙上前见礼。青娥说："霍郎来了。"老头慌忙站起来，握着霍桓的手，说了几句客气话，又说："女婿来得太好了，应当留在这里。"霍桓推说家中老母想念，不能久留。老头说："这我也知道。但是晚回去三四天，也没什么关系。"于是拿出酒、菜招待霍桓，又让小丫鬟在西屋里铺床，放上锦缎被褥。霍桓吃完饭来到西屋，要青娥与他一起睡，青娥拒绝说："这里是什么地方，怎么能容许胡乱来？"霍桓紧紧捉住青娥的胳膊不松手，窗户外面的丫鬟哧哧地笑，青娥越发不好意思了。两人正在一拉一推的时候，老头进屋来了，斥责道："你这个凡夫俗子把我的洞府弄脏了！应该马上离开！"霍桓一向自尊心很强，此时忍不住了，把脸一变，说道："儿女之情，人人如此，当老人的怎么能监视我呢？马上走并不难，但是要让您的女儿同我一块儿走。"老头没话说了，叫女儿跟着走，打开后门送霍桓。等把霍桓骗出门，父女俩关上门就回去了。霍桓回头一看，发现眼前尽是陡岩峭壁，连个缝隙也不见。自己孤单单的，往何处去也不知道。看看天上，月亮已经偏西了，星星也稀疏了。惆怅许久，悲哀已极，不由怒火中烧，对着峭壁大呼小叫，一直也听不见回答。霍桓愤怒到极点，于是从腰中掏出小铲子凿石头往里进，转眼之间打进去三四尺。隐隐约约地听见有人说："冤家呀！"霍桓更拼力地凿起来。忽然洞底开了两扇门，老头将青娥推出来并说："走吧，走吧！"峭壁马上又合上了。青娥埋怨霍桓道："你既然爱我娶我，哪能这样对待老丈人？也不知道哪里的老道，给你这么一件凶器，把人缠得要死。"霍桓得到了青娥，已心满意足，也不再争辩，只是担心道路艰险，难以回家。青娥折下两个树枝，与霍桓一人骑一枝，刚骑上，树枝立刻变成了马，连跑带颠，不大工夫就回到了家。此时，离霍桓离开家已经七天了。

原来，霍桓与仆人在山中失散后，仆人找不到霍桓，只好回去禀报了霍母。霍母派人到山中搜个遍，也没找到一点踪迹。正在忧虑焦急的时候，听说儿子自己回来了，高兴得连忙迎了出来。抬头一看，还见到了儿媳妇，几乎吓死过去。霍桓于是把经过情形大略说了一遍，霍母听后，更加高兴了。青娥因为自己死而复生的事太令人奇怪了，担心别人听了害怕，便提出来要搬家，霍母也同意。正好外省有一处住宅，于是选了一个日子就搬去了，人们一点也不知道。

他们又一同生活了十八年，青娥又生了一个女儿，嫁给了同县的李家。后来，霍母去世了，青娥告诉霍桓："在咱们家的地里，有只野鸡抱了八个蛋，这块地可以埋葬母亲。你们爷俩扶灵回去下葬，儿子已经成人了，可以让他在那里守墓，别让他回来了。"霍桓照妻子的话，安葬好母亲，独自回来。过了一个多月，儿子孟仙回来探视父母，可是父母都没在家，便询问老仆人，仆人说："去安葬老夫人没回来。"孟仙深感其中有奥妙，但也只能长叹罢了。

孟仙的文章做得好，很有名气，可是科考不顺利，直到四十岁也没考中。后来，以拔贡的身份进京参加秋考，同场有一个十七八岁的考生，神采俊逸，孟仙见了便很喜欢他。看那考生的卷子上注明是顺天府的廪生霍仲仙。孟仙惊奇得睁大了眼睛，于是把自己的姓名做了介绍。仲仙听后也很惊奇，问他的老家何处，孟仙一一作了回答。仲仙高兴地说："小弟进京时，父亲嘱咐过，如果在考场中碰到山西姓霍的人，就是一家子，应该热情相待。今天果然有这么回事，可为什么咱俩的名字同犯一个字呢？"孟仙于是盘问他的高祖、曾祖以及父、母的姓氏，听后大惊道："这是我的父母哇！"仲仙怀疑年龄不符。孟仙说："咱父母亲都是神仙，怎么能从面貌断定年龄呢？"于是把过去的事都说了，仲仙这才相信。

考试一结束，两个人一天也没休息，坐上车便奔回家了。刚到家门口，仆人上前禀告，昨夜老爷、太太不知道上哪里去了。两人大吃一惊。仲仙进屋询问妻子，妻子说："昨天傍晚还在一起吃酒来着，母亲说：'你们两口子年纪轻不懂事，明天你们大哥来，我就不挂念了。'今早进屋一看，空空的，一个人也不见了。"哥俩听后，跺脚大哭。仲仙还打算四处寻找，孟仙认为那是徒劳无益，于是没再寻找。

这次考试，仲仙中了举人。因为祖宗的坟墓都在山西，所以跟着哥哥回山西去了。他们总是希望父母尚在人间，所以每走一处都要打听打听，但终究也没探听到踪迹。

异史氏说："钻穴入室，卧在小姐身边，这人心意也太痴情了；凿开墙壁斥骂岳父，这人行为太狂放了。仙人再三为之撮合，只是要他长生不老以嘉许他的孝行。他的妻子作为仙人混迹在人间，嫁夫生子，过了一辈子，又有什么不可以的？然而，三十年当中几次抛弃自己的孩子，这又是为了什么呢？太奇怪了！"

颠道人

颠道人，不知他姓甚名谁，寄居在蒙山寺。他时而高歌，时而痛哭。人们无法理解他的心理和行为，有人还看见他煮石头当饭吃。

有个重阳节，县里有个贵人驾着大马车，张着黄盖，抬着酒席登山游览。吃过宴席后，招摇地向寺前走来，才到寺门口，只见道人破衣赤脚，自张黄盖，大声呵斥"开路"，从寺中走出，故意戏弄贵人。贵人又羞又怒，指使仆人去赶他，骂他。道人笑着往回走。众人追急了，道人把黄盖丢在地上。众仆人撕了黄盖，碎片化成老鹰，四散飞走了。众人一看，十分害怕。这时，盖柄又变成大蟒蛇，红红绿绿的鳞甲耀人眼目。众人吓得企图逃跑，有个陪同的游客说："这不过是障人眼目的幻术罢了，怎么能吃人呢！"遂拿着刀向蟒蛇冲去。蟒蛇张开巨口愤怒迎来，把那个游客吞进肚里。众人害怕极了，簇拥着贵人拼命奔逃，跑了三里多路才停下来。贵人又派出几个童仆小心翼翼去打听，慢慢走到寺里，蟒蛇和被吞的游客都没找到。正打算去回报贵人，忽然听见老槐树中有驴马般的喘息声，众人吓坏了。开始不敢近前，过后轻着脚步靠了过去，看见枯树中有个盘子大的空洞。人们爬上去一看，只见持刀斗蟒的那个人倒在树洞中，但洞口却只能伸进双手，根本无法把人弄出来。众人急忙用刀劈树，等到劈开树洞，洞中人已昏死过去，过了好些时才醒过来。众人忙抬他回去。疯道人则不知去向了。

异史氏说："张盖游山，俗气深入骨髓。仙人不受拘管，戏弄权贵的做法多么使人发笑呀。同乡毕司农的妹夫殷文屏，是个玩世不恭的人物。章丘有个周秀才，起家于寒贱，当了秀才，出门必坐轿子。也和毕司农有点瓜柳之亲，司农的母亲做寿，殷文屏知道周秀才会来拜寿，便身穿公服，脚着猪皮靴，拿着手本，在半路上等着。周秀才的轿子一来，他就鞠躬于路旁，唱着说：'淄川殷秀才迎接章丘周秀才！'周很不好意思，只得下轿和他寒暄几句才走。过了一会儿，毕家的许多亲友同聚于客厅，满座的客人都衣冠整齐，大家看着殷文屏不伦不类的装扮，都暗中窃笑。殷却傲视一切，若无其事。席终出门，客人们有的坐车，有的坐轿。殷文屏故意大声喊道：'殷老爷的独龙车在哪里呀？'只见两个壮健的小伙子，抬着一根门杠，殷腾身跨上门杠，大声向亲友们告别，两个壮汉抬着他飞快地跑了。殷文屏玩世的作风和手段与疯道人也相差不远了。"

［ 甄 后 ］

刘仲堪是洛阳人，从小就很笨，但特别喜欢读古书，总是关起门来刻苦攻读，很少与人交往。一天，他正在读书时，忽然闻到屋内传来扑鼻的芳香，而且非同一般。

不大工夫，又听到佩玉相碰的叮当声响成一片。刘仲堪吃惊地抬头一看，只见一个特别漂亮的女人走进屋里来，头发上的簪子和耳朵上的坠子都发出奇光异彩，后面跟着的一群人，都是古代宫女的打扮。刘仲堪一看，吓得赶紧跪在地上不敢抬头。那个美人上前把他扶起来，说："你怎么前倨后恭起来了？"刘仲堪听她这一说，更加惶恐了，说："您是什么地方的天仙，一向不曾拜见过，我什么时候对您不恭敬过呀？"美人笑着说："相别才几时呀，就这么糊糊涂涂的了！曾经直挺挺地坐着磨砖的，不就是您吗？"说罢，铺好了锦绣的垫子，摆上了美酒，然后拉着刘仲堪对坐畅饮，并同他谈古论今，非常博学广闻。刘仲堪只是听着，茫茫然不能答对。美人说："我只不过到王母娘娘的瑶池赴了一次宴会罢了，你转了几世，怎么聪明劲儿一下子就全没了！"于是命侍候的人，用汤浇水晶膏给刘仲堪吃。刘仲堪接过来一饮而尽，突然感到心眼里豁亮起来，神志格外清醒。不大一会儿，天黑了，跟从美人的人都走开了，只剩下他们两人。熄灯后，两人便同寝而眠，欢愉非常。

天没亮，宫女们都来了。美人起床，还是昨天那个打扮，头发纹丝不乱，没有重新梳妆。刘仲堪恋恋不舍，苦苦地盘问她的姓名，美人回答说："告诉郎君也不妨，只是怕更增添你的怀疑罢了。我是甄氏，您是刘公干的后身。当年你为了我犯罪，心里实在不忍，今天相会，也是为了报答你的痴情啊。"刘仲堪问："魏文帝在哪里呢？"美人说："曹丕不过是他那个贼爹的劣子。我只是偶然跟那帮富贵的人游戏几年，过后就不再挂怀了。曹丕他前一段时间因曹操的缘故，久久地待在阴间，现在的情况，我就没听到了。反而是陈思王曹植，给玉帝管文书，不时地跟我见一面。"紧接着刘仲堪看见一辆龙车停在院中，那美人拿出一个玉石制的小盒赠给了他，然后告别上车，云彩簇拥着车子走了。

从此，刘仲堪的才学有了很大进步。然而，由于整天追忆美人，沉思凝想像傻了一样。几个月之后，就渐渐瘦了下来。他的母亲不知道是什么缘故，很犯愁。刘家有一个老女仆，忽然对刘仲堪说："少爷心里是不是想念什么吧？"刘仲堪便把心里的事告诉了这个老太婆。老太婆说："少爷不妨写封信，我能给送到。"刘仲堪听了，惊喜地说："您还有如此神奇的方法？怎么我一向没有察觉到？如果您真的能办到，我一辈子也不敢忘记您的好处。"于是写了封信折叠好了，然后交给老太婆带走了。半夜时，老太婆就回来了，说："幸好没耽误事。刚到门口，把门的以为我是妖精，要把我绑起来。我就拿出少爷您的信，他把信拿去了。不大工夫就招呼我进去，夫人也很难过，但夫人说不能再相会了。正要写回信时，我说：'少爷因为思念，整天无精打采，都瘦干巴了，哪是一封信能治好的呢！'夫人想了好半天，才放下笔说：'麻烦你先回去报告刘郎，我马上给他送去一个好媳妇。'我临走时，又嘱咐：'刚才说的话乃是百年大计，只要不泄露出去，便可以永远在一起了。'"刘仲堪听了，便十分高兴地等待着。

第二天，果然有位老太太领着一个姑娘到刘母的住处，这姑娘的容貌可称世上无双。老太太自己介绍说："我姓陈，这姑娘是我的亲生女儿，叫司香，想许配给你们家做儿媳妇。"刘母很喜欢这姑娘，便问老太太需要多少彩礼，老太太不要分文，一直等到两人成了亲才离去。只有刘仲堪心中明白这里面的奥妙，他悄悄问司香："你是夫人的什么人哪？"司香回答说："我本来是铜雀台的歌伎啊。"刘仲堪怀疑她是鬼。司香说："不是的，我和夫人都名列仙籍，偶然因为罪过，被罚到人间来。夫人已经恢复了原来的地位，我的期限没满，夫人请求过天神，暂时让我替她服役，我的去留全凭夫人，所以我才能总给你铺床叠被啊。"

一天，有个瞎老婆子牵着一条黄狗到刘家来要饭，打着板，唱着小曲。司香出来看热闹，还没站稳脚，那条黄狗挣断了绳子，就来咬司香。司香吓跑了，衣襟被狗扯下一块。刘仲堪急忙用棍子打狗，黄狗一边怒吼一边乱咬扯下的衣襟，不大工夫就把那块衣襟咬得粉碎，像乱麻一般。瞎老婆子抓住黄狗脖子上的毛，用绳子把狗拴上牵走了。刘仲堪回屋看司香，司香吓得脸色煞白，还没有恢复过来，刘仲堪说："你是天仙，怎么还怕狗呢？"司香说："你不知道，这条狗是曹操变的，它大概是恨我不守当年在铜雀台的誓言吧！"刘仲堪想把黄狗买来打死，司香却不同意，说："玉帝罚他当狗，怎么可以随便把它打死呢？"

司香在刘家住了两年，见到她的人都惊叹她长得太漂亮了，于是纷纷打听她从哪里来的。因为实在说不清楚，于是人们都怀疑她是妖精。刘母盘问儿子，刘仲堪稍稍向母亲透露点司香神奇的来历，母亲听后，特别害怕，便让儿子同司香断绝关系。刘仲堪没听母亲的话。刘母便暗中请来一个神汉，在院子里施展法术。刚在地上划好了神坛，司香就容颜惨淡地对刘仲堪说："本来想跟你白头偕老的，今天婆母怀疑我，看来缘分到头了。要我走也不是难事，但是恐怕不是念念咒语就能打发走的！"于是拿一捆柴，点上火扔到台阶下面，霎时，浓烟把房屋遮住了，人们在对面也不相见，忽然又响起了像雷一般的声音。不一会儿，烟消了，只见神汉七窍流血，倒在地上死了。进屋一看，司香已无踪影了。召唤老女仆问问，老女仆也不知去向。刘仲堪这才告诉母亲："老女仆大概是狐狸。"

异史氏说："开始嫁给袁家，后来嫁到曹家，最后又留情于刘桢，仙人不应这样。然而平心而论，奸雄曹操的儿子，何必有什么贞洁的夫人？曹操化作黄狗看到铜雀台老妓，应当对分香卖履之痴大彻大悟，怎么还生出妒意来呢？哎呀！奸雄在世时无暇自己哀怜自己，而后人却在哀怜他呀！"

［金和尚］

金和尚，山东诸城人。父亲是个无赖小人，为了几百个大钱把他卖给了五莲山寺。他从小就顽劣迟钝，不肯念经坐禅。像做长工一样给寺庙干活。后来，老和尚死了，积存了一些银子，他便把银子偷走，逃离寺院，干起了小贩。在投机倒把，垄断市场，牟取暴利这方面，他是最在行的。所以没过几年，就成了暴发户，在水坡里一带购置了很多田宅。

金和尚门下的弟子很多，吃饭的人成百上千。围绕水坡里一带的良田有千百亩，他又在水坡里一带盖起几十处房子，都住着和尚，没有一般居民，其他住户都是没有产业的贫民，靠租他的房子田地过日子。每一个大门之内的四周都住着租田的佃户，中间则是阔气的僧舍，僧舍的前面是大厅，厅中的屋梁、大柱、斗拱上面都金碧辉煌，耀人眼目。堂上桌子屏风，都光可照人。厅后为宿舍，有红色的门帘，绣花的帐幕，满屋兰麝的香气刺人鼻孔。床铺是雕花的檀木做的，上面镶着珠贝。床上铺的盖的都是锦缎被褥，折起来有一尺多高。墙上挂满了美人画和山水画，而且都是名人手迹。和尚在僧舍一声长叫，门外几十个人就像打雷一样大声答应。戴着红缨帽，穿着皮靴的仆人，像成群的乌鸦和站着的水鸟。当事的人用手掩着嘴巴讲话，侧着耳朵听主人吩咐。如有客人仓促间来了，只要一声吩咐，十余桌酒席就办好了，肥羊、美酒、蒸鸡、熏鱼，纷纷而来，盆碗交错。只是还不敢公然养蓄唱歌的伎女，但养着十多个美少年，都是十分聪慧狡黠，善于媚人的。他们头上缠着黑纱，口里唱着艳曲，声音颜色也还很不错。

金和尚如果出门，总有几十名弟子骑着马前呼后拥，刀剑弓矢碰得"嘎嘎"作响。奴仆们都叫他"老爷"；城中的普通百姓，有的称"祖父"，有的称"伯父""叔父"，从来没有称他"禅师"、"上人"或什么禅号的。他的徒弟们出门，架势稍稍比金和尚低一点，但骏马风驰，那种神气也和贵公子差不多了。金和尚还广泛地结纳交游，即使千里以外也可互通声气。并用这种手段挟持地方的长官，官吏们如果不小心触犯了他，便紧张害怕得浑身发抖。

金和尚为人鄙陋，不通文墨，从头到脚没有一丝风雅的气味，生平不读一卷佛经，不念一句咒语，足不入寺院之门，屋子里面也从没有铙鼓之类宣扬佛法的法器。他的弟子门人更是连这类东西也从未见过，从未听说过。凡向他租房子住的人家，妇女打扮之浮华和京城里的女子不相上下，胭脂水粉都由他的和尚弟子供给，和尚们从来不吝惜钱，所以住在水坡里不下地干活的农家也很多。和尚偷情被佃户杀死的事也时有所闻，但金和尚对此也不深究，只是把杀人的佃户赶走就算了。他的生性就是如此。

金和尚还买来一个不沾亲带故的小孩做自己的儿子，并请来老师教孩子做八股文。小孩非常聪明，很快就学会了写文章，金和尚又送他进县学读书。接着又援例捐钱进了国子监深造。不久又在北京参加举人考试，中了举人。从此，金和尚又以"太公"的身份名扬一方。从前喊"金老爷"的人也改口喊"金太老爷"，磕头的人都以手垂地行儿孙的礼节。

不久，金"太公"和尚去世了，金孝廉披麻戴孝守灵堂，跪在地上迎接客人，许多门徒弟子，手杖堆满床榻，但在灵帷后面小声嘤嘤哭灵的，却只有一个孤独的孝廉夫人。大小官吏的夫人都穿着华丽的衣裳到灵堂来吊唁，吊丧的车马把官道都塞满了。下葬那天，沿途搭起的木棚一座连着一座，彩旗遮天蔽日。殉葬用的草人都用丝绸包裹，贴上银箔，纸扎的车子和仪仗每种都有好几十件，纸马千匹，纸人以百计，都栩栩如生。开路神方弼、方相两兄弟的制作尤费匠心，先用硬纸壳做成两个巨人，皂色的头盔，金银的铠甲，当中是空心的，用木架将纸壳撑起，由活人在神像中间扛着木架行走。眼睛须发由机关控制，转动开关，则须眉飞舞，目光闪烁，好像在吆喝开路。旁观的人非常吃惊，有的小孩在老远望见，一个个都哭着躲了起来。烧到阴司去的纸房子堂皇壮丽，如同皇宫，楼台亭阁走廊房舍一大片，摆在地上要占地好十几亩，里面千门万户，进去参观的，往往迷路而走不出来。祭品和火化的冥物，品种多得开出名单也很难数过来。

参加葬礼的冠盖相摩，上至高级地方官，都低头弯腰而入，不管是叩头还是起立都像参加朝廷的仪式一样规规矩矩。下面那些贡生、监生、主簿、典史之类的芝麻小官，叩头时都双手着地，不敢麻烦公子和师叔们回拜、搀扶。

祭奠的人多，看热闹的更多。人们倾城而来，男男女女喘着气、流着汗来参观的络绎不绝。拉着老婆的，背着小孩的，叫哥的，喊妹妹的，人声鼎沸。夹杂着锣鼓丝竹的喧闹声，唱戏的小段云板声，一般人说话根本无法听见。人们在肩膀以下都被互相遮住了，只能看见成千上万的脑袋在钻进钻出。有个看热闹的孕妇临产了，同来的一些女伴临时张开罗裙围成一个小圆圈守着她。听见婴儿的啼哭后，人们也顾不上问生的是男还是女，只弄一块布把小孩绑在产妇怀里，然后扶着产妇一步一拐地送回家中，真是少见的场面啊！

埋了太公和尚后，人们便将他的遗产分成两份，儿子一份，门人弟子一份。孝廉独得了一半遗产，而他的宅第的东西南北四方都住着"太公和尚"的子弟门人。他们都是孝廉的方外弟兄，大家都是休戚相关的。

异史氏说："金和尚这个流派是南北两宗都没有的，也非出自达摩、慧可、僧璨、道信、宏忍、慧能这六祖的传授，可说是他自创的修行之路。我曾听到有这样的说法：凡是能将色、受、想、行、识五种妨碍明心见性的意识清除干净，不受色、声、香、味、触、法这六尘的污染的僧人才配称'和尚'。那些虽然参禅打坐，宣扬佛法，而不能做到六根清静的僧人只能称为'和样'；那些今日两湖，明年江浙，四海云游的僧人只配称为'和撞'；那些敲钟击鼓，念经咒，做道场的僧人只好称为'和唱'；至于那些像狗一样钻营产业，像苍蝇一样追逐妇女的僧人，干脆就是'和障'。那么，这金和尚到底是'和尚'呢？是'和样'呢？是'和撞'呢？是'和唱'呢？还是该下地狱的'和障'呢？这就难说了。"

［小　翠］

太常寺王某，是浙江人。他童年时，有一次白天躺在床上休息时，忽然天色阴下来，变得黑洞洞的，炸雷隆隆响着。这时，有一个比猫大一点的东西跑进来，趴在床底下，转转磨磨不离开。过一会儿，天又晴了，这东西才从床下出来，王某一看，不是猫，这才感到害怕，急忙招呼隔壁房间里的哥哥。哥哥过来听了这段事以后，高兴地说："弟弟将来必定大富大贵，这是狐狸来躲避雷击的劫数啊。"后来，王某果然年纪轻轻就考上了进士，当了县令没多久，又升任御史。

王御史有个儿子名叫元丰，特别傻，十六岁了还分不出雌雄，所以乡亲们没有愿意跟王家结亲的，王御史为此很忧愁。一天，有一个妇人领着一位少女来到王家，主动地要同王家结亲。王御史一看这个姑娘，笑盈盈的，活像个仙女，便高兴地问这个妇人姓什么。妇人回答说："姓虞，这是我女儿小翠，十六岁了。"王御史又与这个妇人商议给多少聘礼。妇人说："这孩子跟着我吃糠都不得饱，一旦来到您家，住上高楼大厦，还有使唤的奴婢仆人，吃腻了细粮肥肉，她心满意足了，我也放心了，哪里能像卖菜那样讲价钱呢！"王夫人很高兴，便送许多礼物。妇人连忙叫女儿给王御史和夫人叩头，并嘱咐女儿："这是你的公婆，要小心侍奉。我太忙，先走了，过个三五天再来。"王御史便命仆人备马送她，妇人说："我家离这不远，不用麻烦了。"于是出门走了。

小翠看妈妈走了，一点也不悲伤留恋，就在梳妆匣中翻绣花，王夫人看了，也挺喜欢她。一晃好几天，妇人也没来。问小翠家在哪里住，她却只是傻呵呵的，也说不出怎么走。王家也没办法，只好把另外一座院落收拾一番，让元丰和小翠成亲了。亲戚们听说王家拣个穷人家的闺女当儿媳妇，都笑话他家。等一见到小翠，无不惊叹她的美貌，七嘴八舌的非议才停息。小翠又很聪明，能看出公婆的喜怒，所以王御史夫妇对儿媳的爱怜超过了一般常情。可是心里也在担心，唯恐儿媳妇嫌弃自己的傻儿子。然而，小翠却整天乐呵呵的，一点也不嫌恶。只是喜欢取笑，用布做成个球，横踢竖蹴逗乐玩。小翠穿一双小皮靴，一脚把布球踢出好几十步，逗弄元丰来回跑着捡球，常累得元丰和丫鬟们流了一身的汗。一天，王御史偶然来到儿子居住的院落，突然一个圆不溜丢的东西飞来，啪的一声正打在脸上。小翠和丫鬟们一哄而散了，傻元丰还照样连蹦带跳地追那个布球。王御史一看，勃然大怒，捡起块石头向儿子抛去，元丰这才吓得蹲在地上哭了起来。王御史回来后，把这事告诉了夫人，夫人便去训斥儿媳，小翠低着头，微微笑着，用手抠着床，一言也不发。夫人走后，小翠照样蹦蹦跳跳地闹着玩，还用胭脂粉把元丰涂成个大花脸，像鬼似的。王夫人一见，气坏了，把小翠叫来大骂了一顿。小翠靠着茶几，手摆弄着衣带，不害怕也不说话。王夫人没办法，就拿起棍子去打儿子。元丰连哭带嚎，小翠这才改变了脸色，跪下求饶。王夫人怒气立时消了，放下棍子走了。小翠笑嘻嘻地拉着元丰的手进了屋，替他拍去衣服上的尘土，又给他揩眼泪、揉棍子打痛的地方，还拿出枣和栗子哄他吃，元丰这才破涕为笑。接着，小翠关上了院门，又把元丰打扮成霸王的模样，或打扮成胡人的模样；自己则穿上鲜艳的衣服，把腰勒得细细的，在帐下翻跶起舞；或者发髻上插上野鸡尾，弹着琵琶叮叮咚咚地响，满屋笑语喧哗，习以为常。王御史因为儿子傻，也不忍心过分地责怪儿媳，就是耳有所闻，也放着不问。

在王御史家的胡同里，隔着十几家还住着一个姓王的，官职是给事中。但是，王御史与王给事中两人平素不和。在三年一次大考核官吏时，王给事中因为嫉妒王御史掌管河南一带的监察大权，所以想暗中整他一下。王御史知道了王给事中的阴谋，心中十分忧虑，可又想不出对策。一天傍晚，王御史早早睡下了。小翠穿上了官服，打扮成宰相的模样，剪了一些白丝装做胡须，又让两个丫鬟穿上黑衣服装扮成随从军官，偷偷地从马棚中牵出马来骑上，然后开着玩笑说："我们这就去拜访王大人。"来到王给事中的大门口后，小翠边便用马鞭子抽打随从的人，并大声说："我拜访的是王御史王大人，哪里是拜访王给事中王大人呀？"说完掉转马头就回家了。等到家门口时，看门的误以为真的是宰相来了，连忙跑着去报告王御史。王御史急忙从床上爬起来，出门来迎接，一见才知道是儿媳妇闹着玩。王御史气坏了，对夫人说："有人正在找我的毛病，咱们反倒把闺房里的丑事送上门去告诉人家，看来我的祸事不远了！"王夫人听了，特别生气，便跑到儿媳房中，把儿媳责骂了一顿。小翠只是傻笑，一句话也不分辩。打她吧，于心不忍；休她吧，她连个娘家也没有。把王御史夫妻二人懊恼得一宿也没睡着觉。当时，朝中宰相正是最有权威、最显赫的时候，他的外表、服饰与随从人等同小翠伪装得不差分毫，王给事中也误以为真了。王给事中三番五次派人到王御史门口哨探，时至半夜，王御史的客人还没走，于是怀疑宰相与王御史在暗中策划什么。第二天上朝时，王给事中一见到王御史，便问道："昨夜宰相到您府上去了吗？"王御史以为他是故意讽刺，但不好意思地哼哈应了两声，回答得很不爽快。王给事中一听，更加疑窦丛生，于是打消了整王御史的念头。而且，从此以后还主动与王御史交往。王御史探听到王给事中为什么这样做的原因后，心里暗暗高兴，便背地里嘱咐夫人劝儿媳别像以前那样了。小翠听后，笑着答应了。

过了一年，宰相罢官了。恰巧他有一封私人书信给王御史，可送信的人弄错了，将信送给了王给事中。王给事中高兴万分，先托一个同王御史有交情的人去跟王御史借一万两银子，王御史没答应。接着，王给事中自己出马来到王御史家。王御史连忙找帽子、外衣，可是什么都找不到了。王给事中等了好长时间，不见王御史出来，以为是怠慢他，很生气，甩手刚要走，忽然看见王御史的儿子穿着龙袍，戴着皇冠，被一个女人从门内推了出来。王给事中一看，顿时吓了一大跳，稍停一会儿，才回过神来，笑着抚摸着元丰，替他摘下皇冠，脱下龙袍，然后拿着这些东西离开了王御史家。当王御史急急忙忙走出来的时候，王给事中已经走远了。看见儿子，问明白了原委，顿时吓得面如土色，大声哭道："这真是祸水啊！看来我们全家都要被砍头了！"接着，便拿着棒子同夫人来到儿子院中，小翠早已事先关上了门，任凭老两口怒骂。王御史气极，便要用斧子劈门，小翠在屋里面带笑容说道："公公不要发火。有儿媳妇在，不管刀砍斧剁，都由儿媳妇来承当，肯定不会连累公公婆婆的。公公现在这个样，是想杀死儿媳妇灭口吗？"王御史听了，才住了手。

王给事中回到家后，果然写了一道本章上奏给皇帝，告王御史阴谋造反，并说有龙袍皇冠为证。皇帝看了奏章后，大吃一惊，连忙查验证据，一看皇冠乃是高粱秸做的，龙袍原来是一件破黄包袱皮。皇帝看后，十分生气，觉得王给事中纯粹是诬告。又把元丰叫来，看他那傻乎乎的样子很好笑，便笑着问道："像他这样能做天子吗？"

于是命令法官治王给事中的罪。王给事中又告发王御史家有妖人，法官又严厉讯问王御史的仆人，都说没有什么妖人，只有一个疯媳妇和一个傻儿子，成天闹着玩。邻居们也没有说出什么二话。于是，案子才定了下来，判王给事中充军云南。自此，王御史才发觉小翠不同于常人，又因为她妈妈走后再没露面，便猜想肯定不是凡人。于是便让夫人去盘问小翠，小翠只是笑，什么话也不说。一再追问，小翠便捂着嘴说："孩儿是玉皇大帝的女儿，婆母不知道吗？"

不久，王御史又升了官。这时，他已经五十多岁了，却还没有孙子，所以经常为此而发愁。而元丰与小翠结婚三年了，却每天晚上分开睡，好像没发生过关系。于是，王夫人便抬走一张床，告诉元丰与小翠同睡。但过了几天，元丰就找到母亲，说："怎么把床借走了，也不送回来！小翠天天夜里把腿放在我肚子上，压得喘不过气来，她还总掐我的大腿里子。"仆妇、丫鬟听了无不大笑。王夫人气得拍着桌子把儿子呵斥走了。

一天，小翠在屋里洗澡，元丰看见了，要与她一块儿洗。小翠笑着制止他，并让他先等一等，小翠洗完了澡，把大瓮灌上了热水，然后让一个丫鬟扶着元丰进到热水里，元丰觉得又闷又热，大声叫着要出来。小翠却不管，还用被子把大瓮给蒙上。过了一会儿，元丰没声了，打开被一看，发现已经死了。小翠却坦然地笑着，一点也不害怕，把元丰拖到床上，擦干了身上的水，又用被子给他盖上了。夫人听到后，哭着跑进了屋，骂道："疯丫头，竟敢杀死我的儿子！"小翠微微一笑，说："这样的傻儿子，不如没有。"夫人一听，更生气了，便用头撞小翠。丫鬟们看了，都争着上前拽住夫人，并不断地劝解。正在吵闹时，一个丫鬟突然报告说："公子哼哼了！"王夫人一听，顿时收住了眼泪，上前去抚摸着儿子，只见他呼吸深沉，浑身大汗淋漓，把被褥全弄湿了。过一顿饭的工夫，元丰身上的汗才干，忽然睁开眼睛四顾，挨个看旁边的人，好像不认识一般，说："我现在回忆过去，就像做梦一样，怎么回事呀？"因为儿子这话不像傻话，王夫人觉得特别惊奇，便带着元丰去参见父亲，试验数次，儿子果然不傻了！于是全家人欢喜异常，如获至宝一般。到晚上，把床又送到儿子房中原来的地方，另外还铺好了被褥，暗中观察。元丰进屋后，便把丫鬟们全打发走了。早晨悄悄一看，那张床空空地放在那里。自此以后，儿子儿媳再也不疯疯癫癫的了，小两口感情特别好，形影不离。

又过了一年多，王御史因为遭到王给事中的同党弹劾，导致丢了官，还有一些瓜葛没有解脱。这时，家里有一只以前广西中丞送的玉瓶，价值数千两银子，王御史便准备用它去贿赂当权的大官。小翠十分喜欢这只玉瓶，于是拿来捧在手里欣赏，结果一不小心失手掉在地上，当时就摔碎了。小翠很惭愧，主动告诉了公婆。王御史夫妻俩正因为丢了官，心中老大不快，一听玉瓶碎了，更加生气，于是把小翠大骂了一番。小翠听他们这样骂自己，也不干了，干脆掉转头出了屋子，对元丰说："我在你家，给你家保全的又何止一个瓶子，为什么就不给我稍留一点面子？我实话跟你说吧：我原本就不是人。因为母亲遭雷劫，幸亏得到你父亲的保护；又因为咱俩有五年的缘分，所以我来报以前的恩，还以前的愿。我挨了那么多骂，拔下头发来数也不够数的。我之所以不立刻就走，是因为五年的缘分未满期。现在这样怎么还能再待下去呢！"小翠说完，便赌气出门了，家人追出去时，已不见了踪影。

王御史顿时心里空落落的，追悔莫及。元丰回到屋里，看见小翠用过的粉，穿过的鞋，哭得死去活来。觉也睡不好，饭也不想吃，一天比一天消瘦下来。王御史十分忧虑，于是急忙为儿子张罗续娶一房媳妇以解烦恼，可是元丰根本不愿意，一直是闷闷不乐。还请来了一位好画匠，画了小翠的肖像，然后在小翠的像前日夜上供祷告。

转眼间，两年过去了。一天，元丰从外面回家时，天空明月皎洁，骑马经过村外自己家的一座花园时，突然听到墙里有笑语声，便勒住了马，让跟随的仆人拽住缰绳，自己站到马鞍子上往墙内一看。只见两个少女正在里边玩耍。这时，由于明月被彩云遮住，夜色朦胧，所以看不太清楚，只听见一个穿绿衣服的说："丫头片子，应当轰出门去。"另一个穿红衣服的说："你在我们家的花园里，还反过来撵谁呀？"绿衣女子说："丫头片子，不知道害臊，没当好媳妇，被人家赶出来了，还冒认产业吗？"红衣女子说："怎么的也比那老大丫头还没个主的强！"元丰听她的声音，觉得特别像小翠，便连忙召唤她。绿衣女子边走边说："暂时不跟你斗嘴，你汉子来了。"不一会儿，红衣女子过来了，果然是小翠！元丰喜出望外。小翠让他登上墙头，并用手接着他下到了地上。小翠说："两年不见，你都瘦成一把骨头了！"元丰握住小翠的手，流下了眼泪，倾诉了两年来的相思之苦。小翠说："我也知道，但是没脸再见家里的人。今天和大姐玩，咱们又碰上了，足以证明前因是不可逃的。"元丰于是让她与自己一起回家，但小翠却不答应；元丰只好在花园中住下，小翠同意了。

元丰又打发仆人跑回家去禀告母亲。老太太一听，慌忙坐上一乘小轿到花园中来，开了锁，进到亭子里面来。小翠连忙跑过来迎接、行礼，王夫人一把抓住她的胳膊，眼泪哗地就流了下来，并一个劲儿地赔不是，几乎无地自容了。王夫人说："孩儿啊，你若是心里不记着从前那些事，求你一块儿回家吧，对我的晚年也是个安慰呀。"但小翠说什么也不回去了。王夫人想到空荡荡的花园太冷清了，便打算多派一些仆人来干活。小翠说："那些人我都不愿意见，唯独以前早晚侍候我的那两个丫鬟，我不能忘掉她们。另外，只要一个看门的老头，其他的一律不需要。"王夫人便照她的话办了。

对外人只说元丰在花园中养病，每天给送些吃喝而已。

小翠经常劝元丰另娶一个媳妇，元丰却坚决不干。又过了一年多，小翠的面容和声音渐渐与以前不一样了，拿出肖像一对照，简直同以前判若两人了！元丰很奇怪。小翠说："看我还和以前一样漂亮吗？"元丰说："今天美倒是美，不过比以前好像不如了。"小翠说："我想大概我是老了。"元丰说："才二十多岁，怎么老得这么快呢？"小翠笑着把肖像给烧了，元丰急忙过来抢，但已化成了灰。

一天，小翠对元丰说："以前在家时，老爹爹说我就像至死不能作茧的蚕一样，不能生育。现在老人们岁数大了，就你一个儿子，我又实在不能生育，真担心你断了后。请你在家娶个媳妇，早早晚晚侍奉公婆，你可以家中、园里两处住，也没有什么不方便的呀。"元丰听了她的话，便往钟翰林家求好了亲。办喜事的日子就要到了，小翠为新媳妇缝衣做鞋，送到婆婆手里。

等到新媳妇过门时，相貌、言谈、举止都同小翠分毫不差。元丰十分诧异。急忙到花园去一看，小翠已经不知去向了。问丫鬟，丫鬟拿出一块红手绢，说："夫人回娘家去了，留下这个给公子。"打开手绢，里面只有一块玉珮，元丰心里明白这是诀别，小翠再也不会回来了，于是带领丫鬟回家了。元丰虽然一时一刻也忘不了小翠，所幸看到新媳妇就如同看见小翠一般。至此，才明白小翠早就料到自己同钟家姑娘结婚，所以先变成同钟家姑娘一模一样，以此来慰藉日后的离思呀。

异史氏说："一个狐仙，对于王家无意之中施与的恩德，还想着报答，而王家傻公子受小翠再生之福，却因一只破瓶被打碎而被失声叫骂，何其鄙吝之至呀！和公子分手后又破镜重圆，找好替身又从容离去，从这件事可以知道，仙人之情，远比世俗之人深厚啊！"

卷 八

［梦 狼］

白老头是河北人，他的大儿子某甲第一次到南方去做官，连续三年都没有一点消息。这时，有一位姓丁的朋友来拜访白老头，白老头设酒款待。那位姓丁的朋友向来就能魂游阴曹。闲谈间，白老头问了他一些关于阴曹地府的事。姓丁的朋友于是讲起鬼神等虚幻的事情，白老头不很相信，一笑置之而已。过了几天，白老头正在睡觉，见丁某又来了，邀请他一块儿去玩一玩。白老头便跟着丁某进了一座城门，过了一会儿，丁某指着一座大门说："这是您外甥的家。"原来白老头的姐姐有个儿子正在山西当县令，他很惊奇地问："我外甥怎么能在这里呢？"丁某说："您若不相信，进去看看就明白了。"白老头进了门，果然看见自己的外甥穿戴着乌纱官袍坐在大堂上，两旁则是执戟矛和打旗幡的卫士。因为没有人给报信，所以他们两个没有靠前。丁某于是又拉着他离开那儿，说："您公子的衙门，离这里不远，想不想见见他？"白老头答应了，便跟他去。走了不大一会儿，来到一座府第门前，丁某说："请进吧。"白老头往门里一看，有一只大狼站在正当间，吓得白老头不敢往里进，丁某又说："进去吧，没事的。"白老头进了大门，又进了一道中门，见屋里屋外，坐的站的，都是狼。又一看房前台阶上，发现白骨如山。白老头更加害怕了。丁某于是用自己的身子遮掩着白老头走进屋去。这时，白老头的儿子某甲正好也从屋里出来，见到父亲和丁某，非常高兴。略坐了一会儿，就命令手下人去置办酒席。忽然有一只大狼，衔了一个死人进来。白老头吓得站起来问他儿子："你这是要干什么？"某甲说："对付着用来做几个菜吧。"白老头急忙劝阻他，心里惶惶不安，想离开这里，又被群狼挡住了去路。正在进退两难的时候，忽然看到群狼乱哄哄嗥叫着四散奔逃。有的躲到床下，有的钻到桌底。白老头觉得十分惊愕，不知道发生了什么事。接着，就看到两个金盔金甲的猛士横眉怒目闯了进来，用一条黑绳子把某甲捆上。某甲倒在地上变成一只虎，尖牙利齿。这时，一个猛士拔出利剑，要割掉老虎的脑袋，另一个猛士却说："且慢，宰它是明年四月的事，不如先敲掉它的虎牙。"于是拿大锤把虎牙敲落在地。老虎疼得大叫，叫声震得山摇地动。白老头吓坏了，并醒了过来，才知道是一场噩梦。

白老头心想，这个梦也太怪了，于是就派人去请丁某。丁某推托有事，所以没有来。

白老头于是就把这个梦记在信上，派二儿子去南方送给大儿子某甲，信上对他多方劝诫，写得伤心痛切。二儿子到了那里，见哥哥的门牙都掉了，便惊奇地问是怎么回事，原来是醉酒后落马摔掉的。一问摔伤的时间，正是白老头做那个怪梦的日子。二儿子因此更加害怕，把父亲的信拿出来，某甲读完后脸色大变。过了一会儿，他才说道："这不过是和梦中事偶然巧合罢了，不必担心。"

原来，某甲到任后，因为贿赂了当权人物，头一个被举荐升官，所以没把父亲做的那个怪梦放在心上。弟弟在哥哥那里住了几天，看到满堂都是贪赃枉法的衙役，行贿赂走门路的人来来往往，昼夜不止，于是痛哭流涕劝诫哥哥改邪归正。某甲说："弟弟，你每天住在破草房里，所以不知道官场上的诀窍。决定升降的大权，在上司而不在百姓。上司喜欢你，你就是好官。你只知爱护百姓，怎么能让上司喜欢你呢？"弟弟听了，觉得再怎么劝说也没什么用，只好回家，把情况告诉了白老头。白老头听完后，大哭一场。但也没有别的办法，只好尽自己的家产来救济贫民，每天祷告神灵，但求这个忤逆的儿子不要牵连老婆孩子。第二年，喜讯传来，某甲已被举荐升任吏部尚书。贺喜的人顿时络绎不绝，但白老头却暗自哭泣，假托有病卧床，不见宾客。过了不久，就听说某甲在赴京途中遇到盗匪，主仆被害。白老头于是起床对家里人说："鬼神的怨怒，只是针对他一个人，对我们全家的保佑真是宽厚啊！"因而焚香拜谢。安慰白老头的人，都说这个消息是道听途说，不一定可靠，只有白老头深信不疑，并定下为某甲墓葬的日子。

可是某甲并没有死。原来，他四月间离任赴京，刚出县境，就遇着强盗。某甲把随身携带的财物全数献出以求活命。强盗们说："我们今天来截住你，是为了给全县百姓报仇雪恨，难道是为了这点钱财吗？"于是砍下了某甲的脑袋。强盗们又问某甲的仆役："哪一个是司大成？"原来司大成是某甲的心腹，经常助纣为虐，干了不少坏事，众人于是一起把他指出来，强盗们于是把司大成也杀了。还有四个贪心的衙役，是替某甲搜刮钱财的帮手，这回准备带到京城去的，也被揪出来杀了。某甲的魂魄伏在道旁，有一个县官路过，问："被杀的是什么人？"前面开路的人说："是某县的白知县。"这位县官说："这人是白老先生的儿子，不要让老人看见这种凄惨的样子，可以把脑袋给他接上。"说完就有一个人把某甲的脑袋拎起来安到他的身体上，说："邪人不应该让他的脑袋正着长，长到肩膀上好了。"说完就走了。过了些时，某甲的妻子前往收尸，看见他还剩一口气，便把他运回去，慢慢灌点水，还会喝。某甲活过来后，只好住在旅店里，穷困无门，回不了家。半年多后，白老头才听说确切的消息，又派二儿子去把某甲带回来。某甲虽然死而复生，可是脑袋长在肩膀上，眼睛能看见自己的后背，又丑又怪，人们都不把他当人看待。而白老头姐姐的儿子为官清正，很有政绩，这年被任命为御史。这些事情全都符合白老头的那个怪梦。

异史氏说："我感叹普天之下，大官像老虎而小吏像恶狼的情况，到处都是啊。假使大官不做老虎，小吏也还是要做恶狼，更何况有比老虎还凶猛的呢！人人都为看不见自己以后的情形而发愁，让他们醒过来自己看看，鬼神的教谕够隐晦的了！"

邹平县的进士李匡九，做官很是廉洁清明。曾经有一个富家百姓遭人诬告陷害，守门的衙役便吓唬他说："大人向你要钱两百金，你要马上筹办，不然的话，官司就输了！"富人害怕了，但只答应给一半。衙役摇摇手不同意，富人便苦苦向他哀求。衙役说："不是我不竭尽全力，只是恐怕上司不答应。等到审问时，你亲眼看着我替你向大人讲情，不管他是否答应，也可以明白我对你一心一意了。"不一会儿，李公审问这个案子，衙役知道李不吸烟，便近前问道："吸烟吗？"李摇了摇头。衙役快步走下来，说："刚才我说了那个数，上司摇头没答应，你看见了吗？"富人相信了，心里十分害怕，便答应如数交钱。衙役知道李很爱喝茶，于是便近前问道："喝茶吗？"李点点头。衙役说要去煮茶，然后快步走下来，说："行了！刚才他点头，你看见了吗？"接着判案，富人被无罪释放，衙役就收取了富人的钱，并且索要了一份酬金。唉！当官的自以为很廉洁，可是骂他贪婪的到处都是，这又是纵容恶狼自己却不知道了。世上像这一类事情更多，可以给做官的人当一面镜子。

周克昌

淮上的贡生周天仪，年五十岁，只有一个儿子，名克昌。对于这个儿子，周天仪十分钟爱。克昌十三四岁时，长得非常漂亮，可是生性不爱读书，经常逃学，和伙伴们玩耍，常常成天不回家，周天仪也就听之任之。有一天，到了日暮时分，克昌仍然没有归来，周天仪于是开始寻找，但始终杳无踪影，周氏夫妇十分担心儿子，于是号啕大哭，痛不欲生。

过了一年多，克昌忽然自己回来了，并说："我被一个道士骗去了，幸而没有被他伤害。这次是趁他外出，才得以逃回家来的。"天仪看到儿子回来，高兴极了，也没有追问别的事。等到教克昌读书时，才发现他比以前更聪明；过了一年，文思大为长进，接着进了县学，成了秀才，成为闻名的才子。大户人家争着要把女儿嫁给他，但克昌却不愿结婚。当时，赵进士有一个女儿，相貌美极，于是天仪不管克昌愿不愿意，强行为他娶了过来。赵女过门后，小夫妻二人有说有笑，十分欢洽，但克昌却总是独自过夜，夫妻间井水不犯河水。又过了一年，克昌中了举人，天仪更加欣慰。但天仪年纪渐老，日夜渴望抱孙子，所以常常向克昌暗示此事，克昌却毫无反应，十分淡漠，好像浑然不解。母亲再也忍不下去了，于是成天嘟囔他，克昌也终于忍无可忍，离家而去，并说："我早就想离开家，之所以没有马上出走，是因为念父母养育的恩情。我实在不能干夫妻间的事，以此安慰父母的渴望。还是请让我走吧，那顺从你们心意的人就会来了。"母亲追出拽他的衣襟，克昌已经跌倒，只剩下衣冠。母亲一看，大惊失色，知道这一定是克昌的鬼魂。也只有悲叹而已。

第二天，克昌忽然骑着大马，带着仆人回到家来，全家人一看，都惊惶万分。走近一问，他才告诉家人：原来自己被坏人骗去，卖给一个商人，商人没有儿子，就认他为儿子。后来，商人忽然生了一个儿子，因克昌很想家，就把他送了回来。问他学问的事，则愚笨和过去一样。大家这才知道，这才是真的克昌，那个当秀才中举人的，只是一个鬼。万幸的是，这事没有泄露出去，克昌仍能承袭举人的功名。到了屋里，妻子和他十分亲热，他却非常腼腆羞涩，好像新婚的郎君。一年之后，夫妇俩终于生了儿子。

异史氏说："古人说，庸人有福，只有鼻子眉目之间具有一点平庸之相的人，才有福气追随。那种精明聪慧的人，鬼是不要他的！有了庸人的福气，功名可以不经考试便可取得，美人可以不用迎娶而得到，何况那种本来就有所依靠，后来又善于钻营奔走的庸人呢？"

［ 嫦 娥 ］

山西太原人宗子美，跟随父亲游学四方，辗转来到了扬州。宗子美的父亲和红桥下的一位林妈素有交往。有一天，父子二人从红桥经过，遇见林妈，林妈再三邀请宗氏父子到她家去做客。宗氏父子于是跟随前往，饮茶倾谈。林妈家有位女儿在身旁，容貌极其艳丽，宗父看了，称赞有加。这时，林妈看了看子美，对宗父说："你家大相公温柔和顺，真像个大姑娘，是有福之相。如果您不嫌弃，就把我女儿许给他，你看怎样？"宗父听了，便笑着让子美赶紧起身给林妈下拜，并说道："您这一句话真是价值千金啊！"

原来，林妈独居，有个姑娘忽然来到她家，诉说自己的孤苦。林妈问她小名，姑娘说叫嫦娥，林妈非常喜爱，就收留了她。其实，林妈当时是觉得她奇货可居，准备在她身上发一笔财呢。子美那年才十四岁，一见嫦娥，也很欢喜，心想回去之后，父亲一定会给自己提媒定亲。可是，宗父回去之后，就好像把这事给忘了，再也没提过。宗子美急得火烧火燎的，便把这事偷偷告诉了母亲。宗父听说后，笑着说："前些时不过是和那个贪心婆子说句笑话，还不知她要拿姑娘卖多少黄金呢，这事谈何容易！"过了一年，子美的父母双双去世，但他对嫦娥仍然念念不忘。等孝期快要满时，就托人向林妈求婚。林妈一开始不答应。子美气愤地说："我平生不轻易折腰求人，林妈为什么把我的诚意看得不值一钱？如果要背弃原来的婚约，得把我折腰的诚意还给我！"林妈这才说："以前和令尊大人说笑话许下亲事，这事也许有。可是没有正式定过亲，后来又把这事给忘了。今天你既然来求婚，我难道还要把姑娘留着嫁给天王吗？原来我天天把她打扮得漂漂亮亮，我实在指望换得白银千两，今天我只向你要一半，行不？"宗子美掂量了一下，觉得自己实在拿不出这笔钱，也只好作罢。

当时有个寡妇，在子美的西邻租房子住下，家里有个女儿，年方十六岁，小名叫颠当。子美偶然看到颠当，发现她姿容之秀美，不下于嫦娥，所以十分倾慕，常常赠送她家一些东西，作为接近她的门路。久而久之，子美和颠当渐渐熟悉了，便时常互相以眉目传情，却一直没有交谈的机会。有一天晚上，颠当越墙过来借火，子美十分高兴，迫不及待地拉起她的手，于是二人成其好事。子美要和颠当结为夫妻，颠当却说哥哥出外经商，得等他回来再说。从此，两人只要有机会就在一起，而且非常秘密，不露一点形迹。

有一天，子美偶然路过红桥，见嫦娥正好在门内，于是快走几步越过门去。嫦娥看见了子美，就对他招手，子美便停下脚步，嫦娥再次招手，子美才进了她家。子美刚一进门，嫦娥就责备他背弃盟誓，子美于是向她叙述了事情的原委。嫦娥听了，便进屋取出一锭黄金交给子美。子美推辞道："当时我断定要永远和你分手了，所以又和别人订了婚约。而今如果接受你的黄金，与你订婚，是辜负了别人；接受你的黄金而不与你订婚，是辜负了你。我实在不敢辜负你，也不敢辜负别人。"嫦娥听了，沉默了好久，才说："你所订的婚约，我相当了解，但这桩婚事肯定是不能成的。当然，如果成了，我也不会埋怨你。你快走吧，林妈就要来了。"子美仓促之间，不由自主地接受了嫦娥的赠金，匆忙回了家。第二天，子美又将这件事告诉了颠当。颠当非常赞成子美回答嫦娥的话，但还是劝子美专心去爱嫦娥。子美沉默不语，颠当表示愿意居于嫦娥之下，子美听了，十分高兴，便答应了。接着，子美便托媒人把那锭金子交给林妈，林妈再也没什么可说的，就把嫦娥嫁给了子美。嫦娥过门后，子美向她叙述了颠当的话，嫦娥微微一笑，又怂恿子美纳颠当为妾。子美很高兴，急着想告诉颠当，可是颠当已好久不见踪影了。嫦娥知道，颠当这是有意躲避自己，所以便借故暂时回了娘家，好给他们创造机会，并嘱咐子美偷下颠当佩戴的香荷包。嫦娥走后不久，颠当果然来了，子美和她商量纳她为妾的事，颠当说不要着急。颠当解开衣衿和他亲昵调笑时，腰间果真有一个紫荷包，子美正要寻机摘取，颠当猛然变色道："你和别人一条心，和我两条心！真是负心汉，我从此和你绝交！"子美听了，急忙解释，并苦苦挽留，颠当不听，终于走了。有一天，子美路过颠当门前，进去打听时，才发现已经另有苏州来的房客住在里边，颠当母女搬走已久，无影无踪，也无处探寻。

子美自从娶了嫦娥，便暴富起来，楼阁长廊，连接街巷。嫦娥很善于玩笑戏耍。有一次，子美看到一轴美人画卷，对嫦娥说："我常常说，像你这样美貌，可谓天下无双，但是不曾见过古代的赵飞燕和杨贵妃啊！"嫦娥笑着说："你如想见见，又有何难？"于是便拿起画卷来仔细审视一番，然后进屋对镜梳妆，学起纤瘦的赵飞燕的舞姿，又学丰腴的杨贵妃的醉态，长短肥瘦，随时变更，风情神态，和画卷上的飞燕、杨贵妃一模一样。正当嫦娥对镜作态时，有个丫鬟从外面进来，竟不认识她是谁，惊问别的丫鬟，然后再仔细观察，才恍然大悟，不禁大笑起来。子美欢喜地说："我只得到一个美人，而千古的美人，都在我的闺房之中了。"

一天夜里，人们正在熟睡，忽然有几个人撬门进入子美的宅院，火把四壁照得通亮。嫦娥急忙起来，惊慌地说："不好！有强盗进来了！"子美刚睡醒，就要大喊，有一个强盗把刀放到他脖子上，子美吓得气都不敢喘。又有一个强盗抓住嫦娥，背起来就走，强盗们一哄而散。这时，子美才大声呼救，仆人们都聚集过来，一看家里的珍宝细软，一件也没丢。子美极其悲伤，惊恐万分，什么心情都没有了。到官府去报案，追捕盗贼，却一点消息也没有。

转眼三四年过去了，子美由于郁闷无聊，便借应试的机会到京城去看看。在京城住了半年，算卦问卜，多方打听，什么办法都想到了，就是没有嫦娥的下落。有一天，偶然路过一个小巷，见到一个女子，满面灰土，衣衫褴褛，穷困潦倒，有如乞丐。子美停步细看，发现原来是颠当，十分惊骇，于是问道："你怎么憔悴成这个样子呀？"颠当回答道："和你分别后，我们就迁居南方。后来，母亲去世，我被坏人掠去，卖到旗人官府，挨打挨骂，饥寒交迫，我都不忍心说了。"子美听了，凄然泪下，问道："我可以把你赎买出来吗？"颠当说："很难了，得花很多钱，你帮不上这个忙的。"子美说："我实话告诉你吧，近年来我家境还算富足，可惜我出门在外，盘缠带得不多，但哪怕卖尽衣物车马，只要能解救你，我也在所不惜。如果需要的钱太多，我就回家去给你筹办。"颠当听了，便约子美第二天出西城，到柳树林会见，并嘱咐他自己去，不要带随从仆人。子美说："好。"

第二天，子美早早地去赴约，可是颠当已经先到了，而且衣装非常华美。子美惊异地问她是怎么回事，颠当笑道："昨天我只是试试你的心，幸而你不忘旧情，尚有绨袍之义。请到寒舍一叙，我一定想办法报答你。"子美跟颠当往北走了没几步，就到了她家。颠当摆上酒菜，和子美饮酒谈笑，子美邀她一起回家。颠当说："我这里还有很多俗务累赘，不能跟你走，可是嫦娥的消息，我却知道一点。"子美便急忙问嫦娥如今在哪里，颠当说："嫦娥行踪飘忽不定，我也不太清楚。西山有一位瞎了一只眼的老尼姑，你去问问她，一定能问出名目来。"当晚，子美就住在颠当家里，第二天早晨，颠当又给子美指明了去西山的道路。

子美到了西山，果然看见一座古寺。围墙已经坍塌，竹林中有半间茅屋，一位老尼姑正在那儿缝补僧衣。老尼姑见有客人来，也不怎么搭理，子美向她作揖致意，才抬起头来问话。子美告诉她自己的姓名，并且说出自己的请求。老尼姑说："我一个八十岁的瞎子，与世隔绝，哪里能知道嫦娥的消息？"子美再三恳求她指点，老尼姑才说："我实在不知道嫦娥的下落。有两三个亲戚，明天晚上要来看望我，或许其中的小姑娘中，有认识嫦娥的也说不定。你明天晚上可以来看看。"子美得了这个答复才告辞。第二天子美再去时，老尼姑已经不在了，破门已经上锁。子美在那儿等了好长时间，到了深夜，明月高悬，正在焦急徘徊，无可奈何之时，突然远远看见两三个姑娘从外面来到古寺前，其中一个就是嫦娥。子美欣喜至极，急忙迎上前去，拉住嫦娥的衣襟。嫦娥说："鲁莽郎君！吓死我了！可恨颠当多嘴，又让你用儿女情常来缠我！"子美拉她坐下，执手倾诉别情和所受的相思之苦，不觉凄然泪下。嫦娥说："我实话对你说，我本是月宫里的嫦娥，被贬谪到人间，在尘世间漂泊，如今期限已满，为了断绝你的指望，于是才假托盗寇抢劫。老尼姑也是王母娘娘府上的看门人。我初被贬到人间时，蒙她收留体贴，所以常抽空到她那里看看。你如能放我走，我可以帮你把颠当娶过来。"子美不听，低头痛哭。嫦娥往远处看了一眼，说："姐妹们都来了！"子美正往四面看，嫦娥已经无影无踪了。子美失声大哭，痛不欲生，于是解下衣带上吊。恍惚间，觉得魂已离体，惆怅无主，不知所往。忽见嫦娥走来，抓住自己双脚，离地提了起来。又把他带到寺前，取下树上的死尸推挤他，连声喊道："痴郎，痴郎！嫦娥在此。"忽然间，子美如梦方醒。稍稍安定了一会儿，嫦娥气愤地说道："颠当贱婢！害了我又杀了郎君，我不能饶她！"于是，二人下山，雇了轿子回到了子美所住的旅店。子美一方面让家人准备返乡的行装，一面转身出了西城去面谢颠当。到了那里时，才发现房舍全变了，子美惊愕叹息，只是返回旅店，暗自庆幸嫦娥不知此事。一进门，嫦娥笑道："你看见颠当了吗？"子美愕然，无言答对。嫦娥说："你背着我嫦娥做事，怎么能得到颠当呢？请你坐等一会儿，她自己马上就来。"不一会儿，颠当果然到了。进屋后，急忙跪在床前，嫦娥冲她的额头弹了个栗暴，说："小鬼头，真是害人不浅！"颠当连连磕头，但求先别让她死。嫦娥说："把人推到坑里，还想脱身天外吗？广寒宫里十一姑近日要出嫁，需用绣枕一百对，绣鞋一百双，你可跟我去，一块儿制作。"颠当恭恭敬敬地说："只求你分给我一部分活计，我一定按时送交。"嫦娥不答应，对子美说："你如果给她讲情，我就放了她。"颠当拿眼瞟子美，子美笑而不语，颠当气得拿眼瞪他。颠当又请求回去给家里人送个信再来，嫦娥答应了，她才敢离去。子美向嫦娥打听颠当的生平，才知道她本是西山的一个狐仙。子美雇好了车马等她，第二天颠当果然来了，于是和嫦娥一起回到家中。

可是，嫦娥这次重来后，显得严肃稳重，不苟言笑。子美强求她作当日化装美女的游戏，她也不肯，只是偷着教颠当去做。颠当极其聪慧，很善于媚惑男人。嫦娥乐于独宿，子美要在她房中过夜时，也常常以身体不适推辞。一天夜晚，时已三更，还听见颠当房中笑声持续不断。嫦娥便派一个丫鬟去偷听，丫鬟回来后，什么也不说，只是请夫人自己去看看。嫦娥到了颠当窗前，往屋里一看，发现颠当正化装成自己的模样，子美抱着喊她嫦娥。嫦娥笑着退回自己屋里。过了不大一会儿，颠当心口暴疼，急忙披上衣服拉着子美来到嫦娥房中，进门后便给嫦娥跪下了。嫦娥说："我难道是那种嫉妒别人胜过自己的人吗？你心口疼干我何事？是你自己学那捧心皱眉的西施的呀！"颠当磕头求饶，只说知罪。嫦娥说："起来吧，好了！"颠当这才起来，不觉笑出声来走了。颠当又偷偷对子美说："我能让娘子学观音菩萨。"子美不信，便要和颠当打赌。原来嫦娥常常盘腿打坐，双眼若闭，颠当偷着拿只玉瓶插上柳枝，放在嫦娥面前的案上，自己把头发披散开来，双手合掌，侍立在一旁，樱唇半张，银牙微露，目不转睛地瞅着嫦娥。子美一看这情形，忍不住笑了。嫦娥睁开眼问是怎么回事，颠当说："我学龙女侍奉观音菩萨呢。"嫦娥笑骂她几句，罚她学当童子行叩拜之礼。颠当把头发束上如童子模样，朝四面跪拜，伏在地上，翻转自如，变出各种姿态，左右弓腰踢腿，脚尖能碰着自己的耳朵。嫦娥看乐了，坐在椅子上踢她。颠当仰起脸来，口衔嫦娥的小脚，轻轻一咬。嫦娥正在嬉笑，忽然觉得一缕春情，从脚尖而上，直通心窝，神魂颠倒，欲火如炽，不由自主，于是急忙镇静了一下心神，怒喝道："你这狐奴真该死！迷惑人也不看看是谁吗？"颠当一听，十分害怕了，便松口伏在地上。

嫦娥又严厉斥责她,众人都不知是什么原因。嫦娥对子美说:"颠当狐性不改,刚才差一点被她作弄。若不是我修炼到家、道行有根,恐怕就堕落下去了。"从此,嫦娥每次见到颠当,总是严加防范。颠当羞愧惶恐,对子美说:"我对嫦娥娘子的一肢一体,无不觉得亲爱。我爱到极点,不知不觉媚惑她太过分了。如果说我对娘子没安好心,我不但不敢,而且也不忍呀!"子美把这话告诉了嫦娥,嫦娥才待她像当初一样。因为颠当和子美戏耍没有节制,嫦娥只好多次劝诫子美,但子美不听,因而大小丫鬟婆子,竞相戏乐。

有一天,两个丫鬟扶着一个丫鬟戏乐,扮作杨贵妃。两个丫鬟使个眼色,骗那扮杨贵妃的丫鬟把全身骨节都松懈了,学醉酒的姿态,两人把手一松,这丫鬟猛然跌到阶下,扑通一声像推倒一面墙一样。众人齐声惊呼,近前一摸,假"杨贵妃"已经如真杨贵妃死在马嵬坡一样,一命归天了。众人一看,顿时吓坏了,急忙告诉子美。嫦娥惊呼道:"终于闯出祸来了!我说得怎么样?"说着便去验察一番,已经没救了,只好派人马上去告诉死者的父亲。死者的父亲某甲,素来鄙陋无行,哭喊着来到宗家,把女儿尸体背到厅堂,拼命叫骂不止。子美吓得关上房门,不知所措。这时,嫦娥亲自出门,责备某甲:"主子虐待奴婢至死,按律也不偿命。何况你女儿是偶然暴死,怎么知道她就不能复活?"某甲喊道:"四肢已经冰冷,哪有复活之理?"嫦娥说:"你不要乱吵,纵然不能复活,不还有官府在吗?"于是到了厅堂,一摸死者尸体,丫鬟居然复活了,随手站了起来。嫦娥于是转过身来,怒斥某甲道:"这丫鬟幸而没有死,而你这贼奴怎能这样猖狂!得拿草绳捆起来送到官府去!"某甲无言以对,跪了好长时间,苦苦求饶。嫦娥说:"你既已知罪,姑且免于追究。但你这无赖小人,反复无常,留着你女儿在这里终究是个祸根,你快点把她领回去吧。原来你卖的多少钱,你就退多少钱,快去筹措,速速送来。"说完派人把某甲押送出去,让他请来两三位老先生,在文书上签字做保人。然后把摔昏的丫鬟唤到面前,让某甲问她:"没摔坏吧?"丫鬟说:"没什么。"这才让某甲把女儿领走。接着嫦娥把丫鬟们全找来,严加斥责,一个个打了一顿,又把颠当唤来,严禁她再搞这些游戏。处理完了这些事之后,嫦娥才对子美说:"今天才知道,位居众人之上的人,一言一笑都不可等闲视之。戏乐之事是我开的头,上行下效,流弊才不可收拾。凡哀伤之事属阴性,欢乐之事属阳性。阳极阴生,乐极生悲,这是阴阳循环的定规。这个丫头的祸殃,是鬼神给的一个警告。若执迷不悟,塌天大祸就会来了!"子美很恭谨地听从了嫦娥的劝诫。颠当哭着求嫦娥救她,嫦娥就用指甲掐她的耳朵,过了一刻时辰松手,颠当惊愕片刻,如梦方醒,伏地便拜,欢喜得要跳起舞来。

从此，闺阁里清净严肃，没有人再敢喧哗笑闹。而那个丫鬟到了家之后，没病没灾地就暴死了。某甲拿不出赎金来，便请村老们代求嫦娥开恩免除，嫦娥答应了，又念丫鬟侍奉主人的情谊，赏了她一口棺木。

子美常因没有儿子发愁，一天，嫦娥腹中忽然有婴儿的哭声，于是用利刃划破左肋下，将其取出，果然是个男孩；不久，嫦娥又有了身孕，又划破右肋下取出一个女儿。男孩非常像他的父亲，女儿极像她的母亲，长大都和高门大家成了婚。

异史氏说："阳极阴生，真是至理名言啊！然而屋里出现仙人，幸好能够极尽我的快乐，消除我的灾祸，延长我的生命，而让我不死。这地方如此快乐，就是老死在这里也可以，可是仙人为什么还忧虑呢？天的运道循环往复，道理本来就该如此，可是世上长久困惑不通的人，又能怎样解释呢？从前有求仙不得的宋人，总是说：'做一天神仙，死也无憾。'我再不能笑话他们了。"

［ 褚 生 ］

顺天陈举人，十六七岁时，曾跟从塾师在一座寺庙里读书，同学很多。其中有位褚生，是山东人，刻苦读书，钻研学问，一刻也不休息，而且他一直寄宿在寺庙里，也没见他回过家。陈举人和他最为友善，曾问他为什么这样苦读。他答道："我家境贫寒，筹措学费很不容易。即便不能珍惜每一寸光阴，但只要每天读到半夜，那么我的两天就可以顶别人的三天。"陈举人对褚生的话非常感动，想搬一架床来和他住在一块。褚生制止道："可别这样，可别这样！我看我们的先生，不是我理想的老师，阜成门有位吕先生，年纪虽老，但可做老师，让我们一块儿迁到他那里去吧。"原来，京城里设帐教书的先生收学费比较多，按月计算，月终学费用光，便任学生去留。

于是，陈生和褚生便一起到了吕先生那里去。吕先生是浙江的老资格学者，因落魄不得志，不能返回故乡，因而设帐教授蒙童。这实在不是他的心愿。吕先生得到陈生和褚生两位学生后，十分高兴，而褚生又十分聪明，往往过目不忘，吕先生对他尤为器重。陈褚二人感情亲密融洽，白天同桌读书，夜晚也同榻而眠。到了月末，褚生忽然请假回家，十几天不再返回。吕先生和陈生得知此事，都很纳闷。

有一天，陈生有事到天宁寺去，在廊檐下遇到褚生，见他正在劈木片涂硫黄，制作火具。褚生见到陈生，顿时忸怩不安起来。陈生问他："你为什么突然放弃读书？"

褚生握住陈生的手，请他稍等一会儿，然后凄然说道："我家非常贫穷，无法向先生交学费，必得做半月生意才能供一个月读书。"陈生听了，感慨了好长时间，说："你且先去读书，我自然会竭尽全力帮助你。"于是陈生让跟随前来的人收拾起褚生的工具和材料，一同回到老师的学堂。褚生嘱咐陈生不要泄露秘密，先编个理由告诉吕先生。陈生的父亲本是一位商人，靠囤积居奇发的财。陈生于是经常偷父亲的钱，代褚生交学费。陈父因丢钱而责问陈生，陈生说了实情。陈父以为陈生太傻，于是让他废了学。褚生知道这事后，觉得十分惭愧，也想告别老师离去。

吕先生知道了实情，责备褚生道："你既然这么贫穷，为什么不早告诉我？"于是把钱全都返还给陈父，留下褚生依旧读书，和他一块儿吃饭，看作儿子一般。陈生虽然不再到学堂读书，但常常邀褚生到酒店饮酒。褚生因为避嫌坚持不去，而陈生邀他的心意却更坚定，往往因而流出眼泪，褚生不忍拒绝，于是仍然和陈生往来，毫无隔阂。

过了两年，陈生的父亲病死，陈生便到学堂来，求吕先生继续教他。吕先生为他的诚意感动，就收下他，但由于他废学太久，和褚生学业相差已经十分悬殊了。过了半年，吕先生的长子从浙江回来，一路乞讨，寻找父亲。吕先生的门生们集资帮助吕先生准备行装，褚生却只有挥洒热泪，依恋不舍而已。吕先生临别时，嘱咐陈生拜褚生为老师。陈生听从老师的话，请褚生到家设帐教他。不久，陈生入县学，以"遗材"身份应试。陈生考虑到自己写不好文章，褚生便表示要代他去考。到了考期，褚生带一个人同来，说是他的表兄刘天若，嘱咐陈生暂且跟他去。陈生刚刚出门，褚生忽然从后面拽他一下，陈生差点摔倒，刘天若急忙挽着他离去。二人向四方眺望了一番，然后携着手来到了刘天若家。刘家没有妇女，就把客人安置在里院。

过了几天，正好已到了中秋，刘天若说："今天李皇亲的花园里游人甚多，我们应当去散一散心中的闷气，顺便送你回家。"随后，便派人带着茶具、酒具前往。到了园中，但见有水阁梅亭，人声喧闹，无法进入。过了水关，在一株老柳树下，横着一条画船，二人拉着手登了船。喝了几杯酒，觉得挺无聊。刘天若对家童说："梅花馆近日新来了一位妓女，不知在家否？"家童去了不一会儿，便和那位妓女一块儿来了，原来是烟花巷中的李遏云。李是京城里的名妓，会作诗，善唱歌，陈生曾和友人一起在她家饮酒，所以认识。相见后，但互相寒暄几句。但这时，李遏云的脸上却带有忧戚之色。刘天若让她唱歌，李便唱了悲哀的《蒿里》。陈生听了，很不高兴，说："我们主客即便不如您的意，何至对着活人唱死人的歌呀！"李遏云起身致歉，强颜欢笑，并唱了爱情歌曲。陈生听了，很高兴，抓住李遏云的手腕道："你从前写的《浣溪纱》我读了好几遍，如今已经忘记了。"李遏云于是吟道：

泪泪盈盈对着妆镜台，

打开门帘，忽见小姑走来，

低着头侧转身看弯弯的绣鞋。

强打开愁眉展开笑颜，

频频用红袖擦拭香腮，

小心翼翼，恐怕被别人猜忌。

　　陈生跟着反复诵读了四遍。接着船靠到岸边，经过了一道长廊，见壁上题咏的诗词很多，刘天若便让人把李遏云的词写在墙上。此时，已到了黄昏时分，刘天若说："将要中举的人该走了。"便送陈生回了家。陈生刚进门，刘天若即告辞回去。陈生见室中黑暗无人，犹豫之间，见褚生已进了门。细一看，却不是褚生，正在怀疑，客人猛然走近他，然后扑倒在地，家人们说："公子累了！"便一起扶拽起客人来。陈生转而觉得倒地的不是别人，正是自己。陈生起来后，见褚生在身旁，恍恍惚惚，宛如梦中。于是屏退其他人，细细探问究竟。褚生说："我把实情告诉你吧，但你不要惊慌。我其实是一个鬼，久该转世投生，之所以延迟在这里，是因为你的深情厚谊不能忘怀，因而附在你身上，代你考试。三场考完，我的心愿才算了结。"陈生于是求褚生再去应一场春闱考试。褚生说："你上辈人福气薄，吝啬人的骨血，更高的功名官职是承受不起的。"陈生又问："你将要到哪里去？"褚生说："吕先生和我有父子的情谊，常常惦念，放心不下。我表兄是阴间管典册的文书，求他告诉地府的主事者，或者会有所照应。"说完就告别而去，陈生甚觉怪异。

　　天明以后，去访李遏云，想要问问她在船上饮酒唱歌的事。但一打听，才知道李遏云已经死去好几天了。又到了李皇亲的花园，见那题写的诗句尚在，而墨色浅淡，若有若无。陈生这才醒悟过来，题写者是一个魂灵，而作者是一个鬼。到了晚上，褚生很高兴地来了，说："所谋的事有幸成功，今日敬与君告别。"接着伸出两个手掌，让陈生写"褚"字在上面以做纪念。陈生想要置办酒席为褚生饯行，褚生却摇头道："不用了，你如果不忘旧友，就在放榜之后去看我吧，不要怕路途遥远。"陈生洒泪送别了褚生。只见一个人在门旁伺候，褚生正依依难舍，那人便用手按按他的头顶，褚生就变得很扁，被那人装到袋子里，背着走了。

　　过了几天，陈生果然考中举人，于是打点行装到浙江去。吕先生的妻子早已停止生育几十年，但到五十多岁时，却忽然生了一个儿子，只是这个孩子一直紧握双手，而且十分牢固，不能打开。陈生来到后，要见见这个孩子，并说："孩子的手掌中一定有两个'褚'字。"吕先生不太相信。孩子看见陈生后，十指便自然张开了。大家一看，果然有两个"褚"字。吕先生惊问是什么缘故，陈生便把实情都告诉了吕先生。两人又是惊异又是欢喜。陈生给吕先生丰厚的馈赠后，便返回了家。后来，吕先生以拔贡身份，在京城廷试，住在陈生家，说孩子已经十三岁，已入县学了。

异史氏说："吕先生设帐教授学生，却并不知道教的学生就是自己的儿子，可叹！为别人做善事，而得到降来的福气，是一样的道理！褚生这人，在没有以身报答老师之前，先以魂灵报答朋友，他的志向和德行，可与日月同辉，怎么能以他是个鬼魂而先叹他的奇异之处呢？"

［ 姚 安 ］

临洮人姚安，生得很有风度。同乡一家姓宫的人家，有个女儿，小名叫绿娥，长得十分艳丽，而且还知书识字，因为没有理想的对象，所以一直待在闺中。她母亲常跟外人说："一定要选个门庭和风采都赶得上姚安的，我才把女儿嫁给他。"姚安听了，就骗老婆去看井里的东西，顺手把她推下井里，然后娶了绿娥。成亲后，夫妻彼此非常亲爱。但是，因为绿娥长得实在太漂亮了，姚安便老是怀疑旁人会打她的主意。于是，姚安每天都关起门来陪着她，绿娥走到哪里就跟到哪里，绿娥要回娘家，他就用两条胳膊把长袍撑起，用长袍把绿娥的身子遮住，才一起走出家门，上车后又把车门封起来，然后自己骑马相随。到岳母家后，才住了一个夜晚就催绿娥一块儿回来。对此，绿娥心里很不舒服，气愤地说："如有桑中之约，难道你这样琐琐屑屑就能防得住吗？"姚安不听，每次外出时，就将绿娥锁在房里。绿娥更反感了，等他走后，便故意把其他的钥匙放在门外，叫他去怀疑。姚安看见了这些钥匙，果然产生了怀疑，问钥匙是从哪儿来的，绿娥恼火地说："不知道！"姚安就更加怀疑了，监视得更回严密。有一天，他从外面回来，在门外偷听了很久，才开锁轻轻推门进去，唯恐会发出响声，悄悄地走了过去。看见一个男人戴着貂皮帽子睡在床上，顿时怒火上蹿，拿着刀跑过去，用劲砍杀了。走近一看，原来是绿娥怕冷，用貂皮帽子盖在脸上。顿时大惊失色，后悔得直跺脚。

宫家老汉愤怒地向衙门告状。官府把姚安捉了起来，剥下他的衣冠，然后套上脚镣手铐。姚安把家产变卖了,拿着大笔钱买通上下,才买下一条命。此后,他开始精神失常,就像丢了魂魄。偶然在家独坐,看见绿娥与一个大胡子男人在床上寻欢作乐,他恨死了,便拿着刀走过去,忽然不见了。但刚转身坐下,又看到了。气得眼直冒火,便用刀向床上乱砍,被褥床席都砍破了。但他仍不死心,就拿刀靠近床边等着。没一会儿,他又看见绿娥在自己对面站着,看着他冷笑,于是急忙挥刀砍去,把头砍了下来。但他刚坐下,就看见绿娥仍旧站在原处,还是和刚才一样笑着看他。每天夜晚一熄灯,他就听到男女欢会的声音,猥亵得说不出口,天天如此,简直不堪忍受。于是,他把房子田产都卖了,打算搬到别的地方去住。结果到了晚上,就有小偷挖洞进来,把银子都偷走了。从此,姚安贫无立锥之地,被活活气死了。家乡人于是用一张草席把他马马虎虎给埋葬了。

异史氏说:"为了骗娶新人而谋杀结发的妻子,姚安的心地实在太残忍了!人们只知道新鬼在作祟,却不知道旧鬼早就把他的魂魄弄得颠倒了。唉!为了穿一双新鞋而把脚趾砍断的蠢物,不赶紧死还等什么呢?"

诗 谳

山东青州有个名叫范小山的人,以贩卖笔墨为业,在外经商经常不回家。四月间,他的妻子贺氏一个人在家,有一天晚上被强盗杀死。这天夜里下着小雨,有人在泥巴地上发现了一把题诗的折扇,是王晟送给吴蜚卿的。王晟不知是何许人,而吴蜚卿则是益都的富户,和范小山是同乡,平日很有些拈花惹草的行为。所以邻居都认定是他奸杀了范小山的妻子,州县官员于是把吴蜚卿抓来审问,但他却坚决不承认。尽管这样,他还是被衙役上了铁镣手铐,并关了起来,冤枉定了案。他反复申诉,又反复被驳下来,经过十几个官员之手,都一致认为他是杀人犯。

吴蜚卿已认定自己肯定要当个屈死鬼,便嘱咐妻子尽其所有,去救济孤寡。凡有在他家门前念一千遍"阿弥陀佛"的,便赠给一条棉裤;念一万遍的,就送一件棉衣。于是讨饭的人像赶集一样,念佛的声音十里外都能听到,他家里也骤然穷下来了。其妻只好变卖田产来应付开销。吴蜚卿则暗中贿赂看守的狱卒,让他们帮自己买毒药,准备服毒自尽。一天夜里,吴蜚卿梦见神人对他说:"你不必去自杀,以前是外边凶,眼下是里边吉。"再睡下去,神人又这么说,吴蜚卿于是便打消了自杀的念头。

不久，周元亮先生出任青州知府。当他审阅到吴蜚卿的案卷时，忽然沉思起来，便问原告的人说："吴某杀人，有什么可靠的证据呢？"原告范小山说："有诗扇为证。"周元亮仔细看了看扇子，便问："王晟是什么人？"范小山和左右的人都说不知道，周知府又将吴蜚卿的口供细看了一遍，立即下令解下吴蜚卿身上死囚的枷锁，并将他从监狱移到库房里去，范小山知道后，竭力反对，周知府生气地说："你是想错杀一个人结案呢？还是想查出真正的仇人呢？"众人都怀疑周知府和吴蜚卿有什么私情，但不敢说。

周知府签发了传讯人的红色竹签，叫衙役把南门外某酒店的主人拘传过来，店主人很害怕，不知是怎么回事，周知府问他："店铺的墙上有日照李秀的题诗，那是什么时候写的？"店主说："去年学政大人来主持考试时，有两三个日照秀才酒醉后写的，但不知他们住在什么地方。"周知府于是派衙役到日照去拘捕李秀。过了几天，李秀被抓来了。周先生愤怒地说："你身为秀才，为什么要谋杀他人？"李秀十分惊愕，连忙叩头说："没有这回事。"周知府于是把扇子丢下去，叫他自己去看，还说："明明是你作的诗，为什么要假托王晟？"李秀看了看扇，子说："这诗确实是我作的，但字不是我写的。"周知府于是追问道："既然知道你写的诗，肯定是你的朋友。那是你的哪个朋友写的？"李秀说："这字好像是沂州王佐的笔迹。"周知府于是又派差役去拘捕王佐。王佐到堂后，周知府也像对李秀一样审问他。王佐回说："这是益都铁商张成请我写的，他说王晟是他表兄。"周于是断定说："杀人凶手就是这个张成。"于是命人把张成抓来，一审就招认了。

原来，张成看到贺氏长得很漂亮，便想去勾搭她，又怕她不答应。于是便想到，如果自己假冒吴蜚卿，肯定人人都会相信，所以假造了一把吴蜚卿的折扇，带在身边，想着如果勾搭成了就说出自己的真名实姓，如果勾搭不成就嫁祸于吴蜚卿。但并没有想到会动手把贺氏给杀了。那天晚上，张成从墙上跳进去，要逼奸贺氏，贺氏因独自在家，平常准备了一把刀自卫。发现有人想强奸她，便拉住那人的衣服，操刀而起，张成害怕起来，夺过贺氏的刀，但贺氏抓住张成不放，不让他跑掉，而且大声呼叫，张成更加害怕，便杀了贺氏，丢下折扇跑了。

由于周知府的到来，三年的冤狱，一下就昭雪了，人们无不称颂其为神明的。吴蜚卿这才想到"里边吉"是个"周"字。但谁也不知道周知府是怎么看出问题的。后来，县里的士绅们找了一个机会向他请教。周笑着说："这是最容易弄清楚的，细看审讯口供，贺氏死于四月上旬，那天晚上是阴雨天，天气还冷得很，这么冷的天，谁还带着扇子呢？而且还是在匆忙急迫的时候，就更不可能会带着这累赘的东西了。从这里就可以明显看出，是凶手企图嫁祸于人的。我前些时候在南门外酒店避雨，看见题壁诗和扇子上的诗，在语气、风格上很近似，所以大胆怀疑是李秀所作，果然顺着这条线索就找到了真正的凶手。"众人听了，都十分感叹、佩服。

异史氏说："观察问题深入的人，在别人发现不了问题的地方，他也能看出问题。词赋文章，本是光耀国家的事物。而周先生却通过这些来衡量天下的知识分子，被人称为伯乐。这难道不是深入地钻透了词赋文章的结果吗？更没想到先生还能将相士的原理用于审理刑狱。《易经》说：'能预见事情的几微变化，大概是神灵吧！'先生确实有这个本领。"

卷　九

[邵临淄]

临淄县城里，一位某老先生的女儿，是太学生李某的妻子。她未出嫁时，有一次，一位相面的人给她算命，断定她今后会受到官府的责罚。老先生开始一听这话，对这相面的人很不满意，转而一想又笑着说："你胡说八道到了如此程度！且不说大家世族的女儿不会到公堂上去抛头露面，难道我这个有功名的监生还不能保护自己的女儿吗？"

后来，老先生的女儿出嫁后，性情十分凶悍，侮骂丈夫成了家常便饭。李某不堪忍受她的虐待，便一气之下向官府控告了她。邵县令接状后，准了李某的控告，发下捕人的传票，打发衙门里的公差立即前去捉拿被告人。老先生听到这件事，非常害怕，便率领家人到衙门哀求邵县令不要办这件官司，但邵公没有答应这个请求。这时，李某自己也感到有些后悔，也请求撤诉。邵公生气地说："衙门里的公事，岂能任你们愿意告就告，愿意作罢就作罢？一定要捉来审问！"老先生的女儿被带到公堂后，邵公稍稍审问一二句，便说："真是个泼妇！"于是判定杖打三十下，结果把她打得屁股肉都掉了下来。

异史氏说："邵公难道有什么难言之隐？怎发这么大的脾气？这个县里有如此一位贤明的长官，乡里就没有泼妇了。记下这件事，以补史书《循吏传》的不足吧！"

[狂　生]

刘学师说：山东济宁有个狂生很能喝酒，家中没有什么财物，但有了钱一定去买酒，根本不把贫困当成一回事情。时值新来的刺史上任，酒量大得无人可敌，听说狂生的酒名，便将他找来陪自己喝酒。时间一长，也开始喜欢上他。两人经常在一块儿谈笑饮酒。于是，狂生仗着自己和刺史的亲密关系，只要碰到一些要打小官司的代理人，便接受一点数量有限的贿赂，然后替别人讲情，刺史也常常答应他的要求。狂生对这些事习以为常，但刺史心里却开始讨厌他了。

有一天上午，狂生拿着名帖到公堂见刺史，刺史没说话，只是微笑了一下。狂生高声说："您答应请求就说声'可以'，不答应就说'不行'，笑什么啦！我听说'士可杀而不可辱'。别的事情我当然没法回报你，难道笑一声也不能回报吗？"说完便纵声大笑，把大厅墙上的灰尘也震了下来。刺史发怒道："你怎敢这般无理！难道没听说过灭门的令尹吗？"狂生摇了摇手，不顾而去，大声说道："穷秀才无门可灭！"刺史一听，更生气了，便把他抓起来，想抄他的家，等问到他的家业时，才发现他连土地房屋都没有，平常只和妻子搭棚住在城墙上。刺史听说后，就把他给放了，只是把他赶走，不让他住在城墙上，朋友们可怜他疯疯癫癫，便凑钱给他买了一小块地，建起两间小房子。他住进去之后，叹口气说："现在才知道害怕令尹了！"

异史氏说："士大夫遵守礼法，不敢到大街上生事，所以即使皇帝也拿他没办法！但仇人还是有办法为难他，仅仅是因他要保全自己的门户。然而，到了无门可灭的地步，那么对他恨得咬牙切齿的人也拿他没法了。哈哈！这就是'贫贱骄人'者的面目！唯有正人君子虽然贫困，也不轻易求人，那狂生因贪杯好酒，在公堂上喋喋不休，人品实在太卑贱了。当然，这个人虽然人品不高，但那种狂态却是别人赶不上的。"

［凤仙］

刘赤水是广西平乐县人，从小聪明俊秀，十五岁时便入了郡学读书。后来，由于父母早逝，他便游游逛逛起来，把学业也荒废了。他的家产连个中等户都够不上，但他却有一个癖性，那就是十分喜好打扮，尤其是被褥，都十分讲究、华丽。

有一天晚上，刘赤水被朋友请去喝酒，忘了吹灭蜡烛就走了。喝过几杯酒后，才忽然想起了这件事，于是，便离席匆匆忙忙地返回家来，一到家门口，就听到屋里有人小声说话，俯身上前去一看，却看见一个年轻人抱着一个漂亮姑娘躺在床上。由于刘赤水的住房靠近名家大族荒弃的宅子，时常闹神闹鬼。他一见这场面，便猜到他们一定是狐狸，所以也不害怕他们，直接闯进屋里，开口就骂："我的卧床，怎么能让别人在这里睡大觉。"这两个人一见，便惊慌失措，抱着衣服，光着身子跑掉了。丢下一条紫色套裤，带子上还系着针线包。刘赤水一看，高兴极了，恐怕被他们又偷回去，就藏在被中，抱在怀里。

不一会儿，一个蓬头散发的小丫鬟，从门缝里挤进来，向刘赤水讨要丢下的东西。

刘赤水笑着向她讨要报酬。小丫鬟答应送给他酒喝,刘赤水不答应;丫鬟又说送给他钱,刘赤水也不答应。丫鬟笑一笑,就走了。不大工夫,丫鬟又返回来,说:"我家大姑娘说,如果能把她的东西还给她,她一定送一位美人来报答你。"刘赤水便问:"你家大姑娘是谁?"丫鬟答道:"我家姓皮,大姑娘小名叫八仙,和他睡在一起的人是胡郎;二姑娘叫水仙,嫁给富川县丁官人;三姑娘叫凤仙,比二位姑娘更漂亮,看见她的人,没有不中意的。"刘赤水担心她说话不算数,要坐着等候好消息,说等把人送来了,再把东西送还。小丫鬟去了,又回来说:"大姑娘让我传话告诉官人,好事怎么能一下子做成呢?刚才把这事和三姑娘一说,反受到一顿痛骂,请你耐心等一下吧,我们家不是那种说话不算数,不守信用的人。"刘赤水听她这样一说,便把东西还给她。但过了好多天,却一点消息也没有。

一天,天刚黑,刘赤水从外面回来,关上门刚刚坐下,两扇门忽然自动打开了。只见两个人用被子抬着一位姑娘,两人手拉着被子的四个角,走进来,说:"送娘子来啦!"笑着放到床上,然后就走了。刘赤水走到床的近前一看,只见姑娘沉睡未醒,还散发着醇香的酒气,红红的脸带着醉态,动人极了。刘赤水高兴地给她抬脚脱袜,抱着身子脱衣服。这时,姑娘已经微微醒过来,睁开眼睛,看着刘赤水,但四肢却不听支配,只是恨恨不平地说:"八仙,这个坏丫头,把我卖了!"刘赤水抱着她亲热。姑娘嫌刘赤水身上太凉,笑着说:"今晚是什么日子,遇上这样冰凉的人!"刘赤水说:"你啊,你啊!你又能把我这个凉人怎样呢?"于是,两个人便相亲相爱起来。随后,姑娘说:"八仙这丫头无廉无耻,沾污人家床褥,却拿我来换套裤,我一定要报复她一下!"从此以后,姑娘每天晚上都来找刘赤水,两个人相爱得很深。

有一天,姑娘来到后,便从衣袖里拿出一只金钏,说:"这是八仙的东西。"又过了几天,姑娘又从怀里拿出一双镶珠绣金、制作精巧的绣鞋来,让刘赤水拿去张扬,刘赤水便拿这些东西向亲戚、朋友夸耀。许多人知道后,便带着礼物来求得一看。从此,刘赤水便把金钏、绣鞋当成奇货收藏起来。

一天夜里,姑娘来到后,便说起离别的话,刘赤水奇怪地问她这是怎么回事?姑娘说:"姐姐因为绣鞋的事,非常恨我。想带着全家到很远的地方去,想用这个方法来断绝咱俩的关系。"刘赤水一听,非常害怕,愿意把绣鞋还给八仙。姑娘说:"不用这样做!她用这个来要挟我,如果把绣鞋还给她,正中了她的计谋。"刘赤水于是问她:"那你为什么不能自己留下来?"姑娘说:"父母远去,一家十余口人,都依靠胡郎照应,若不随着去,恐怕八仙这个长舌妇会造谣惹是非的。"从此以后,姑娘就不再来了。

这样过了两年,刘赤水对姑娘仍然念念不忘。一天,他在路上偶然遇到一位骑着马的女郎，慢慢向前走，一个老仆人拉着马缰绳，正和他擦肩而过，这位女郎回过头来，掀起面纱偷偷向他看，露出漂亮的面容。不一会儿，从后面走来一位年轻人，对刘赤水说："这女郎是什么人，看样子很像是个美人儿，是不是？"刘一听，便不住口地称赞她。年轻人向他行礼，笑着说："您太过奖了！那就是我的妻子。"刘赤水一听，赶忙认错，请他原谅。年轻人说："没有关系。不过，南阳诸葛三兄弟，您已得到了其中的龙，剩下的又有什么值得一提的呢！"刘赤水不明白他说的意思。年轻人说："您不认识曾经偷着睡在你床上的人了吗？"刘赤水这才知道他是胡郎。于是赶忙认了这位连襟，然后亲热地谈了起来。胡郎说："岳父岳母刚刚回来，想去探望，您是不是和我们一起去啊？"刘赤水一听，十分高兴，跟随他一起进入蒙山。山上有座城里人过去避难用的宅子。

八仙下马进入屋里，不一会儿，就有好几个人跑出来看，嚷着说："刘官人也来啦！"刘赤水进门后，拜见岳父岳母时，还有一位年轻人在，衣帽华美，光彩耀眼。岳父给他介绍说："这是富川的丁姑爷。"刘赤水见了面后，便坐下了。一会儿，酒菜纷纷摆上来，相互谈笑，很是愉快。岳父说："今天三位姑爷都来了，又没有外人，可以叫女儿们出来，大家团聚团聚。"不一会儿，姐妹们都出来了，老头子叫摆上座位，各挨着自己的丈夫坐下。八仙见到刘赤水时，只是掩着嘴笑，凤仙却不断地逗弄她。水仙长的容貌稍差些，但性情沉静温存，面对满座谈笑，她只是握着酒杯微笑罢了。于是，鞋靴交错，香气袭人，大家都喝得十分高兴。刘赤水看到床头上摆着许多乐器，便随手拿起一支玉制的笛子，吹奏了一支曲子为岳父祝寿。老头一听，非常高兴，便让会吹会弹的都去拿一件。他这一发话，全座人便都争先恐后地去取。只有丁郎和凤仙不去取。八仙对凤仙说："丁郎不会，可以不去取，你怎么也不伸手？"说着便把云板扔到凤仙的怀中。各种乐器便演奏起来。老头欢喜地说："这真是天伦之乐呀，好极了！你们都能歌善舞，为什么不发挥自己的特长？"八仙于是起身，拉起水仙说："人家凤仙从来是金玉之声，不敢劳动人家。我们俩可以演个《洛妃曲》。"二人歌舞刚完，便有个婢女用金盘献上水果来，但大家都不知道这水果叫什么名字。老头说："这是从真腊国带来的，叫做'田婆罗'。"说完，便双手捧了几枚送到丁郎面前。凤仙看到了，便不高兴地说："难道对女婿也以穷富而不同对待，喜欢这个不喜欢那个吗？"老头听了，只是笑笑，没有答话。八仙说："父亲是因为丁郎是外县人，是客人，才会这样，若论长幼，难道只有凤妹妹有个拳头大的穷酸女婿吗？"凤仙虽听八仙这样解释，但还是不高兴。脱下鲜艳的衣服，把鼓拍扔给丫鬟，唱了《破窑》一折曲，边唱边落泪，唱完后，甩了袖子就离开了。满座人都被凤仙弄得不愉快。八仙说："这丫头的任性还是和过去一模一样！"说完，就去追她，却不知道她到哪里去了。

刘赤水觉得没什么意思，便告辞回去了。走到半路时，见到凤仙坐在路边，并叫他坐下来，说："你也是一个男子汉，难道不能使我这床头人扬眉吐气吗？书中自有黄金屋，希望你好自为之吧！"又抬起脚说，"我出门时太急，被刺条扎破了鞋，我当初给你的东西，还带在身边吗？"刘赤水于是伸手拿出绣鞋，凤仙拿过去便穿在脚上，刘赤水向凤仙要她那双旧鞋。凤仙笑笑，说："你真是个大无赖！谁见过自己妻子的东西，也要藏在身上的？如果你真爱我，有一件东西可以赠送给你。"说完，便拿出一面镜子，递给刘赤水，说，"如果你想见我，就到书里去找，不然的话，我们的相见就遥遥无期了！"说完便不见了。刘赤水无精打采地回到家里。一看镜子，凤仙竟然背着他站在镜子里，看上去好像在百步之外。于是想起凤仙的嘱咐，便谢绝会见客人，关起门来专心读书。

一天，他看到镜中人忽然现出正面，而且微微一笑。刘赤水于是对这面镜子更加爱惜珍重。一个月后，刘赤水发奋读书的志向逐渐衰退了，便到外边去游玩，常常忘了回家。一天，他回到家中一看镜子，发现镜中人满面愁容，似乎悲痛欲哭。隔一天再看，那人又背过脸去站在那里，如同以前一样。刘赤水这才明白，凤仙之所以不高兴，都是由于自己荒废学业的缘故。于是，便闭门钻研，日夜苦读。一个月后，镜中人又变成正面向外，从此检验，每当荒废学业时，镜中人都是面容悲伤；努力读几天书，那镜中人又面带微笑。于是他把镜子早晚都悬挂起来，如同对着老师一样。这样刻苦坚持读了两年书，便一举考中。刘赤水高兴地说："今天可以面对我的凤仙了。"于是拿过镜子一看，只见凤仙弯着两道乌黑的眉毛，微微露出洁白的牙齿，满面喜色，如同站在眼前一样，把刘赤水喜爱得不转眼地看。忽然，镜中人笑道："'影里的情郎，画中的爱人'，就是今天所说的这样吧？"刘赤水高兴得四边瞧，只见凤仙已经站在他的身边。刘赤水连忙拉着凤仙的手，问岳父母身体可好？凤仙说："我自从和你分离后，就不曾回家去过，自己住在山洞里，以此来分担你的清苦。"

这天，刘赤水要到郡城去赴太守举行的宴会，凤仙也要求一起前去，他们便一起骑着马前去，人们对面都看不见她。就要回家去时，凤仙便和刘赤水商量，让她假装是刘赤水在郡城娶的媳妇。就这样，凤仙回到家中，才开始出来见客人，经营家务。人们都为她的美丽而惊异，却没有人知道她是狐狸。

刘赤水原是富川县令的学生，有一次他去看望这位县令。途中正好遇到丁郎，丁郎便热情地邀请他到家里去，招待得很周到。丁郎告诉他说："岳父母最近搬到别处去了，我的妻子回娘家，快回来了。我一定写一封信去，把你高中的喜讯告诉他们，让他们都来向你祝贺。"刚开始时，刘赤水怀疑丁郎也是狐狸。但一打听他的家族，才知道丁郎是富川县大商人的儿子。当初，丁郎有一次夜里从别院回家，遇到水仙独自走路，丁朗见她很美丽，就偷偷斜眼瞅她。水仙便请求他带自己一起走，丁郎自然非常高兴，便把她带进书房，与她同居了。因为水仙能从窗户上的雕花格子里进来，丁郎才知道她是狐狸。水仙说："您不要有什么疑心，我是喜欢您的诚实，所以，愿意托身给您。"丁郎非常爱她，竟然不再娶妻。

刘赤水回到家中，借了富人家的大院子给客人准备食宿。院子里外打扫得非常清洁，但却苦于没有帷幔可用；可是隔了一宿再去看，屋里陈设却焕然一新。过了几天，果然有三十余人，抬着礼品来到门前，车马络绎不绝，挤满了街道和胡同。刘赤水向岳父、丁官人、胡官人施礼，请进屋里。凤仙迎着母亲和两个姐妹进了内室。八仙说："小丫头，你今天富贵了，不埋怨我这个媒人了吧！金钏、绣鞋还在吗？"凤仙找了出来，都还给了她，说："绣鞋倒还是绣鞋，只是被千人看破了。"八仙便用绣鞋拍打凤仙的后背，说："打你，把这记在刘官人身上。"说完，便把鞋扔到火里，祝愿说："新时如花开，旧时如花谢。珍重不曾着，姮娥来相借。"水仙也代为祝愿说："曾经笼玉笋，着出万人称。若使姮娥见，应怜太瘦生。"凤仙拨拨火，说："夜夜上青天，一朝去所欢。留得纤纤影，遍与世人看。"于是，凤仙把灰捏在盘中，堆成十多份。看到刘赤水起来，便托着盘子送给他，刘赤水只见满盘子绣鞋，而且和原来的那只一样。八仙急忙走出来，把盘子拍到地下，地下还有一两只绣鞋在，她又趴在地上，用嘴吹开，这时，绣鞋的踪迹才没有了。

第二天，丁家夫妇因为道路遥远，先启程回去了。八仙贪图和妹妹玩耍，老父亲和胡官人催她好几次。过午才从房里出来，和他们一起走了。

这些客人初来时，气派很大，观看的人群如同在市场一样。其中有两个强盗，偷着看见这样漂亮的女人，连魂都飞走了，于是商量在途中抢她们。等她们走出村子，便在后面跟着，相距不到一箭远，打马急急追赶，却怎么也赶不上。到了一个地方，两边山崖夹道，车马便稍稍慢了下来，强盗便乘机追了上来，举起刀大喊，把人们都给吓跑了。强盗下马打开轿帘一看，却是一个老太婆坐在里面，强盗正在怀疑是抢错了美人的母亲。刚抬头往四边一看，旁边飞起一刀就砍伤了他的右手臂，立刻被绑了起来。强盗定睛一看，两边并不是山崖，而是平乐县的城门，轿中却是李进士的母亲，从乡下回来。另一个强盗稍后赶来，也被砍伤了马腿，绑了起来。守城门的士兵，抓住强盗押送给太守，一审讯，强盗便招认了罪行。当时正好有一个大强盗一直没有抓着，一问正好是他。

第二年春天，刘赤水考中了进士，凤仙恐怕会招惹祸事，便一概推辞了亲戚、朋友的祝贺。刘赤水也不再娶妻，等到升为郎官时，才纳了一个妾，生了两个儿子。

异史氏说："唉！冷暖的态度，仙界和人世是没有区别的，真是'少壮不努力，老大徒伤悲'呀！可以没有好胜的好女人，能做出镜中的悲欢。我愿有很多仙人，并派遣喜爱的女儿能嫁到人间来。那么，在贫穷的苦海中，会少了许多痛苦的众生！"

［佟 客］

徐州董生，喜欢击剑，常常激昂慷慨，自负武艺高强。一天，他在路上碰到一位客人，两人都骑着驴子，便结伴同行，并开始和客人攀谈起来。谈吐间，董生发现客人很有点豪气，问他的姓名，客人说是姓佟，辽阳人。又问他到什么地方去，客人说："我离开家二十多年了，刚从海外回来。"董生说："你遨游四海，认识的人一定很多，不知有没有见过特殊的人物？"佟客反问他："怎样才算特殊的人物？"董生便谈了自己对于击剑的爱好，并对未能得到特殊人物的传授感到遗憾。佟客说："其实，特殊人物哪个地方都会有的，但一定要是忠臣孝子，那些特殊人物才肯把功夫传授给他。"董生便毅然以忠臣孝子自称，并取出利剑慷慨地弹铗而歌。又信手斩断路边的小树，以炫耀自己的佩剑是何等锋利。佟客微笑地捋着胡须，顺便借他的剑看看。董生便把剑递给他，佟客稍稍挥舞几下，就说："这剑是甲铁铸成的，又被汗的臭气所熏染，是最下等的剑，我虽没听说过高明的剑术，但有一把剑还比较管用。"说着便从长袍下拿出一把一尺多长的匕首来，用它来削董生的长剑，就像削瓠瓜一样，稍加用力砍了下去，董生的剑便像马腿一样被砍断了。董生一看，非常吃惊，也请佟客把剑给他看看，他用袍袖在剑上再三拂拭了好几遍，才还给佟客，然后将佟客邀请到家里，坚持留他住了几个晚上，问他的剑法，佟客坚持说自己不懂。董生于是骄傲地两手按膝，又高谈阔论起来，但佟客只是恭恭敬敬地听他胡吹。

当天晚上，正当更深人静的时候，忽然听得隔壁传来一阵吵吵嚷嚷的声音，隔壁是董生父亲的房子，董生心中很吃惊，便靠着墙壁凝神细听，只听见有人发怒地说："叫你儿子快出来受刑，便放过你。"过了一会儿，又似乎在对董父进行拷打，呻吟之声不绝于耳，正是董父所发出的。董生于是拿起戈矛，正要冲出去，佟客却拦住他，并说："你这一去恐怕活不成，应该想个万全之策。"董生于是惊惶不安地向佟客求教。佟客说："强盗指名要抓你，必将打死你才甘心，你没有其他兄弟，应该向妻子吩咐后事，让我开门替你把童仆都喊起来。"董生答应了，进去和妻子商量，妻子听了，拉着他的衣服，哭着不放他走。看着妻子那可怜的样子，董生那种舍身救父的念头一下子便打消了。于是和妻子一块儿上楼，寻找弓箭，准备强盗打上来好自卫。正在慌慌张张之时，忽然听见佟客在屋檐上笑着说："幸好强盗已经走了。"董生点灯朝屋檐一望，佟客已经不见了。于是畏畏缩缩地出门查看，只见父亲手提灯笼，刚从邻家喝酒回来，又见房子前面堆了许多刚烧过的芦秆灰。这才知道佟客原来正是他所要找的特殊人物。

异史氏说："忠孝本来是人们天生的血性。古往今来，作为臣下和儿子，却不能为皇帝和父母牺牲的人，难道一开始就没有执戈而勇敢献身的思想吗？大概都是被一念之差所贻误的。从前，解缙和方孝孺相约以死徇建文皇帝，但解缙最终还是食言了，怎么知道不是因为发誓以后，在家里经受不了床头人的哭泣呢？"

淄川县有个捕快，经常几天回不了家，妻子便和同里的一个无赖私通。有一天，捕快回到家里，碰见那无赖从房里出来，非常怀疑，便竭力盘问妻子，但妻子坚决否认。后来，捕快又在床上发现了那个无赖掉下的东西，妻子这才无话可说了，只好长跪哀求宽恕，捕快怒气冲天，把一根绳子丢给她，要她自缢。妻子请求让她梳妆打扮好以后再死，他答应了。妻子于是到房间里打扮去，捕快则独自喝酒，并不断大声骂她，催着她快去上吊。一会儿，妻子打扮得漂漂亮亮地出来了，哭着对他叩头，说："您真的忍心要我死吗？"捕快大声大气地骂她，妻子只好回身走进房中，正准备把绳子挂起来，捕快忙把酒杯向地上一扔，大声说："咳！回来！一顶绿头巾戴在头上，还是压不死人的。"于是二人又像原先一样夫唱妇随地过日子。这个捕快也是和解缙同一种类型的人物，真是太可笑了。

［ 小 梅 ］

山东蒙阴县王慕贞，是世代官宦人家的子弟。有一次，他到江浙一带地方游历，看到一个老太婆在路边哭泣，就上前问她是怎么回事？老太婆说："我死去的丈夫只留下一个儿子，如今，他犯了罪被判处死刑，有谁能把他救出来呢？"王慕贞为人一向大方好义，就记下老太婆儿子的姓名，然后拿出自己口袋里的钱，为这事进行活动。结果，还真为老太婆的儿子开脱了罪责。这个人出狱后，听说是王慕贞救了自己，但不明白为什么，于是打听到王慕贞住的旅馆，前来向他道谢。并请教王慕贞为什么要救他。王慕贞说："没有别的原因，不过是可怜你年老的母亲罢了。"这个人一听，非常吃惊，说："我的母亲？她已经故去很久了呀！"王慕贞听了，也觉得很奇怪。

到了晚上，老太婆前来道谢，王慕贞于是责怪她说谎。老太婆说："实话告诉你，我本是东山的老狐狸。二十年前，我曾和这孩子的父亲有过一夜夫妻之好，因此不忍心让他绝后，使他在阴间里挨饿。"王慕贞听老太婆这样说，心里很感动，对她很敬重，还想问她几句话，但她却无影无踪了。

先前，王慕贞的妻子很贤惠又好佛。她不吃荤不喝酒，还收拾出一间干净的屋子，将观音菩萨像悬挂在那里。因为她没有生儿子，所以天天在这屋里焚香祷告。于是，观音菩萨便托梦传授给她趋利避邪的方法。之后，家中大大小小的事便都由她来决断。后来，她患病，病重时，叫人把床移到这间屋子里来。另外又铺设了绣花的被褥在这里，把门关得紧紧的，似乎在等待什么人。王慕贞认为妻子这样做会使人产生疑心，但又因为她病得迷迷糊糊，不忍心违背她的意思，使她伤心。妻子躺在床上两年，由于厌烦嘈杂的声音，便时常把别人都赶走，一个人独自睡觉。王慕贞偷偷前去听里面的动静，好像听到她在与人说话，等打开门一看，又无人无声。她在病中没有什么操心的事，只有个女儿，十四岁了，于是天天催人给准备嫁妆，把女儿嫁出去。女儿出嫁后，妻子又叫王慕贞来到床前，拉着他的手说："今日要分别了！刚得病时，菩萨告诉我，命中注定是要快死的，只是因为小女未出嫁，所以不放心，因此求菩萨赐给我一点药，使我拖延了一些日子。去年，菩萨临回南海时，留下案前侍女小梅来服侍我。如今，我要死了，我这薄命人没有生儿子。保儿是我所喜欢的，只恐怕你娶个性情忌妒的女人，使他母子无人疼爱。小梅长得漂亮、情性柔和，可以把她娶过来做填房。"原来，王慕贞有个小老婆，生有一个儿子叫保儿。王慕贞听妻子说的话非常荒唐，便说："你一向敬重菩萨，现在说出这样的话来，不怕得罪菩萨吗？"妻子回答说："小梅服侍我一年多了，我们相处得不分你我，我已经央求她答应了。"王慕贞问："那小梅在哪里呢？"妻子回答："屋里的不是吗？"王慕贞正要再问，妻子却已闭上眼睛死去了。

王慕贞夜里守灵，听到里屋隐隐约约有哭泣声，非常吃惊，疑心是闹鬼。便叫来几个丫鬟和妾打开门一看，只见一位十五六岁的非常漂亮的姑娘，穿着孝服坐在屋里。大家都以为她是神女，一齐围着向她叩拜。"那姑娘止住泪，扶起大家。王慕贞两眼呆呆地看着她，她只是低头，不说一句话。王慕贞说："如果我死去的妻子说的话是真的，请您走上厅去，受儿女们一拜，如果这样不可以，我也不敢妄想，使自身招来罪过。那姑娘羞答答红着脸走出房来，登上北面大厅。王慕贞便叫丫鬟摆上一个朝南的座位，请她坐下。王慕贞先对她拜，姑娘也回拜。然后按长幼尊卑，依次拜见，姑娘严肃地端坐在那里接受众人的拜见。只有那小老婆出来拜时，才扶起她来。

自从王慕贞妻子患病在床以来，丫鬟偷懒，仆人盗窃，家里像没有人管一样。家人拜见完了之后，都恭恭敬敬地站在一旁。小梅说："我感谢夫人的好意，决定留在人间。夫人又把大事托付给我，你们应该从此洗心革面，为主人出力。从前的过错，一律不再追究，否则，不要以为家里没有人管事。"大家望着坐在座位上的小梅，真像挂在墙上的观音菩萨像，时时被微风吹动一样，听到她说的话，大家心里都很害怕，所以都齐声答应着。于是，小梅吩咐安排发丧的事，清清楚楚，有条不紊。从此，家中大小奴仆没有敢偷懒耍滑的。小梅整天忙着照应家里家外各种事务，王慕贞要做什么事，也先问过她然后才去办。虽然他们每天晚上可以见到几次面，但并不谈一句私房话。妻子殡葬以后，王慕贞很想履行以前的约定，但却不敢当面和小梅说明。暗中让小老婆去传话。小梅说："我答应了夫人所托，从情理上讲，我不能推辞，但婚娶的大礼，是不能草草率率的。年伯黄老先生，位尊德重，如果能求他来主持婚仪，那我一定唯命是从。"

那时，沂水的黄太仆，正辞官在家乡闲居，他是王慕贞父亲的朋友，两家交往密切。王慕贞于是亲自去见黄老先生，把实情都告诉了他。黄老先生一听，很是奇怪，便和王慕贞一同来到王家。小梅得知后，立刻出来拜见。黄老先生一见，十分惊讶，认为小梅一定是天上的仙女。谦辞不敢答应主持婚仪，随即送来一份厚厚的贺礼，婚礼进行完毕后，才回家去。小梅送给他枕头、鞋，如同孝敬公婆一样。从此以后，两家交往更加密切。

两人结婚后，王慕贞总以为小梅是神女，亲热时也拘拘束束，还时常打听观音菩萨的生活情形。小梅笑着说："你也太笨了，哪有真正的神仙下嫁世间凡人的？"王慕贞又再三追问小梅的来历，小梅说："你不必问来问去，既然你认为我是神仙，那就早晚供奉，自然没有灾祸。"

小梅对家中丫鬟仆人都很宽宏大量，不笑不说话。但丫鬟们嬉笑、玩耍时，远远见到她，便立刻默默不出声。小梅笑着告诉大家说："难道你们大家还认为我是神仙吗？我不是什么神仙！实际是夫人的姨表妹，从小我们相好，姐姐病中想念，暗中叫南村王姥姥接我来。那时，因天天接近姐夫，有男女之嫌，所以，假托是菩萨的侍女，关在屋里，其实哪里是什么神仙呢？"大家听了，还是不相信，但天天在她身边，看她举止动作和平常人没有什么不同。于是，谣言渐渐消失了。但即使这样，顽劣的仆人、懒惰的丫鬟，王慕贞用鞭子打也不改的，只要小梅一说，没有不乐意遵从改正的。大家都说："并不是我们不知道她并非神仙，也不是怕她，但一看她的脸儿，心就自然而然地软下来，所以不忍心违背她的吩咐。"因为这样，家里原来搁下的各种事，也都兴办起来了。经过几年时间，田地相连，仓库里堆了万石粮食。又过几年，小老婆又生了一个女儿。小梅生了一个男孩，孩子生下来时，左胳臂上便有一颗小红痣，因此起名叫小红。满月那天，小梅让王慕贞摆上丰盛的酒席，邀请黄老先生来赴宴。黄老先生送了很厚的贺礼，但推辞说自己年龄已大，不能出远门。小梅于是派去了两位老婆子强邀他，黄老先生才前来。她抱出孩子来，露出左胳膊给黄老先生看，请老先生给起名字，还再三打听这孩子的吉凶祸福。黄老先生笑着说："这是喜红，可以增加一个字，名字叫喜红吧。"小梅听到后，非常高兴，便走出来叩谢。那天，鼓乐声充满庭院，亲戚、贵客纷纷前来，家里热闹得如同市场。黄老先生住了三天才回去。

一天，门外忽然有车马来到，说是迎接小梅回娘家去。十多年来，王家与小梅娘家从无来往。于是大家都议论纷纷，而小梅却好像没有听到一样。梳洗打扮完毕，便把孩子抱在怀中，要王慕贞送她出去，王慕贞只好依她。大约走了二三十里路时，看看路上寂静无人，小梅便停下车，叫王慕贞下马来，避开别人，对他说："王郎啊王郎，我们相见很短，别离却很长，你说我能不悲伤吗？"王慕贞听了，吃惊不小，便问这话是什么意思。小梅说："你猜我是什么人？"王慕贞答道："不知道。"小梅说："你在江南地方救过一个犯死罪的人，有这回事吗？"王慕贞答道："是有过这回事。"小梅又说："在路边哭的老太太，就是我的母亲。为感激你的恩情义气，母亲一心要报答你，于是便借夫人好佛的机会，假托是神仙，实在是用我来报答你呀！如今，可幸的是生了这个孩子。这个心愿算是了啦！我看你霉运快要来了，这孩子在家，恐怕不能养大，所以只好借口回娘家，使孩子躲过这场灾难。你要记住，在家中有人死了的时候，就在早晨公鸡啼第一声时，赶到西河柳堤上去，看到有提着葵花灯走来的人，就拦住他，向他乞求，可以免去灾难。"王慕贞听了，便说："好的，我记住了。"又问小梅回来的日子，小梅说："现在还不能定下来，你要牢牢记住我的话，后会的日期也不会太远的。"临别时，互相拉着手，流下泪来。随后，小梅便登上车走了。车子走得快如风。王慕贞直到看不见车子了，才返回家去。

小梅一走就是六七年，而且一直杳无音信。这一年，忽然四乡瘟疫流行，病死的人很多。王慕贞家中的一个丫鬟，病了三天就死了。王慕贞想起小梅临别时的叮咛，很留心此事。那天，他和客人喝酒，大醉后便睡了，醒来时鸡已经叫过了，于是就急忙起身跑到堤上去，看到果然有灯火一晃一晃的，恰好已经走过去。便急忙去追赶，前后虽然只差百步左右，却愈追愈远，渐渐就看不见了。他懊恨地回到家里，几天后，突然生病，不久就死了。

　　王氏家族里，有很多无赖之徒，便借机欺侮王家孤寡，公然把树木庄稼收割、砍伐。王家于是一天比一天败落下去。过了一年，保儿又死去，一家更没了主持人，族里人更加横行霸道，瓜分他家的田产，圈里牛马也被抢掠一空。他们又想瓜分他的宅院，因为王慕贞小老婆住在这里，于是便有几个人来，强行把她卖掉。母亲舍不得自己小女儿，母女面对面痛哭，场面十分凄惨，感动了四邻。正在危急之时，门外突然有一顶轿子抬进来。大家一看，却是小梅拉着儿子从轿里走出来。小梅四面一看，乱嚷嚷如同市上一样，便问："这是些什么人？"王慕贞的小老婆哭着告诉了所发生的一切。小梅一听，脸色大变，立即叫跟来的仆人关门上锁，众族人刚要反抗，但手脚却不听使唤。小梅又叫人把他们一个个都绑起来，拴在廊下柱子上，一天只给三碗稀粥。然后打发老仆人跑去告诉黄老先生，自己则进到屋里痛哭。哭完，便对王慕贞的小老婆说："这些都是天数。本想上个月回来，恰好母亲病了，耽误些时间，直到今天才回来。不想，转眼之间，这里已经是人去屋空。"问到旧日的仆人丫鬟，原来都被族人抢去了，又痛哭起来。过了一天，丫鬟、仆人听说小梅回来了，都自己偷着跑回来，大家一见面，就痛哭流泪。被绑住的族人，都说小梅带回来的孩子不是王慕贞的儿子。小梅也不与他们分辩。不久，黄老先生就来到了。小梅带着儿子出来迎接。黄老先生握着孩子的手臂，撸起左边衣袖，露出清清楚楚的红痣，便袒露给大家看，证明这是王慕贞的儿子。于是，黄老先生便仔细地审查失去的东西，登记在册子上，亲自到县里去，请县官下令拘捕众无赖族人，各打四十大板，枷起手脚关起来，然后追回失物。没过几天，田地、牛马统统都归还原主。黄老先生见事情已经办好了，正准备回家去，小梅便带着孩子哭拜说："我不是世间人，叔叔您是知道的。现在，我把这个孩子托付给叔叔了。"黄老先生说："只要我老头子还有一口气在，不会不给他做主的。"黄老先生回去后，小梅开始安排家事，她把孩子托付给王慕贞的小老婆，然后准备祭品，给故去的丈夫扫墓。好半天时间，也不见她回来，人们去一看，只见酒菜都还摆设在那里，而人却无影无踪，不知去向了。

　　异史氏说："不断绝人家的后嗣的人，人家也不断绝他的后嗣，这其实是天意。座中有好朋友，车马、皮衣可和朋友共用。到了你坟上长满了草，妻子儿女沦落，那原来可同车的朋友看一看也就走了。死去的朋友倒是不忍忘记你的好处，感到你的恩德，想到报答。唯独那人啊！狐狸，假如你有钱，我就愿意做你的家臣，为你理财。"

［ 王子安 ］

　　王子安是东昌县的名士，但是在科场中很不得意，屡次考不中。这一次乡试后，抱着很大希望。临近发榜时，他喝得酩酊大醉，回到卧室便躺下了。忽然，他听到有人说："报喜的人来了！"王子安一听，便跌跌撞撞走出卧室来，大声说道："赏钱十贯！"家里人看他喝醉了，便哄着他说："睡你的觉吧！已经给了赏钱啦！"王子安听了，又倒头睡下。不一会儿，又有人进来说："您中进士啦！"王子安自言自语地说："我还没有进京城参加殿试，怎么就中了进士呢？"这个人说道："难道您忘了吗！三场考试都已经完了。"王子安大喜，起身便大喊："赏钱十贯！"家人又和前次一样哄他。

　　又过了一会儿，一个人急急忙忙地进来说："您殿试后被授为翰林，跟班的差人在这里。"果然看见两个人在床下拜见他，穿戴都很整洁华丽。王子安便叫家人取酒饭赏给他们吃，家人又骗他，偷偷地笑他醉后胡闹。后来，王子安一想，做了官不能不出去在乡里炫耀一下，想到这里，便大声喊跟班，喊了几十声也没有人答应。家人笑着说："你先躺着等候，我们去找他们去。"又等了很长时间，果然，跟班的差人又来了。王子安一见就敲床跺脚，大骂："笨蛋奴才，你们跑到哪里去了？"跟班的差人一听，生气地说："穷酸无赖汉，这是跟你闹着玩呢，你还真的骂人呀？"王子安一听，非常生气，突然站起来扑过去，一下子就把跟班差人的帽子打掉了，自己也跌倒了。他的妻子走进来，扶起他，说："你怎么醉成这种样子？"王子安说："这跟班的太可恶了，我要惩罚他们，哪里是喝醉了！"妻子笑着说道："家里只有我这个老太婆，白天给你做饭，晚上给你暖脚，哪里有什么跟班，侍候你这份穷骨头呢？"孩子们听了也笑他。这时，王子安的醉意也稍稍过去了一些，忽然觉得如梦醒了一样，才明白这些都是假的。可是他还记得跟班的帽子被打掉在地上，于是便寻找到门后，还真找到一个像小杯子一样的带带儿的帽子。大家都很奇怪，王子安自己笑着说："从前有人被鬼戏弄，如今我却被狐狸耍笑了。"

　　异史氏说："秀才入考场，有七种相像。初入时，光脚提着考篮，像个乞丐。点名时，考官的申斥，差人的责骂，像个犯人。进入考号房子，一个洞一个洞都露出头，一房一房都露出脚，像秋末冷风中的蜂子。出了考场时，一个个失魂落魄，天地变色，像出笼的病鸟。等待传报时，草木皆惊，白天晚上想，梦幻不断：一时想到考中得志，立刻间楼台殿阁都在眼前出现了；一时想到未考中失志，瞬间就看到枯骨已经朽烂。此时坐立不安，就像一只被绳拴着的猴子。忽然骑快马传报的人来到，报单上没有自己的名字，此时就脸色突变，麻木得像死去一样，就是有带毒药的苍蝇叮来也感觉不到。初次考场失意，心灰意冷，大骂考官没有长眼睛，笔墨也没有灵气，势必抱起案头的东西都烧了，烧不了的，就压碎、踩碎。踩不碎的，就扔到脏水沟去。从此，要披散头发到山里去，面向石墙，做和尚。再有人对我说用文章来推荐我，一定要操起刀来赶走他。过了一段时间，太阳渐渐远去，气也渐渐平了，四肢也逐渐有了知觉，于是像个出壳的鸠鸟，只得叼着草造窝，重新开始生活。如此的情况，身在其中的人，会痛苦得要死，而站在旁边观看的人，在他们看来，是非常好笑的。王子安心中突然间涌上万般头绪，想到鬼狐对他的表现一定是看了很久笑话，所以故意趁他醉酒时耍笑他。就是妻子醒来，怎么能不感到可笑呢？看到得意时所感到的兴趣，不过是很短暂的时间，词林诸公，一生不过经历了两三个瞬间而已，子安一朝便都尝到了，那狐狸的恩惠和考官中的荐师是相等的。"

杨大洪

杨大洪先生在没有考上举人以前，就已经是湖北的名儒，自命不凡。科考结束后，听说录取优等的名单也决定了，他正在吃饭，便含着饭出来问道："有我杨某的名字么？"来人说："没有。"不觉便无精打采，灰心丧气。一口饭阻在胸膈之间，便结成一个病块，吞咽食物时卡得很难受。大家劝他去参加遗才考试。杨公苦于没有路费，众人于是募集了十两银子给他送行，才勉强上路。

夜晚梦见有人告诉他说："前边的路上有人能治好你的病，你要苦苦祈求他。"临走时，梦中人还赠他一首诗，其中有"江边柳下三声笛，抛向江心莫叹息"两句。第二天上路时，果然看见一个道士坐在柳树底下，他便叩头请求帮他治病。道士笑着说："你弄错了，我哪会治病呢？让我给你吹几声笛子倒是可以做到。"说着便拿出笛子吹奏起来。杨公想起了"江边柳下三声笛"的诗句，更加迫切地拜求他，并把行囊中的银子都献给他。道士拿着银子丢进了江水，杨公因为这银子来得不容易，不由得叹气惊惜。道士说："你就不能看淡一点吗？银子就在江边上，你自己去拿罢！"杨公走过去一看，银子果然在那里。于是觉得更惊奇了，称其为神仙。道士漫不经心地指着杨公身后说："我不是神仙，那个地方真有仙人来啦！"骗得杨公回转头去看，便在他颈上用力一拍说："真俗气呀！"杨公挨了一掌，张开口咳了几声，喉咙里面呕出一件东西，像一团泥巴落在地上，他弯腰把它弄碎，带着血丝的痰里还包着饭团。此时，病突然消失了。回头一看，道士也不见了。

异史氏说："杨公生前像大河高山一样，死后像太阳星星一样。何必一定要成了仙人才会不死呢！有人因他没能去掉世俗气味，没修成神仙，而为他惋惜。我却认为，与其天上多一个仙人，不如世上多一个圣贤。相信解事的人一定不会把我的说法看成荒唐可笑的。"

［乔 女］

平原乔生有个女儿生得又黑又丑，还豁了一边鼻子，瘸了一条腿，所以到了二十五六岁时，还没人来说亲。县里有个穆生，四十多岁，妻子死了，穷得无力再娶，便娶了乔女。乔女过门三年，生了一个儿子。不久，穆生便去世了。家境更萧索，非常困难，只得乞求母亲同情帮忙，母亲很不耐烦。乔女也发奋，不再回娘家，靠纺纱织布维持生活。

当时，有个孟生死了妻子，留下一个周岁的孩子叫乌头，因没人带小孩，急于要续娶后妻，但是媒人向他介绍了几个，他都不中意，忽见乔女，非常满意。于是便暗地里派人把口风传给乔女。乔女却拒绝了。她说："我现在穷困到这地步，跟着官人能吃得饱，穿得暖，哪有不愿意的？但我生得残废，丑陋，相貌上的确比不过别人，可以自信的只有品德。如果又嫁另一个男人，官人还能看上我哪一点呢？"孟生听了这些，对她更加敬佩了。便派媒人慎重地在礼金上加以重币，以此去打动她的母亲。乔母果然很高兴，亲自到女儿家去，坚持要她答应这门婚事，但乔女守节的志向还是无法改变。乔母很不好意思，表示愿将小女嫁给孟生，孟生家人都很高兴，但孟生却不愿意。

过了不久，孟生得急病死了。乔女很伤心，前去给孟生吊丧。由于孟生没有亲戚和本家，所以他一死，村中的无赖都来欺负他家，把家里的用具掠取一空。还打算瓜分他的田产，仆人们也偷了东西逃跑，只剩下一个老太婆抱着小孩躲在帷幕里面啼哭。乔女问明原委后，非常不平，听说林生和孟生交好，便登门对林生说："夫妇、朋友，都是人伦中很占重要地位的，我因非常丑陋，为世人所瞧不起，只有孟生能理解我。在他生前，我虽然坚决地拒绝了他的求婚，但我心里却把他视为知己。现在他身死子幼，我理当用行动来报答知己。但保住孤儿还比较容易，对付外人的欺凌却很困难，如果因为孟生没有父母兄弟，就坐看他家破子亡而不伸手去求援，那么五伦之中就可以不要朋友这一项了。我没有更多的事要麻烦你，只请你写一张状纸告到县令那里，抚养孤儿的事，我不会推卸责任的。"林生说："好吧！"乔女告别林生回到家后。林生正打算按乔女的主意写状纸投诉县里，那些无赖们听说后，便暴怒起来，都说要用刀子来收拾他，林生吓怕了，关起门来不敢露面。乔女等了好多天，都没有音讯，再一打听，孟家的田产已经被人瓜分完了。

乔女十分气愤，于是只身一人去找县太爷，县太爷盘问乔女是孟家的什么人？乔女说："大老爷主管一个县，所依据的应当是公理，如果说的话不合事理，即使是至亲也逃脱不了罪责；如果并非无理，哪怕是过路人说的话也是可以听信的。"县太爷认为乔女的话顶撞了他，便大声呵斥，把她赶出衙门。乔女冤愤满腔，无处申辩，便到那些官绅家里去哭诉，有个绅士听了她的哭诉，很为她的义气所感动。便代她向县令说明原委，县令经过审查，果真如此，便把那些无赖都给收拾了，然后把被他们所侵占的孟家的田产用具全都追了回来。

这时，有人主张留下乔女住在孟生家里，由她来抚养孟生的孤儿乌头。但乔女却不答应，把孟家的家锁了起来，叫老太婆抱着乌头跟着她回家。另外安置他们住下，凡是乌头日用所需要的东西，都同老太婆一道开门去取，粮食给她经管处理，自己一分一毫也不沾边，还像往日一样和儿子过着贫困的生活。

过了几年，乌头渐渐长大了，乔女给他聘请老师，教他读书，老太婆劝她儿子也一同来上学，但她却叫自己的儿子学种田。并说："乌头的钱是他自己的，我如果耗费别人的钱来教自己的儿子，那么我对乌头和他父亲的一片诚心，就说不清楚了。"

又过了几年，乔女给乌头储存了几百石粮食，又给他娶了名门望族的女儿，帮他修理房屋，分开家，叫乌头自立门户。乌头哭着要求乔女和他们住在一起，乔女答应了，但像从前一样成天纺纱织麻，乌头夫妇夺走她的纺织工具，她就说："叫我母子坐享其成，我心里很不安。"便早晚为他们管家，叫她儿子在田间巡回察看，像当雇工一样。乌头夫妇如小有过失，她便毫不通融，加以责骂，如不改悔，就要离开回家。直到乌头夫妻跪着说不再重犯为止。不久，乌头考入县学，她又想告辞回家，乌头不肯，拿出礼金给穆生的儿子娶亲，乔女只好叫儿子回家去住。乌头想留也留不住，便暗中派人在穆家附近买了百来亩土地，然后才送穆生的儿子回家。后来，乔女病了，要求回家，乌头还是不肯，病危时了，乔女嘱咐乌头说："一定要把我葬回穆家。"乌头含泪答应了。乔女死后，乌头暗中送一些钱给乔女的儿子，要将乔女和孟生合葬。但出殡那天，棺材却重得三十多人都抬不起来。穆生的儿子突然倒在地上，七孔流血，于是自己骂自己说:"不孝顺的儿子,怎能出卖自己的母亲呢!"乌头一看,非常害怕,连忙拜倒在地,进行祈祷,穆生的儿子才好了。于是推迟了几天才出殡,直到把穆生的墓修好后,才将乔女与穆生合葬了。

异史氏说:"为了报答知己,而献出了自己毕生的精力,这是刚烈的男子汉所应该做的。那乔女并没有多读圣经贤传,但她的行为,为什么会如此雄奇伟大呢?如果遇到相人的九方皋,一定会把她看成一个男子汉啰!"

［湘　裙］

晏仲，陕西延安人。与兄长晏伯住在一起，兄弟间友爱和睦。晏伯在三十岁时死去，没有留下子女，妻子也相继死去。晏仲非常怀念兄嫂，于是经常想着自己能生养两个儿子，用一个儿子作为兄长的后继人。不久，他果然有了一个儿子，遗憾的是，他妻子很快又死去了。晏仲怕后妻不能喜欢自己的儿子，于是准备买一个妾。当时，邻村有一个卖使女的人，晏仲便前去相看这个使女，看后有些不中意，心绪不好，感到十分无聊，就被朋友留下喝酒。喝醉后回家，途中遇到同学梁生，两人热情握手，梁生又邀他到自己家里做客。由于晏仲当时醉得厉害，所以忘记梁生实际上已经死去了，便跟了去。走进他的家门，看到的不是过去的旧宅，心里疑惑，便问梁生是怎么回事，梁生答道："我是新搬到这里来的。"进了屋，梁生便找酒，但家里酿的酒已经没有了，于是嘱咐晏仲坐着等待。梁生拿起酒瓶就去买酒。晏仲走出屋门，站在屋外等候梁生。

这时，一位妇人勒着缰绳骑着驴从晏仲面前走过去，有个小孩跟随在后面。年龄大约八九岁，面貌神态非常像他的哥哥。看到这里，晏伯心里立刻一动，急忙跟在他们后面，问小孩姓什么？孩子答道："姓晏。"晏仲更加惊奇，又问："你爸爸叫什么名字？"小孩回答说："不知道。"说话间，他们已来到了小孩的家门前。这时，那妇人下了驴，进到屋里。晏仲拉起小孩的手问道："你爸爸在家吗？"小孩回答了一声，便跑进了家门。不一会儿，一个年岁较大的妇人出来查看，晏仲一看，真是他的嫂子。妇人也惊讶地问："叔叔怎么到这里来了？"晏仲悲伤异常，随着嫂子进了屋，见院子也收拾好了，便打听说："哥哥在哪里？"嫂子回答说："出去催债了，还没有回来。"晏仲又问："那骑驴的是什么人？"嫂子回答说："她是你哥哥的妾甘氏呀！已经生了两个男孩了。哥哥阿大到集上去了，还没有回来，你所见到的是弟弟阿小。"

晏仲坐的时间一长，酒慢慢醒过来了，才开始明白过来，自己所见的都是鬼呀！但基于兄弟情谊，并不感到害怕。嫂子烫好酒后，便摆上杯碗。晏仲急着想见哥哥，便催促阿小去找。过了很长时间，阿小哭着回来，说："李家欠债，不但不还，反而跟爸爸吵起来了。"晏仲一听，便与阿小跑去，看到有两个人刚把哥哥揪倒在地上。晏仲一见，顿时大怒，举拳直入，将那些人都打倒，然后把哥哥扶起来，对方人都已跑没了，晏仲赶紧追上一人，痛打一顿，这才走回来。晏仲拉起哥哥的手，跺着脚地痛哭，哥哥也哭了。两人回到家中，全家人上前慰问，于是摆放杯碗，兄弟相庆。这时，一个年轻人走进屋来，年岁约十六七岁。晏伯喊他阿大，叫他拜见叔叔。晏仲扶起阿大，哭着对哥哥说："大哥在地下有两个男孩，而阳间坟墓却没有人祭扫，弟弟的男孩又少，眼下还光棍一人，怎么办呢？"晏伯听后也非常悲伤。这时，嫂子对哥哥说："要不叫阿小跟叔叔去吧，这也是个办法呀！"阿小听到大妈这样说，便依附在叔叔身边，恋恋地不想离开。晏仲手摸抚着阿小，心中备感酸痛。问道："阿小，你愿意跟我去吗？"回答说："愿意去！"晏仲想到鬼虽然不同于人，但情感是相通的，于是开始喜欢起来。晏伯说："跟着去可以，但不要娇惯他，让他吃些血肉之物，赶他在中午的太阳下暴晒，过了中午就不用晒了。六七岁的孩子，经过从春到夏的时间，骨肉会生长出来，以后便可以娶妻生子了。只是，恐怕他阳寿不长。"说话间，门外有个少女在偷听，神态十分文静，晏仲怀疑是哥哥的女儿，便问哥哥这女孩是谁。哥哥回答说："这女孩叫湘裙，是我小妾的妹妹。是个孤女，没有归宿，寄养在我这里十年了。"晏仲又问："许给别人了吗？"晏伯说："还没有呢，近日正与媒人商议，想和东村的田家结亲。"这时，只听到女孩在窗外小声说："我才不嫁田家放牛的娃子呢！"晏仲一听这话，有些动心，但没有说出口来。

晏伯站起身来，叫人把床安放在书斋里，留弟弟住下。晏仲本不想留宿，但心里恋着湘裙，准备设法探问一下哥哥的想法，于是告别了哥哥到书斋上床就寝。当时，正是初春时节，天气还有些寒冷，书斋里从来没有采暖的炉火。夜深后，晏伯冷得浑身发抖，只好对着灯火冷冷清清地坐在那里，心想如能喝上几杯酒多好。不久，阿小推开门走了进来，把碗、碟和酒器摆放在桌子上。晏仲一看，高兴极了，问阿小这是谁给准备的，阿小回答说："是湘姨。"喝完酒后，阿小又将炭盖在火盆上，放到床下。晏仲问："你爹妈睡了吗？"阿小回答说："睡着很长时间了。"又问："那你睡在哪里？"回答说："和湘姨睡在一张床上。"阿小等叔叔睡着后，才关上门走了出去。晏仲觉得湘裙十分贤惠，又深解人意，就更加爱慕她了。又想到她能照应阿小，于是要娶湘裙的心更加坚定了。想到这儿，便在床上翻来覆去，一夜都没有睡着。早晨起来，晏仲便对哥哥说："弟弟孤身一人，没有一个伴侣，麻烦大哥为我留意选中一个人。"晏伯说："我家并非贫困之家，当然会物色到合适的人。只是地下即使有漂亮的女人，恐怕对弟弟没有什么好处。"晏仲说："古人也曾有过鬼妻，有什么不好呢？"晏伯一听这话，就明白了弟弟的心思，便说："湘裙是个漂亮的姑娘，可用大针刺她的人迎穴，如出血不止的，便可为生人的妻子，只是不能草草从事。"

晏仲说："如能娶得湘裙，也可照应阿小，不也是合适的吗？"晏伯只是摇头，没有答应。晏仲再三再四地恳求。嫂子说："不妨就抓住湘裙，用针来强制刺她，验证一下。如果不可以，也就拉倒了。"说完，便握着针走出房去，在门外遇到了湘裙，便急忙抓住她的手腕，只见人迎穴位上的流血还湿着。原来，湘裙听到晏伯说这话时，早已自己验试过了。嫂子看了，便放开湘裙的手，笑着返回屋里，告诉晏伯说："她早已有意嫁给仲弟，我们还要为她多考虑什么呢？"姐姐甘氏听到这件事后，非常生气，跑到湘裙身边，用手指点着她的眼眶骂道："不要脸的丫头，真不知羞耻，你想跟着阿叔私奔吗？我一定不叫你如愿！"湘裙听了，羞愧难当，大哭着要去寻死，全家为此闹翻了天。晏仲见发生了这种情况，非常不好意思，便向兄嫂告辞，拉着阿小走出家门。哥哥说："弟弟，你先走吧！不要叫阿小再回来,恐怕会损丧他的生气。"晏仲答应了哥哥的嘱托。

晏仲回到家里，把阿小的年岁增了些，假托是哥哥卖掉的丫鬟的遗腹子。邻里人看这阿小的面貌和他父亲非常相似，也就相信是晏伯的遗腹子。

晏仲教阿小读书，让他拿本书，整天诵读，开始时感到很辛苦，时间一长，阿小也就渐渐习惯了。一年的六月夏日里，桌子面热得烫人，阿小仍一边读书，一边玩耍，没有什么不高兴的。阿小又很懂事，往往白天读半卷书，晚上和阿叔睡觉时，常常能全部背诵出来，晏仲十分满意、欢喜。

晏仲以不忘湘裙的缘故，不再有另议婚事的打算。一天，两个媒人到家里来，时近中午，家里没有人出来招待客人，晏仲心里很是着急。忽然间，见到小嫂子甘氏从外面走进来说："阿叔不要奇怪，我送湘裙来了。因为这丫头不知羞，我故意教训她。阿叔如此一表人才，而不能相从，还想嫁哪个人呢？"看到湘裙站在嫂子后面，晏仲心里非常高兴。请嫂子屋里坐，并告诉说，有客人在堂屋，于是，告辞走出来。当他回来时，嫂子已经走了。湘裙卸去首饰，进入厨房，不一会儿，刀板之声充满耳边，各种菜肴罗列，调制得十分适口。客人走后，晏仲回到房里，见湘裙重新梳洗打扮好，端坐在那里。于是,晏仲与她互拜成礼。到了晚上，晏仲仍要和阿小睡在一起，晏仲说："我是想以阳气来温暖阿小，不可离开他。"于是，把湘裙安置在别的屋里。他们唯有在晚间杯酒欢会而已。湘裙抚养晏仲前妻所生的子女如同自己的孩子一样，晏仲见到如此，越发敬重她了。

一天晚上,夫妻两人谈笑,晏仲逗她说:"阴间可有美人吗？"湘裙想了很久,回答说:"没有见过，唯有邻家的女子葳灵仙，大家以为她很美。但我看她的容貌也和别人差不多，只是善于打扮罢了，她与我相交最长久，只是我心中非常看不起她的淫荡。如想见她，立刻可办到，但这种人千万不能招惹。"晏仲一听，却急欲见她一面。湘裙于是提起笔来准备写信，想想又抛下笔，说："不可，不可！"晏仲再三再四地强求，她说："你可不要被她所迷惑。"晏仲答应听从她的告诫。于是，湘裙撕下一张纸，写了几笔如同画符一般的文字，走到门外烧掉。不一会儿工夫，门帘有了响动，接着听到咪咪的嬉笑声。湘裙起身从门帘外把一个女子拉进来，只见她梳着高高的发髻，很像画中的美人。湘裙扶她坐在床头，倒酒让菜，款待十分周到，并谈论着别后的情况。这女子初见晏仲时，还用红袖子掩着嘴，不怎么随便说话。喝了几杯酒后，她便嬉笑起来没有任何约束，并伸出一只脚，踩在晏仲的衣服上。这时，晏仲已经魂不守舍，只是因为有湘裙在眼前，所以不好有任何表示，湘裙又加紧提防，一刻也不离开晏仲的左右。突然，葳灵仙站起身来，掀起门帘走出门外，湘裙也紧跟了出去，晏仲看了，也随她们走出屋去。利用这个机会，葳灵仙握住晏仲的手，急忙跑到另一个屋里去。湘裙看见了，非常恼恨，但又无可奈何，只好生气地回到自己屋里去，任他们所为了。一会儿，晏仲回到屋里，湘裙责备他说："你不听我的话，以后想摆脱她恐怕就难了！"晏仲怀疑湘裙是出于女人的忌妒，心里也不痛快，结果两人不欢而散。第二天晚上，葳灵仙不请自来，湘裙很是讨厌她，非常不礼貌地对待她，葳灵仙却不顾这些，竟然和晏仲起身出去。这样过了几个晚上，湘裙一见葳灵仙来到，就辱骂她，虽然这样，却无法阻止她来到。一个月过后，晏仲病得起不了床，这时他才开始后悔不该如此，并叫湘裙和他睡在一起，希望能躲开葳灵仙的纠缠。然而，虽然日夜防范不止，可一旦稍有松懈，人鬼又混在一起。湘裙一怒之下，操起棍棒驱赶葳灵仙，结果两个女子打到了一起。湘裙由于体弱力单，争斗不过，手脚都被葳灵仙打伤，晏仲也卧床不起。湘裙哭着说："我怎么去见我的姐姐呀！"

又过了几天，晏仲在昏昏沉沉中一命呜呼。开始时，他看到两个差役拿着簿子走进房子来，便身不由主地跟着他们走了。走到路上时，感到身边没有路线，便请求差人顺路到他哥哥家去。哥哥一见晏仲如此光景，吓得脸色大变，问道："弟弟，你近日里都干了些什么？"晏仲说："没有干什么，就是有了鬼病。"便把事情一五一十地告诉了哥哥。哥哥听后，说："我明白了。"于是，拿出白银一包，对差役说："请你们收下，我弟弟罪不该死，请放他回去。我叫我的儿子跟你们去，没有什么关系。"说完便叫阿大陪差人喝酒。反身进了屋里，告诉家人弟弟来到的缘故，于是叫甘氏隔墙喊葳灵仙。不久，葳灵仙便来到了，但她一见到晏伯就想跑掉，晏伯把她拉了回来，骂道："你这个淫妇，生时为放荡女人，死了为残鬼，没有人肯招呼你，却去迷惑我的弟弟！"说着上前就打，并把她头发也松散，容貌顿改。过了很长一段时间，一位老太婆走来，趴在地上苦苦哀求。晏伯又责备她放纵自己女儿纵欲，一直骂了很长一阵子，才叫母女都走。

晏伯送晏仲出门，飘飘之间就到了自己家门前，一直走到卧室里，突然醒了过来，这才知道，刚才自己已经死了。晏伯责备湘裙说："我和你姐姐，都说你贤惠、能干，所以才让你跟从我的弟弟，怎么反倒害了我弟弟死呢？若不是因为你是我的弟妹，真该打你一顿！"湘裙听姐夫这样说，满脸惭愧，不断流泪，向晏伯谢罪。晏伯看看阿小，高兴地说："我儿居然是活生生的人啦！"湘裙准备下厨去做饭，晏伯说："弟弟的事情还没有办好，我没有空闲。"阿小已经十三岁了，十分留恋父亲。见父亲要走，便哭着跟在后面。他父亲说："跟叔叔一起过了，那是最好的，我走后还会来看你的。"说着转过身去，便无影无踪了。从此以后，再没有任何信息了。后来，阿小娶妻，生有一个儿子。阿小在三十岁那年死去。晏仲抚养侄子的孤儿，如同侄子活着时一样。晏仲到八十岁时，他的侄孙已经有二十多岁了。于是，分家另过，湘裙没有生育。一天，她对晏仲说："我先到地下去驱赶狐狸，安排归宿，可以吗？"于是，穿上好衣服，上了床就死去了。晏仲见此，并不悲哀，半年后，他也死去了。

异史氏说："天下兄弟的友爱有如晏仲，能有几个人！应该让他不死给增加年寿。阳世间断绝了子嗣，阴世间给予续嗣，这都是不忍兄长的死的诚心所感动的。在人间无此道理，在天上能有这样的道理吗？死后入地而能生子，愿他能继承自己家业的人，想来也一定不少，但那些继承了绝嗣的遗产的贤兄贤弟，恐怕不肯收养抚孤吧！"

［ 神 女 ］

福建有个姓米的书生，有一次到了郡城，喝醉后在大街上走，突然听到一座高门里传出箫声。一问之下，才知道是有人办寿筵，但门庭却相当清冷寂静。米生喝醉了酒，喜爱笙歌，因此就在街头写了一张自称晚生的名帖，封好祝寿礼品送去。有人问："你是这个老头的什么亲戚？"米生答："不是什么亲戚。"又问："这个人流落借住在这里，不知是什么官，非常傲慢不恭。既然不是亲戚，又求什么呢？"米生听了，十分后悔，但是名帖已经递交上去了。

不久，便有两位年轻人出来迎接，服装华丽，光彩夺目，风度雅致，恭请米生进去。米生进去后，看见一个老人朝南坐着，东西两边摆着几席酒筵，有客六七人，都像富贵人家后代，见米生一到，都起来施礼，老人也扶杖站起。米生久久站立，等候与他们应酬，老人却没有离席。两个年轻人致辞说："家父年老体弱，起来拜谢很困难，让我们兄弟代谢这位贵客光临。"米生谦逊相谢。于是增加一桌酒席在上方，和老人席位靠近。不久，堂下奏乐跳舞。座位后面设置琉璃屏风，用来遮掩家中女眷。锣鼓管弦乐都响起来，座上客人没有喧哗声。酒筵将要结束时，两位年轻人站起，各自用大杯子劝客人喝酒，杯子可以盛酒三斗，米生感到为难，但看见别的客人都接受，自己也接受了。过一会儿，向四周一看，主人和其他客人都喝光了，米生只得勉强喝完。年轻人再倒酒，米生觉得很疲乏，起身告退。年轻人拉着他的衣襟，强留下他。后来，米生喝得大醉，倒在地上。

只觉得有人用冷水浇在他脸上，恍惚像刚睡醒一样。起来一看，客人都走了，只有一个年轻人挽着手臂送他，于是辞别归家。以后再经过那家大门，发现那家人已经搬迁了。

从郡城回来，米生偶尔上街去，有个人从店里出来招呼他喝酒。他并不认识那人，但还是跟了进去，座位上已经有同乡人鲍庄在那里了。打听那个人，说是姓诸，在城里磨制镜子的。便问道："你怎么认识我的？"姓诸的答道："前几天祝寿时，你认识他们吗？"米生说："不认识。"姓诸的说："我常到他家，所以比较熟悉。老头姓傅，不知道他是哪里人，做什么官，你去祝寿时，我正在阶下，所以认识你了。"到天黑时，酒也喝完了，便各自离开。当天晚上，鲍庄在路上死去了。鲍庄父亲不认识姓诸的，便怀疑是米生杀了自己的儿子，于是状告了米生。法医检查出鲍庄身体有重伤，米生于是因谋杀罪被判处死刑。但由于姓诸的还未归案，没有确切的证据上报，所以只好暂时关押着他。一年以后，朝廷派的直指使巡视地方，查访出米生的冤枉，便释放了他。

但米生出来之后，却发现家中田地财产已经耗尽，秀才资格也被剥夺，于是一心想恢复功名。过了一阵，又提着袋子入郡。天快黑时，由于太累了，便在路边休息。突然远远看见一辆小车开来，两个丫鬟夹车跟随。车已经过去了，忽听车中人命停车。随后，车中人叫一个丫鬟过来问米生："你不是姓米的吗？"米生说："是的。"又问："为什么贫穷到这地步？"米生于是把原因告诉了她。又问："你要到哪里去？"米生又把自己此行的目的告诉了她。丫鬟向车中人回话之后，又返回来，请米生到车子前边去。车中人用纤细的手撩起帘子，米生一看，是个绝世无双的美人。她对米生说："你不幸受到意外灾祸，实在值得叹息。现在学使衙门不是空着手就可以出出进进的，路上相遇，也没有什么可以赠送……"于是从发髻上摘下一朵珠花赠给米生，说："这个东西可以卖得一百两银子，请把它封藏好。"米生拜谢，正要请问她的家庭情况，车子已经走远，而米生还不知道她是什么人。米生看着手中的珠花，看到花上缀有闪光珍珠，觉得不是一般物件，于是珍藏起来，继续赶路。到郡里递交状子时，才发现官府上上下下勒索得相当厉害，米生又不忍心卖掉珠花，只好回到家中，投靠哥哥嫂子。幸好哥哥为人善良，为他经营料理，所以即使贫困也没有荒废学业。

第二年，米生到郡里应试，误进了深山。时节正是清明，游人很多。米生看到有几位女郎骑马前来，其中有一位正是去年车子里面的那人。那女子见到米生，便停了马，问道："你要到哪里去？"米生一一都回答了。女郎惊讶地问："你的功名还没有恢复吗？"米生拿出珠花，凄惨地说："我没有银子打点，又不忍心卖掉它，所以还没有恢复。"女郎一看，脸上起了红晕，嘱咐道："你暂且在路边坐等一会儿。"说着便缓缓而去。过了很久，一个丫鬟骑着马来了，把一包东西给了米生，说："娘子说现在学使的门庭很热闹，赠送给你二百两白银，作为你进取的本钱。"米生推辞说："娘子给我的好处已经很多了，再加上我自信考中也不那么很困难，这么重的赏赐我是不敢接受的。只要把姓名告诉我，我描绘一张小像，平时烧香进供她，便满足了。"丫鬟不理他，把钱丢在地上，上马走了。米生虽然得了银两，但还是不屑于行贿攀附。不久，米生考了第一名，于是把银两给了哥哥。哥哥善于经营，只用了三年的时候，便全部恢复了旧家业。这时，恰好有一个来福建做巡抚的人，是米生祖父的弟子，特别照顾米生。但是米生向来清高耿直，虽是世代交往，也不肯去巴结。

一天，有个穿皮袍的客人骑马来到门口，家里人不认识。米生出来一看，原来是傅家公子。于是拱手施礼，请他进去，互道阔别情况。米生设宴款待，酒菜摆设好后，傅公子站起来，请求秘谈一下。米生于是把他让到内室，傅公子随即拜倒在地。米生惊问原因，傅公子凄怆地说："家父不幸遭祸，想要求助抚台，非老兄帮忙不可。"米生极力推辞说："我跟他虽然是世代交情，但是因私事巴结人，是我从来不愿干的。"傅公子于是跪地悲哀哭泣。米生看他这个样子，严肃地说："我与公子，仅是喝过一次酒的朋友，为什么就强求我丧失气节呢！"傅公子听了，十分惭愧，起身离去。过了一天，米生正独坐家中，有个丫鬟进来，米生一眼就认出是在山中给自己送钱的那个丫鬟。米生觉得很惊奇，刚站起来，那丫鬟就说："你忘记珠花了吗？"米生说："不敢忘记。"又说："昨天来的那位公子，就是娘子的亲哥哥呀。"米生听了，十分高兴，却假装说："这很难让人相信，要是娘子亲自来讲，就是滚油锅，我也敢跳下去。不然，我实在不敢奉命。"丫鬟一听，便骑着马回去了。

半夜时分，那丫鬟又来，敲门进去便说："娘子来了。"刚说完，只见女郎凄惨地走进来，面对墙壁哭泣，不说一句话。米生叩拜说："我若不是娘子相助，就没有今天。只要你吩咐，我决不敢违命！"女郎说："被人求的人常常傲慢待人，有求于人的人常常害怕别人。我半夜奔走，我自生以来，哪受过这种苦难，只是害怕别人的缘故，还有什么话说的？"米生安慰她说："我之所以没有马上答应，是担心错过机会，见你一次就难了。让你早夜赶路，我知罪了！"说着挽起女郎的衣袖，暗暗抚摩。女郎生气道："你原来是这种人！不念过去的情义，反而趁我困难的时候要挟我。我真是看错人了！"说着便气愤地跑出去，上车要走。米生赶紧追出来道歉，长时间跪在地上，挡住女郎的去路。丫鬟也为他说情，女郎才渐渐消了气，在车上对米生说："实话告诉你，我不是人，是神女。家父是南岳都理司，偶尔得罪地官，将被送到天庭治罪，没有本地抚台官的印信就不能消罪。你如不忘过去的情义，就用一幅黄纸写表帮我求来抚台的盖印。"说完，驾车去了。

米生回家，又惊又急，于是假称要驱邪求助巡抚。但因为这件事接近巫术，所以巡抚没有答应。米生于是用许多钱贿赂巡抚的亲信，那些亲信便答应了帮他把这事搞定，但是一直没有适当的机会。米生回到家时，丫鬟正等在门口，米生于是把经常全都告诉了她。丫鬟听完，没有说一句话便走了，意思好像是埋怨他不忠诚。米生追去送她，并说："你回去告诉娘子，如果事情不成功，我将为她献出生命！"回来之后，米生彻夜思考，还是想不出主意。不久，巡抚衙门有一个宠妾正好出来购买珍珠，米生于是把珠花献给她。宠妾十分高兴，便偷来官印为米生盖了。米生拿回家时，丫鬟正好来了。笑道："幸好没有辜负嘱托。然而多年来即使贫困讨吃也不愿卖掉的珠花，现在还是为了主人把它给卖了。"米生对她说："即使是把黄金抛弃，我也不可惜；请你带话给娘子，珠花一定要偿还给我。"过了几天，傅公子登门感谢，送上黄金百两。米生生气地说道："我这样做，是因为您妹妹无私地帮助过我；否则，即使万两金子也不能换我的名节！"傅公子再次勉强他接受，米生脸色却更加严厉。公子惭愧退回，说："这事还没有了结！"第二天，丫鬟受女郎派遣，进献明珠百颗，说："这些足以补偿珠花了吗？"米生说："我看重的是珠花，而不是看重珠宝。当日送我珠花，如果我当时卖掉它，早就成为大富翁了；我珍藏起它而甘心贫贱，这是为什么？娘子是神仙，我怎敢有别的愿望，有幸能报答大恩的万分之一，死了也不遗憾了！"丫鬟把珠宝放在桌上，米生朝拜后又退还了。

过了几天，傅公子又来了。米生叫人办酒席。傅公子派仆人到厨房自己烹调，然后相对开怀畅饮，欢快得就像一家人。有个客人送来了苦糯酒，傅公子尝了一下，觉得不错，便一口气喝了一百杯，脸颊微微发红。于是对米生说："你是忠贞耿介的读书人，我不能尽早了解你，还不如女子。家父感谢你的大德，没有什么报答，要把妹妹嫁给你，却担心因为阴阳阻隔被你嫌弃。"米生听了，顿时喜出望外，不知怎么回答。公子告辞出来，说："明晚七月初九，新月如钩之时，织女有小女儿出嫁，是吉利时辰，可以准备新房。"第二天晚上，一切准备就绪结，女郎果然到来，一切都和普通人一样。三天后，从哥哥嫂嫂到仆人，女郎都赠了财物，或者赏钱。她又很贤惠，待嫂嫂如婆婆。由于几年没有生育，便劝米生纳妾，但米生没有同意。

恰好哥哥到江淮做生意，为米生买了一个姓顾的小妾回来，小名博士，相貌清秀可爱，米生夫妇看了，都很喜欢。米生又看见小妾的髻上插着珠花，很像当年的珠花，便摘下来一看，果然是。惊异之下，便盘问这珠花是怎么来的，小妾回答说："过去巡抚有个宠妾死了，她的丫鬟偷出珠花在街上出售，我父亲看到价值便宜，便买了回来。我很喜欢它。父亲只生了我一个，所以给了我。后来父亲死了，家道破落，我被寄养在顾老婆婆家中。姓顾的是我姨母辈，见到珠花多次想卖掉，我死也不答应，所以才得以保存。"米生夫妇听了，感叹道："十年前的东西，又回到了老主人这里，这难道不是天意吗？"女郎又拿出另一朵珠花，说："这个东西很久不成双了！"于是一并送给小妾，亲自插在她的头髻上。小妾退下后，详尽打听女郎的家世，但家里人都不告诉她。小妾便悄悄对米生说："我看娘子不是世间人，她的眉眼之间有神仙之气。昨日她给我插珠花时，我有机会凑近观察，她的美丽是天生的，不像凡人靠涂脂抹粉。"米生听了，只是笑笑。小妾又说："你不要说出来，我来试试看，如果她是神仙，只要需要什么，在没人的地方烧香相求，她一定知道。"

女郎的绣袜精致工巧，博士很喜欢，但不敢说，于是在闺房中烧香祈祷。女郎早上起床，忽然翻箱拿出袜子，派丫鬟赠送给博士。米生看了，便微笑起来。女郎于是询问原因，米生把实情告诉她。女郎说："好狡猾的小丫头！"因小妾十分聪明，女郎更加怜爱她，而博士也更加谦恭，黎明时必定熏香沐浴朝拜。

后来，博士一胎生了两个男孩，两人各抚养一个。米生八十岁时，女郎还是像未嫁的少女一样。后来，米生病了，女郎给他准备棺材时，加宽一倍。米生死了，女郎却没有哭；家中人去办别的事时，女郎却自己进入棺材中死去了。于是，家人便把他们合葬在一起。到现在还流传着"大材冢"的说法。

异史氏说："女郎是神仙，博士却能了解她，是用的什么方术呢？这说明人的智慧，本来就有比神仙还要灵验的地方！"

［ 长 亭 ］

石太璞是泰山地方的人，喜欢学一些画符念咒、降妖驱鬼的法术。有一次，他遇见一个道士，道士很赏识他的聪明，便收他做了徒弟。道士打开一个书匣子，取出两卷书，上卷是讲驱狐的，下卷是讲驱鬼的。道士将下卷交给他，并说道："你只要诚心诚意地学好这本书，好好运用它，一生吃穿不用愁，娶个漂亮媳妇也不成问题。"石太璞问道士的姓名，道士说道："我是汴城北村玄帝观的王赤城。"石便留道士在家住了好几天，道士将书上写的法术、口诀全部传授给他。从此以后，石太璞对驱鬼的法术十分精通，于是便有很多人带着财礼上门求他驱鬼。

有一天，来了一个老头，自称姓翁，拿出许多银钱和绸缎等，说他的女儿被鬼所缠，得了重病，已经命在垂危，苦苦哀求石太璞亲自前去救他女儿一命。石太璞听说病得很重，便推辞不收财礼，不过答应去试试看。两人走了十几里路，进入一个山村，到了老头的家。只见房屋极为华丽，摆设十分讲究。到了室内，见有一个姑娘躺在纱帐里面。丫头用帐钩挂起纱帐，石太璞一看，这姑娘年纪大约十四五岁，四肢瘫软地躺在床上，面容枯槁，奄奄一息。石太璞走近细看时，姑娘忽然睁开眼睛，说道："救命的良医来了。"全家人听了，都很高兴，说她已经有好几天不能说话了。石太璞出了这间屋子后，便详细询问姑娘的病情。老头说道："大白天就时常看见一个年轻人来到她屋里，跟她一起睡觉，我们家里人想去抓他，却看不见了，可是等一会儿又来，我想这一定是鬼。"石太璞听了，说道："如果是鬼，我驱走它不难；但如果是狐狸，那我就没有法子了。"老头说道："肯定不是狐狸。"石太璞于是就画了一张符交给老头，这一晚就住在他们家里。

半夜时分，进来一个年轻人，衣帽很整齐。石太璞见了，便猜想大概是主人家的亲属，于是起身问他。年轻人说道："我是鬼，这老头家全是狐狸。我一时喜爱他的女儿红亭，才暂且住在这里。鬼祟惑狐狸，并没有伤阴德，您何必要护着她，而拆散别人的姻缘呢？红亭的姐姐长亭，更加美貌绝伦，我特地保全她完璧之体，留待您去享用。老头要是答应将长亭许配给您，您再去替红亭治病，到时候我自己就会离去的。"石太璞答应了。

这一夜，果然年轻人没有再来，红亭姑娘顿时醒了过来。天亮以后，老头很高兴，告诉石太璞，请他进去看看。石太璞便将旧符烧了，坐下来诊视病人。只见房里丝绣的帷帐后面站着一位女郎，美丽如同天仙，石太璞知道这一定是长亭。诊视完毕，石太璞便向病人的亲属要一碗清水喷洒帐子。这时，帷帐后面站着女郎急忙端来一碗水，递给石太璞，石太璞用眼瞟着这位女郎，看她一举一动、一顾一盼之间，都有着一种极为动人的风韵。石太璞看了，不禁心神摇荡，早已把驱鬼的事扔在一旁了，于是起身走出去，向老头告辞，借口回去替病人配制几味药。可是，一连几天，他都没有再来。而鬼却更加猖狂了，除长亭之外，老头家里的儿媳、丫鬟、女仆等，全被迷惑奸污。老头只得又让仆人骑马去请石太璞，但他却借口生病不去。第二天，老头亲自来请，他又故意装作腿有病的样子，扶着拐棍出来。老头忙向他行礼，并且问他的腿是怎么了。石便假装说道："这也是光棍汉的难处啊！昨天晚间丫头上床替我换汤壶，不料一失手将汤壶打破，滚热的水把我两只脚都烫坏了。"老头问道："您为什么不续娶一房？"石说道："遗憾的是没有遇着像老先生您这样清高的门第啊！"老头听了，默默无语地走了出去。石一面送他出去，一面说道："等我这腿好一点了，一定自己去，不用麻烦您亲自来了。"过了几天，老头又来了。石故意一跛一拐地出去见他。老头略为问候安慰几句话，然后说道："刚才我和我老伴商量了，您如果真能替我家把鬼驱走，使全家人安宁，我宁愿把十七岁的女儿长亭嫁给您。"石太璞一听，心中大喜，连忙磕头，对老头说道："既然蒙您这样雅爱，我怎敢还爱惜这有病的身躯呢？"说完便立刻出门，骑上马和老头并辔而去。

到了老头家，进去诊视病人完毕，石太璞担心老头负约反悔，一定要请老太太出来一起把这事说定，老太太忙出来说道："先生您怎么这样不相信我们呢？"说着便把长亭头上插的一支金簪子拔下来，交给他作为信物。石太璞这才重新又向老两口行礼下拜。然后将老头家里的妇女全部召集起来，一个一个替她们把邪气全部清除了。只有长亭一人藏起来，不出来见面，石太璞便写了一道符，叫人拿去送给她佩在身上驱邪。这一夜，果然安安静静、平安无事，一点鬼的影子也不见了，只有红亭还在呻吟，石太璞便向她身上洒一点法水，病立刻就好了。

把老头家的病人都治好之后，石太璞便打算告辞回去，老头挽留他住下，态度十分热情恳切，他只好留下了。到了晚上，老头又请石太璞饮酒，珍馐美味摆了满满一桌，老头劝酒布菜十分客气周到。一直喝到二更天，老头才辞别客人去了。石太璞刚刚躺下休息，就听到一阵很急促的敲门声，于是连忙起来看，只见长亭推开门进来，气喘吁吁，惊慌不安地说道："我们家的人计划拿刀来杀你，你赶快逃吧！"说完转身就走了。石太璞顿时吓得战战兢兢，脸都变色了，急忙越过墙头逃跑。只见远处有一片火光，便飞快地朝着火光奔去，原来是一帮夜晚打猎的人。石太璞一看，心中大喜，等着他们打完猎，就跟随他们一起走，到了家里。

石太璞到家以后，心里又气又恨，却没有法子发泄，就想到汴城去找自己的师父王赤城。可是家里有年老的父亲，长期生病在床，自己也离不开。于是，他日夜冥思苦想，要怎样才能出这口怨气，却一直打不定主意。

一天，忽然有两乘轿子来到门口，原来是老头老太太亲自把长亭送来了。老太太对石太璞说："自从那天晚上回来以后，你怎么不再上我们家去了呢？而且连亲事也不提了！"石太璞一看长亭来到，满腔的怨愤马上全部消去，也就将那天晚上的事忍住不再提了。老太太催促两人就在院子里交拜了天地。石太璞打算摆酒款待岳父岳母，老太太却劝阻道："不必了！我不是清闲自在的人，没福气坐享好吃的东西。我家老头子糊涂，倘若有什么地方对不起您，姑爷您千万想着长亭，看在我的分上，不要去计较，我心里就高兴了。"说完就和老头一起上车回去了。

原来，老头想杀死姑爷的预谋，老太太并不知道。等到石太璞逃跑后，老头没有追着，回到家里后，老太太才知道。老太太见老头子竟然做出这种事，非常生气，心里又很不安，就成天跟老头吵嘴，骂老头子不是东西，长亭也成天啼哭，而且不吃饭。这一次，老太太硬是做主将长亭送来，实在不是老头本心愿意的。长亭过门以后，石太璞再三盘问她，才知道这些情形。

过了两三个月，岳家来人接女儿回娘家，石太璞料想她这一去就不能再回来了，就不让她走。长亭也很伤心，从此时常啼哭，想回娘家。又过了一年多，长亭便生下一个儿子，取名叫慧儿，然后雇了一个奶妈喂他。可是，这孩子生来好哭，到了晚上非跟着母亲睡不可。这一天，老头家又派了一乘轿子来，说老太太十分想念女儿。长亭听了，更加悲伤，石太璞也不忍心再强留她。长亭想把孩子也抱去，石太璞没有答应。长亭只好自己回娘家去。临别时，跟石太璞说定一个月后回来。可是，长亭走了之后，半年也没消息。派人去探望，回来说是她家原先住的房子早就空了。又过了两年多，一切希望都断绝了。孩子由于想妈妈，所以整天啼哭不止，弄得石太璞也心如刀割。不久，石太璞的老父又病死了，使他更加悲伤，因此自己也病倒了，躺在草垫子上不能动弹，也不能接待前来吊唁父亲的亲戚朋友。正在昏昏沉沉之际，忽然听见有一个妇人哭着走进来。一看，原来是长亭，穿戴着一身孝服。石太璞一看，悲喜交加，竟然气绝昏死过去。丫鬟在一旁惊叫起来，长亭也低声悲哭，轻轻安抚丈夫。过了好一会儿，石太璞才逐渐苏醒过来，并怀疑自己已经死去，于是问长亭是不是在阴间相会。长亭说道："不是的，是我不孝，不能得到老父的欢心，回娘家三年，不许我回来见你，我实在对不起你。正好我家人由海东经过这里，得知公公去世的消息。我尽管遵从父命，而断绝儿女之情，却不敢听从他不合道理的乱命而有失公德之礼。我来时，只有母亲知道，但父亲并不知道。"说话之间，慧儿早已扑向长亭的怀中。长亭说完这些话，才心疼地抚摸孩子，又哭着说道："我有父亲，可是我的孩子却没有母亲了！"慧儿听了，更是号啕大哭，满屋的人都掩面落泪。

长亭忍住悲痛，振作起精神，开始料理家务，把灵柩前供的祭品打点得整齐又干净，石太璞这才心中大为安慰。但由于病了很久，急切间不能起床。长亭便请来石太璞的表兄代为接待前来吊丧的宾客。丧礼完毕，石太璞才能拄着拐杖起来，和长亭一起商量安葬的事情。安葬完毕，长亭就要辞别回娘家，去接受老父对她违背父命的责备。但由于禁不住丈夫拉着手臂，儿子号啕大哭，只好忍住了暂时不提。过了不多日子，长亭娘家有人来报告说她母亲病了，长亭便对石太璞说道："我为你的父亲而来，你难道不能为我的母亲而放我回去吗？"石太璞只好答应她的请求，长亭便让奶妈抱着慧儿暂且到别处玩一会儿，然后流着眼泪出门而去。

一去之后，几年也没回来，石太璞和慧儿也渐渐将她忘了。有一天，天刚亮，石太璞刚刚打开屋门，突然见长亭飘然而入。石太璞一惊，实在感到出乎意料，忙问她是从哪儿回来的，却见长亭满脸愁容地坐在床榻上，叹着气道："我从小生长在闺阁之中，看一里地也觉得远；现在一天一夜就跑了千里路，实在把我累坏了！"石太璞听了，更加迷糊，于是急忙问她是怎么回事，长亭想说又打住了。石太璞一再追问她，叫她快说，长亭这才哭着说道："今天我对你说了，只恐怕我所悲痛的，正是你所快意的啊。近几年，我爹妈家搬到山西境内去住了，租了当地赵员外家的房子居住。主客两家相处得十分好，因此我爹就把红亭嫁给了他家的公子。不承想那赵公子浪荡不成器，两口子很不和睦。我妹妹回来告诉我爹，我爹就留她住下，半年没让她回婆家去。赵公子为这事愤恨得不得了，也不知从哪里请来了一个凶狠的人，施法术差遣神将把我爹连锁带绑地抓走了，全家人吓得要死，立刻四处逃散了。"石太璞听了之后，禁不住笑了起来。长亭生气地说道："他纵然不仁不义，也是我的父亲。我跟你夫妻几年，从来只有相好而没有相怨的地方。今天我娘家弄得家败人亡，众口离散，你即便不为我的父亲伤心，难道也不为我表示一点同情和可怜吗！听到我娘家遭到这样的祸事，竟然高兴得手舞足蹈，更没有一言半语的话来安慰我，你怎么这样无情无义啊！"说完一甩袖子就走了出去。石太璞连忙追出去赔礼，却已经不见了，不由得心里又怅然又后悔，最后只好心一横，豁出去彻底决裂了。

没想到过了两三天，老太太跟女儿一起来了，石太璞一见，十分欢喜，连忙上前慰问。母女二人都匍匐在地上。石太璞惊讶地问这是为什么，母女二人都哭了。长亭说道："我那天赌气而去，现在自己不能坚持，又要来求人，还有什么脸面啊！"石太璞听了，说道："岳父固然太不是人，然而岳母待我的恩惠，你对我的情义，都是我所忘不掉的。不过我那天听到岳父遭到祸事而快活，也是人之常情，你为什么不能暂且忍一下呢？"

长亭说道："刚才在途中碰到母亲，才知道捆去我爹的，原来是你的师父。"石太璞听了，便说道："如果是这样，那倒很好办。不过，岳父不回来，你们父女离散；而岳父一旦回来，那你的丈夫就要哭，孩子也要悲了。"老太太听了这话，便实心实意地表明了自己的心迹，长亭也发誓一定要报答丈夫的好处。于是，石太璞马上整理行装来到汴城，并打听到了玄帝观，恰好王赤城刚回来不久。石太璞便进去参拜了师父。师父就问他："你是为什么而来的？"石太璞看厨房的地上有一只老狐狸，前腿被绳子紧紧扎住，捆绑在那里，便笑道："徒弟我这次来，就是为了这个老妖精。"王赤城便问他是怎么回事，石太璞说道："这是我的岳父。"随即把事情的全部经过告诉了师父。但王道士却说这东西太狡诈了，不肯轻易释放它。石太璞一再请求，才答应把它给放了。石太璞又详细地对师父讲了这老狐狸的种种狡诈行径，老狐狸听他这么一说，便将身子塞进灶膛里，好像很惭愧的样子。王道士看了，便笑道："它的羞耻之心还算没有完全失掉。"石太璞站起来，把它牵了出来，用刀把绳子割断，然后用绳子抽它。老狐狸痛得直咬牙。但石太璞并不一直紧抽它，故意紧一阵、慢一阵，并笑着问它："老丈人疼不疼，不抽行吧？"老狐狸眼光闪闪地斜瞅着他，好像很生气的样子。石太璞把它放了之后，它便摇着尾巴出了道院离去。

石太璞辞别师父回到家，得知三天前已经有人前来报告了老头被放回来的消息，老太太就先回去了，留下长亭等待丈夫回家。石太璞一到家，长亭便迎出去跪在地上，石太璞连忙把她扶起来，说道："你如果真的不忘我们夫妻的情义，那倒不在感激不感激。"长亭说道："现在我爹娘家已经搬回故居了，村子离这儿很近，以后不会断了音讯。我想回爹娘家看一看，三天就可以回来，您信得过我吗？"石太璞说道："孩子生下就没娘，可也并没有夭折。我天天独身居住，也成了习惯。如今我并不像赵公子那么狠心，反而以德报怨，我对你可以说是尽到情义了。你要是一去不回来，那负义的就是你了，我们离得虽然很近，我也不会再去找你了，有什么信不信的呢？"长亭第二天回娘家去，过了两天就回来了，石太璞问她："怎么回来这么快呢？"长亭说道："我爹因为你在汴城曾经戏弄他，一直未能忘怀，成天为这事絮絮叨叨地发脾气；我不愿再听他的话，所以早早回来了。"从此以后，长亭和她母亲、妹妹之间来往倒很密切，可是老丈人跟姑爷之间还是互不来往、互不问候。

异史氏说："狐狸的本性反复无常，狡猾到极点。悔婚的事，表现在他两个女儿的婚事上是如出一辙，他的狡猾可知。但是，石太璞要挟老狐狸，逼着他答应婚事，这是造成他悔婚的原因。再说，石太璞作为女婿，既然爱长亭而救她的父亲，那就应当放弃以往的怨恨，用仁德来感化他；但石太璞没有意识到这些，反而乘他处于危难之中而戏弄他，难怪他对这个耻辱一直耿耿于怀了！天下确有丈人和女婿互相作对的，就像这一对翁婿一样。"

［申 氏］

泾河一带，有个姓申的读书人家的后代，家里十分贫困，常常断炊。夫妻相对，不知怎么办。最后，妻子说："没有办法了，你去偷吧！"申某说："读书人的后代，不能光宗耀祖，反而玷污门户，羞辱祖宗。像盗跖般活着，还不如像伯夷般死去！"妻子听了，气愤地说："你想活还怕丢面子吗？如果不种田却要吃饭，那就只有两条路：你既不能偷，那我只好去卖身了！"申某听了，十分生气，和妻子大吵了一骂。妻子气得自己睡觉去了。

申某心想："作为男人，弄不到两餐饭，逼着妻子要去卖娼，还不如死掉算了！"于是，偷偷起床，吊在院子中的一棵树上。这时，只见父亲来了，惊奇地问："傻儿子，你为什么要这样？"说着便割断绳子，然后嘱咐他说："你可以去偷，但必须选择在禾黍的深处埋伏起来。偷这一次就可以发财，以后就不用再偷了。"

正在睡梦中的妻子听到屋外院子中有东西的落地声，马上惊醒过来；急忙叫丈夫，却没人应答，于是起来点灯寻找，看到树上的绳索断了，丈夫死在树下。顿时大惊，于是赶紧给他按摩。一个时辰后，丈夫才苏醒过来，妻子于是扶着他躺到床上。这时，妻子的怨气也稍稍平息了一些。天亮后，便到邻居家说丈夫病了，讨点稀饭给他吃。申某吃完饭，便出了门。到中午时，背回来一袋米。妻子问他是从哪里弄来的，申某说："我父亲的朋友都是富贵人家，过去把乞求当作耻辱，所以不屑于求人。古人说：'不走运时什么事都可以做。'如今要去做小偷，还顾及什么呢！赶快做饭，我要按你所说的去偷盗。"妻子听了，以为他记着自己前面说的那些气话，于是勉强忍住，开始淘米做饭。申某饱饭后，便找来一根坚硬的木头，削成棍棒，然后拿着这根棍子出去了。妻子知道他要来真的，便拖住他不让走。他说："你教我去干的，如果坏了事连累了你，也不要后悔！"说着便挣断衣襟出去了。

天黑时，申某来到了邻村，埋伏在离村子一里远的地方。这时，忽然下起暴雨，把申某的全身给淋透了，申某远远看到茂密的树林，准备去避雨。但闪电一照，发现自己已经靠近村庄的围墙。远处似乎有人走动，担心被发现。又看到墙下禾黍茂密，便赶忙跑进去，蹲下来藏在里面。没过多久，便有一个身材高大的男子走过来，也躲进禾草中。申某十分害怕，动都不敢动一下。幸好那个男子很快就从他旁边走开了。于是他便在暗中继续观察，然后见那人翻墙进去了。这时，申某才想起墙里面是富户亢氏的大院，便认定这人一定是个小偷，等他偷出很多东西，一定会有自己一份的。又想起这个小偷身体强壮，如果好好跟他商量，他不肯给的话，一定会动武。心想自己斗不过他，还不如趁他不备时击倒他。主意已定，便专心伏着等候。直到快鸡叫时，那人才翻墙出来。还没等他的脚落地，申某突然跳起，一棒击中他的腰脊，那个人立刻跌倒在地，原来是一只大乌龟，张开嘴有盆子那么大。申某一看，大吃一惊，又连打几棒，才将其打死。

原来，亢老头有个女儿，特别聪明漂亮，父母都很喜欢她。一天晚上，有个男人进到她的房间，威逼她作欢。她想叫喊，但那人的舌头堵住了她的口，她便昏迷过去了，任凭他折磨一番离去。女子想告诉人又怕羞，只好多召集些丫鬟老妈子，把门关锁得严严实实罢了。然而，晚上睡觉后，不知道门为什么自己开了，那男人进去之后，大家都昏迷过去，连所有的丫鬟都被奸淫了。丫鬟们相互一说，都十分害怕，告诉亢老头。亢老头命令家人拿着兵器围住女儿闺房，房中的人点燃蜡烛坐着。大约半夜时分，里外的人一时都昏迷不觉。忽然像做梦一样醒来，见到亢小姐裸身躺着，像痴呆的样子，很久才醒过来。亢老头十分恼怒，但又不知道该怎么办。几个月之后，女儿渐渐变得骨瘦如柴。亢老头于是经常对人说："如果有人能够驱赶那怪物，便赏银三百两。"申某以前也听说过。今天夜里得到这乌龟，便想一定是这个东西祸害亢老头的女儿。于是敲门求赏，亢老头一看，十分高兴，便设宴请申某坐到上座，派人把乌龟抬到院子里，切成一块一块，然后烤着吃。亢老头又留下申某再住一晚，那怪物果然没有再来，便如数给他赏金。

申某背着银子回到家时，妻子正因为他隔夜没有回家而担忧，并热切地盼望着。这时突然见他进来，急忙询问。申某也不说话，把银子放到床上。妻子打开一看，吓得差点昏倒，说："你真的成了小偷了！"申某说："是你逼我这样做的，还说这种话！"妻子哭着说："我以前是故意与你开玩笑的。如今你犯了杀头罪，我可不能受盗贼连累。让我先死吧！"说完就往外跑。申氏赶忙追出，笑着把她拖回去，并把实情告诉了他，妻子听了，才高兴起来。从此谋划生计，比那些有钱人家过得还好。

异史氏说："人不怕贫困，只怕没有德行。德行端正的人，就是挨饿也不会死；即使不被人同情，还有鬼神保佑呀。世上贫困的人，往往见到利便忘了仁义，见到吃的便忘了廉耻，连别人都不敢委托他一文钱，鬼神怎么能原谅他呢？"

某县有个贫穷的人某乙，冬天快近，身上没有一件完好的衣服，心想：怎么能过年？他不敢和妻子说，暗地拿根棍子，出门藏在坟地里，希望有人孤身赶路，就抢夺他的东西。苦盼了好久，没有一点人迹；北风刺骨，他再也受不了。正当绝望的时候，忽然见到一个人弯腰走来，心里暗暗高兴，拿起棍棒冲出来。原来是一个老头，背着袋子站在路旁，哀求说："我身上没有别的东西。家里绝粮，刚才到女婿家讨来五升米罢了。"某乙夺过来，还要脱下他的棉袄。老头苦苦哀求，某乙看他年老，才放了他，然后背着米回家。妻子问他米从哪里来，某乙哄骗妻子说："这是赌债。"

某乙暗想这是个好办法，第二晚又去了。没等多久，见到一个人背着棍棒走来，也藏在墓地里，蹲下来往远处张望。某乙猜想可能和他是同行，就慢慢从坟堆后边走出。那人惊问："是谁？"某乙回答："过路人。"那人又问："怎么不走？"某乙说："等你呀。"那人不禁笑了起来。各自明白意思，相互诉说了饥寒的痛苦。夜已很深了，没有什么可猎取的。某乙要回家，那人说："你虽然是干这一行的，但是还幼稚。前村有个嫁女的人家，操办忙到半夜，全家一定很累。跟我去，得到的东西平分。"某乙一听，很高兴，便跟从了他。到了那家人的门口，听到隔壁有煎饼的声音，知道人家还没睡，就趴下来等机会。不一会儿，一个人开门背着扁担出来汲水，两人乘机闪进去。见北屋的灯火辉煌，其他的屋子都黑暗。这时，听到一个老妇人说："大姐，你到东屋去看看。你的陪嫁衣物都在木柜里，忘记锁柜了没有？"又听到年轻女子撒娇撒懒的声音。两人暗暗高兴，偷偷走进东屋，黑暗中摸到一个睡柜，打开一摸，竟摸不到底。那人对某乙说："进去吧！"某乙于是爬进去，摸到一个包裹，递出来给那人。那人又问："拿完了吗？"某乙答："完了。"那人又骗他说："你再找找。"就关了柜子，并加上锁走了。某乙在柜里，急得没有办法。没多久，有灯光进来，首先来照柜子。只听老妇人说："谁已锁上了。"于是母女上床熄灯。某乙很着急，就假装老鼠咬东西的声音。女郎说："柜中有老鼠！"老妇说："不要咬坏了你的衣服。我很疲倦了，你自己打开看看。"女郎穿衣起床，开锁揭柜。某乙突然跳出，女郎惊吓倒地。某乙拔开门闩逃走，虽然一无所获，但幸好没被抓到。

嫁女的人家被偷，四处流传。有人议论某乙。某乙害怕，向东逃到一百里外，被旅店老板雇作用人。一年多，传言稍稍平息，才把妻子搬来一起居住，不再从事抢劫。这是某乙自己讲述的。因和申某的故事类似，所以附录在这里。

［ 胭 脂 ］

山东东昌县有个姓卞的人，是一个牛医。他有个女儿，小名叫胭脂，长得十分聪明美丽。父亲像宝贝似的疼爱她，而且一心想跟读书做官的大家人家攀亲。但是那些大家人家都认为他出身寒贱而瞧不起他，不愿跟他家结亲。因为这个缘故，这位胭脂姑娘到了十六岁尚未许配人家。当时，卞家对门姓龚的妻子王氏，生性很轻佻，善于说笑话，倒是闺房里姑娘们的有趣的伴儿。有一天，胭脂姑娘送王氏出门，见一个少年打门前经过，穿着一身素白的衣帽，长得风度翩翩，相貌出众。姑娘似乎动了心，两只水汪汪的大眼睛紧盯着这个少年直瞅。少年赶紧低下头快步走了过去。已经走过挺远了，姑娘还在凝神遥望着他。王氏看出她的心意，便开玩笑地对她道："按姑娘的才貌来说，要能配上这个人，才算是没有遗憾了。"姑娘听了，脸蛋上一阵羞红，只是脉脉含情的样子，并不说一句话。王氏问她道："你认得这位郎君吗？"姑娘答道："不认识。"王氏说道："这是南胡同里面的鄂秀才，名叫鄂秋隼，是死去的鄂举人的公子。我过去跟他家是邻居，所以认得他。世上的男子，再没有比他更温和、更能体贴人的了。眼下他穿一身素衣，是因为他家娘子死去不久。姑娘你要是对他有意，我就替你传个话，叫他请个媒人来提亲，你看怎么样？"姑娘没说什么，王氏便笑着去了。

过了几天，没有消息，胭脂心想大概是王氏没得空去说，又猜想大概鄂生是官宦人家子弟，不肯低就自己这寒贱之家。于是心情忧郁、徘徊不定，一直牵挂着这件事，渐渐地连饭也吃不下去，病倒在床上，一直没有起来。这一天，正好王氏来看望她，并问起她生病的缘由，胭脂答道："我自己也不知道是什么原因，只不过打那天和你分别后，就觉得心里悠悠荡荡地不舒服，看来我这命只是挨时间，撑不了多长时间了。"王氏听了，便小声对她说道："我家男人到外边贩货还没回来，所以还没人替我传话给鄂家的郎君。姑娘你这病是不是就因为这个？"胭脂听了，顿时满脸羞红，半天不好意思开口。王氏玩笑地说道："果然是因为这件事，看你的病已经到了这个份儿上，还有啥顾忌的？干脆我叫他夜里先来跟你一会，他还有不愿意的吗？"胭脂叹口气道："事已至此，也顾不上害羞了。只要他不嫌咱家寒贱，马上请媒人来，我这病就能好；要是不这样，私自幽会，那是绝对不行的。"王氏听了，点点头，便出去了。

王氏年少时，曾跟邻居的一个小伙子宿介私通，出嫁以后，宿介探听到王氏的丈夫外出时，便时常来寻旧相好。这一夜恰好宿介来了，王氏便把胭脂的话当作笑话说给他听，并且以开玩笑地口吻嘱咐宿介去转告鄂生。这个宿介也早知道胭脂长得很漂亮，听王氏这么一说，心里暗暗高兴，以为这真是难得的可乘之机。本想跟王氏商量，又怕她妒忌，于是就假装不太有心的样子，把胭脂家里的情况问了个明明白白。第二天夜间，宿介便爬墙进入胭脂家，直接到了胭脂的卧房外面，用手指轻轻敲着窗户。只听里面有人问："谁呀？"宿介便回答说是"鄂生"。胭脂说道："我之所以想念您，是为了百年之好，而不是为了一夜。鄂郎您要是真的爱我，就请您快去请媒人；如果想私自苟合，我是绝对不能从命的。"宿介听了，便假意答应她，但是苦苦哀求握一握她的手腕，以作为定情的表示。胭脂不忍心再拒绝他，便勉强支撑起来打开窗户，宿介便趁机突然进去，当下就抱住姑娘求欢。胭脂没有力气抵抗，便倒在地上，气都喘不上来。宿介急不可耐地扯她的衣服，胭脂说道："哪里来的这个恶少，你一定不是鄂郎，如果真是鄂郎的话，那他一定是非常温柔体贴的。知道我得病的原因，一定会怜悯爱惜，怎么会这样狂暴无礼！你要是再这样，我只有一死，你我二人的品行都有亏损，彼此都没有好处。"宿介听了这番话，怕自己假冒的行迹败露，也就不敢再强迫，但是要求约定下次会面的日期。胭脂说迎亲的那一天就是会面的日期。宿介说那太远了，要她再定一个日子。胭脂讨厌他的纠缠，便说等她病好之后。宿介又要求送给他一件东西作为信物，但胭脂没有答应。宿介于是强行捉住姑娘的脚，脱下一只绣鞋便走。胭脂喊他回来，说道："我身子已经许给你了，还有什么可吝惜的？只是恐怕'画虎不成反类狗'，事情不成功，反落得个众人笑骂。现在我贴身的这东西已经到了你的手里，料想你一定不肯还给我。但是，你如果负心的话，我就只有一死！"

宿介跑出去，又偷偷到王氏那里去住宿。躺下之后，心里还没忘记那只绣鞋，暗中一摸衣兜，却发现绣鞋竟然没有了，于是急忙爬起来点上灯，抖抖衣服，到处寻找。王氏问他找什么，他也不说。宿介怀疑是王氏藏起来了，王氏却故意笑他，让他疑心更大。后来，宿介觉得瞒不住了，便把实情告诉了王氏。于是，两人便拿着蜡烛门里门外地找，也没找着。只好又懊丧又悔恨地进屋去睡了。宿介心里还暗想，幸而深夜无人，遗失也必定在半道上。可是等他一早起又去寻找时，也仍旧不见影。

原来，这胡同里有一个名叫毛大的无赖，整天游手好闲，曾经想勾引王氏但没有得手。他知道宿介跟王氏有来往，便一直想找个机会抓住宿介来威胁王氏，让她答应自己的要求。这天夜间，毛大来到王氏门外，用手一推，发现门里面没上闩，便偷偷进去了。刚到窗外，脚底下就踩着一个东西，软软的像棉絮一样，捡起来一看，原来是一块头巾包着一只绣鞋，于是便趴在窗外偷听，把宿介和王氏说的话全听清楚了，顿时高兴万分，抽身便溜了出去。

过了几夜，毛大翻墙进入胭脂家里，由于对里面的房间不太熟悉，结果误跑到胭脂的父亲卞老头住的屋子外面。老头从窗里往外瞅，见是一个男子，便观察他的举止动静，再听他说的话，才知道是冲着自己闺女来的，不由得大怒，于是操起一把刀便闯出来。毛大一看，大吃一惊，转身就跑。刚想爬墙，但卞老头已经追到跟前，急切间无处可逃，便转过身来夺下卞老头的刀，卞老太太也爬起来大声喊叫，毛大一看，不得脱身，便一刀将老头杀了就跑。这时，胭脂病也好些了，听到院子里的闹声方才起来。娘儿俩于是点起蜡烛一照，发现老头的脑袋已被砍裂，不能说话，不一会儿就断了气。老太太忽然发现墙根底下有一只绣鞋；一看，是胭脂的鞋，马上就逼问女儿，胭脂便哭着对母亲说了实话。但胭脂不忍心连累王氏，只说是鄂生自己来的。

天亮以后，胭脂的家人便把这事告到县里。县令接到报案后，立即派人把鄂生抓了来。鄂生为人忠厚老实，也不大会说，虽然已经十九岁了，平日见客人还羞羞缩缩像小孩似的。被抓来之后，吓得不知如何是好。到了大堂上，已不会说话，只是浑身颤抖。县官一见他这副模样，更加深信他就是凶手，于是马上用重刑逼供。鄂生是一个文弱书生，忍受不住痛苦，于是只好受屈含冤地认了罪。

接着，鄂生被押送到府里，拷打用刑跟县里一样，鄂生冤气满胸，几次要跟胭脂当面对质；等到一见面，胭脂每次都指着他大骂，鄂生只是气得张口结舌，不能申辩。最后，鄂生被判定了死罪。经过几道反复的审讯，几个主审的官员都没有提出异议。最后由济南府复审。当时，吴南岱先生任济南知府，一见鄂生，看他不像是杀人犯，便暗中派人单独好好地问他，以便让他把话都说出来。经过这样的细问，吴公更加相信鄂生是冤枉的了。他考虑了好几天，才着手审问。他先问胭脂："你们俩订约后，有别的人知道吗？"胭脂回答说："没有。"吴公又问："你第一次遇见鄂生时，还有别人在场吗？"胭脂答道："没有。"吴公于是把鄂生叫上来，好言安慰他。鄂生这才说道："我曾经走过她家门前，只见早先的邻居王氏跟一个姑娘正好出来，我当时就低头很快走了过去，一直没有和她说过一句话。"吴公便斥责胭脂道："你刚才说旁边没有别的人，怎么又有这个邻居女人呢？"马上就想用刑。胭脂害怕了，这才说道："虽然有王氏看见，但和她实在没有什么牵连。"吴公听了，便暂时停审，命人去拘拿王氏。几天后拿到，不让她和胭脂见面，立刻设堂审问她。吴公问王氏："杀卞老头的到底是谁？"王氏回道："我不知道。"吴公听了，便用话诈她道："胭脂已供出来了，杀卞老头的事你完全知道，你还敢隐瞒？"王氏喊道："冤枉啊！这个贱丫头自己想汉子，我虽然说过替她去做媒，只不过是玩笑话罢了。她自己引奸夫进院，我哪里知道呢？"吴公于是细细盘问了她，她这才把那些玩笑话前前后后都给说了。吴公于是把胭脂叫上来，生气地斥责她道："你说她不知道这事，怎么她现在倒自己招供替你说媒拉纤的？"胭脂流泪说道："我自己不争气，使得爹爹惨死，官司还不知道打到哪一年，再连累别人，我实在于心不忍啊。"吴公又问王氏："你说了那些玩笑话之后，又告诉过什么人？"王氏答道："没有。"吴公大怒道："夫妻一床，无话不说，你怎么说没告诉过？"王氏供道："我丈夫外出好久了，还没回来呢。"吴公说道："尽管如此，凡是戏耍别人的，都是笑别人傻，用这个来炫耀自己的聪明，你再没跟哪一个人说过，你打算骗谁？"说着便命人夹她的十个手指。王氏不得已，只好如实招供："我曾经对宿介说过。"吴公听了，便释放了鄂生，把宿介抓起来。宿介被拿到后，自己供说："不知道。"吴公说道："好，寻花问柳的一定不是本分的读书人！"说着便下令用严刑。宿介这才自己供认："我夜里去找胭脂姑娘是实。但是从丢了绣鞋之后，我就没敢再去，至于杀人的事我实在不知道。"吴公听了，大怒，说道："你敢半夜三更爬人家墙，还有什么事情不敢干！"说着又要严刑拷打。宿介受不住毒刑，只好自己承认了杀人。吴公把宿介的招供写成文书报上去以后，人们无不称赞吴公断案如神。

这样一来，确实是铁案如山了，宿介也只好伸着脖子等待秋后问斩了。然而，宿介虽然行为放纵，品德不好，却也是东昌县有名的读书人。他听说学使施愚山先生最贤德，而且很有才，又有惜才爱士的德行，便写了一张状子给施学使，申诉自己的冤枉，写得文辞悲切，感人肺腑。施公看完后，便要来宿介的供词，反复琢磨思考。忽然一拍桌案，说道："宿生确实是冤枉！"于是报请大理院和按察司，将案子交给他再重新审问。

施公问宿介："你把绣鞋丢在什么地方？"宿介说："不记得了。不过我在敲王氏的房门时，还在袖子里头。"施公再转问王氏："除了宿介之外，你还有几个奸夫？"王氏说："再没有了。"施公说道："像你这样淫荡之人，怎么会只私通这一个？"王氏供称："我跟宿介是小时候就在一起好，所以不能拒绝他；后来也有勾引我的人，只是实在不敢依从。"施公便叫她具体指出是哪些人曾经勾引过她。王氏供说："街坊上的毛大，曾多次勾引我，但我都拒绝了他。"施公说道："你怎么忽然又如此贞洁了呢？"于是便命人拷打她。王氏吓得把头都叩出血来，一再申辩确实再没有了，施公这才松了她。又问道："你丈夫出远门，难道没有借故上你家来的吗？"王氏回答道："有的，某甲、某乙，都因为借钱和赠送东西，有一两次到我家里来过。"原来，某甲、某乙也都是街坊上游手好闲、不务正业之徒，有心勾引王氏而没有下手罢了。施公于是把他们两人的名字都注上，一起抓来。把这一干人都收齐之后，施公便命人将他们都带到城隍庙，叫他们一个个都跪在香案前。然后说道："我前日梦见城隍告诉我，杀人的不出你们这四五个人之中。现在让你们对着城隍坦白，不许说谎话。如果能自首坦白，还可以原谅；如果敢说假话的，验出来后决不饶恕他！"但这几个人都说自己没有杀人。施公于是将三道夹棍放在地上，准备给他们几个都加上夹棍。这几个头发都被吊起，衣服扒光，一个个都齐声叫苦喊冤。施公命松开他们，说道："既然不肯自己招认，就让鬼神给指出来。"于是叫人拿毡子褥子把神殿的窗户全遮上，不让留一点透亮的地方；然后把这几个嫌犯的后背都袒露出来，赶进黑屋中。这才给他们每人一盆水，叫他们自己将手洗净；然后又用绳子套住脖子，带到墙壁跟前，训诫他们"面对着墙壁不许动。杀人者，一定有鬼神在他背上写字"。过了一会儿，才将他们都叫出来验看，施公手指着毛大说道："这是真正的杀人贼啊！"

原来，施公事先叫人将墙壁抹上白灰，又在黑暗中用煤烟水给他们洗手：那真杀人的，害怕鬼神在他背上写字，便将背靠在墙壁上，所以背上有白灰；临出来时，用手护着后背，所以又抹上了煤烟。施公本来就怀疑是毛大，到这时更加坚信无疑。于是对他加上重刑，毛大这才完全吐出实情。

最后，施公做出判决，判词的意思是这样的："宿介，不守本分，虽被冤枉，也是自作自受，姑念其已多次遭到拷问，不再加刑。现取消其儒生的资格，给予今后改过自新的机会。毛大，本是市井无赖之徒，而又贪淫好色。勾引王氏不得手，竟然越墙到卞家来窃玉偷看，被人发觉，逃窜无路，胆敢起反咬之心，杀害人命。现判其斩首示众，以快人心。胭脂，正当妙龄、貌美如花，何愁嫁不着如意郎君。想不到竟因一线情丝缠绕，险些玷污洁白之身。可喜的是守身如玉，尚能够成全其美事。着请县令大人，做你们俩的媒人。"

案子完满了结之后，远近传诵。自从吴公审问之后，胭脂就知道鄂生是受了冤枉的。两人在堂下相遇，胭脂很羞愧地含着眼泪望着鄂生，似乎心里有无数痛惜的话，却不好说出口。鄂生也感念她对自己这一片爱恋之情，对她的爱慕之心也更深了。可是又想到她出身低贱，再加上打这场官司，在大庭广众之下，每天都上公堂，被大家观看议论，恐怕将来娶了她会被人耻笑。这件事日夜缠绕在心头，拿不定主意。直到判词下来之后，心里这才安然，打消了顾虑。后来县官替她俩主办了婚事，把胭脂姑娘吹吹打打地送过门去，成全了这一对有情人。

异氏史说："小心啊！审案不可以不谨慎啊！纵然你所察知甲替乙顶过是冤枉，谁又能想到乙也是替丙顶过，也属于冤屈呢？然而，案情尽管曲折不明，可是必然有它的矛盾和空隙，如果不深思详察，是不会查明的。唉！人们都佩服聪明者断案明白，而不知道高明的工匠用心之苦啊！世界上位置高居于老百姓之上的那些贵人，成天或下棋消磨日子，或缩在锦被里面理事，下面老百姓的艰难困苦的情况，根本不肯去操心管一管。到了击鼓升堂，开衙问案时，巍然高坐，对堂下喊冤叫屈的人，只会简单粗暴地用板子枷锁来逼他们开口认罪，难怪在这种暗无天日的统治之下，有那么多难以昭雪的冤案了！"

愚山先生是我的老师。当初刚跟他学习时，我还是个孩子。我常见他奖励帮助学生，呕心沥血唯恐自己未尽到心；学生受到一点点委屈，他都心疼地维护，从来不在学堂作威作福、吓唬学生，来讨好取媚当官的。先生真是宣扬圣贤之道的护法尊神，不只是一代宗师，衡量文章公正，不委屈读书人而已。他爱才如命，更不是后来一些学使假意敷衍、只做表面文章的人所能及的。

曾经有一个名士入场考试，做一篇题目叫作"宝藏兴焉"的文章，把深藏在山间的庙宇误写成在水边。卷子抄完之后才明白过来，自己料定没有不被淘汰的道理。便接着在后边写了一首词："宝藏在山间，误认却在水边。山头盖起水晶殿。瑚水峰尖，珠结树巅。这一回崖中跌死撑船汉！告苍天：留点蒂儿，好与朋友看。"

愚山先生阅卷看到这里，提起笔来和了一首词："宝藏将山夸，忽然见在水涯。樵夫漫说渔翁话。题目虽差，文字却佳，怎肯放在他人下。尝见他，登高怕险；那曾见，会水淹杀？"

这也是先生风雅的一个趣闻，以及爱惜人才的一件逸事啊。

恒 娘

都中人洪大业，妻子朱氏十分漂亮，两人感情很好。后来，洪某纳丫鬟宝带做妾，长相远远不如朱氏，但洪却偏爱她。朱氏不满，以致夫妻反目。洪虽然不敢公然睡在妾的房中，但却更加宠爱妾，疏远了朱氏。

后来，洪大业搬家，和姓狄的一个布帛商做邻居。狄的妻子恒娘，首先过来拜望朱氏。恒娘约三十岁，长相一般，轻言细语，朱氏很喜欢她。第二天答拜，看到她家里也有小妾，约二十岁，长得很娟秀。邻居快半年，并没有听见她们吵过一句；姓狄的也只宠爱恒娘，小妾不过是虚设罢了。一天，朱氏问恒娘："我一直认为丈夫爱妾。因为他老向着妾，所以我希望能易妻为妾。今日才知道不是这样。夫人有什么诀窍呢？如果愿意赐教，我愿当您的徒弟。"恒娘说："唉！你使自己疏远，又怎能怪男人呢？你早晚对他絮叨，这等于为丛驱雀，使他更远离你。你回家后要更加放纵丈夫，即使他自己找来，你也不要接纳。一个月后，我再给你出主意。"朱氏听从她的主意，把小妾宝带打扮得更加漂亮，让她和丈夫一起睡。洪大业的一饮一食，也让宝带和他一起。洪不时来亲近，朱氏但奋力拒绝，于是都夸朱氏贤惠。

如此一个月后，朱氏再去见恒娘。恒娘高兴地说："你学成了！你回去后，去掉装束，不穿漂亮衣服，不涂脂粉，脏着脸，穿着破鞋，杂在仆人中劳作。一个月后可再来。"朱氏又照办。穿着破烂衣服，不讲清洁，只纺纱织麻，其他什么都不问。洪大业看了，很同情她，但让宝带分担她的一份劳作，朱氏却不接受，总是把她斥走。

这样过了一月，朱氏又去见恒娘。恒娘说："你真是值得教的人！后天是上巳节，我想邀你去游春园。你要换下所有破衣服，包括袍裤鞋袜，使自己焕然一新，然后早点来见我。"朱氏说："好的。"到了那天，朱氏照着恒娘说的那样，对着镜子仔细地搽粉画眉。化妆完后，但去见恒娘。恒娘高兴地说："可以了！"又替朱氏绾上凤髻，光亮得可照见影子。恒娘见她袍袖不合时尚，于是便拆线再改缝一次；看她的鞋子样式笨拙，便从竹箱中拿出准备好的鞋子，一起把它做好。做成后，就让她换上。临别时，又叫她喝了点酒，嘱咐她说："回去一看见丈夫，就早早关门就寝，他来敲门也不要理睬他。等呼唤请求三次后，再接纳他，但不要轻易和他亲热，半个月后再来。"朱氏回去，艳妆见了洪大业。洪上下注目，十分高兴，跟平时看她的眼神很不一样。朱氏稍稍说了点游览的事，就撑着下巴做出疲乏的样子，天还没黑，就走进房间里去，关门睡觉了。不多久，洪大业果然来敲门，朱氏坚决躺在床上不起，洪才离开。第二天又是这样。天亮后洪责怪她时，朱氏说："我已经养成了单独睡觉的习惯，不能再忍受打扰了。"结果，那天太阳一偏西，洪大业便进入闺房坐下来守着她。等熄灯上床时，如同对待新娘子，情意缠绵，十分痛快。洪又约她第二晚一起睡，但朱氏不同意，后来才商量好三天一会。

半个月之后，朱氏再到恒娘家，恒娘关上门对她说："从此可以专宠了。然而，你虽然漂亮，但不娇媚。以你的姿色，加上娇媚就可以胜过西施，更何况是第一等聪明的人呢！"于是恒娘就叫她斜视，然后说："错啦！毛病在外眼角。"又让朱氏笑笑，接着又说："错啦！毛病在左腮。"恒娘便用秋波送娇，微笑着露出雪白的牙齿，叫朱氏模仿。一连练了几十次，才稍微有点像。恒娘说："你回去吧，对着镜子熟练这些表情，再无别的诀窍了。至于夫妻之间的私事，可以随机变换，投其所好，这不是可以用语言能够说出来的。"

朱氏回家后，便一切照着恒娘所教的去做。洪大业被弄得神魂颠倒，又担心被朱氏拒绝。天快黑时，就相对调笑，半步也不离朱氏的卧房。天天这样，竟然推也推不走。

而朱氏却待宝带更好，每逢房中宴会，就叫宝带和她同坐在床上；但是洪大业却觉得宝带越来越丑，宴会还没结束，就把她给打发走了。有一次，朱氏把丈夫骗进宝带的房里，然后锁上门，但洪大业却整夜都不碰宝带一下。宝带于是对洪大业产生了怨恨之情，并到处对人唠叨。这样一来，洪更加厌恶她了，有时候甚至对她动用棍棒。宝带更加气愤，也不修边幅，整天拖着又破又脏的鞋，蓬乱着头发，更不讨人喜欢。

有一天，恒娘对朱氏说："我教给你的秘诀怎么样？"朱氏说："你的道术是极好的，但是徒弟我只能照着做，却不能知道其中的奥妙。刚开始你教我放纵男人，这是为什么？"恒娘说："你没听说过吗？人们常喜新厌旧，重难轻易。丈夫爱妾，不一定是妾漂亮，是因为刚刚获得，难以到手而喜爱。放纵他，先让他吃饱，即使是山珍海味也会生厌，何况是野菜呢？"朱氏问："先去掉装束，再炫耀一番，这是为什么呢？"恒娘说："很久不注意，就好像别离很久；突然见到艳丽的风姿，就好像见到新人。譬如穷人突然得到精粮肉食，就认为粗粮没有味道了，何况又不轻易让他得到！这么一来，她成了旧人，你成了新人；她易取，你难得，这就是你变妻成妾的方法呀。"朱氏听了恒娘的这番话，终于恍然大悟，从此成为了恒娘的闺中好友。

几年之后，恒娘忽然对朱氏说："我俩亲密得像一个人一样，本不应该对你隐瞒我的身世。以前就想对你说，又恐怕被你怀疑，如今要离别了，才敢实话告诉你：我其实是狐狸。小时候父亲娶了继母，就把我卖到都中。丈夫对我很厚爱，因此不忍心早早别去，依恋到如今。但明天我的父亲要成仙了，我要前去拜望，不能再回来了。"朱氏听了，拉着她的手哭起来。第二天早上去看她时，看到她全家人惶恐不安，而此时恒娘早已不见了。

异史氏说："买珠宝的人不看重珠宝，倒是看重盒子。喜新厌旧，重难轻易的感情，千古都不能打破。于是，把憎恶变为喜爱的诀窍，才能够在人间流传。古代佞臣侍奉国君，不让他接触贤臣，不让他多读书。由此可知，容身于始终不变的宠爱之中，要有一定的办法，这办法是古今以心传心的。"

龙飞相公

安庆地方的戴生，青少年时期行为不端、横行无礼。一天，他在外面喝醉了酒，正往家里走，途中遇到了早已死去的表兄季生。由于喝醉了，所以也忘记了表兄已经死去，便问道："你一直在哪里？"季生回答说："我已经是阴间的人，你忘记了吗？"戴生听了，才明白过来，但正在酒醉中，所以也不感到害怕。又问："你在阴间做什么？"季生回答说："近来我在转轮王殿下那里任司录职务。"戴生说："那你对人间的福禄祸害，肯定也会知道了。"季生说："这是我的职务，怎么能不知道呢！但看得过于繁多，不是特别重要的人，也就不能全记住。三天前，偶然间查查册子，还看到了你的名字。"戴生一听，急忙问他册子上写的是什么？季生说："不敢欺瞒你，您的尊姓大名列在黑暗狱中。"戴生听后，非常害怕，酒也吓醒了，并苦苦哀求季生救救他。季生说："这件事不是我能为你出力办到的，唯独你行善积德方可改变。但是，你做的坏事实在是太多了，所以没有很多的善行，是不可能挽回来的；没有一年多时间，也不能看出什么结果。现在已经有些晚了，但如果你能从今天开始身体力行，就是哪天进了地狱里，或者还能有个出头的日子。"戴生听他这样一说，不禁痛哭起来，趴在地上哀求季生给他想个办法。但等到他说完抬起头来时，季生已经无影无踪了。戴生闷闷不乐地回到家去。从此，他洗心革面，一改过去的所作所为，再也不敢有任何差错了。

先前，戴生和邻居的女人勾勾搭搭，经常干一些见不得人的事。邻人知道这件事，虽然没有张扬出去，却随时准备找一个机会抓住他。而戴生改正自己的行为之后，就永远和这些女人断绝了关系。邻人等不到机会整治，都非常恼恨他。

一天，戴生和一位邻人在田间相遇，邻人假装和戴生搭话，把他骗到一口枯井旁，然后顺势把他推到井里。半夜里，戴生苏醒过来，坐在井里大声喊叫，可是没有人听到。而那位邻人害怕戴生在井里活过来，过了一宿又到井边去听，果然听到了戴生的声音。于是急忙向井里投石，戴生躲进井边的洞里，再也不敢出声了。邻人知道戴生没有死，便刨土填井，几乎把那口井给填满。井洞里顿时漆黑一片，真和地狱一样了。井洞里没有吃的东西，他合计自己没有活的可能了，便向洞里爬进去，可三步以外都是水，没有办法过去，只好又爬回来，坐在原处。刚开始时，他感到肚子有些饿，可时间一长，便忘记了饿。他一想洞里没有什么善事可做，唯有口中不断念佛而已。不久，他看到磷火飘浮，满洞都是。为此，他祷告说："听人说磷火都是冤鬼，我虽然暂时还没有死，可也实在难以返回人世了。假如我们彼此可以谈谈话，也可以安慰一下我寂寞的心了。"祷告完后，他看到磷火渐渐从水面上飘浮过来。每个磷火中都有一个人，其大小只有半个人身子高低。戴生于是问他们从何处来。他们回答说："这个洞是古时的煤井。矿主人挖煤，震动了古墓，被龙飞相公挖开地海的水，淹死了四十三个人。我们都是这些鬼。"戴生又问："龙飞相公是什么人？"回答说："不知道。只知道这位相公是个读书的文人，现为城隍的幕僚。他也怜悯我们这些无辜的受害者，所以三五天便施舍一次米粥。可我们遭受冷水泡骨的折磨，不知何日才能脱离苦海。先生若能回到人世去，求你捞出我们的残尸枯骨，葬在一所义地。那么，先生的恩德就极大施舍给我们了。"戴生说："如有万分之一的可能使我回到人世，我做这事并没有什么困难，但如今我被深埋在地下，怎么能期望重见天日呢？"他只能教授群鬼使他们念佛，数煤块代替佛珠，以记下念佛的次数。戴生困在地下，不知时间的长短、昼夜的区分，困了就睡，醒过来就端坐在那里。

有一天，忽然看到洞里的深处有个灯笼，众鬼高兴地说："龙飞相公施舍吃的东西来啦。"他们便邀请戴生一同去，但戴生顾虑有水阻挡，不敢前去，众鬼便强行把他连扶带拉地向前走。他感到飘飘然如同脚没有着地，曲曲弯弯走了半里左右的路，来到一个地方。众鬼放开戴生，叫他自己走。他踏步向前如同走上一个很高的台阶，走完了台阶，看到了房间和走廊。厅堂上点着一支蜡烛，粗大如同人的手臂。戴生很久没有见到火光，便欢喜地跑上前去。只见堂上面坐着一位老者，头戴儒巾，身穿儒服。戴生一看，便停住了脚步，不敢再向前走。老人已经看到了戴生，惊讶地问道："生人从哪里来的呀？"戴生走上前去，跪在地上说明到此的因由。老人听后，说："是我家的子孙呀！"便叫他起来，给他坐凳，让他坐下。老人自己说："我是戴潜，字龙飞。先前因有一个不肖子孙叫戴堂，勾结匪徒，近墓打井，使我不能安睡在夜室里，所以才用海水灌没了煤井。如今，戴家的子孙怎么样呀？"

原来，戴姓近宗有五支，戴堂为长房。当初，城里的大户人家，收买戴堂，在戴家祖坟地边打井挖煤。诸兄弟害怕他的权势，没有人敢和他争执。没有多久，地下水突然灌井，挖煤的人都淹死在井里。死去众人的家属起来告状，戴堂和城中的大户都因为这件官司而变穷了，戴堂的子孙也落到穷困无立锥之地的地步。而戴生就是戴堂弟弟的后裔。他曾听老人传说过此事，便据实回答了老人关于戴家子孙情况的问话。老人听后说："这样不孝的子孙，他们的后人又怎么能得到昌盛呢？你既然来到这里，就不应该荒废学业。"说完，便摆出酒食给他食用。于是，把书卷摆放在桌上，都是一些应科举考试的八股文章，并强迫他攻读。又出题作文，如同老师教学生一样。厅堂上的蜡烛经常点燃着，不用剪灯花也不灭。戴生困倦时便睡觉，分辨不出早晨和夜晚。老人时常外出，但他外出的时候，便命一个小书僮服侍戴生。这样，度过了几年的时光，虽然有些伤心，但没有什么痛苦可言。可是只有八股文百篇，没有其他书给他看。这样每篇反复读了四千余遍。有一天，老人说："你的冤孽已经补满，可以返回人世去了。我的坟墓与煤洞为邻、阴气刺骨。等你得志发达后，就把我迁到东原去吧。"戴生听着，便恭恭敬敬地答应了。老人于是召集众鬼，叫他们仍然送戴生回到原先坐的地方。众鬼围着老人拜别而去，老人一再嘱托众鬼照应好戴生。可戴生还是不知道有什么办法可以走出去。

刚开始时，戴家得知戴生失踪后，便到处搜索查找，找了几天，仍然没有找到。戴母就把此事报告了官府。官长抓了一些有嫌疑的人，也没有查出戴生的踪迹来。过了三四年，官长离任调走，此事也就搁置下来了。戴生的妻子不能在家清守妇道，也被婆母遣嫁出去了。如今，正遇上同里人去整治恢复旧井，入洞时发现了戴生，摸了摸他，发现他还没有死，吓了一大跳，便把此事告诉了戴家。人们把戴生送回家后，经过一天的时间，他才开始能说出他的经历。

自从戴生被推入井中后，邻人便打死了他的妻子，被妻子的父亲告到了官府。官府反复对邻人审查了一年多时间，把他折腾得只剩下皮包骨才放回家来。当他听到戴生死而复生后，更是非常害怕，很快就逃走了。戴生回来之后，戴家同族便商量着追究邻人的罪过，但戴生不答应，他说："过去所发生的一切都是我自找的，所受的苦都是阴间对我的谴责，和他没有什么关系。"而那个邻人得知戴生对他没有追究的意思，才试探着回到了家。等到那井水干枯后，戴生便雇人下井入洞，拾取当初被淹死的那些人的遗骨，一个个整理出来，然后给他们配了棺材，把他们葬在一块墓地里。做完这些之后，戴生又去考察戴氏的家谱，找到了名叫潜、字龙飞的人名。摆设供品，在龙飞相公的墓前祭祀。

当地督学的学使官员，听到这件怪事，又很欣赏戴生的文章，便在当年科考中以优等录取了戴生，通过乡试。戴生回到家后，在东原建造坟墓，迁龙飞相公遗骨，厚葬在这里。春秋两季，上坟祭奠，年年岁岁不断。

异史氏说："我们家乡有个挖煤的人，煤洞被水淹没，十多个人淹在煤洞的水里，掏尽水寻找尸体，两个多月才掏尽，可十多个人并没有被淹死的。原来大水来到时，他们一起游到高处，所以没有被淹着。当人们用绳子把他们拉上来，见到风后才昏死过去，经过一天一夜才渐渐苏醒过来。从这里可以知道，人在地下，如蛇鸟的冬眠，能够不死。然而没有人能在地下待几年的，若不是心最善，三年地狱里，怎么能有活着的人呢？"

［ 珊 瑚 ］

书生安大成，是重庆人。父亲是举人，但早就去世了。他还有一个弟弟名叫二成，年纪尚小。大成的妻子陈氏，小名叫珊瑚，性情娴静温柔。可是安大成的母亲沈氏，却性情凶悍，为人不忠厚，对珊瑚百般虐待，但珊瑚毫无怨言。每天早晨，珊瑚都梳洗打扮整齐去给婆婆问安。有一次，安大成生了病，沈氏就说是儿媳妇成天打扮引诱导致的，嘴里还不干不净地骂。珊瑚于是回到自己屋里，去掉一切装饰，以朴素的家常打扮去见婆婆，不料婆婆反而更生气了，莫名其妙地自己撞头打嘴巴。大成素来孝顺，见母亲生气，便拿鞭子抽打妻子，母亲这才消了点气。

从此以后，沈氏愈来愈讨厌儿媳妇。尽管儿媳妇侍候她十分谨慎周到，她也不跟儿媳妇说一句话。大成知道母亲讨厌儿媳妇，就到别的屋子去睡，表示跟妻子断绝关系。尽管这样，沈氏却始终不高兴，成天不论遇到什么不如意的事情都破口大骂，而且实际上都是骂珊瑚。大成见此情景，就对人说："娶媳妇是为了让她侍候婆婆，像现在这个样子，尽惹我母亲生气，我娶这个媳妇是为的什么呢！"于是便将珊瑚给休了，叫一名老婆子把她送回娘家去。

送出门走了还不很远，珊瑚便哭道："作为一个女儿家，到人家不能当媳妇，倒叫人休了，回娘家有什么脸面见父母？不如死了算了！"便从袖子里拿出一把剪刀，往自己咽喉就刺。老婆子赶忙急救，血已经将衣襟都染红了，便扶着她到住在附近的、大成的一个本家婶娘家。大成的婶娘王氏，是一个寡妇，孤身一人，便将珊瑚留下了。老婆子回去时，大成便叫她瞒着这件事，怕母亲知道了会更生气。过了几天，大成打听到珊瑚的伤逐渐好了，便上婶娘王氏的家去，请她不要留下珊瑚。王氏叫他进屋，大成不进去，只是气呼呼地要撵珊瑚走。不一会儿，婶娘领着珊瑚出来，见了大成，便问道："珊瑚有什么罪过？"大成说她不能孝顺婆婆。珊瑚默默地一言不发，只是低头轻声地哭泣，流出的眼泪都是红的，白衣服都染红了。大成心里也十分惨然，话没说完就走了。又过了几天，大成的母亲听说了这件事，便怒气冲冲地来到王氏家里，大吵大闹，嘴里没有一句好话。婶娘的脾气也很直傲，分毫不让，反过来数说沈氏的不是，并且说道："你儿媳妇已经让你休了，她还是你安家的什么人？我留的是姓陈的女儿，不是你安家的儿媳妇，不用你来硬管别人家的事情！"沈氏气得半死，却说不出什么道理，又见王氏毫不相让，而且还理直气壮地反唇相讥，只得又惭愧又气馁地大哭而回。

珊瑚看到这种情景，心里很不安，便想到别处去寄居。原来，大成有一个姨娘于老太太，也就是他母亲沈氏的姐姐，已经六十多岁，儿子死了，只剩下一个年幼的孙子和一个守寡的儿媳妇，这于老太太一向对珊瑚很好。于是，珊瑚便辞别婶娘王氏，去投靠了于老太太。于老太太详细询问了事情的经过，气得直怨自己的妹妹糊涂暴虐，马上就要亲自送珊瑚回去。珊瑚一再说这样做不行，并劝于老太太千万别说出去。从此，珊瑚便跟着于老太太过，就像婆媳一样。

珊瑚有两个哥哥，听说妹妹的不幸遭遇，都很同情她，打算把她接回去再改嫁。但珊瑚执意不肯，只是跟着于老太太，每天纺纱织布自己度日。

大成自从休了妻子之后，他母亲便想方设法替儿子再娶一个媳妇。可是她那凶悍不仁的名声早已四下流传，远近四周没有一家愿意跟她家攀亲的。过了三四年，二成渐渐长大了，于是先给二成娶了亲。二成的媳妇名字叫臧姑，性情十分骄纵凶悍，说话更是尖酸刻薄，比她的婆婆还要厉害几倍。婆婆有时生气脸色不好，臧姑立即就骂出声来。二成又生性懦弱，不敢袒护母亲。因此婆婆的威风顿时大减，不敢惹儿媳妇，反而看儿媳妇的脸色，笑脸奉承。但即使这样，还是不能取得臧姑的欢心。臧姑指使婆婆干活，就像指使丫头一样，大成不敢作声，有时只好代替母亲干活，洗衣、涮碗、打水、扫地，样样活都得干。母子二人时常在没有人的地方，偷偷地相对哭泣。不久，沈氏因积郁成病，躺在床上不能动弹，连大小便、翻身都需要大成服侍。大成昼夜不得安睡，两眼熬得通红。有时叫兄弟二成替换一阵，二成刚进屋，臧姑就把他叫走。大成不得已，只好跑去告诉他姨娘于老太太，希望于老太太前来照顾照顾他的母亲。大成一进他姨娘的门，就连哭带诉苦，苦还未诉完，珊瑚就从帏帐后面走了出来。大成这一看，弄得十分狼狈，惭愧万分，马上就打住不再往下说，想找个空子溜出去。珊瑚用两只手抵着房门，大成羞窘到极点，从珊瑚胳膊底下钻出去，跑回家里，也不敢告诉母亲。

不久，于老太太来了，大成的母亲十分欢喜，便把她留了下来。从此，于老太太家人没有一天不来的，而且一来就带了许多好吃的东西给于老太太。于老太太就叫传话给守寡的儿媳说："我在这里也饿不着，再别送了。"可是她家里还是照样捎东西来，一直没有间断。于老太太一点也不吃，全留下给生病的沈氏吃。慢慢地，沈氏的病见好了。于老太太的小孙子又奉他妈妈的嘱咐，带来许多好吃的东西问候沈氏的病情。沈氏叹口气说："真是个贤惠的儿媳妇啊！姐姐您是怎么修来的呀！"于老太太说道："妹子你觉得被你休去的儿媳妇是怎么样的一个人？"沈氏说道："唉！说实在的，倒是不像这二媳妇这么坏，但也不如外甥媳妇贤惠。"于老太太说道："当初珊瑚在你这儿的时候，你从来不知道啥叫劳累；你发脾气骂她，她从来没有怨言，怎么说还不如我的儿媳妇呢？"沈氏听老姐姐这么一说，才流下眼泪，并且告诉姐姐，自己后悔也来不及了，接着还问道："不知珊瑚现在嫁人没有？"于老太太答道："我也不清楚，让我慢慢打听打听吧。"

又过了几天，沈氏的病已完全好了，于老太太要告辞回去，沈氏流着泪说道："恐怕姐姐您走了以后，早晚我还是要死的啊！"于老太太于是跟大成商议，让他跟二成分家另过。二成告诉了他媳妇臧姑，臧姑一听，很不高兴，便说出一些不三不四的话来骂大成，捎带还骂了于老太太。大成便说愿意将好田全归二成，臧姑一听，这才高兴地答应了。等到把分家的券契都办好之后，于老太太才告辞而去。

第二天，于老太太雇了一辆车来接沈氏，沈氏到了她家，首先要见外甥媳妇，见了之后，满口夸奖外甥媳妇贤德。于老太太说道："小媳妇就是有一百桩好处，难道就没有一点小毛病吗？只不过我能原谅罢了。我看你纵然有像我这样的儿媳妇，恐怕也不能享受这个福气。"沈氏说道："哎呀！这可是冤枉我呀！这是拿我当作木头石头野鹿山猪啊！我也有鼻子有嘴，难道还辨不出香臭吗？"于老太太又说道："被你撵出去的珊瑚，不知道现在想起你来，会说些什么呢？"沈氏说道："也就是骂我呗。"于老太太说道："要是回想起来，确实没什么可骂的，为什么要骂呢？"沈氏说道："谁还没有一点缺点短处，因为她不贤惠，所以我知道她一定会骂我的。"于老太太说道："该有怨恨的而不怨，那她的品行是可知的了；该离开你而不离开，那她的安分守己、温顺善良也是可知的了。前些日子给你送东西孝顺你的，根本不是我的儿媳妇，是你的儿媳妇啊！"沈氏听了，惊讶地说道："这话怎么说？"于老太太说道："实话告诉你吧，珊瑚在我这里住了好久了，以前供给你的那些东西，都是她天天熬到三更半夜，纺纱织布积攒的钱买的啊。"沈氏听了这一番话，眼泪立刻唰唰往下淌，痛悔地说道："我还有什么脸见我那儿媳妇啊！"于老太太这才唤珊瑚出来。珊瑚含着眼泪走了出来，跪在地上。沈氏一见儿媳妇，立刻打自己嘴巴，惭愧痛悔至极，于老太太好不容易才劝说止住了，于是二人又成为婆媳，和当初一样。

过了十几天，婆媳二人一同回家，家里只剩下几亩薄田，不够养活全家，只得靠大成替人家抄抄写写，以及珊瑚给人家做些针线活来贴补维持生活。二成两口子倒是过得挺富裕，但是哥哥并不求他，做弟弟的也不照顾哥哥。臧姑因为嫂子曾经被休弃过而瞧不起嫂子；嫂子也讨厌她的泼妇样，不搭理她。弟兄二人隔着院子居住。臧姑没法施展她的威风，就虐待丈夫和丫头来出气。一天，有个丫头受不了虐待而上吊死了。这丫头的父亲就到官府去告臧姑，二成代替妻子去打官司，挨了不少板子，最终还是把臧姑拘了去。大成替弟弟上下疏通解脱，最终还是免不掉刑罚。臧姑十个手指头被夹得肉都脱落了。那具官十分贪婪凶暴，勒索的胃口很大，二成只好把田地抵押出去借来钱，如数交纳，臧姑才被释放回家。可是债主们逼债一天比一天紧，二成没办法，只得把好田全卖给同村的任老头。任老头认为二成的好田有一半是大成让给他的，一定要大成去签字画押，大成便去了。到了任家，只见任老头突然自己说道："我是安举人，姓任的是什么人？竟敢买我家的产业！"又看着大成说道："阴司感念你夫妻孝顺，所以让我暂时回来看一看。"大成哭着说道："父亲有灵，赶紧救我弟弟！"父亲回答道："这个不孝的逆子和泼妇，死了也不可惜！你回家快拿些银子，把我家的血汗产业赎回来。"大成说道："我们娘儿几个只能勉强活命，哪来这么多银子？"父亲回答道："家中院子里紫薇树下面埋藏有银子，可以拿出来用。"大成还想再问，任老头已不说话了，过了一会儿醒过来，大成感到茫茫然，一点也记不得说了些什么。回家后，大成便把这些都告诉母亲，母亲听了，也不大相信。臧姑听说后，早已自己领着几个人前去挖银窖了，她往地下挖了四五尺深，只看见一些砖瓦石块，并没有什么金子、银子，很失望地走开了。大成听说臧姑先去挖银窖了，便告诉母亲和妻子不要去看。后来知道她一无所获，母亲就偷偷去看，只见到一大堆砖瓦石块混杂在土中，便回屋了。珊瑚随后到那里去看，却看见土坑里全是白花花的银子，便赶快招呼大成去细看，果然不假。大成觉得这是父亲遗留下来的财宝，不忍心一人独吞，便招呼二成去平分。那些银子的块数正好可以平均分成两份，弟兄二人各取一份装进口袋，背回自己屋里。

二成和臧姑一块儿检验这些银子，打开口袋却见里面全是瓦块石头，二人大为吃惊。臧姑怀疑二成被哥哥愚弄了，就让二成到哥哥那里去偷着瞅一瞅。二成去一看，哥哥正把银子都放在桌几上，跟母亲一同庆贺呢。二成便把刚才自己的情况如实跟哥哥说了；大成也大为吃惊，心里又很可怜弟弟，便把这些银子又全都送给他。二成便高高兴兴地拿走，到债主那里把欠债还尽了，心里很感激哥哥。臧姑却对他说："凭这件事就更可以知道你哥哥的奸诈，他要不是自己心里有愧，谁愿意把自己分到的一份又让给人呢？"二成听妻子这么一说，心里又半信半疑。第二天，债主派了仆人来，说二成昨天所还的银子全是假的，要拿到县衙门里去做凭证，告他欺诈。夫妻二人都大惊失色。臧姑说道："怎么样！我说你哥哥再好也不会对你好到这个份儿上，这是想要害死你呀！"二成害怕了，便去哀求债主，债主怒火还是不消。二成只得把田契全都交给债主，任凭债主自己出卖，这样才把原来的银子全部拿了回来。回家后仔细看那银子，见有夹断的银子两锭，外面只裹了韭菜叶那么薄薄的一层银，中间全是铜。臧姑便又给二成出主意：只留下这两锭断银，剩下的仍旧还给哥哥，看他怎么说。臧姑还教给二成一套话："多承哥哥的好意，一再把银子让给我，做兄弟的心里实在不忍心。我只留下两锭，以便证明哥哥对我谦让的情义。现在我所剩下的财产东西，还跟哥哥相等，我也不需要多分的那份好田。反正这些田产已经全交给了债主，赎不赎回全在哥哥了。"二成到哥哥那里把这套话一说，并且把银子全交还给哥哥。大成不明白弟弟是什么意思，仍然一再推让给弟弟。可是二成拒绝不受，而且态度十分坚决，大成这才收下了。大成用秤把银子秤过，少五两多，大成就叫珊瑚拿出首饰去当了，凑足了数，然后全部拿去付给债主。债主怀疑还是原先的假银子，便用剪刀夹断了仔细验一验。验过之后，发现成色都足，全是纯银，一点也不差。于是债主收了银子，把田契全都交还大成。

再说二成把银子退还给哥哥之后，心里想，你拿去赎也得叫债主打回来。可是很快就听说田产全都赎回了，心里大为奇怪。臧姑又怀疑自己头一次去挖银窖后，大成已经先把真银子取走藏起来了，便气呼呼地跑到哥嫂那里，破口大骂，说大成欺骗了她两口子。大成这才明白她两口子退还银子的缘故。珊瑚一听是这么一回事，就迎上去对臧姑笑着说道："田产这不都赎回了，全在这儿，弟妹你何必发这么大的火呢？"便让大成把田契拿出来交给她，这才算罢休。

一天夜里，二成梦见父亲责骂他道："你不孝父母，不爱兄长，你的寿限已快到了，一寸田地也不是你的，你强赖去有什么用！"二成醒来后，便告诉了臧姑，想把田产还给哥哥。臧姑听了，嗤嗤冷笑，骂他太笨。当时，二成有两个儿子，大的七岁，小的三岁。不久，大孩子出水痘死了。臧姑这才害怕，叫二成把田契退还给哥哥。三番五次去说，大成却不接受。又过不久，二儿子也死了。臧姑更加害怕，自己把田契拿去放在嫂子那里。这时正是春天快过去的时候，大成怕这样推来推去，会把田都荒芜了。不得已，才把田产接过来着手经营耕种。

从这以后，臧姑才改变了往日的行为，早晚给婆婆请安，成为一个孝顺的儿媳妇，对嫂子也十分尊敬。这样过了不到半年，婆婆就生病死了。臧姑哭得异常悲痛，甚至一勺饭也不吃、一口水也不喝。对人说道："婆婆死得这么早，叫我不能尽尽孝道，这是老天爷不许我赎自己的罪过啊！"臧姑后来生了十胎，都没有养活，只好过继了哥哥的一个儿子。后来夫妻二人都长寿而终。大成夫妇生了三个儿子，有两个考中了进士，人们都说这是孝顺父母、友爱弟弟的善报。

异史氏说："国君不遭到飞扬跋扈的奸臣的欺弄，不会知道忠良之忠。一个家庭，与国家也有同样的情形。不孝的媳妇转变好了而婆母却死去，是因为满堂儿女都孝顺她，而她没有那样的德行，不配承受这种孝顺啊。臧姑自己责骂自己，说是老天爷不许她赎自己的罪，如果不是彻底觉悟的人，怎么能说出这样的话呢？然而她本应早死，却安享天年而终，说明老天爷已经宽恕了她啊！古语说'生于忧患'，的确是如此啊！"

〔 葛 巾 〕

　　洛阳人常大用，爱好牡丹成癖。他听说曹州的牡丹是齐、鲁一带最好的，所以一直想找个机会去观赏一番。恰好有一次，他因事来到曹州，借住在一户官宦人家的大花园里。由于这时刚刚二月，牡丹尚未开花，他只好在花园里徘徊，仔细搜寻察看每一个花苞，希望它们早些绽放。就这样，他一边观察，一边作了一百首赞赏牡丹的诗。过了一些日子，牡丹渐渐地都含苞待放了。但这时，常生所带的盘缠也即将花光了。为了能够继续留下来观赏牡丹，他只好把春天的衣服都押到当铺里，然后每日流连在花间，把回家的日子都忘记了。

　　有一天，他清晨起来就去看花，只见有一位姑娘和一个老太婆在那里。常生揣想大概是富贵人家的家眷，便避开回屋去了。到傍晚时再去看花，又见到这位姑娘和老太婆，于是又从容避开，站在远处偷偷地看。只见这位姑娘穿着华丽的宫装，生得一副绝世的美貌。他不由得大为惊讶，眼前一阵眩晕。忽然一转念：这必定是仙子下凡，世上哪有这样美丽的女子呢？于是，急忙回身去搜寻，刚转过一座假山，就恰巧碰上那个老太婆。那姑娘正坐在一块石头上面，看见常生突然返回，露出很吃惊的样子。老太婆便用身子挡住姑娘，对常生怒斥道："你这个狂生想干什么！"常生跪下说道："小娘子一定是神仙！"老太婆又申斥道："这样胡言乱语，一定要将你捆送到知府那里去！"常生一听，不由得十分害怕。姑娘微微一笑，说道："放他走吧！"便同老太婆一起转过假山去了。常生往回走，吓得几乎不能迈步，心想姑娘回去后，要是告诉她的父兄，他们必定要来痛骂自己一顿。回去后，便躺在空屋子里，悔恨自己做事太鲁莽。又一想，幸好姑娘并没有发怒，也许她并没有把这事放在心上。这样胡思乱想，又悔又怕，到半夜时竟然病倒了。第二天一直到上午时分，幸好还没有人来问罪责骂，这才慢慢安下心来。可是回忆起那姑娘的声音和容貌，又由惧怕转而想念起来。就这样挨了三天，弄得容貌憔悴，简直快要死了。

　　想不到的是，到了上灯的时分，常生的仆人已睡熟了，老太婆突然走进来，拿着一个罐子递给常生，说道："我家葛巾娘子亲手下的毒药，你快给我喝下去！"常生说道："我和娘子素常无冤无仇，何至于叫我死呢？不过既然是小娘子亲手所调，与其让我害这相思病，倒不如喝毒药死掉算了！"说完接过来仰头一饮而尽。老太婆不由得笑了起来，接过罐子走了。常生只觉得这药气味芳香清凉，不像是有毒的。不一会儿，就觉得胸口非常舒坦，头脑也清爽，很快就睡着了，而且睡得很舒服。

醒来之后，已经是红日满窗了。起床试一试，病似乎全好了，于是心里更加相信她是神仙了。但是却一直没有机缘见到她，只得在无人时，朝着她曾经站过、坐过的地方，虔诚地下拜默祷。这一天，常生祷拜完毕后离去时，忽然在树林的深处迎面遇见了那位姑娘，幸好附近没有别人，常生心中大喜，便伏在地上朝她拜。姑娘走近跟前，把他拽起来，常生闻到她全身有一股奇异的香气，便忙用手握住她雪白的手腕站了起来，只觉得她手腕的肌肤十分柔软滑腻，叫人浑身的骨节都要酥了。正要说话，老太婆忽然来了。姑娘便叫他在山石后面藏起来，并且用手往南边指了一指，说道："夜间你用花梯过墙去，有一座四面都有红窗子的屋子，那就是我住的地方。"说完便匆匆地走了。常生望着她离去的背影，怅然若失，灵魂似乎飞散了，身子不知走向何处。

到了夜晚，常生取了梯子登上南墙，只见墙那边已经有一个梯子在那里，他便高兴地顺梯子下去，果然看见一座有红窗子的屋子。常生听见室内有下棋的声音，便停步不敢往前走，暂且又爬过墙头回去了。过了一会儿，再过墙去，棋子的声音还在"噼啪"地响着。他便走近偷偷地往里看，只见姑娘正和一位穿素白衣服的美人对坐下棋。老太婆也坐在一旁，有一个丫鬟侍候着。常生只好又回去。这样往返了三次，已经是三更时分了。常生趴在梯子上，看见老太太走出来说道："谁把梯子放在这儿？"便喊丫鬟出来和她一起搬走了。常生上了墙头，想下去又没有了梯子，便很懊丧地回去了。

第二天晚上，又去了，梯子又先放在那里。幸好寂静无人，常生便走进屋子。只见姑娘一人呆呆地坐在那里，若有所思的样子。一见常生便惊慌地站起来，侧着身子羞羞答答地站在那里。常生上前作揖道："我自己觉得福气薄，怕没有跟神仙交往的缘分，想不到也有今天晚上啊！"于是便搂住她。只觉得姑娘的纤腰细细，好像只有盈盈一握，姑娘口里呼出的气，像兰花似的幽香。姑娘娇羞地用手抵拒他，说道："怎么这么性急？"常生说道："好事多磨，恐怕迟了会遭到鬼神的忌妒。"话没说完，远远地就听见有人说话。姑娘急忙说道："玉版妹子来了，你可以暂且趴在我的床底下。"常生只好听从。不一会儿，进来一位姑娘，笑着说："败军之将，还敢再战吗？我已经预备了香茶，特地请你一块儿做长夜之欢。"姑娘连忙推辞，说自己困倦了。玉版一定要请她去，姑娘却坐在那里就是不走。玉版说道："你如此恋恋不去，难道在你屋里藏有男子吗？"一边说一边强拉硬拽地把姑娘拉出去了。常生只好用膝盖从床底下爬出来，遗憾得要死，便搜寻姑娘的枕头和席子下面，想找到一件她留下的东西。再看她的室内，并没有梳妆的匣子，只是床头挂着一个水晶如意，上面结着紫色的带子，芳香洁净，十分可爱。常生便揣在怀里，爬过墙头回去了。

回到自己的屋里，常生理一理自己的衣襟和袖子，姑娘身上的香气还在上面，不由得想念更为殷切。但一回想到刚才吓得趴在床底下那个滋味，又有些害怕，左思右想不敢再去了，只是把水晶如意小心地珍藏起来，等待姑娘来要。

隔了一晚，姑娘果然来了，笑着说道："我一向以为你是个君子，谁知道你原来是小偷啊！"常生说道："偷东西这事儿确实有，但我之所以偶尔干这个事儿，就是希望你来找我要回去啊！"说着，就把她搂在怀里。姑娘那洁白如玉的肌肤刚刚露出一点，一股温暖的香气便往外喷溢。常生和她偎依拥抱之间，感到她呼的气和淌的汗都发出浓郁的芳香，不由得狂喜地说道："我本来就以为你是仙子，现在更加知道不会错了。承蒙你如此垂爱于我，实在是三生的姻缘。只恐怕神仙下嫁凡夫，最终免不了分离的痛苦啊。"姑娘笑着说道："你的忧虑也太过了。我哪里是神仙，也不过如同那离魂的倩女，一时为爱情所打动罢了。但这事咱俩一定要谨慎小心、保守秘密，不然的话，怕惹得那些搬弄是非的人，给咱们捏造情节，颠倒黑白，到那时候，你不能插上双翼，我也不能乘风飞去，那被坑害而离散，比好合好散的分别要更惨啊。"常生觉得她说得很对，但仍然怀疑她是神仙，便再三盘问她的名字。姑娘说道："你既然把我当作神仙，何必一定要知道我的姓名呢？"常生又问："老太婆是什么人？"姑娘说道："她是桑姥姥。我小时候受过她的庇护之恩，所以不把她和丫头仆妇一般看待。"于是起身要走，说道："我那里人多眼杂，不能待久，偷空我一定再来。"临走时，又向常生讨还水晶如意，说道："这不是我的东西，是玉版遗留在我那里的。"常生问道："玉版是你的什么人呀？"姑娘说："是我的堂妹。"常生便把藏起来的水晶如意交给她，姑娘这才走了。

姑娘人走了之后，她躺过的被褥、枕头却还留着奇异的香味。从此，姑娘每隔两三夜就来一次，常生被她迷住了，不再想回家。可是口袋里银子已经花光了，便打算把马卖掉。姑娘知道后，对他说道："你为了我的缘故，把钱花光了，衣服也当掉了，我实在于心不忍，现在你又要把马卖掉，你家离这里有一千多里路，你怎么回去？不过我这里还有一点积蓄，多少可以帮你凑些盘缠。"常生推辞道："你对我的一片情意，我就是永远记在心中，刻在肉上，也不足以报答你；现在又起贪心，花费你的钱财，那我还算是人吗！"姑娘一定要给他，说道："就算我借给你的吧。"便拉住他的胳膊，到了一株桑树下，指着一块石头，说道："你去把它转一下！"常生便照着做了。姑娘又从头发上拔下一根簪子，在地上扎了几十下，然后又对常生说道："扒开它。"常生又照着做了。扒了一会儿，便看见了一个坛子的口。姑娘伸手进去，取出银子约有五十两。常生捉住她的胳膊，不让她再取了，可是姑娘不听，又取出十几锭。常生往里又放回去一半，然后再用土给埋上。

一天晚上，姑娘对常生说道："最近外面有人说咱们的闲话了，这个苗头不能任其滋长，咱们不能不加小心啊！"常生听了，吃惊地说："这可怎么办呢！我素来是小心谨慎的，现在为了你的缘故，就像寡妇失了贞洁一样，不由自主了。我只有一切听你的，就是刀子斧子一类加在我头上，我也顾不得这些了！"姑娘便和常生商议一起逃走，叫他先回家，约着到洛阳会面。于是，常生便收拾东西先回到家乡。

他本来打算先回到家，然后再到半道迎接姑娘。可是等他到家门口时，姑娘的车也恰好到了。两人便一同进去，登上堂屋拜见家里的人。四周的邻居听到了这个消息，都惊讶地前来庆贺，大家都不知道这姑娘是跟常生私奔而来的。

到家以后，常生在暗地里总是提心吊胆，而姑娘却十分坦然，对常生说："且不用说千里之外，他们根本找不到咱们，即便我家里知道了，我是世家之女，自愿像卓文君那样嫁给你，我父亲也只能和卓王孙一样，还能把你这个司马相如怎么样呢！"

常生有个弟弟名叫大器，十七岁了，姑娘见了他以后，便对常生说："你这弟弟生来有慧根，将来的前程更要胜过你呢。"大器已经定亲，本来定好了完婚的日期，不想他的未婚妻却忽然夭折了。姑娘便对常生说："我的堂妹玉版，你曾经见过她，容貌长得挺不错，年龄跟大器也相仿，配成夫妇倒称得起是天生的一对。"常生听了，不由笑了起来，便玩笑地请她做媒。姑娘说："如果真想促成此事，也不是什么难事。"常生听了，惊喜地问她："你有什么办法呢？"姑娘说道："玉版妹子跟我最好，只需要两匹马驾一辆车，劳动一个老婆子往返一趟就行了。"常生一听，担心这样一来，可能连自己的事也会一起被发觉，所以不敢采纳她的建议。姑娘便说道："没有关系的，你不用担心。"说着便叫备车，派桑姥姥去了。

几天后，桑姥姥到了曹州。车子将近家门时，桑姥姥先下了车，叫车夫将车停在半道等候着，然后乘着夜色进了家门。过了很久，才同玉版姑娘一起出来，坐上车便出发。夜间就睡在车里，五更天便上路了。姑娘在家计算时间，估计快到了，便让大器穿上新郎的礼服去迎接。走了五十多里，才相遇，新郎护送着玉版的车子回到家；接着就点上花烛，吹吹打打，交拜天地，送入洞房。

从此，兄弟二人都娶上了漂亮的媳妇，家境也一天天地富裕起来。一天，有几十个骑马的强盗，冲进府中。常生一看，觉得大事不好，就领着全家上了一栋楼。强盗进到里面，将那栋楼包围起来。常生在楼上对着下面喊话："我和你们有仇吗？"强盗们答道："没有仇，不过有两件事相求：一是听说你们府上的两位夫人，长得如同天仙，是世间没有的，请出来让我们见一见；再一个是我们五十八个人，请你给我们每人五百两银子。"说完，强盗们便在楼下四周堆上许多柴火，打算放火来威胁他。常生答应了他们对银子的要求；但强盗们还不满意，仍然要烧楼，全家人吓得不得了。这时，姑娘要和玉版一块儿下楼，家里人都阻止不住。姊妹二人打扮得容光照人，从楼梯上走下来，只剩下三级阶梯时站住了，对强盗们说："我们姊妹二人都是上界仙子，暂时到尘世间来走走，难道还怕你们这些强盗吗！我倒想赏赐你们万两黄金，只是怕你们不敢接受。"众强盗一起朝上行礼，连声说道："不敢，不敢。"姊妹二人正要回身上楼，有一名强盗突然说道："她这是诈我们！"姑娘听了，回身又站住，说道："你们打算怎么办？趁早决定，还不算晚。"强盗们一听，都呆住了，一个个你看看我，我看看你，谁也说不出一句话，姊妹二人从容不迫地又上楼去了。强盗们一齐仰头望着她们，一直等到望不见了，突然一哄而散，都走了。

过了两年，姊妹二人各生下一个儿子，姑娘这才渐渐透露自己的身世，说道："我本姓魏，母亲封曹国夫人。"常生一听，心中不免疑惑，暗想曹州并没有姓魏的世家大族，再说这样的大家族，连续丢失了两个千金小姐，怎么能这样不当一回事，也不查找呢？但心里虽然这样想，嘴上却不敢追根问底，只是把疑团放在心里。

为了解开心中的疑团，常生便借故又去了一趟曹州，仍然借住在原来旧主人的家里，并到处打听访问，但这里的世家大族中，却并没有姓魏的。

一天，他忽然看见墙壁上挂着一幅题赠曹国夫人的诗，十分惊讶，便问主人。主人笑了，当时就请他去看这位曹国夫人，去到那里一看，原来是一株牡丹花，和房檐一样高。常生便问这株牡丹花名字的由来，主人就告诉他，因为这株牡丹花在曹州数第一，所以养花的同行们戏封它这么一个名字。常生又问这花是什么品种，主人答道："葛巾紫。"常生听了，心里不由得惊骇起来，认为自己的妻子和弟妹可能是花妖。

常生回家之后，也不敢直接问，只是向妻子叙述了自己所见的赠曹国夫人的诗，并暗中观察她的神色。姑娘听后，脸色果然变了，马上出了屋，喊玉版抱着儿子出来，对常生说道："三年前，因为感念你对我的一片爱慕之心，我才现身报答你；现在你既然猜疑我们，怎么还能再相聚下去呢！"说着，便和玉版都举起自己怀里的儿子远远地向常生扔去，常生来不及接住，两个孩子落在地上，一下子就看不见了。常生正惊慌地四下寻找，两位姑娘也都不见了。这时，常生才悔恨不已。

过了几天，就在两个孩子落下的地方，长出两株牡丹，只一夜工夫便长了一尺多高。当年就开了花，一朵紫的、一朵白的，花朵儿都像盘子那么大，比起平常的葛巾和玉版牡丹，花瓣更加细碎。几年之后，花儿长得愈加繁茂，一丛丛的花朵和枝叶成荫。于是，常生只好分出一部分移栽到别处去。后来，品种逐渐发生变异，也没有人能叫出它们的名称了。从此，常家的牡丹越来越茂盛，在洛阳一带可谓是首屈一指的了。

异史氏说:"人只要用心专一,鬼神也可以交往,尽管后来两位花仙又抛弃常生而去,也不能怨她们无情。当初,大诗人白居易在孤单寂寞时,曾将花儿当作夫人,聊以自慰,何况还是真的、活生生、又能体贴关怀自己的花仙呢?何必偏要去追究她的来路呢?看来常大用这个书呆子实在是不够通达啊!"

卷十一

[齐天大圣]

兖州人许盛，有一次跟着哥哥许成到福建做买卖，但没有买到货物。他听客人说大圣特别灵验，就想到祠庙去祷告。他不知道大圣是什么神，就和哥哥都去了。到了祠庙后，只见殿阁一个连着一个，特别宏丽。走进大殿抬头一看，神像是猴脑袋人身子，原来是齐天大圣孙悟空。众客人肃然起敬，没有敢不恭敬的。许盛一向刚直，于是偷着笑话世俗人的浅陋。大家烧香叩头祷告，许盛却偷着溜走了。

回来以后，哥哥便责怪许盛，说他不应该对大圣不恭。许盛说："孙悟空只不过是丘翁所写的寓言，为什么就如此迷信呢？如果它有神灵，刀劈雷击，我甘愿接受！"这时，旅店的主人听到许盛喊大圣的姓名，吓得脸都变了色，连连摇手，好像怕大圣听到。许盛看见他们这种状态，更加大声议论，听的人都捂着耳朵离开了。到了夜里，许盛突然得了病，头疼得非常厉害。有人便劝他到祠庙去谢罪，但许盛偏不听。不久，头疼稍好一点，大腿又疼，居然一夜生了个大毒疮，连脚都肿了，吃不下饭，也睡不好觉。哥哥代替他去祷告，却没有灵验。有人说："被神惩罚了，必须自己去祝祷，但许盛始终不信。一个多月后，大毒疮渐渐好了。但是又生一疮，倍加痛苦。大夫来了之后，只好给他动手术，用刀割去烂肉，流了满满一碗血。许盛怕别人议论他得罪了神，所以强忍着剧痛，始终不叫喊一声。

又过了一个多月，许盛的疮才平复。但是哥哥又得了大病。许盛说："为什么会这样啊！你敬了神还是这样，足以说明我的病不是由孙悟空造成的。"哥哥听了他的话，更加怨恨，说这是神迁怒于他，并责怪弟弟不代替他去祈祷。许盛说："兄弟如手足，前些日子我大腿糜烂而不去祝祷；现在怎能因哥哥有病，而改变我遵守的准则呢？"许盛只是为哥哥请大夫，并开了药，而不按哥哥说的去为他祈祷。结果，哥哥吃了药以后，突然就死了。许盛十分悲痛，郁结于心，于是买了一口棺材把哥哥装殓完后，就跑到祠庙指着神像数落说："哥哥的病，都是你迁怒的结果，使我不清不白。假如你真有神灵，应该让死者复生，我就面北向你称弟子，绝不敢说假话。不然，就用你惩处三清的办法，来处罚你自身，也好来解除我哥哥在阴间的迷惑。"

到了夜里，许盛梦见一人招呼他走进大圣祠，抬头看见大圣面有怒色。大圣责怪他说："因为你不像个样子，才用菩萨刀穿你大腿，你自己还不悔悟，又说出些闲话。本来应该把你送到十八层地狱的拔舌狱，念你一生刚直，暂且饶了你。你哥哥病死，乃是你用庸医使其折寿早死，与他人有什么关系？现在不去稍施法力，更叫狂妄者引为口实。"于是命令青衣使者到阎罗去请命。青衣使者说："人死三日后，鬼籍就已经报到天庭，恐怕难以出力。"神像取来一块方板，用笔在上面写字，不知写的什么话，叫青衣使者拿着去。过了好长时间，青衣使者才返回来，许成也和他一起来了，并排跪在殿堂上。神像问："为什么回来得这么迟？"青衣使者解释说："阎罗王不敢擅自做主，又持大圣圣旨到上面请示斗宿，所以回来晚了。"许盛赶紧上前拜谢神像的恩德。神像说："你可以马上同你哥哥回去。如果能够从善，一定赐福于你。"兄弟俩悲喜交加，搀扶着一起回去了。

许盛醒来，知道原来是场梦，感到奇怪。便急忙起来打开棺材一看，哥哥果然已经苏醒。他把哥哥扶出来，深感大圣的威力。许盛从此心悦诚服地信奉大圣，而且超过流俗好几倍。但是兄弟俩的本钱，在病中已经消耗了大半，哥哥的身体又还没有完全康复，两人只好面对面坐着发愁。

一天，许盛偶然在城边闲游，忽然一个穿粗布衣服的人看着他说："你为什么忧愁啊？"许盛正有苦无处说，所以详细地讲述了他的遭遇。粗布衣人说："有一个好地方，你到那去看一看，可以解除你的苦闷。"许盛问："什么地方？"那人只是说："不远。"许盛便跟他去了。走出城半里多地，粗布衣人说："我有小法术，顷刻就能到。"于是叫许盛两手抱住他的腰，略微一点头，便觉得脚下生云，腾跃而起，不知几千里。许盛十分害怕，闭着眼睛不敢睁开。不一会儿，那人说："到了。"许盛睁开眼一看，便见到处都是琉璃瓦的宫殿，五光十色。许盛惊讶地问："这是什么地方？"那人说："这是天宫。"他们信步而行，越往上走越高。许盛看见远处有一位老人，那人说："正好遇见这位老人，是你的福气啊！"说着便举手和老人相揖问候。老人邀请他们到了自己的住所，煮茶待客。但是只端上来两杯茶，完全不顾及许盛。粗布衣人说："这是我的弟子，千里来做买卖，到仙舍来拜访，请求赠送点什么。"老人于是叫童子拿出一盘白石，形状像雀蛋，玉光澄澈如冰，叫许盛自己拿。许盛心想，这东西可以拿回去做酒枚，于是便拿了六个。粗布衣人觉得许盛十分廉洁，没有贪婪之心，又帮他取了六个，交给许盛一起包起来，嘱咐他装进腰上的钱袋里，然后拱手对老人说："够了。"然后告辞老人出来，仍叫许盛附在他身上而下，顷刻间到了地上。许盛叩头请问仙号。粗布衣人笑着说："刚才我所施展的法术，就是所谓的翻筋斗云啊。"许盛一听，顿时恍然大悟，原来这就是孙大圣啊，于是又请求保佑。粗布衣人说："你刚才所会见的就是财星，他已经赐给你十二分的利，还需求什么呢？"许盛于是又拜，等起来一看，那粗布衣人已经不见了。

许盛回来以后，便高兴地把事情告诉了哥哥。然后解下钱袋共同观看，白石已经融在钱袋里了。后来，他们用车拉着货物回到家乡，获利数倍。从此，他们多次到福建，而且每次都向大圣祷告。其他人的祷告，时常不怎么灵验，而许盛所求的，却没有不应验的。

异史氏说："从前有个书生经过寺庙，书生善画，于是在墙壁上画了一把琵琶而后离去；等到僧人回来时，看见那幅画。便跟人们说这是圣琵琶显灵，于是人们便不断前来烧香求福。天下的事情，本来不一定真有其人；人们认为它灵，那么它就灵了。为什么呢？因为人心都那么想，事物就有所依托罢了。像许盛这样方正耿直，本来应该得到神明的保佑。但是，孙悟空真的能够耳内藏针，毫毛能变，翻筋斗就可上天入地吗？其实这些都是被邪恶所迷惑，所以看到的也就不是真实的了。"

黄 英

顺天人马子才，祖祖辈辈爱好菊花，到马子才时更加厉害。只要一听说有好的菊花品种，就一定要把它买回来，远隔千里也不怕。一天，有一位金陵客人借住在他家，并说他表亲有一两种菊花，是北方所没有的。马子才一听，便动了心，当即整理行装，跟从来客到了金陵。这个金陵客人千方百计为他营求，弄到两株菊种，马子才将它们视如宝贝一样包藏起来。

在回家的半路上，马子才遇见一个年轻人，骑着驴子跟随在一辆挂着帘子的车后面，风度潇洒飘逸。渐渐走近，马子才便和他搭话，年轻人言谈文雅，说他姓陶。随后又问马子才从哪里来，马子才便如实告诉了他。年轻人说："菊花的品种没有不好的，关键在于人的培育。"因此和马子才谈论起种菊的技法。马子才十分高兴，便问："你要到哪里去？"年轻人回答："姐姐厌烦金陵，想到河朔去选择住地。"马子才欢喜地说："我家虽然贫穷，但有几间茅屋还可以安放家具。如果不嫌荒凉简陋，就不用到别处去了。"姓陶的年轻人便走到车前征求姐姐的意见，车里的人推开帘子答话，原来是一个二十多岁的绝代美人。她对弟弟说："房子不怕简陋，但院落应该宽一点。"马子才替他应诺了了，于是就一同回家。

马子才房子的南面有块荒芜的花圃，仅有三四间小房子，陶姓的年轻人便高兴地住在那里。每天到北院为马子才料理菊花，菊花枯萎了，便拔出根来重新栽培，没有不活的。然而，陶家很清贫，他们每天与马子才一同吃喝，好像从来没有生火做饭。马子才的妻子吕氏，也很喜欢陶家的姐姐，不时地给她送几升几斗米。陶家姐姐小名叫黄英，很善交谈，常到吕氏这儿，和吕氏一同绩麻。有一天，陶生对马子才说："你家本来就不富裕，再添上我们每天吃你的。怎么可以经常如此？为了生活，我们可以卖点菊花，这样足可以维持生计。"马子才向来就清高耿介，听陶生这么一说，非常鄙视他，说："我还以为你是个风流高雅的人，一定能安于贫困。如今却说出这番话，真是把东篱当作市场，侮辱了菊花。"陶生笑着说："依靠自己的劳动维持生活不是贪婪，卖花为业也不算庸俗。人固然不能苟且谋求富裕，但是也不必一定谋求贫困。"马子才听了，没有说话，陶生便起身出去了。

从此，马子才所丢弃的残枝劣种，陶生都把它们捡去。而且，也不再到马家来吃住了，只有冯子才来请他，才会去一次。不久，菊花要开了，马子才听见陶生门前喧哗如同闹市一般，觉得很奇怪，便跑去偷看，只见买花的市民，车装的，肩挑的，络绎不绝。那些菊花都是奇异的品种，是马子才所没有见过的。马子才很厌恶陶生贪心，想与他断绝往来；但又恨他私藏好的品种，就来敲开他的门，想就势指责他一通。陶生一出来，就握着他的手，把他拉进去。只见半亩宽的荒凉庭院都成了菊垄，房子之外没有空地。花被挖走，就折断别的花枝补插上。园中那些即将开放的花，都十分漂亮。当马子才仔细一看时，才发现这些全都是自己以前拔出丢掉的。陶生进屋后，便端出酒菜，在菊垄旁设席，并说："我因贫困不能遵守清规，幸好一连几个早上挣得一点钱，足够我们喝个醉的。"过一会儿，只听见房里有人叫"三郎"，陶生答应着便进去了。过了片刻工夫，便献上佳肴，烹调得非常好。马子才于是问陶生："你姐姐为什么不嫁人？"陶生回答："还没到时候呢。"马子才又问："什么时候？"陶生答："等四十三月。"马子才又盘问："怎么说？"陶生只笑，却不说话。两人于是开始喝酒，直到尽兴后才散。

过一夜，马子才又到陶生那儿，见刚插上的花枝已长到一尺多高了。马子才非常惊讶，便苦苦向他求教。陶生说："这不是言语可以传授的，况且你又不靠这个谋生，学这个干什么呢？"又过了几天，陶生的门前稍稍安静，他就用蒲席包好菊花，捆绑几车远去。第二年，春天将要过去一半的时候，陶生才装载一些南方奇异的花卉回来，在城里开设花店。只用了十天便全部卖完，然后又回家种植菊花。而上一年买了花的人，留下花根，第二年全变坏了，因此再来向陶生购买。

陶生因此越来越富，第一年便盖了别院，第二年又盖上别院。而且自己想盖就盖，也不和马子才商量。没过多长时间，过去的花垄便渐渐变成了楼房。陶生就在墙外买了一块田，把四周建好墙，然后种上菊花。秋天时，他便用车装上菊花离去，但到第二年春末仍未回来。当时，马子才妻子已经病逝。马子才对黄英有意，便暗中让人透风给她。黄英听了，微微一笑，意思好像是同意了，只是要等弟弟回来再说。又过了一年多，陶生还是没有回来。黄英于是督促仆人种菊，也和弟弟一样。得了钱就联合商人，在村外经营良田二十顷，将房子修得更加壮观。一天，有个从东粤来的人，带来陶生的信，拆开一看，是嘱咐姐姐嫁给马子才。再看寄信的日期，正是马子才妻子去世的那天。于是再回想起菊园喝酒时，算来正好是四十三个月，马子才觉得十分奇怪。便把信拿给黄英看并问"彩礼放在哪里"。黄英推辞接受彩礼。又因老房子简陋，想让马子才住到南边的房子里去，好像招女婿一样。但马子才不同意，选择日子行礼迎亲。

黄英嫁给马子才以后，就在隔墙上开了一扇门，直通南边的房子，每天过去督促仆人干活。马子才以靠妻子而富有感到可耻，于是总是嘱咐黄英把家产分为南北登记好，以防止混淆。但是家里有需要的，黄英就从南边房中去取，不到半年，家中碰到的都是陶家的东西了。马子才于是立即派人把东西一一送还南屋，告诫不要再取。但不到十天，南北的东西又相杂在一起了。总共换了几次，马子才觉得麻烦极了。黄英笑他说："你这个陈仲子不是太劳神吗？"马子才觉得很惭愧，于是不再查问，一切听任黄英。她招集工匠，准备材料，大兴土木，马子才也阻止不了。这样过了几个月，南北两边的房屋便楼墙相接，竟合成一体，不分界限了。然而，黄英听从马子才的意见，不再经营菊花，但日子过得比世代富贵人家还好。马子才过得不自在，便说："我三十年清贫德操，被你所连累。如今生存在世间，要依靠妻子过活，确实没有一点男子汉的气概。人们都祈祷富足，我却祈祷贫穷。"黄英说："我并不是贪婪卑鄙。但是，如果不能稍稍富足一点，那么就会叫千年以后的人都说陶渊明是块贫贱骨头，一百代也不能发家，所以我为我们陶家的彭泽令解解嘲罢了。然而，贫困的人要想富裕很难，富裕的人祈求贫穷却很容易。床头的钱任你去挥霍，我一点也不吝惜。"马子才说："花别人的钱，也是相当耻辱的。"黄英说："你不愿意富裕，我也不能贫穷。没办法，和你分开住；清廉的自然清廉，污浊的自然污浊，有什么危害？"于是，黄英就在园中为他修建一座茅屋，然后选择漂亮丫鬟去侍奉马子才。马子才觉得这样满意，但过了几天，就非常想念黄英，叫她又不肯前去，不得已只好反过来找黄英。从此，隔一夜马子才就来一次，成为习惯。黄英于是笑他说："在东家吃，在西家睡，品行廉洁的人不应该是这样的。"马子才听了，也觉得好笑，不知怎么对答，只好又像以前那样生活在一起。

恰巧马子才因事到金陵，正赶上菊花盛开的季节。早上路过花店，见店中摆列着一盆盆菊花，姿态花朵都极好。他心里一动，认为像陶生培植的。过一会儿，店主出来，马子才一看，果然是陶生。两人高兴极了，相互倾诉久别情况，陶生留他住下，马子才却邀陶生回去。陶生说："金陵是我的故乡，我将在这里成家。现在我积攒了一点钱，麻烦你带给我姐姐。我年底回去一段时间。"马子才不接受，更苦苦请他回去，并说："家里很富足，只要坐下来享受，不用再做生意了。"于是陶生坐在店里，让仆人代他议价，把所有的花降价出售，没几天的时候，就把花全卖完了。马子才便催他打点行装，租船往北去。进门一看，姐姐早已清扫房屋，铺设好床垫被褥，好像预料弟弟会回来一样。陶生回来之后，放下东西，便开始指点工匠，大建亭园。每天只和马子才下棋喝酒，再不结交别的人。马子才要帮他找对象，他也拒绝了。姐姐于是派两个丫鬟侍奉他一同睡，过了三四年，居然生下一个女儿。

陶生喝酒向来量大，而且豪爽，从不见他喝醉过。马子才有个朋友叫曾生，酒量也没人能比。一天，曾生正好来看马子才，马子才便让他和陶生比比酒量。两人于是纵情喝酒，十分痛快，有相见恨晚之感。从早上喝到半夜四更，每人都喝了一百壶。曾生烂醉如泥，沉睡在座位上。陶生起身去睡觉时，出门后踩着菊垄倾倒在地，衣服蜕在旁边，就地变成了菊花，有一个人那么高，开了十几朵花，都有拳头那么大。马子才十分惊骇，便告诉了黄英。黄英急忙赶去，拔出菊花放在地上，说："怎么醉成这样？"然后拿衣服盖上菊花，邀子才一块儿离开，并告诫他不要观看。天亮后再去看时，见陶生睡在菊垄旁边。马子才这才意识到姐弟俩都是菊花精，于是更加敬重他们。但陶生自从露像以后，就更加放纵喝酒，经常下请帖招来曾生，两人成为莫逆朋友。一天，正当百花生日，曾生来访，陶生派两个仆人抬来浸药白酒一坛，请曾生一起喝尽。当一坛酒快喝光时，两人都还没有喝醉。马子才又偷偷倒进去一瓶酒，两人又喝完了。这一下，曾生醉得很厉害，几个仆人把他背走了；而陶生则倒在地上，又变成了菊花。马子才见惯了，也不觉得惊奇，于是学着黄英那样，将其拔出来，守在旁边观察它的变化。过了很久，菊叶渐渐枯萎，马子才一看，十分害怕，急忙告诉黄英。黄英一听，吓得大喊："你害死我弟弟啦！"跑去一看，根茎都已干枯。黄英十分悲痛，马上掐断它的杆子，把它埋在花盆里，端进闺房中，每天给它浇水。马子才悔恨不已，非常埋怨曾生。过了几天后，听说曾生也醉死了。那盆中的花渐渐萌芽，九月开了花，矮矮的花茎，粉白的花朵，一嗅有酒的芬香，便给它取名为"醉陶"，用酒浇灌时，便长得更加茂盛。后来，陶女长大了，嫁给了显贵人家。黄英终老一生，也没有怪异的现象。

异史氏说："青山白云般的人物，竟因醉酒而死，世人都很怜惜他们，但他们自己未必不觉得是一种享受。在庭园中栽种这种菊花，就像见到好友，也像见到美人。不可不寻找这种菊花啊。"

［香 玉］

劳山下清宫的院中，有几棵耐冬树，都有两丈多高，几十围那么粗，还有几株牡丹，高一丈多。每当花开季节，一丛丛的花朵光艳照人，灿烂似锦。

胶州的黄生在这里读书。一天，黄生透过窗户看见一位女郎，穿着白色的衣服，在花丛中忽隐忽现。他心中犯疑，道观中怎么会有这样的美女。黄生急忙出来看，女郎却躲开了。从此以后，黄生经常看见她。有一次，他故意隐身在树丛中，等待女郎的到来。不多时，女郎又偕同一位穿红衣服的女郎来了。黄生远远地看着她们，觉得她们美丽无比。当两个女郎逐渐走近黄生时，穿红衣服的那位女郎突然往后退，并说："这里有生人！"黄生惊得猛然跳了出来。两位女郎一看，惊慌得逃跑，衣袖裙子飘拂起来，香风流溢。黄生追过短墙，一片寂静，发现没有任何踪影了。从此，黄生对白衣女郎的爱慕之心更为殷切，便在树上题了一首诗，写道：

> 无限相思苦，含情对短窗。
> 恐归沙吒利，何处觅无双？

黄生回到书斋后，仍然默默地想念那位白衣女郎。这时，白衣女郎忽然进来，黄生惊喜地迎上前。女郎笑着说："你气势汹汹得像个强盗，真叫人害怕，现在才知道你原来是个风雅的读书人，所以前来相见。"黄生于是询问女郎的生平。女郎说："我小名叫香玉，原来是住在平康巷，被道士禁闭在这座山里，实在不是我情愿的。"黄生又问："那个道士叫什么名字？我要替你洗刷这一耻辱。"香玉说："不用了，他也没有逼迫我。我还借此机会常和风流才士相幽会，也很好。"黄生又问："那个穿红衣服的姑娘是谁？"香玉回答说："她名叫绛雪，是我的干姐姐。"于是，两人十分亲昵地睡下了。等到醒来时，东方已经透红。香玉急忙起来，说："只顾贪图欢快，都忘记天亮了。"说着赶紧穿上衣服，换上鞋，又说："我酬答你一首诗，不要见笑。"说着，便念道：

> 良夜更易尽，朝曛已上窗。
>
> 愿如梁上燕，栖处自成双。

黄生抓住她的手腕，说："你容貌秀丽，内心又聪明，真叫人爱得要死。我觉得你离开一天，就好像分别千里之远。你有时间就来，不要等到晚上。"香玉答应了。从此，两人早晚必在一起。黄生常常叫香玉邀绛雪一同来，但绛雪总是不来，黄生感到很遗憾。香玉说："绛姐性情特别孤僻，不像我这样情痴。让我慢慢地劝她吧，不能过急。"

一天晚上，香玉凄惨地走进来，说："你连陇都守不住了，还指望蜀吗？从今往后，咱们就要长久分别了。"黄生惊问："你要到哪里去？"香玉用袖子擦着眼泪，说："这是命运注定的，很难对你说明。从前的佳作，今天应验了。'佳人已属沙吒利，义士今无古押衙'，可以说是为我吟诵的。"黄生又问她到底是怎么回事，她也不言语，只是啼哭。香玉整夜没有入睡，一早就走了。黄生没有办法，只是觉得这件事很奇怪。

第二天，即墨县有个姓蓝的人，到下清宫游览，看见那株白牡丹，很是喜欢，竟把它挖出来移走了。黄生这才明白香玉原来是花精，于是怅恨惋惜不止。

这样过了几天，黄生听说姓蓝的把白牡丹花移到家后，花一天天枯萎了。黄生感到非常痛心遗憾，于是作了五十首哭花诗，天天到白牡丹花坑那里痛哭。

一天，黄生悼念香玉刚回来，远远看见穿红衣服的绛雪也去花坑旁边哭。于是，黄生便慢慢地走近她，绛雪也不躲避。黄生握着她的衣袖，两人相对流泪。过了一会儿，黄生拉着绛雪，请她到屋里，绛雪也跟他去了。绛雪感叹地说："从小的姐妹，就这么分离了！听说你很悲伤，更增加了我的悲痛。眼泪流入九泉，或许她能被诚意所感动而复活。但是死者神气已散，一时怎么能再和我们俩一起相聚谈笑呢？"黄生说："只怨我命薄，妨害了情人，大概也是我没有福气消受两个美人吧。以前我多次托香玉传达心意，为什么你不来？"绛雪说："我以为少年书生，十个有九个薄情，不知道你原来是最钟情之人。但是，我和你交往，主要是凭感情。若是整天亲热，那我是不能做到的。"说完，便告别要走。黄生说："香玉已经长期离开了我，叫人睡不好觉，吃不下饭。全靠你稍微留一会儿，来宽慰我这思念的情怀，你为什么这样对我无情呢！"绛雪听后便留下来，过了一夜才离开，之后好几天没有再来。

在一个凄凉的雨夜，黄生对着幽暗的窗户，苦苦思念香玉，在床上辗转反侧，眼泪凝聚在枕席上。由于睡不着，便起来穿上衣服，点上灯，按照前韵又写了一首诗：

山院黄昏雨，垂帘坐小窗。

相思人不见，中夜泪双双。

诗写成后，便自己吟诵起来。忽然，窗外有人说："作诗不能没有应和的。"听声音，好像是绛雪。黄生于是急忙开开门让她进来。绛雪看了诗，立刻在后面续了一首：

联袂人何处？孤灯照晚窗。

空山人一个，对影自成双。

黄生读了这首诗，又流下眼泪，同时埋怨和绛雪相见的次数太少了。绛雪说："我不能像香玉那样与你亲热，只是可以稍微解除你的寂寞罢了。"黄生想和她再亲昵一番。绛雪说："相见的欢乐何必非在这个呢？"从这以后，每当到了黄生寂寞无聊的时候，绛雪就到来。来到以后，就和黄生饮酒对诗，有时不睡觉就走了，黄生也听任她自便。黄生对她说："香玉是我的爱妻，绛雪是我的好友啊。"

黄生常常问绛雪："你是院中的第几株花？请早点告诉我，我将你抱着移栽到家中，免得像香玉那样被恶人夺去，遗恨百年。"绛雪说："故土难离，告诉你也没有用处。妻子还不能始终跟着你，何况朋友呢？"黄生不听，拉着她的手臂走出去，每到一株牡丹下边，就问："这是你吗？"绛雪不回答，只是掩着嘴笑他。

不久就到了腊月底，黄生要回家过年了。到了二月间，黄生忽然梦见绛雪到来，悲伤地说："我有大难！你急速赶去还能相见，晚了就来不及了。"黄生醒来后，觉得很奇怪，便急忙叫仆人备马，星夜奔驰赶到山里。

黄生来到庙里一看，原来是道士要建房屋，有一棵耐冬树，由于妨碍施工，工匠于是决定把这棵树给砍了。黄生急忙阻止了他们。

到了晚上，绛雪前来道谢。黄生笑着说："以前你不如实告诉我，难怪要遭到这样的灾难！现在我已经知道你了，如果你不来，我就用艾草点着烤你。"绛雪说："我本来就知道你会这样，所以从前不敢告诉你。"坐了一会儿，黄生说："现在面对好友，更加思念美妻。我很久没有祭奠香玉了，你能跟我一起去祭奠她吗？"两人便来到白牡丹花的坑穴前痛哭流泪。一更将尽，绛雪收住眼泪，劝黄生不要再哭了。

又过了几个晚上，黄生正在寂寞地坐着，绛雪笑着走进来，说："报告你一个喜讯：花神被你的真情所感动，使香玉又降生在庙中了。"黄生急忙问道："什么时候？"绛雪回答说："不知道，大概不会太远了。"天亮以后，绛雪下床要走了，黄生嘱咐她说："我是特地为你来的，请你不要长时间叫我孤独寂寞。"绛雪笑着答应了。

一连过了两个晚上，绛雪都没有来。黄生便去抱着耐冬树，摇动抚摸，不停地呼唤绛雪，但是没有回声。黄生只能回到屋里，对着灯搓艾草，要去烤树。这时，绛雪突然走进来，夺过艾草扔在一边，说："你胡闹，真要把我烧伤呀？再这样我就和你绝交了！"黄生笑着拥抱她。但还没有坐稳，香玉就轻盈地走进来。黄生看见她，眼泪一下子就淌了下来，急忙起来握住她的手。香玉用另一只手握住绛雪，三个人相对悲泣。等坐下后，黄生握着香玉的那只手感觉很空虚，就像自己握着拳一样，便吃惊地问她这是怎么回事。香玉流着泪说："从前我是花的神，所以形固；如今我是花的鬼，所以形虚。现在我们虽然相聚，不要以为是真的，只可以当作睡梦中相见罢了。"绛雪说："妹妹来了太好了！我被你家的男人纠缠死了。"于是她告别走了。

香玉还像从前一样地欢喜谈笑，但是两人偎在一起的时候，黄生感到空荡荡的，好像只靠着一个影子。于是开始闷闷不乐，香玉也唉声叹气地怨恨自己。最后对黄生说："你用白蔹草的药末，少加点硫黄兑水，每天给我洒上一杯，明年的今日，我就可以报答你的恩情了。"于是告别而去。

第二天，黄生到花坑去看，白牡丹又发出芽来了。于是便按照香玉所说的，每天加紧培灌，又做了栅栏来保护她。

香玉来了，非常感激黄生。黄生打算把她移植到自己家里。香玉却不同意，她说："我体质很弱，受不了再次被戕害。况且任何东西生长都各有一定的地方，我这次来原就不打算生在你家，违背了天意反而会减寿。只要你怜爱我，将来我们自然有和好的一天。"黄生埋怨绛雪不常来。香玉说："如果一定要让她来的话，我倒有办法。"香玉便和黄生挑着灯来到耐冬树下，然后摘了一根草，用手量量做成一把尺子，又用这把尺来量树干，从下往上，到四尺六寸的地方，便用手按住，然后叫黄生用两只手一齐去挠。一会儿，绛雪从背后出来，笑着骂道："你这丫头来助纣为虐呀！"于是互相拉着手，一起进到屋里。香玉说："姐姐不要见怪！暂时劳你陪侍黄郎，一年以后就不再打扰你了。"从此，绛雪经常来看黄生。

黄生再看那花芽，一天比一天长得肥壮茂盛，春天过去时，已经长到二尺多高。黄生回家后，便留下银子给道士，嘱咐他早晚好好培育那棵花。

到了第二年四月，黄生来到庙里，看见白牡丹长出一朵花，含苞未放。正当黄生在花前流连忘返的时候，那花蕾摇晃着似乎要开，果然不一会儿就开放了，像盘子那么大，好像有个小美人坐在花蕊中间，才三四指那么高；转眼间飘飘然下来，就是香玉。

香玉笑着说："我忍受着风雨等待你，你为什么来得这么晚？"于是双双走进屋里。这时，绛雪也来了，笑着说："天天代替别人做妻子，现在总算有幸退为朋友了。"接着摆上酒宴谈笑。到了半夜，绛雪便走了。黄生、香玉二人睡下，和从前一样欢愉融洽。

后来，黄生的妻子死了，黄生于是就入山不再回家了。这时，牡丹已长得像手臂那么粗了。黄生常常指着牡丹说："我死后一定把魂魄寄托在这里，长在你的身旁。"香玉、绛雪微笑着说："你不要忘记自己的话。"

十多年以后，黄生忽然得了重病。他的儿子来了，对着他悲哀哭泣。他笑着说："这是我生的日子，不是死的日子，为什么要悲哀呢！"他对道士说："将来牡丹下面会有一株红色的花芽怒放，长出五片叶子，那就是我。"于是不再说话。儿子用车把他拉回家就死了。

第二年，果然在牡丹下面有个粗壮的芽长出来，叶子正如黄生所说的五片。道士觉得很奇怪，于是更加注意浇灌它。三年后，便长到几尺高，有两只手合围那么粗，但是一直不开花。老道士死后，他的徒弟不知道爱惜，竟把它砍掉了。之后，白牡丹也逐渐枯死。不久，耐冬树也枯死了。

异史氏说："感情达到了极点，鬼神可以相通。香玉死后为'花之鬼'，仍相从黄生，而黄生死后魂依香玉之侧，这不是结成了深厚感情吗？黄生死后变成不开花的牡丹，被小道士砍去，牡丹和耐冬相继殉情而死，即使不是坚贞，也是为情而死。人不能操守，也是其感情不深厚。孔子读了《唐棣》这首诗时，说道：'如有至情，就能坚贞相爱。'现在我也相信了！"

卷十二

［ 鸮 鸟 ］

长山县令杨某,性情贪婪。康熙乙亥年间,西部边塞用兵,官府需购买民间骡马运粮。杨某便趁此搜括地方牲口。周村是商人聚集的地方,赶集的车马密集。杨某率领健壮的士兵全部抢夺走,数量不下几百头。四方商贩却无处控告。

当时,所有县令都因为公务留住在省府。正好益都令董某、莱芜令范某、新城令孙某,会聚在旅店。这时,有两个山西商人对着门号哭申诉:他们有四头健壮骡子都被抢夺,路远失业,不能回家,哀求几位大人为他求情。三位县令十分同情这两个人,便答应了。随后,他们一同来到杨某的住处,杨某十分高兴,设下酒饭款待他们。喝酒时,三人便将自己的来意说明了,但杨某却不听。三人于是说得愈加恳切,杨某于是举杯劝酒,扰乱他们,说:"我有个酒令,不能行令的罚。必须一天上,一地下,一古人,左右的人问他所拿的是什么,口说什么话,随问回答。"然后首先发令说:"天上有月轮,地下有昆仑,有一古人刘伯伦。左边问所拿是什么,回答:'手端酒杯。'右边问口说什么,回答:'道是酒杯之外不须提。'"范公说:"天上有广寒宫,地下有乾清宫,有一古人姜太公。手里拿着钓鱼竿,说是'愿者上钩'。"孙公说:"天上有天河,地下有黄河,有一古人是萧何。手拿一本《大清律》,他说是'赃官赃吏'。"杨某显出惭愧表情,沉吟很久,说:"我又有了。天上有灵山,地下有泰山,有一古人是寒山。手拿一扫帚,说是'各人自扫门前雪'。"三人相看,知道劝不了他,也就没再开口。

忽然一年轻人傲然走进来,衣服华丽整洁,举手向大家行礼。大家于是拉他入座,用大斗给他倒酒。年轻人笑着说:"酒暂时不饮。听见各位雅令,愿意献丑。"众人便请他说,年轻人说:"天上有玉帝,地下有皇帝,有一古人洪武朱皇帝。手拿三尺剑,说是'贪官剥皮'。"众人大笑。杨某怒骂道:"哪来的狂妄书生,竟敢如此无礼!"说着,便下令差役捉拿他。年轻人跳到桌上,化为鸮鸟,冲开帘子飞出去,停在院中的树上,环顾室内发出笑声。主人出去打它,它就边飞边笑着离去了。

异史氏说:"买马的差事,使各位县令十个中有七个发了财,健壮骡马满庭,但公开搜刮千百匹骡马做买卖的,除了长山县外,其他的却很少见到。圣明的天子爱惜民力,收买一件东西必定偿还它的价值，哪里知道奉行命令的人竟这般地狠毒！鸮鸟所到的地方，人最讨厌它的笑声，男女都唾弃它，认为不吉利。但是，鸮鸟的这次笑声和凤凰鸣叫又有什么区别呢？”

［ 姬 生 ］

河南南阳鄂氏家中，有狐狸作祟，金钱什物，总是要被窃走。若是不顺从它，祸害就更加严重。鄂氏有个外甥叫姬生，在当地是个名士，为人放任不羁。姬生知道这件事后，就焚香代为祷告，请求狐狸赦免，却丝毫没有效果；他又请求狐狸放弃外祖父家，而到他自己的家里去闹，狐狸也没答应。众人都讥笑他，姬生却说：“狐狸成精能够变幻，也一定能通人性。我坚决要引导它，是想把它引上正果。”于是，仍然隔几日就到鄂氏家中来进行祷祝。姬生的行为虽然不见效，但他一来到，狐狸也就不扰乱了。因此，鄂氏常常留他住下。姬生到了夜晚，总要望空遥拜，请狐狸能来相见，而且邀请得越来越坚决。

一天，姬生回到家中，独自一人坐在书斋里看书，忽然房门慢慢地自动打开。姬生急忙站起，拱手致敬，说道：“狐兄来啦？”然而，周围却一片寂静，没有任何回声。一天夜晚，门又自动地打开。姬生说：“倘若是狐兄降临，本来就是小弟多次祷告所期待着的，为什么不出来见上一面呢？”但四周仍然寂静无声。姬生于是在案上放着二百文钱，天明一看，都丢失了。夜间，姬生又增加数百文钱，还是放在原处。午夜，听到布帐响动，姬生就说道：“狐兄来啦？已经准备好数百文铜钱供你使用。我虽然不十分充裕，但也并不吝啬。倘若有什么需要，不妨就直接同我讲，又何必盗窃呢？”不大工夫，一看桌上的铜钱，又去了二百文。姬生仍然把钱放在原处，以后数夜就不再丢失了。但有只煮熟的鸡，本是想用来待客的，却被偷走了。到了夜间，姬生又换上了酒。从此，狐狸就绝迹了。

然而，在鄂家，狐狸还是照旧作怪。姬生又到外祖家去祷告。他祝愿说：“我准备了钱，你却不取；准备了酒，你却不饮。我的外祖父年迈体衰，不要总是惊扰他啦。我准备了一些并不丰盛的东西，到了夜晚任凭自行取用吧！”于是把一万文钱、一坛酒、两只切好的鸡，陈放在桌子上。姬生睡在桌子的旁边，却一整夜都没有声响，钱物仍然放在那里。狐狸也从此绝迹了。

一天，姬生很晚才回到家中，进到书斋时，只见桌上有一壶酒和满盘的鸡肉，还有四百文用红绳穿好的铜钱。姬生一看，这些都是自己前些日子所丢失的东西。知道这是狐狸的报答。于是端起酒壶嗅了嗅，只觉得酒气芳香，往杯里倒时，只见酒色碧绿，不由得便喝了一口，感到酒味醇厚。于是便把这壶酒喝光，但还是没有尽兴。这时，姬生的心中开始产生了一种贪婪的念头，突然就想去做贼。于是他打开门走到街上，想到村中有一户财主，就来到财主家的墙外。墙很高，他一跃而进，就像长了翅膀一样，很快就进入房内，窃取了貂裘、金鼎，才跑了出来。回到家后，姬生把偷到的东西放在床头上，才躺下睡去。天亮之后，姬生便把这些东西带进内室。妻子一看，大吃一惊，忙问他这些东西都是从哪里来的，姬生吞吞吐吐地告诉了她，而且面带喜色。妻子惊骇地说："你平素为人刚正，为什么忽然做起贼来？"姬生却恬不知耻，还说什么狐狸有情有义。妻子听了，顿时恍然大悟，说道："这一定是中了酒里的'狐毒'啦！"又想到朱砂可以祛邪，于是把朱砂研细，放入酒中，让姬生喝下去。过了不大工夫，姬生忽然失声痛哭，并说道："我如何做起贼来啦！"妻子于是给他解释了做贼的原因，姬生听了，心慌得不知该怎么办才好。又听说财主家被盗一事，乡里都已传开，把姬生弄得寝食难安。后来，妻子给他出了个主意，让他趁着黑夜将这些东西抛入财主家的墙内，姬生便照着去做了。果然，财主家一看被盗的东西已经全都回来，事情也就平息了。

到年终时，姬生考试得了头名，又被推举为品行优良，应得双份奖赏。但到了发奖的日子，只见道署的房梁上粘着一个字帖，帖上写道："姬某曾经做贼，偷了某家的毛裘、金鼎，怎能说他品行优良？"考官一看，觉得房梁如此之高，不可能是人能贴上的，于是产生了怀疑，就拿着此帖来问姬生。姬生感到非常惊讶，心想：这件事除了自己的妻子，并没有外人知道，况且官署看管很严，那么此帖是从哪里来的呢？想到这里，猛然省悟："这一定是狐狸干的。"于是把往事详细讲述一遍，丝毫没有隐瞒，考官听了，也很是满意，对他的礼遇和赏赐都格外优厚。

姬生回去后，仍然不断地想：我并未得罪狐狸，它之所以屡次要陷害我，恐怕是因为小人不甘心独自为小人，所以一心要拉人下水吧！

异史氏说："姬生本意是想引邪入正，然而反倒为邪恶所惑乱。其实狐狸的本意未必特别恶，或许是因为姬生用谐谑的办法来引导它，狐狸也就用同样的办法来戏弄他吧！然而若非身有前世的根基，家中有贤良的内助，几乎就要像前汉原涉所说的那样：家人、寡妇一旦被盗贼所奸污，就可能行为放荡下去。虽然知道这是非礼的，可是也不能自拔了。唉，真是让人可怕呀！"

［ 韩 方 ］

　　明朝末年，济郡北面有好几个州县，瘟疫病大为流行，每户都得了病。齐东农民韩方，非常孝顺。父母都病了，他就带上纸钱祭品，前往孤石大夫庙中痛哭祷告。在回家路上，韩方还流着泪。这时，突然来了一个衣冠整洁的人，问韩方说："为什么如此悲伤？"韩方便把情况全都告诉他。那人说："孤石神不在这里，祈祷又有什么用呢？我有个小法术，可以一试。"韩方听了，很高兴，便打听他姓名。那人说："我不求报答，何必告知我的籍贯和姓名呢？"韩方又请求那人到自己人家去。那人说："不用了。你只管回去，把黄纸放在床上，大声高喊：'我明天要到都城，向岳帝上告！'你父母的病一定会好。"韩方担心不灵验，一定要请他前去。那人又说："实话告诉你吧，我不是人。巡环使者因为我诚恳笃厚，让我做南县土地神。我被你的孝心感动，所以传授给你这法术。目前岳帝正查举枉死鬼，对其中有功的，或者正直不为害人的，便任命做城隍、土地。今日作祟害人的，都是被郡城北方士兵所杀死的鬼，急忙要赴都城报到，他们只是沿途索贿，谋求一口饭吃。所以，只要你说要上诉岳帝，他们一定会害怕，自然就会停止为害了。"韩方听了，马上对此人肃然起敬，伏地叩谢，等到起身，那人已经不见了。他惊叹着回家，然后遵照土地神的指教去做，父母的病果然痊愈了。于是又把这个方法传授给邻村的人，也没有不灵验的。

　　异史氏说："沿途作祟害人前去报到，只是为了证明自己不是作奸弄祟的人，这和赶着马前去应试'不求闻达科'有什么区别呢？天下事情大都类似这样。还记得甲戌、乙亥年间，当政的叫老百姓捐送谷物，都上奏说老百姓很乐意输送。因此各个州县如数收足，并卖力地逼迫拷打老百姓。当时，郡北七个县遭水灾，收成不好，催交谷物尤其困难。唐太史偶然到利津，见到被捆绑逮捕的十多人。便问：'为什么事？'回答说：'官府抓我们到城里去，追逼我们乐意输送的谷物。'农民不知道'乐意'二字怎样解释，便认为是敲诈勒索的代名，难道不可叹可笑吗！"

［ 纫 针 ］

虞小思是东昌人，以囤积为职业。妻子夏氏，回娘家探亲返回时，见门外有个老太太，带着一个少女，哭得非常伤心。夏氏便问是怎么回事，老太太擦着眼泪告诉夏氏，才知道她丈夫叫王心斋，也是官宦人家的后代。由于家道中落，没有谋生的职业，请求中人担保向富人黄某借钱做生意。结果在半途中遭到抢劫，丢了钱，幸而不死，回到家中。黄某来讨账，本利共计不下三十两，可王心斋实在没有什么可以抵押。黄某看到他的女儿纫针十分漂亮，便想谋她做妾，并叫中保人去要挟王心斋：如果同意，除了可以抵债外，还能用二十两银子压券。王心斋和妻子商量，妻子哭着说："我们家尽管贫穷，但本来是富贵世家的后代。而黄某是为别人服役才发财的，怎么敢娶我的女儿做妾？何况纫针本来就有未婚夫，你怎么能擅自做主？"先时，同县傅举人的儿子和王心斋很要好，生下男孩阿卯，在襁褓中曾与王家议婚。后来傅举人在福建做官，一年多就死去，妻儿不能归家，消息全断绝。因此纫针十五岁还没正式订婚。妻子说到这里，王心斋无话可说，只好谋求对策。妻子说："不得已，我试着和两个弟弟商量商量。"原来，妻子范氏的祖父曾在京城任职，两个孙子田产还有很多。第二天，妻子带着女儿回家告诉两个弟弟，两个弟弟只是任凭她痛哭流涕，却一直没有答应为她想办法。范氏才号哭着回家，在此处正好碰到夏氏。

夏氏很同情范氏，又见她女儿柔美可爱，更加为她哀痛。便请她们进屋，用酒饭款待，安慰她们说："娘儿俩不要悲哀，我一定尽力相助。"范氏没来得及感谢，纫针已拜伏在地上哭泣。夏氏更加同情，寻思说："我虽然有少许存钱，但是拿出三十两银子也是很困难的，我一定典当东西交付。"母女又叩拜感谢。夏氏以三天相约，辞别后千方百计为她们筹集资金，也不敢告诉她丈夫。三天后，还没有凑足三十两银子，又派人到她母亲那儿借钱。范氏母女已经来了，夏氏便如实告知她们，又约定第二天。到晚上，家人把钱借回来，范氏便把钱包裹好放在床头。

到了夜里，有个强盗在墙上打洞点着火进来。夏氏惊醒，斜眼一看，见到一个人手臂上挎着短刀，样子很凶恶，非常害怕，不敢声张，假装睡着了。强盗走近箱子，正准备打开锁。回头一看，夏氏枕边有包东西，探身抓去，就近灯光解开一看，便装进腰包，不再撬箱便走了。夏氏便起床呼叫。家里只有一个小丫鬟，于是又隔墙呼叫邻居。等邻居聚集起来时，强盗却跑得很远了。夏氏只好对灯哭泣，见丫鬟熟睡，便用带子上吊在窗棂间。天亮时，丫鬟发现，叫人解救，已经四肢冰冷。丈夫虞小思听说后便赶回来，向丫鬟询问才知道其中的原因，于是痛哭着筹办丧事。当时正是夏天，但夏氏的尸体却不僵硬，也不腐烂，过了七天才装殓。

下葬以后，纫针偷偷出来，在夏氏墓地哭泣。一天，暴风雨忽然来临，雷电大作，炸开了夏氏的坟墓，纫针也被震死。虞小思听说后，急忙赶去验看，见棺材已被打开，妻子在里面呻吟痛哭。虞小思就把她抱出来，二人见到旁边的女尸，不知是谁。夏氏仔细察看，才辨认出来。正在相互惊骇时，范氏也来了，见女儿已死，哭着说："我猜她可能在这里，果然真是如此！她听到夫人上吊自杀后，便一直日夜痛哭，哭声从来没有断过。今夜她对我说，要到墓地去哭，我没有答应她。"夏氏被纫针的仁义所感动，便和丈夫说，就用埋葬她的棺材来埋葬纫针。范氏听了，便叩拜感谢。虞小思背着妻子回家，范氏也回去把这事告诉自己的丈夫。

后来，人们又听说村北有一个人被雷劈死在路上，身上有红字："偷夏氏金贼。"不久，听到邻居媳妇的哭声，才知道遭受雷击的就是她的丈夫马大。村里人于是上诉官府，县官便把邻居媳妇拘捕审讯。原来，范氏因为夏氏筹集钱财为她赎女，便感动得把这事说了出去，当时马大由于没有赌资，听说后便生了贼心。县官于是押着马大媳妇搜赃，但只搜出二十两银子；检查马大尸体时，又发现四两。县官于是判决卖掉马大媳妇补偿虞家。夏氏听了，更加欢喜，把所得的钱全部交给范氏，让她偿还债主。

纫针下葬三天后，夜晚又雷鸣电闪，雷电夹着狂风，又把坟墓炸开，纫针也复活过来。但她没有回自己的家，而是去敲夏氏家的门。夏氏惊起，隔门问她。纫针说："夫人果真活了吗！我是纫针。"夏氏害怕她是鬼，便叫邻家老太太盘问纫针，知道她也复活了，便欢喜地请她进屋。纫针自己说："我不再回家了，我愿意留在这里，听从夫人的使唤。"夏氏说："这样一来，别人就会说我掏钱是为了买个丫鬟了。放心回家吧，当初把你安葬后，你家的债也已经还清了。"纫针听了，又感动得泪流满面，愿意把夏氏当母亲来侍候，但夏氏没有答应。纫针说："孩儿能够劳作，也不会坐着白吃的。"天亮后，夏氏便把这事告知范氏。范氏听了，也十分高兴，急忙赶来。母女相见，抱头痛哭。范氏也顺从了女儿的意思，让她跟从夏氏。但范氏离去后，夏氏却把纫针强送回家，纫针啼哭着想念夏氏，王心斋又把女儿背来，放到夏氏家门就走了。夏氏见了，便惊奇地问她，才知其中缘故，也就安心把她留下来。纫针看见虞小思回来，急忙下拜，叫他父亲。虞小思本来没有子女，又见纫针亲切动人，也很高兴。纫针纺织缝补，非常勤劳。夏氏偶尔生病，纫针便日夜侍候，见夏氏不吃东西，她也不吃，脸上经常挂着眼泪，并对别人说："如果母亲有个万一，我也决不再活了！"夏氏稍好后，她才高兴起来。夏氏听说后，也流下了眼泪，说："我四十岁仍没有孩子，只要能生下一个像纫针这样的闺女也就满足了。"当时，夏氏还没有生育过子女，但过了一年，就忽然生下一个男孩，人们都认为这是行善的报答。

过了两年，纫针年岁也不小了。虞小思和王家商量，不能履行过去的婚约。王心斋说："纫针在你家，她的婚姻只由你做主。"这时，纫针已经十七岁了，因为聪明漂亮，心灵手巧，人们一听说虞家要为纫针择婚，求婚的便一个接着一个来。但虞家却想要为纫针选择一个富贵人家。黄某听说后，也派媒人来了，但虞小思厌恶他为富不仁，便果断拒绝了。后来，虞小思为纫针选择了冯家。冯某是县里的名士，他的儿子十分聪明，而且还能写文章。主意定下来之后，便准备把这事告诉王心斋，但王心斋此时外出做生意，还没回家，虞便直接应承了这门亲事。黄某从虞这里得不到纫针，也假托做生意，找到王心斋所在的地方，设筵席邀请王；又再加资本帮助他经商，逐渐变得和洽起来。黄某便说自己的儿子十分聪明，想自己出面做媒。王心斋被他的情义所感动，又羡慕他的富裕，便和他订下婚约。回到家后，王心斋跑到虞家，但虞小思在前一天已经接受了冯家的婚书。此时听到王心斋要把女儿许给黄家，很不高兴，便叫纫针出来，把情况告诉她。纫针生气地说："黄某是我们的仇人！要我去侍奉仇人，我只有一死！"王心斋觉得惭愧，便托人告诉黄某，说女儿已经与冯家订婚。黄某听了，气愤地说："纫针姓王，不姓虞。我订约在前，他订约在后，怎么能背弃婚约呢？"便把此事告到县令那里，县令以黄家订约在先为由，想把纫针判给黄家。冯家却说："王家把女儿交给虞家，本来说婚嫁不再过问，况且我有订婚书，他不过是在酒桌上说说罢了。"县令听了，觉得也有道理，所以不好判决，于是打算让纫针自己来选择。这时，黄某又用金钱来贿赂县令，求县令暗中帮助他。结果，这桩诉讼案持续了一个多月也没有决断。

一天，有个举人北上，官车经过东昌，派人打听王心斋。正好问到虞小思，虞转而问他。原来举人姓傅，正是曾与纫针有过婚约的阿卯。这时，阿卯已经加入闽籍，并在十八岁时考中了举人，因以前有婚约，还没有婚配。他母亲便嘱咐他顺路拜访王家，打听纫针是否已经另许他人。

虞小思听了，大为高兴，便邀请傅举人到自己家中，将纫针的遭遇一一讲述给他。但是，由于女婿远道千里而来，所以还是担心没有证据。傅举人于是打开箱箧，取出王家当时的允婚书。虞小思又派人叫来王心斋，经过验证，果然是真的，于是皆大欢喜。就在县令复审这件案子的那天，傅举人又投帖拜谒县令，这案子才宣告结束。于是，双方选择吉日，约定日期，傅举人便走了。会试后，傅举人买了彩礼返回，住在自己家以前的老房子里，举行迎亲礼。此时，阿卯考中进士的喜报已经传到福建，接着又传到东昌。后来，阿卯又在礼部的会试中高中，在京城当了一阵子官才回来。纫针不想南渡，阿卯也因为先人的墓地都在东昌，便先去迎来父亲灵柩，带着母亲一同归来。又过了几年，虞小思去世，这时他的儿子才七八岁，纫针便替他抚养，胜过自己的弟弟。而且还让他读书，并得以进入县学。由于有了阿卯，家里的光景也渐渐好起来，连富翁都比不上。

异史氏说："神龙中也有游侠吗？表扬善的，斥责恶的，生死都凭着雷霆，这就是'钱塘破阵舞'。轰轰隆隆，屡次袭击，都为了一个人，怎么知道纫针不是龙女被贬降的呢？"